OUBLIÉE

de Catherine McKenzie

Traduit de l'anglais (Canada) par Sabine Monnin

PAR L'AUTEURE DE *IVRESSE* ET *SUR MESURE*

CATHERINE McKENZIE

OUBLIÉE

SI VOUS POUVIEZ REPARTIR À ZÉRO,
LE FERIEZ-VOUS ?

Les Éditions Goélette

De la même auteure :

Spin, roman (anglais), HarperCollins, 2010
Arranged, roman (anglais), HarperCollins, 2011
Forgotten, roman (anglais), HarperCollins, 2012
Hidden, roman (anglais), HarperCollins, 2013
Ivresse (version française de *Spin*), roman, Les Éditions Goélette, 2011
Sur mesure (version française de *Arranged*), roman, Les Éditions Goélette, 2012

Couverture : Bérénice Junca
Conception graphique : Jeanne Côté
Révision et correction : Fleur Neesham, Corinne De Vailly et Élaine Parisien
Portrait de l'auteur : Karine Patry

© 2014, Les Éditions Goélette, Catherine McKenzie

www.editionsgoelette.com   www.facebook.com/EditionsGoelette
www.catherinemckenzie.com   www.facebook.com/CatherineMcKenzieAuthor

Dépôts légaux : 1er trimestre 2014
Bibliothèque et Archives nationales du Québec
Bibliothèque et Archives Canada

Les Éditions Goélette bénéficient du soutien financier de la SODEC
pour son programme d'aide à l'édition et à la promotion.

Nous remercions le gouvernement du Québec de l'aide financière
accordée par l'entremise du Programme de crédit d'impôt pour
l'édition de livres, administré par la SODEC.

Patrimoine   Canadian
canadien   Heritage

Nous reconnaissons l'aide financière du gouvernement du Canada par
l'entremise du Fonds du livre du Canada pour nos activités d'édition.

Membre de l'Association nationale des éditeurs de livres

Imprimé au Canada

ISBN : 978-2-89690-581-2

Pour Tasha,
Pour avoir toujours été là.
Puisses-tu l'être toujours.

PROLOGUE

Les funérailles de ma mère ont eu lieu discrètement, un mardi de chaleur insupportable.

Sa meilleure amie, Sunshine, parlait de leur enfance passée côte à côte, comme si celle-ci était plus réelle que la pièce étouffante et remplie de fleurs dans laquelle nous étions assis. Quelques-unes de ses collègues de l'université étaient vêtues de noir et paraissaient tristes. Craig, mon copain, tirait sur le col de sa chemise en me tenant maladroitement la main. Seule Stéphanie, ma meilleure amie, savait quoi dire et comment me réconforter.

Par la suite, je me promenai à moitié endormie pendant des jours; malgré cela, la nuit, j'étais trop réveillée pour pouvoir dormir. Je savais que j'aurais dû prendre les comprimés que le médecin de ma mère m'avait glissés dans la main peu de temps après avoir déclaré son décès, mais je ne voulais pas perdre le contrôle de mes pensées. Je voulais me souvenir d'elle telle qu'elle était pendant mon enfance, et non pas de ce qu'elle était devenue lorsqu'elle était mourante. Et je ne faisais pas confiance à mon cerveau endormi, craignant qu'il puisse me trahir.

Une semaine plus tard, je me trouvai assise, dans une attitude figée, devant l'avocat du cabinet qui gérait ses affaires.

– Vous savez que la succession de votre mère est modeste. Tous ces frais médicaux...

– Oui, je sais.

Ma mère voulait mourir chez elle. Alors nous avons toutes les deux assumé les dépenses nécessaires pour que cela lui soit possible.

Il me scruta du regard, par-dessus ses lunettes à double foyer.

– En fait, votre mère a liquidé la plupart de ses biens il y a quelques mois. Elle s'est servie de l'argent pour payer ses funérailles et acheter ceci.

Il me tendit une enveloppe brune. À l'intérieur se trouvait un billet aller-retour ouvert, en première classe, pour le Tswanaland, un pays africain au sujet duquel je ne savais presque rien, ainsi qu'une épaisse brochure.

Je parcourus les pages glacées. Elles étaient pleines de lions, de zèbres et d'éléphants. Mon Dieu.

– Elle a réservé le voyage en votre nom.

Je songeai à ces quelques derniers jours passés au chevet de ma mère. À la façon dont sa chambre, autrefois si douillette et confortable – ma chambre préférée dans la maison de mon enfance – était devenue aseptisée et médicalisée. Comment les quelques traces du passé de ma mère se résumaient à ses photographies favorites, éparpillées parmi les flacons de comprimés posés sur la table de nuit. Et la façon dont elle me disait de ne pas répéter les mêmes erreurs qu'elle avait commises. De ne pas remettre au lendemain les choses qui me passionnaient, même si elles me semblaient hors d'atteinte.

– J'ai toujours voulu aller en Afrique, tu sais, chuchota ma mère, d'une voix rauque qui remplaçait son intonation habituelle que je connaissais et adorais.

– Je sais.

C'était la seule chose que tout le monde savait à son sujet. Il était facile de lui faire plaisir pour Noël ou son anniversaire : il suffisait de lui donner n'importe quoi qui puisse provenir de ce mystérieux continent, et elle était aux anges. Nos étagères étaient remplies de ce type de cadeaux, pour la plupart achetés avec mon argent de poche, ou par mon père, avant qu'il ne nous quitte.

– Je souhaite que tu y ailles à ma place, dit-elle.

– Maman...

– Je t'en prie, Emma.

J'aurais aimé lui demander pourquoi, mais ses doux yeux marron m'imploraient de ne pas le faire, de tout simplement accepter. Je posai ma tête lasse sur son épaule fragile. Elle me tapota doucement la main et j'eus honte. Comment pourrais-je être autrement que forte pour elle à un tel moment, peut-être son dernier? Comment pourrais-je demander à être réconfortée? Mais c'était le cas. Ma mère était mourante et j'avais besoin de ma maman.

– Soit, maman. Je te le promets.

– Merci.

Elle ferma les yeux, un sourire illuminant son visage fané.

Elle tint bon encore deux jours, mais ne reprit jamais conscience. Sa mort fut un événement fugace. Un moment, elle était là, inerte et pâle, mais vivante. Le moment d'après, elle était partie. Il me sembla que presque rien ne s'était passé, mais ce presque rien changea tout pour moi.

– Vous êtes pressentie pour devenir associée cette année, n'est-ce pas? demanda l'avocat, les mains croisées sur la chemise blanche repassée qui contenait son ventre.

– Oui.

– Cela pourrait être problématique, alors.

– Qu'entendez-vous par là?

– J'ai pris la liberté de m'adresser au comité de gestion et ils ont accepté de vous rembourser cet achat.

Je relevai la tête d'un coup sec.

– Vous avez fait quoi? Pourquoi?

– Nous comprenons que vous ayez besoin d'un temps de répit, mais... suivez mon conseil, ma chère, ce voyage ne serait pas bien vu.

La colère m'envahit et un peu de clarté se fit dans mon cerveau.

– Êtes-vous en train de dire que si je fais ce voyage, je mets ma carrière en péril?

– Je ne l'aurais pas dit si brutalement.

Il sourit de manière condescendante.

– Les avocats plaideurs, vous êtes tous pareils.

Je me levai, furieuse, la brochure à la main.

– À qui dois-je parler de cela?

– Je ne pense pas que ce soit une bonne idée.

– Je n'en doute pas.

Je quittai son bureau et gravis les deux volées d'escaliers qui menaient à l'étage des litiges. Matt Stuart, le directeur de mon service, était assis derrière son impressionnant bureau de chêne, séparé de la populace par une paroi vitrée. Il était au téléphone.

– Est-ce que je peux le voir? demandai-je à son assistante, qui est dans la cinquantaine avancée.

– Comment qualifieriez-vous le degré d'urgence de votre requête?

– Exponentiel.

– Je vais voir ce que je peux faire.

J'allai attendre Matt dans mon bureau, de dimension plus modeste, situé un peu plus loin dans le long couloir.

Ma table était couverte de cartes de condoléances et de gros bouquets colorés. Leur parfum me donnait presque la nausée. Je fixais ma boîte de messagerie électronique débordant de mots de sympathie du style «Je suis tellement désolé», quand Matt frappa à ma porte. Comme d'habitude, les manches de sa chemise rayée étaient roulées jusqu'aux coudes. Je pouvais voir les traces laissées par ses doigts dans son épaisse chevelure argentée.

Le timbre grave de sa voix exprimait de la sollicitude.

– Emma, je suis vraiment désolé pour ta perte.

Il avait dit la même chose à l'enterrement. C'était tout ce que tout le monde me disait depuis la mort de ma mère. Que pouvait-on dire d'autre?

– Merci.

– Nathalie m'a dit que tu voulais me voir?

Je lui exposai la situation. Le cadeau de ma mère. Ce que je voulais faire. Ce que monsieur l'avocat paternaliste avait sous-entendu. Je m'exprimai avec une assurance que je ne pensais pas posséder, avec une détermination qui me surprit.

– Je veux aller en Afrique, lui dis-je. Peux-tu m'aider?

Après trois jours passés dans l'inquiétude, je reçus l'accord du comité de gestion. J'avais droit à un mois de congé, mais cela venait avec un revers: on ne soumettrait pas ma candidature pour devenir associée cette année. Mon désir inusité de faire autre chose que de travailler quatre-vingts heures par semaine avait suscité «certaines préoccupations au sujet de mon engagement à long terme envers l'entreprise». Lorsque je serais revenue, il me faudrait attendre une année supplémentaire avant de soumettre à nouveau ma candidature.

Alors que j'écoutais Matt, je me sentis trop soulagée pour éprouver la juste dose de colère que j'aurais été en droit de ressentir. Je m'étais inquiétée, me demandant si le fait de respecter le dernier vœu de ma mère allait m'obliger à abandonner tout ce pour quoi j'avais travaillé. Alors, bien que la proposition de Matt ait pu sembler sévère et excessive, je l'acceptai volontiers. Une autre année de semi-esclavage en échange d'un mois consacré à ma mère.

Cela me sembla équitable.

Sunshine me conduisit à l'aéroport quelques jours plus tard. Elle partait elle-même peu de temps après pour retrouver sa vie lointaine au Costa Rica. Craig et moi nous étions dit au revoir le soir précédent, dans une atmosphère tendue puisque je ne lui permettais pas de m'accompagner, même un petit peu. Si ma mère n'était pas décédée récemment, nous nous serions disputés, peut-être même de façon définitive. Mais comme elle venait de mourir, nous avons essayé de faire abstraction de la sécheresse de mon «non», donné en réponse à son offre, et de son acceptation à contrecœur de mon besoin de temps pour moi-même. Nous avons essayé, mais ce ne fut pas tout à fait un succès.

Sunshine m'accompagna aussi loin qu'elle le pouvait, jusqu'au portail de sécurité. Nous nous sommes embrassées et serrées un peu plus longtemps qu'à l'habitude, comme si, en lâchant prise, le lien qui nous unissait allait être irrémédiablement brisé. Lorsque nous nous sommes enfin séparées,

Sunshine m'a caressé le visage de ses doigts rugueux puis s'est retournée pour partir.

– Sunshine ?

– Oui ?

– Pourquoi penses-tu que maman voulait que je fasse ce voyage ?

Elle sourit.

– Ça, je ne peux pas te le dire, Emmaline. C'est à toi de le découvrir. Et tu le découvriras.

Sa conviction était si absolue que je me sentis presque rassurée. Mais elle partit, et le poids de ma vie s'appesantit alors sur mes épaules. Je traversai la sécurité en traînant les pieds et attendis devant la porte d'embarquement.

Calée dans mon siège de première classe, je pris enfin les comprimés que m'avait donnés le médecin, le jour du décès de ma mère. Je sombrai dans un sommeil sans rêve, alors que l'océan dansait au-dessous de moi.

Et, quand je me réveillai, j'étais en Afrique.

CHAPITRE 1

OUT OF AFRICA[1]

Six mois plus tard...

Je suis assise sur ma valise au bord de la route boueuse qui traverse le village, guettant les signes annonçant l'arrivée d'un véhicule, des oiseaux qui s'envolent, une vibration du sol et, depuis le début des pluies, le bruit de la boue qui glisse entre les roues des hors-piste.

Les cris des oiseaux qui tournoient dans le ciel composent une musique de fond continue. L'air est lourd et humide, une réalité physique qui devient de plus en plus pesante au fil des mois.

Je me souviens de la première fois où j'ai vu cet endroit : la rangée irrégulière de cabanes aux toits de tôle ondulée ; le cercle de rassemblement formé de grosses roches rondes ; et la charpente d'une école à moitié construite, faite d'un bois jaune lumineux, fraîchement scié. La structure grossière m'avait rappelé les bâtiments dans lesquels j'ai toujours imaginé que Laura Ingalls Wilder vivait lorsque je lisais et relisais ses livres étant enfant.

---

1 Littéralement : « quitter l'Afrique ». Titre d'un film de Sydney Pollack (*Souvenirs d'Afrique* en français). (NDT)

Les guides de safari m'ont laissée ici malade, vraiment très malade, me promettant de revenir aussi rapidement que possible avec un médecin, mais ça ne s'est pas passé comme ça. Au lieu de cela, c'est Karen et Peter – les travailleurs de l'ONG qui construisaient l'école – qui m'ont ramenée à la santé en puisant dans leur petite réserve de médicaments.

Karen attend avec moi maintenant. Peter est resté au village qui se trouve derrière nous. Les coups sûrs de son marteau résonnent d'un rythme exercé. Quelques enfants le regardent, assis sur leurs talons, impatients de le voir finir son travail. Lorsqu'il aura terminé, les classes commenceront, et ils sont avides d'apprendre.

Après tous ces mois passés à travailler à ses côtés à la construction du bâtiment, je ne peux pas m'imaginer ne pas être là quand il sera achevé.

– Je devrais peut-être rester quelques jours de plus, dis-je.

Karen secoue la tête. Dans son visage bruni, ses yeux assortis sont empreints de calme et de certitude.

– Tu dois rentrer à la maison, Emma. C'est presque Noël.

Je frémis. J'avais pour ainsi dire oublié. C'est tellement difficile de tenir compte des jours qui passent ici. Noël sans ma mère. Il me semble que c'est une très bonne raison de rester exactement où je suis. Mais j'ai utilisé cette excuse depuis trop longtemps maintenant. Il est temps que je retourne à ma vie.

– Vous serez bientôt à la maison, n'est-ce pas? demandé-je, parce que «à la maison» est aussi là où habitent Karen et Peter.

Je ne sais pas pourquoi il fallait que nous allions si loin pour nous rencontrer. La vie fonctionne parfois ainsi, semble-t-il.

– Quelques semaines après Noël, si tout se passe comme prévu.

– Je suis contente.

Au loin, j'entends le grondement sourd d'un moteur. Ce ne sera plus bien long maintenant. Je me lève et fais face à Karen. Elle a dix ans et une tête de plus que moi; elle est plus forte, plus large, plus imposante en quelque sorte.

Elle met la main dans la poche de son ample pantalon de travail et en sort un petit pot de verre rempli de terre, de couleur rougeâtre comme le sol. Comme la boue qui glisse entre les pneus du véhicule qui approche en vrombissant.

– J'ai pensé que tu aimerais peut-être ajouter cela à ta collection.

Je le prends de sa main. Un peu de terre colle autour du pot et adhère à mes doigts.

– Merci.

Une Land Rover est visible maintenant, à quelques secondes seulement d'ici. Je glisse le pot dans ma poche et embrasse Karen. Ses bras m'étreignent fermement. Elle sent l'air humide et les herbes hautes blanchies par le soleil, comme moi probablement.

– Tu diras au revoir à Peter?

– Tu lui as dit au revoir toi-même, il y a dix minutes.

– Je sais. Mais tu vas le lui dire?

Elle s'écarte de moi.

– Je le ferai.

La Land Rover s'arrête avec une secousse, projetant de la boue dans notre direction. Une bonne quantité retombe avec un *flac* sur la jambe de mon pantalon. Je l'essuie, tandis qu'un petit homme trapu, vêtu d'une chemise tachée de sueur, sort du véhicule.

– Êtes-vous prête à partir, mademoiselle ?

– Oui, dis-je. Oui.

J'apprécie la présence de la boue pendant le long trajet de retour vers la capitale. Elle adhère comme une pellicule aux fenêtres, masquant le pire de la vue. Mais après un moment, il est impossible de ne pas l'essuyer pour regarder le paysage transformé. Un étrange enchevêtrement d'images. Une chaussure de course trop blanche gisant, bizarrement arquée, sur le bord de la route. Des épaves éparses sur le sol qui ne devraient pas y être, comme des arbres et des morceaux de métal tordus. Le sol semble ondulé, plié, comme un mirage sur une route surchauffée. Et comme nous nous rapprochons de l'épicentre, il y a une odeur qui a dû être bien pire avant le début des pluies. Une odeur qui pourrait ne jamais disparaître.

Le degré de dévastation, même après tous ces mois, est choquant et désolant. Et, tandis que la Land Rover cahote lentement sur la route, mon esprit glisse vers ces longues journées passées à écouter la seule radio du village – dont le son, parfois si faible, donnait l'impression de messages provenant de la lune –, à essayer d'imaginer ce qui se passait. Mais aucune quantité d'heures d'écoute ni l'imagination la plus fertile n'auraient été suffisantes pour évoquer le niveau de destruction que je peux constater par ma fenêtre.

Je me sens impuissante et, maintenant, je souhaite réellement rentrer à la maison.

L'aéroport est chaotique. Bien que quelques compagnies aériennes aient repris leur service depuis une semaine, le personnel travaillant aux guichets dans le bâtiment à moitié reconstruit ne peut compter ni sur un approvisionnement fiable en électricité ni sur des téléphones en état de fonctionner. Lorsque je trouve le bout de la file, je me mets presque à pleurer, vu sa longueur, mais il n'y a rien à faire. Ça avance à la vitesse que ça avance – plus qu'au ralenti – et pleurer ou crier n'y changerait rien, même si j'observe plusieurs personnes essayer les deux tactiques au cours des quatre heures qui suivent.

Lorsque je parviens enfin au guichet, la femme maigre à la peau foncée qui se trouve en arrière est beaucoup plus polie que je ne l'aurais été dans les circonstances. Elle prend mon billet ouvert et mon passeport et me trouve une place dans un avion en partance pour Londres deux heures plus tard. Les mesures de sécurité se limitent à la présence de deux hommes incroyablement grands qui regardent les passagers d'un œil mauvais lorsqu'ils franchissent un détecteur de métal qui a connu des jours meilleurs. Je passe rapidement à travers, ce qui me donne l'occasion de trouver à manger dans un petit kiosque qui vend, entre autres, des hot-dogs à la façon de Chicago. J'en engloutis deux avec reconnaissance et, quand mon avion est enfin prêt à partir, je monte à bord en traînant les pieds, avec le sentiment de m'enfuir.

L'avion bringuebale sur la piste grossièrement rapiécée, pleine de crevasses et de touffes d'herbe, et quitte le sol. Le village agité en dessous m'apparaît momentanément de la taille d'un jouet, puis devient invisible sous les nuages. Je pose ma tête sur le dur plastique moulé du siège et m'endors en quelques minutes.

À Heathrow, une pluie mêlée de grésil nous empêche presque d'atterrir. Il est midi – tôt le matin à la maison – et le soleil ne se montre nulle part. Je me promène lentement dans la structure massive. L'aéroport est décoré pour souligner le temps des fêtes. Lumières et arbres de Noël tentent de lui donner un air festif. Comparé à l'endroit d'où je reviens, c'est si propre et brillant que l'ensemble donne l'impression d'avoir été bâti hier, comme si la dernière couche de peinture était encore en train de sécher. L'air frais et filtré irrite le fond de ma gorge et je me sens à la fois poussiéreuse et crasseuse en croisant les visages propres, si propres, qui m'entourent.

Je trouve le comptoir de ma compagnie aérienne et utilise mon billet ouvert pour me réserver un vol de retour. Tout en me dirigeant vers la porte d'embarquement, je cherche des yeux un endroit pour envoyer un message à Stéphanie et à Craig, chose que je n'ai pas eu l'occasion de faire depuis longtemps. Depuis trop longtemps. Mais je ne veux pas penser aux raisons pour lesquelles j'ai permis que cela se produise et, d'ailleurs, je n'aurais pas de réponse si je le faisais.

Je passe devant quelques guichets informatiques publics qui sont bondés de personnes ayant l'air d'y être installées pour plus de temps que je n'en ai avant mon départ. Je fais tout de même la queue derrière l'un d'entre eux, jusqu'à ce que je me rende compte que son utilisateur introduit des pièces inconnues dans une fente pour acheter dix minutes de temps supplémentaire. La seule monnaie que j'ai sur moi suffirait tout juste à m'acheter un Coke dans une machine distributrice à la maison.

J'abandonne et me rends à la porte d'embarquement avec trente-cinq minutes d'avance. Je m'assieds à côté d'un homme dans la trentaine qui tape énergiquement sur son ordinateur portable. Un coup d'œil sur son écran montre un courriel rempli de majuscules et de points d'exclamation. Je ressens un élan de sympathie pour s.cathay@mail.com.

Il me regarde d'un air antipathique.

– Est-ce que je peux vous aider ?

– Oh, désolée. C'est juste… Est-ce que je pourrais emprunter votre ordinateur pour une minute ? Il faut absolument que j'envoie quelques courriels et tous les guichets sont pleins, et je n'ai pas de monnaie, et…

Je m'arrête pour reprendre mon souffle devenu presque hystérique, comme celui des personnes à l'aéroport que j'étais contente de laisser derrière moi.

Les yeux de l'homme en colère s'élargissent de consternation alors que son expression s'adoucit au ton de ma voix.

– Hé, vous énervez pas, voulez-vous ?

Il pousse son ordinateur portable sur mes genoux.

– Allez-y. Envoyez tous les courriels que vous voulez, d'accord ?

Je le remercie tout en ouvrant un nouveau navigateur Web, laissant intact le courriel acrimonieux. Mes doigts sont maladroits sur les touches et je dois effacer mes premiers essais pour entrer les renseignements de mon compte. Lorsque j'obtiens finalement la combinaison exacte de lettres et de chiffres, on m'informe, en caractères agressifs rouges et clignotants, qu'il a été fermé en raison des trop nombreux pourriels que j'ai reçus. Je maudis entre mes dents les polluposteurs qui ont détourné mon compte.

– Est-ce que quelque chose ne va pas ? me demande l'homme dont la colère s'est atténuée.

– Mon compte est bloqué.

– Pourquoi n'en ouvrez-vous pas un nouveau ?

Pourquoi pas, en effet? Je tape sur les touches et, en quelques instants, l'adresse emma.tupper23@mail.com est prête à fonctionner.

J'appuie sur l'option «Composer le courriel» et m'arrête. Qu'est-ce que je vais leur dire après tout ce temps? Comment commencer? Est-ce qu'ils vont seulement *vouloir* entendre parler de moi?

Je peux sentir les minutes s'écouler. Je balaie ces pensées de côté et tape les adresses courriel de Craig et de Stéphanie aussi vite que je le peux.

De : Emma Tupper
À : stephanie_granger@oal.com; craig.talbot@tpc.com
Objet : De retour !
Salut, les amis,
C'est un courriel si bizarre à écrire ! Je suis tellement, tellement désolée de ne pas vous avoir écrit avant. Je vais tout vous expliquer à mon retour, c'est promis. Quoi qu'il en soit, je suis à Londres. Mon avion décolle bientôt et je devrais arriver aux alentours de 16 h. Je suis sur le vol BA 3478. Je suis très impatiente de vous voir tous les deux. Vous m'avez tellement manqué.
Bisous, Em

Je le relis rapidement. Il faudra bien que ça convienne. J'appuie sur «Envoyer» et je rends l'ordinateur à mon voisin, en le remerciant sur un ton carillonnant. Une voix polie et saccadée annonce que le pré-embarquement est sur le point de commencer. Toutes les personnes accompagnées de jeunes enfants, ou ayant besoin d'aide, doivent se présenter à la porte d'embarquement. L'embarquement général commencera d'un moment à l'autre. Je me lève et m'étire, saisissant une dernière occasion de regarder autour de moi. C'est donc ça, Londres. Je n'ai jamais vu que son aéroport. Il faudra que je remédie à cela un jour.

La voix polie appelle les passagers de première classe. Je fais brièvement la queue et descends la passerelle. L'avion est flambant neuf. Chaque passager obtient sa propre capsule, un espace privé pour manger, dormir et regarder des films à satiété. C'est peut-être la technologie tape-à-l'œil ou les serviettes chaudes parfumées au citron que l'agent de bord apporte, mais mon cœur commence à battre d'espoir. Je serai bientôt de retour là où je devrais être et alors, comme dit la chanson, tout ira bien.

Mais tout ne va pas bien, et je devrais le comprendre en constatant qu'il n'y a personne à l'aéroport pour m'attendre. Ou lorsque le guichet recrache ma carte bancaire comme si elle était contaminée, et que ma voiture ne se trouve pas là où je l'avais laissée, dans le parc de stationnement de longue durée.

Je devrais le comprendre, mais je suis trop distraite. Malgré tout ce qui s'est passé, je me sens trop heureuse.

Je suis chez moi.

Enfin, l'air a une odeur familière. Je comprends les jurons que l'on me crie lorsque je traverse la rue sans regarder comme il faut. Même la morsure du froid et la litanie ennuyeuse des chants discordants qui s'échappent des haut-parleurs extérieurs semblent parfaites, comme il se doit la semaine avant Noël.

Donc, quand je renonce à chercher ma voiture et m'installe à l'arrière d'un taxi, rien ne me met encore la puce à l'oreille.

En fait, ce n'est qu'après avoir remis mes quarante derniers dollars au chauffeur ingrat et essayé d'introduire ma clé dans la serrure de mon appartement que je commence à paniquer.

Parce que la serrure ne fonctionne pas. La clé ne tourne pas.

Et il commence à neiger.

CHAPITRE 2

THE OLD APARTMENT[2]

Parfait, vraiment parfait.

Je pose mon sac et grimpe l'escalier métallique extérieur à pic qui mène à l'appartement situé au-dessus du mien. Il y a six mois, il était occupé par Tara, une actrice au chômage qui répétait ses textes à voix haute à trois heures du matin. Nous ne sommes pas de grandes amies, mais elle a ma clé de secours qui, je l'espère, fonctionnera mieux que l'exemplaire rouillé accroché à mon porte-clés.

Le soleil s'est couché et l'obscurité se fait proche et oppressante. La neige tombe autour de moi en gros flocons illuminés par la lumière du porche. Je sonne. Le *ding dong* résonne bruyamment. J'appuie de nouveau sur la sonnette, le cœur serré, persuadée qu'elle n'est pas à la maison. C'est une journée comme ça. Une année comme ça, quand on y pense.

Je serre étroitement mon ciré jaune sur mes vêtements d'été, tandis que je redescends les marches glissantes. Les semelles de mes chaussures de toile ne sont vraiment pas faites pour l'hiver. Je perds pied sur l'avant-dernière marche et tombe lourdement sur les fesses.

---

2 Littéralement: «l'ancien appartement». Titre d'une chanson des Barenaked Ladies, un groupe canadien de rock alternatif. (NDT)

– Merde !

– Est-ce que ça va ? me demande un homme d'une voix grave et inquiète.

Je lève les yeux vers lui tout en essayant de ne pas gémir de douleur. Il porte un caban noir et une tuque de ski grise sur ses cheveux foncés. Il doit avoir une trentaine d'années, peut-être un peu plus. Des yeux bien espacés, un nez régulier. Sa mâchoire arbore une barbe de deux jours. C'est un étranger qui, pourtant, m'a l'air vaguement familier.

Il me sourit de manière sympathique. Un éclair blanc dans la noirceur.

– Ça doit faire mal.

J'ai l'impression que ça n'arrêtera jamais de faire mal, mais j'essaie d'être stoïque.

– Un peu.

Il me tend la main.

– Besoin d'un coup de pouce ?

Je place ma main froide dans sa main gantée et il m'aide à me relever. Il fait environ six pouces de plus que mes cinq pieds cinq pouces.

– Merci.

– Pas de problème.

Ses yeux vert ardoise regardent l'escalier que j'ai dégringolé.

– Est-ce que tu cherchais Tara ?

– Oui. Est-ce que tu la connais ?

– C'est une vieille amie.

Quelque chose me chatouille l'esprit, mais je n'arrive pas à mettre le doigt dessus.

– Tu ne saurais pas quand elle va revenir, par hasard ?

– Elle tourne une série télévisée dans l'Ouest. Elle ne sera pas de retour avant le Nouvel An.

– Zut !

J'enfonce mes mains glacées dans mes poches, espérant y trouver un cellulaire que je sais ne pas être là. Je croise son regard et un déclic se produit.

– Est-ce que nous nous sommes déjà rencontrés ?

Il commence par secouer la tête pour dire non, puis s'arrête.

– Mmm. Peut-être...

– La fête d'anniversaire de Tara, dis-je, faisant le lien. Il y a deux ans ?

Une chaude nuit d'été. L'appartement de Tara était rempli de nouveaux visages alors qu'elle nous escortait, Craig et moi, faisant les présentations, un verre de vin rouge à la main.

– Tu étais là, n'est-ce pas ? demandé-je.

– Oui, mais...

– Penses-tu que je pourrais emprunter ton téléphone une seconde ?

Il hésite.

– D'accord.

Il fouille dans son jeans et en sort un iPhone. Il appuie sur le bouton pour le mettre en marche, mais l'écran reste noir.

– Désolé, la pile doit être morte.

– Merde ! dis-je, sentant la panique m'envahir.

Son visage exprime un mélange de pitié et de réticence.

– Tu peux utiliser mon téléphone fixe, si tu veux.

Je scrute ses traits. Ses yeux semblent aimables et le bout de son nez a rougi sous l'effet du froid. Les flocons s'amassent rapidement sur sa tuque, la recouvrant telle une toile d'araignée. Mon instinct me dit que c'est la façon dont les femmes finissent en gros titres sur CNN, mais ai-je le choix? De plus, il connaît Tara. Nous nous sommes même déjà rencontrés.

– Ce serait super. En passant, je m'appelle Emma.

– Dominic.

Dominic. Oui, c'est vrai. Et il se tenait debout à côté d'une femme remarquable et qui portait un nom ressemblant au mien. Emmy peut-être. Ou Emily. Une élégance discrète. De longs cheveux roux. Un couple bien assorti, physiquement.

– Enchantée de faire ta connaissance à nouveau. Tu habites près d'ici?

– Oui, en effet.

Il se retourne et se dirige vers ma porte d'entrée, enfile une clé dans la serrure et l'ouvre d'une légère poussée.

J'avale une grande bouffée d'air froid chargé de neige tandis que le sang bat dans mes oreilles.

Non, non, non. Ça ne *peut* pas arriver.

Et pourtant, c'est le cas.

Ce qui me semble être des années plus tard, je suis assise dans mon salon, sur le sofa de cuir brun chocolat que j'ai mis des mois à trouver, toute frissonnante.

– Il est dans la cuisine, dit Dominic, tout en se débarrassant de son manteau qu'il suspend à l'un des crochets de nickel brossé que j'ai installés dans l'entrée. On dirait qu'il se trouve à un million de kilomètres d'ici et que sa voix est déformée par une mauvaise communication téléphonique.

– Je sais, murmuré-je, les mots peinant à sortir de ma gorge.

Dominic entre dans la pièce. Il porte des jeans foncés délavés ainsi qu'un chandail gris au col muni d'une fermeture éclair, vêtements dans lesquels son corps mince flotte, comme s'il avait récemment perdu du poids. Il y a des taches de gris dans ses cheveux épais coupés ras.

– Qu'est-ce que tu as dit ?

J'inspire et expire d'une façon saccadée.

– J'ai dit que je sais où se trouve le téléphone.

– On dirait que quelque chose m'échappe.

Mon ami, tu n'as pas idée à quel point.

– C'est mon appartement.

– Pardon ?

– C'est mon appartement. C'est mon sofa. Et tu viens juste de m'inviter à utiliser mon téléphone.

La confusion envahit son visage.

– Mais de quoi tu parles ?

– Tu penses que je suis folle, n'est-ce pas ?

– Je ne sais que penser.

– Je ne suis pas folle.

Mes paroles ne paraissent pas convaincantes, même à mes propres oreilles.

– C'est mon appartement.

– Pourquoi continues-tu à dire cela ?

La sonnette résonne soudain bruyamment, nous faisant sursauter tous les deux.

– Ça doit être les déménageurs, dit Dominic.

– Les quoi ?

La sonnette retentit de nouveau. Dominic se dirige vers la porte d'entrée et l'ouvre, révélant un homme trapu vêtu d'une combinaison et portant un rouleau de tissu bleu foncé.

– Vous êtes prêt pour nous, monsieur ?

– Oui, entrez.

Dominic s'écarte du chemin. Le déménageur dépose le tissu sur le sol et le déroule sur le plancher de bois franc qui mène à ma chambre.

Je me lève, mais mes jambes me soutiennent à peine. Le sang me monte à la tête comme si j'avais retiré le bouchon d'une canalisation. Je reprends mon équilibre sur le bras glissant du sofa.

– Qu'est-ce que tu fais?

Il me jette un regard.

– J'emménage.

– Mais…

– Écoute, je sais que tu continues à dire que c'est ton appartement, mais j'ai un bail qui affirme le contraire. Je vais te le montrer.

Il ramasse un sac à dos qui est appuyé contre le mur et ouvre la fermeture éclair. Il en sort un paquet de feuilles volantes qu'il se met à feuilleter. Le déménageur trapu revient et se dirige vers l'extérieur. Ses bottes laissent une empreinte humide sur le tissu.

Dominic repère un document dactylographié, de format légal. Il me le tend.

– Tu vois?

Je le relis deux fois, même si j'ai parfaitement compris à la première lecture. Il s'agit d'un bail entre Dominic Mahoney et Pedro Alvarez pour le 23 A, Chesterfield – cet appartement –, daté de la semaine dernière.

– Il doit y avoir une erreur.

– Je ne pense pas.

La noirceur tourbillonne autour de moi. Je me sens comme si je venais de me réveiller de mon cocon dans la Matrice, recouverte de la matière visqueuse primordiale et luttant pour prendre mon souffle. Mais s'il s'agit d'une autre réalité, où est le sage mentor qui va m'expliquer ce qui se passe ?

– Le robinet de la salle de bains bloque lorsqu'on ouvre l'eau chaude. Le radiateur dans la chambre émet un bruit métallique à exactement vingt-trois heures douze toutes les nuits. Le...

– Qu'est-ce que tu fais ?

– Je te prouve que c'est mon appartement.

– Je veux bien croire que tu as déjà habité ici, mais...

– Non, je n'ai pas *déjà* habité ici. J'habite ici, c'est tout.

Le déménageur revient, les bras chargés de boîtes de carton.

– Où dois-je les mettre ?

– Dans la grande chambre, dit Dominic, montrant de la main le bout du couloir.

Il passe devant moi et s'assied sur le sofa, posant ses mains sur ses genoux.

– Bon... tu m'as dit que tu t'appelles Emma, n'est-ce pas ?

– Oui.

– Essayons de tirer les choses au clair.

Il me fait signe de m'asseoir à côté de lui. Je n'en ai pas envie, mais je ne suis pas certaine que mes jambes vont me soutenir beaucoup plus longtemps. Je m'installe à l'autre bout du sofa familier. Une fine pellicule de poussière recouvre la table basse. Il flotte dans l'air une vague odeur de moisi.

– Bon, dit-il, admettons que ce soit ton appartement...

– Ça l'est.

– Alors pourquoi Pedro me l'aurait-il loué ?

– J'ai été absente pendant un certain temps.

– Est-ce qu'il savait que tu allais t'absenter ?

Je repense aux jours brumeux qui ont précédé mon départ, passés à préparer des bagages et à recevoir des vaccins, ainsi qu'aux médicaments antipaludiques étourdissants qui m'ont occasionné les pires cauchemars.

– Non, je ne le lui ai pas dit.

– Pourquoi ne l'as-tu pas fait ?

– Parce que mon loyer est payé automatiquement et que je n'étais censée partir qu'un mois.

Il hausse un sourcil.

– Et combien de temps as-tu été absente ?

– Six mois.

– Que s'est-il passé ?

– Je n'ai pas vraiment envie de subir un interrogatoire en ce moment.

– J'essaie juste de comprendre ce qui se passe.

Je me lève.

– Où vas-tu ?

– Utiliser le téléphone.

Je suis le tissu bleu déroulé le long du couloir, lançant un coup d'œil à ma chambre en passant. Mon lit et ma commode couleur crème sont exactement à la place où je les ai laissés, mais il n'y a plus rien de personnel dans la pièce. Pas de photos de ma mère, pas de collection de pots remplis de terre provenant des endroits que j'ai visités, aucun objet qui traîne nulle part, rien que de la poussière. C'est comme si on m'avait effacée. Réduite en cendres.

Je me sens malade, mais je continue vers la cuisine et le téléphone. Et il est là, posé sur le comptoir, un modèle de luxe à écran tactile, qui sonne comme ceux de l'émission *24*. Mes doigts glissent sur les touches. Je compose le numéro de la maison de Craig. La tonalité résonne dans mon oreille, mais au lieu d'une sonnerie, tout ce que j'obtiens est ce *tût tût tût* fort et insolent, suivi par une voix mécanique qui me dit que le numéro n'est plus en service. Je raccroche et compose de nouveau, avec le même résultat. Alors, je compose le numéro de Stéphanie, mais il n'y a pas de réponse; ça fait juste sonner, sonner et sonner. Lorsque je renonce finalement à ce qu'elle me réponde, j'oblige ma main tremblante à composer le numéro du bureau de Craig. On est samedi et il est passé six heures; je ne suis donc pas surprise d'obtenir sa boîte vocale. Sa voix familière me dit qu'il sera absent du bureau pendant une semaine et de composer le zéro en cas d'urgence. Ma main demeure en suspens au-dessus de la touche – si ce n'est pas une urgence, je ne sais pas ce que c'est –, mais je sais aussi que tout ce que je vais obtenir, c'est le service de nuit. Une boucle sans fin de messageries vocales.

Avec brutalité, je frappe le récepteur contre le comptoir. Le claquement qui en résulte me résonne dans les oreilles et se joint au bourdonnement qui m'emplit la tête. Les cellules de mon cerveau sont prêtes à exploser. Respirer semble désormais optionnel.

– Hé, fais attention, dit Dominic depuis la porte. Tu vas le briser.

Je dépose le récepteur et passe à côté de lui en le bousculant, me dirigeant vers la porte d'entrée.

– Emma. Hé, Emma, attends

Les appels de Dominic me suivent dans le couloir, mais ils ne m'arrêtent pas. J'ai besoin d'aller dehors, loin de cet endroit où tout semble être comme il y a six mois, à la différence près qu'il s'agit d'une version salle d'exposition de ma vie.

J'ouvre la porte d'entrée d'un coup sec. Il s'en faut de peu que je ne percute le déménageur et sa tour de boîtes, mais je me faufile au dernier moment et me retrouve dans la nuit venteuse. Il neige pour de bon maintenant, un vrai blizzard qui efface les grands bâtiments et rétrécit le monde aux quelques pieds devant moi. L'air est épaissi par l'odeur de caoutchouc brûlé que produisent les roues des voitures qui patinent sur la chaussée.

En glissant sur les trottoirs, je parcours les six rues qui me séparent de la maison de Stéphanie. Lorsque j'arrive, à moitié gelée et complètement désespérée, toutes les lumières de son appartement du rez-de-chaussée sont éteintes. Je scrute son vestibule à travers la porte d'entrée vitrée; du courrier déborde de sa boîte aux lettres métallique installée à côté de la porte. Malgré ces signes d'absence, j'appuie et appuie encore sur la sonnette, espérant, priant qu'elle soit là malgré tout. Parce que si elle n'est pas là, je ne sais vraiment pas ce que je vais faire. Je n'ai aucune idée de l'endroit où Craig se trouve, ni de la façon de le joindre. Et Sunshine n'habite même plus au pays.

Lorsque je perds toute sensation dans mon index, je m'assieds sur le perron enneigé. Un éclair de douleur irradie ma jambe à l'endroit où me je suis cognée sur la marche d'escalier de Tara, tout à l'heure. Je pousse un cri.

La porte devant moi grince en s'ouvrant. Un homme maigre dans la mi-quarantaine sort la tête.

– C'est vous qui appuyez sur la sonnette?

Je balaye la neige sur mes genoux et me lève.

– Oui, je suis désolée. J'essayais de joindre Stéphanie Granger. Elle habite le 1B. Est-ce que vous la connaissez?

– Oui.

– Savez-vous où elle est?

– Elle est absente, je crois. Je l'ai entendue parler au concierge.

– Est-ce qu'elle a dit quand elle serait de retour ?

– Je n'ai rien entendu là-dessus.

Ses yeux se déplacent furtivement. Je me recule d'un pas.

– Bien, merci.

– D'accord.

Il referme la porte. La serrure produit un petit bruit sec ; les serrures, une autre chose qui s'est retournée contre moi aujourd'hui.

Je repousse mes cheveux vers l'arrière et fais le point sur ma situation : je n'ai pas d'argent, je n'arrive pas à joindre mes amis et un étranger emménage chez moi.

Un cocon dans la Matrice me semblerait bien agréable en ce moment.

Quand je retourne à mon appartement, le déménageur est en train de fermer l'arrière de son camion. Tout en grimpant dans la cabine, il me fait signe de la main pour montrer qu'il me reconnaît, puis il met le moteur en marche. Je regarde le rouge de ses feux de position disparaître alors qu'il avance dans la tempête. Lorsque je ne peux plus rien voir d'autre que du blanc, je me retourne et marche péniblement dans l'entrée enneigée. J'hésite devant la porte, n'étant pas certaine que ce soit l'endroit où je désire être. Mais je suis transie, mes dents claquent comme un jouet mécanique et ma valise est toujours à l'intérieur. Alors...

J'appuie sur la sonnette. Dominic ouvre la porte quelques instants plus tard.

– Je me demandais quand tu allais revenir, dit-il, les yeux sombres d'inquiétude – pour moi ou pour lui-même, je n'en suis pas certaine.

– Me voilà.

– Tu veux entrer ?

J'acquiesce de la tête et franchis le seuil pour me retrouver dans la chaleur du vestibule. Le couloir est rempli de boîtes fermées par de larges morceaux de ruban adhésif transparent. Une étiquette, apposée sur l'une d'entre elles, porte l'inscription *Livres*. Une autre, *Cuisine*.

Dominic longe le couloir et revient, une serviette bleu clair à la main.

– J'ai pensé que cela pourrait te servir.

– Merci.

J'essuie l'humidité qui perle sur mon visage et mon cou. Au fur et à mesure que je décongèle, une certaine sensation me revient dans les mains, mais je ne suis pas certaine que ce soit une bonne chose. Un état de douce torpeur me semble préférable en ce moment.

– Pourquoi n'enlèves-tu pas ton manteau ?

Je le retire et le suspends à côté du sien.

– J'ai fait du café. En aimerais-tu un peu ?

– D'accord.

Je le suis dans la cuisine. L'odeur d'une torréfaction corsée imprègne l'air. Les murs sont toujours de la couleur jaune vif dont je les ai peints quand j'ai emménagé et mes rideaux bleus à fleurs sont suspendus à la fenêtre.

Je m'assieds à la vieille table rustique en pin que Stéphanie m'a offerte pour mon trentième anniversaire, déposant mes mains sur la surface lisse.

Emma Tupper, voilà ta vie. En version médicamentée.

Dominic verse du café dans une tasse noir mat. C'est la première chose que je ne reconnais pas. Je l'entoure de mes mains pour sentir sa chaleur tout en humant ses vapeurs acidulées.

– J'ai trouvé quelque chose qui pourrait t'intéresser, dit-il en s'asseyant en face de moi.

Il avance une enveloppe sur la table. C'est une facture de carte de crédit à ce qu'il semble, et elle m'est adressée.

Je ressens un étrange sentiment de soulagement cartésien. Je reçois du courrier, donc j'existe.

– Alors, tu me crois maintenant?

– Eh bien, quand je l'ai découverte, j'ai appelé Tara à Los Angeles.

– Et elle a confirmé que j'habite ici?

– Effectivement, mais elle a aussi dit que tu étais disparue.

– Je ne suis pas disparue. J'ai seulement été absente plus longtemps que prévu.

Il mord sa lèvre inférieure, essayant de décider quelque chose.

– Je suppose que c'est bel et bien ton appartement.

– C'est ce que je disais.

– J'aurais peut-être dû te croire, mais...

J'adoucis mon ton.

– Je sais que tout ça doit paraître fou.

Il m'adresse un sourire timide.

– Je suis sûr qu'on va pouvoir tout expliquer éventuellement.

Je prends une gorgée de café. Il est très fort, mais je crois que même une triple dose ne me ferait aucun effet aujourd'hui.

– Je suppose que nous allons tirer cela au clair avec Pedro, demain, dis-je.

– C'est exact. Est-ce que je peux t'appeler un taxi ou quelque chose ?

Ciel ! Il s'attend à ce que je parte. Mais je ne peux pas. Je ne peux pas. Mon esprit vrombit, s'efforçant de trouver une solution qui n'exigerait pas de demander à un étranger si je peux rester dans mon propre appartement, mais je ne trouve rien.

– As-tu le numéro de Tara ? le questionné-je, finalement.

– Pourquoi ?

– J'ai besoin de lui demander quelque chose.

Il fait un signe de la tête en direction de son iPhone qui est en train de se recharger sur le comptoir.

– Son numéro est le dernier que j'ai composé.

Je marche vers le comptoir et me saisis de l'appareil aux lignes épurées.

– Penses-tu que tu pourrais m'accorder un peu d'intimité ?

Il marmonne quelque chose d'incompréhensible, mais il quitte la pièce. Je pèse sur la touche « Recomposition » avec mon index et, un instant après, je parle à Tara. Elle veut tout savoir sur mon voyage et où je suis allée pendant tout ce temps, mais je vais droit au but.

– Ce gars, Dominic. Est-ce qu'il est correct ?

– Qu'est-ce que tu veux dire ?

– Je veux dire, est-ce que je peux lui faire confiance ?

– Qu'est-ce que c'est que cette question ? *Bien sûr* que oui. Surtout après ce qu'il…

– Parfait, merci. C'est tout ce que je voulais savoir.

– Pas de problème, mais, Emma…

Je mets fin à la communication en lui raccrochant pratiquement au nez, mais je suis tellement lasse que je n'ai pas l'énergie de m'en soucier. Je m'excuserai plus tard.

Je trouve Dominic dans le couloir, en train de trier les boîtes. Je le regarde pendant un moment, observant la ligne nette qui délimite la rencontre de ses cheveux avec son cou.

– Dominic?

– Ouais.

– Est-ce que tu crois... que je pourrais rester ici ce soir?

Il se retourne lentement.

– Tu n'as pas d'autre endroit où tu peux aller?

– Non.

J'ai l'impression qu'il ne me croit pas vraiment et, alors que le silence grandit, je suis sûre qu'il va refuser, mais au lieu de cela, il dit:

– Très bien. Tu peux rester. Temporairement.

– Eh bien, merci!

– Qu'attendais-tu que je te dise?

– C'est quoi, cette hostilité?

– Désolé. C'est une mauvaise journée pour moi.

Et pas pour moi?

– D'accord.

Une vague de fatigue m'envahit et je recommence à claquer des dents.

– Ça te dérange si je prends un bain?

– Fais comme chez toi.

Je marche jusqu'à l'armoire à linge qui est nichée dans le couloir, à l'extérieur de la salle de bains. Les tablettes sont vides, comme j'aurais pu l'imaginer.

Avec un sentiment d'embarras, je lui demande:

– Dominic, est-ce que tu as d'autres serviettes?

D'un air résigné, il fouille dans une boîte sur le plancher, à l'extérieur de ma chambre. Il en sort deux serviettes bleu clair supplémentaires et un pain de savon.

– Est-ce que cela te convient ?

– Merci. Et…

Je prends une grande respiration.

– On fait une trêve ?

Il réfléchit.

– D'accord.

– Tu n'aurais pas une idée de l'endroit où se trouve le reste de mes affaires ?

– Est-ce qu'il te manque quelque chose ?

– Mes photos, mes livres, mes vêtements d'hiver.

Mes souvenirs, ma vie.

– Il n'y a plus rien ici, on dirait.

– J'ai loué cet appartement meublé, mais je n'ai rien vu de ce genre.

Me sentant vaincue, je serre les serviettes contre ma poitrine et me dirige vers la salle de bains. C'est ce que cet appartement a de mieux, avec ses planchers de marbre crème, ses tuiles de métro blanches, disposées comme des briques jusqu'à mi-hauteur des murs, ainsi qu'une baignoire et une douche séparées. Les murs sont d'une couleur gris-bleu apaisante. Si je respire assez profondément, je peux encore sentir l'odeur de mon shampooing préféré.

Je verrouille la porte derrière moi et me déshabille, laissant mes vêtements mouillés éparpillés sur le plancher. Je me contemple de dos dans le miroir plain-pied. Il y a un grand cercle rouge à l'endroit où je me suis frappée sur la marche. Il tranche de manière contrastée sur le blanc de ma peau.

Cette contusion va être douloureuse, longtemps. Un peu comme les effets de cette journée, j'imagine.

Je me coule un bain bouillant et me glisse dans la baignoire, me plongeant dans l'eau jusqu'aux oreilles. Je reste comme ça tant que l'eau n'a pas refroidi, laissant la chaleur me pénétrer jusqu'aux os. Puis je frotte chaque partie de mon corps avec le pain de savon, ne m'arrêtant que lorsque j'ai l'impression d'avoir atteint la prochaine couche de peau.

Quand j'en ai finalement assez, je vide la baignoire et m'enveloppe dans une des serviettes de Dominic. J'enroule mes cheveux dans une autre, puis récupère ma valise dans le couloir. Je me dirige vers ma chambre par habitude. Sans mes affaires, la pièce semble appartenir à une autre réalité, comme ma chambre dans la maison de ma mère, après mon retour du collège. J'ouvre ma valise et passe en revue son contenu, espérant trouver quelque chose que je sais qu'elle ne contient pas : des habits chauds. Tout ce que j'ai, ce sont des shorts et des débardeurs ainsi que les pantalons de lin que je portais pour le voyage de retour. J'ai froid rien qu'en les regardant.

Je m'assieds sur le bord du lit, de nouveau bouleversée. Ma nouvelle peau ne me protège pas de la réalité à laquelle je fais face. J'aurais dû conserver l'ancienne.

On frappe doucement à la porte.

– Emma, est-ce que je peux entrer ?

Je resserre la serviette autour de ma poitrine.

– Bien sûr.

Dominic ouvre la porte.

– Je pensais... tu es bien partie depuis l'été, n'est-ce pas ?

J'acquiesce de la tête.

– As-tu quelque chose à porter pour ce temps-ci de l'année ?

– Non.

Il se dirige vers les boîtes alignées contre le mur et ouvre l'une d'entre elles. Il en sort une paire de jogging gris et un T-shirt noir.

– Prends ceci.

– Quoi? Non, je ne peux pas.

– Ne sois pas ridicule.

Il les pose sur le lit.

– Merci.

– Il y a des draps et des couvertures dans cette grosse boîte dans le coin.

– Est-ce que ça te dérange si je dors ici?

– J'ai pensé que c'est ce que tu voudrais. Je vais prendre l'autre pièce.

– Écoute, à propos de ce qui s'est passé avant...

– Nous en reparlerons demain.

– Très bien. Alors, bonne nuit.

Il me fait un demi-sourire.

– Toute une journée, hein?

– Plutôt, oui.

Il s'en va et j'enfile ses vêtements. Ils sont trop grands, mais ils sont propres, confortables et il en émane une bonne odeur d'assouplisseur. Je fais le lit avec les draps et les couvertures que je trouve dans la boîte que Dominic a mentionnée, puis je fouille dans ma valise jusqu'à ce que ma main rencontre une surface dure. Je sors le pot que Karen m'a donné et le place sur la table de nuit; au moins, il y a maintenant ici quelque chose qui m'appartient.

Plus qu'éreintée, je me glisse entre les draps, me sentant toute petite, seule et perdue.

Même dans mon propre lit, je me sens perdue.

CHAPITRE 3

DISPARUE, PRÉSUMÉE MORTE

Lorsque je suis arrivée au Tswanaland – un petit pays caché entre le Zimbabwe, la Zambie et le Botswana –, épuisée et assommée par les somnifères ainsi que le long, très long vol, j'ai immédiatement senti que tout ce voyage était une immense erreur. Peut-être était-ce à cause du paysage étranger ou de l'aéroport bondé. Mais alors que je récupérais mes bagages et cherchais la pancarte de l'agence de tourisme parmi une foule de visages inconnus, il me vint à l'esprit que je n'avais pas vraiment réfléchi à ce que je faisais. En fait, je n'avais jamais voyagé seule auparavant, ni pris plus d'une semaine de congé par année. Et même si j'aimais vraiment beaucoup ma mère, l'Afrique n'a jamais figuré sur ma liste des endroits que je rêvais de voir; c'était, depuis toujours, le continent qu'elle désirait visiter, sans jamais l'avoir fait.

Mais ce à quoi je ne m'attendais vraiment pas, c'est que ma présence en ces lieux réveilla en moi la réalité de sa mort d'une manière plus vive que je ne l'avais expérimentée au cours des semaines précédentes. J'étais partie là-bas pour finir mon deuil mais, au lieu de cela, la blessure que m'avait causée le décès de ma mère sembla se rouvrir, comme si on y plongeait un couteau.

Après un temps qui me parut interminable, alors que j'étais sur le point de tout abandonner et de sauter dans le prochain vol pour retourner chez moi, je rencontrai un groupe de personnes entourant un grand homme maigre vêtu d'un jeans et d'un T-shirt des Counting Crows. Une étiquette blanche, comme celles que l'on reçoit dans les conférences, était collée sur sa poitrine. On pouvait y lire *Mon nom est Banga*, mais il nous demanda de tout simplement l'appeler Bob. Il serait notre guide pour le mois à venir, ainsi qu'il le déclara au groupe de personnes enthousiastes rassemblées autour de moi. Il avait très hâte de nous montrer son pays.

Mes compagnons de voyage étaient surexcités en pensant à l'aventure qui nous attendait. Mais moi ?

Je détestai immédiatement l'endroit.

Le matin, le soleil s'infiltre à travers les rideaux de mousseline couleur crème que j'ai toujours eu l'intention de remplacer par des rideaux plus sombres, car la lumière me tire trop tôt de mon sommeil. On dirait qu'il est de bonne heure, mais il n'y a plus d'horloge sur la table de nuit pour le confirmer. Un petit bruit, un juron étouffé ainsi qu'une vague odeur de café m'indiquent que Dominic doit, lui aussi, être réveillé.

Je voudrais me cacher sous les couvertures et dormir à satiété, mais il y a des endroits où je dois aller et des gens à tuer, en particulier Pedro. Alors je me lève et enfile une paire de jeans appartenant à Dominic ainsi qu'un chandail de marin en laine trouvé dans une boîte portant la mention *Vieux vêtements*. Les jeans et les manches du chandail sont beaucoup trop longs pour moi, mais je les roule et me tresse les cheveux. Puis je saisis le téléphone sans fil posé sur la table de chevet et compose les numéros de Stéphanie et de Craig, sans plus de résultats qu'hier. Je me creuse les méninges pour me souvenir de leurs numéros de téléphone cellulaire, mais en vain. Car ceux-ci, bien évidemment, étaient dans mon BlackBerry, ce compagnon sans cesse bourdonnant que j'ai abandonné derrière moi dans un accès de dépit envers les pouvoirs supérieurs.

Après m'être lavé le visage et servie de la salle de bains, je suis l'odeur de café jusqu'à la cuisine. Dominic est assis à la table. Il lit le journal tout en buvant dans une grosse tasse. Ses cheveux sont ébouriffés et il porte un pantalon de pyjama rayé ainsi qu'un T-shirt blanc.

– Bonjour.

Il lève la tête. Ses yeux sont cernés de rouge.

– Bonjour.

Je me verse du café et m'assieds devant lui. Son regard va de mon visage à mon chandail.

– Tu sais que ce qui se trouve dans les boîtes est à moi, n'est-ce pas?

– Désolée. Je ne pensais pas que cela t'importunerait.

– Je suppose que non, mais tu pourrais peut-être me le demander la prochaine fois?

– J'espère bien qu'il n'y aura pas de prochaine fois.

Il secoue les pages devant lui.

– D'accord.

Je prends la première section du journal. Ça fait un moment que je ne l'ai pas lu, mais rien ne semble avoir changé. Les manchettes se composent du mélange habituel de nouvelles locales sordides et d'annonces de fin du monde imminente.

Il y a un violeur en série en liberté. Un tableau de Manet a été volé au musée Concord. Nous subirons peut-être les contre-coups d'éruptions solaires massives, ou peut-être pas. La NASA «étudie» la situation. Ils nous tiendront au courant dès qu'ils auront plus d'informations.

Je jette le journal de côté et contemple l'homme assis de l'autre côté de la table.

– Dominic, qui es-tu?

Sa bouche se déforme sous l'effet d'un rictus.

– C'est vrai, nous n'avons jamais eu cette conversation sur qui es-tu-et-que-fais-tu-à-part-voler-l'appartement-des-femmes.

– Je pense que ça pourrait être une bonne idée, étant donné les circonstances, tu ne trouves pas?

– C'est là où nous sommes différents. Je préfère demeurer anonyme.

– Tu te fous de moi?

– Peut-être.

– As-tu l'intention de répondre à ma question?

Il s'arrête un instant, puis dépose lentement son journal.

– Je suis photographe de paysages. Élevé catholique par la quatrième génération de parents irlandais qui auraient souhaité que leurs ancêtres n'aient jamais quitté le comté de Cork. J'ai, bien sûr, abandonné leurs notions futiles et complètement adopté l'Église de Scientologie. Et toi?

Mes lèvres se crispent.

– Je suis avocate. Élevée dans un contexte vaguement protestant, les détails m'ont toujours confondue. Jusqu'à présent, j'ai résisté au recrutement des scientologues ou de tout autre culte.

Nous nous sourions, puis quelque chose dans la normalité de notre bavardage me rappelle que ma vie n'est pas tout à fait normale en ce moment, et je ravale mes larmes.

– Qu'y a-t-il? demande Dominic.

– C'est juste que... cette conversation est beaucoup trop désinvolte pour aujourd'hui.

– Je suis désolé, Emma. Je ne cherche pas à prendre ta situation à la légère.

– Ce n'est rien.

Je prends lentement une gorgée de café, essayant de me concentrer sur les caractères du journal qui est posé devant moi, mais les mots ne veulent pas rester immobiles.

– Tu veux en parler?

– Pas vraiment.

– Une femme qui ne veut pas discuter. Intéressant.

J'en ai presque le fou rire, malgré moi. Je me sens comme si je me trouvais sous une pluie de soleil. Comment peut-on pleurer et rire en même temps?

– Alors, reprends-je, je pensais aller dire ma façon de penser à un propriétaire crasseux. Tu m'accompagnes?

– Avec plaisir.

Une demi-heure plus tard, nous ouvrons la porte sur un monde transformé. Le ciel arbore ce bleu clair cristallin que l'on ne voit qu'en hiver et le soleil brille sur les bancs de neige blanche et poudreuse. L'air est froid et me brûle les narines. C'est magnifique et redoutable à la fois.

J'enfonce sur mes oreilles la tuque que Dominic m'a prêtée, remonte la fermeture éclair de sa veste de ski pour qu'elle me recouvre le visage et me fraye péniblement un chemin vers la rue dans la neige qui me monte jusqu'aux genoux. Il y a peu de circulation et la rue presque entièrement dégagée me paraît plus sécuritaire que les trottoirs encore enneigés.

Dominic porte les mêmes manteau et tuque que la nuit dernière ainsi qu'une caméra professionnelle en bandoulière. Il la saisit rapidement et photographie une automobile à moitié ensevelie sous la neige de l'autre côté de la rue. Un coup de vent chasse une traînée blanche de son toit, comme le panache de neige au sommet de l'Everest. L'obturateur fait un bruit sec, puis un autre, et encore un autre.

– Tu viens ou quoi ? crié-je.

– J'arrive, j'arrive.

Il marche dans mes traces jusqu'à la rue.

– Comment pensais-tu te rendre chez Pedro ?

– Je pensais marcher.

– Vingt coins de rue ?

– Ce n'est pas si loin.

– Si tu le dis.

Nous marchons côte à côte, longeant les grands bancs de neige créés par les charrues. Les bottes de Dominic font crisser la neige sous ses pieds, alors que mes chaussures de toile ne font qu'absorber le froid. Tout en marchant, mon esprit commence à éliminer les pensées que je préfère ne pas avoir. Comme le fait que rien de tout cela ne serait arrivé si ma mère était encore en vie. Ou que, si jamais je retrouve Craig et Stéphanie, ils ne voudront peut-être plus jamais m'adresser la parole. Et *ce soir*, où vais-je donc dormir ?

– Comment se fait-il que tu aies déménagé tout juste avant Noël ? demandé-je pour me distraire.

– C'est quoi, cette question ?

– J'essaie juste de faire la conversation.

Il détourne le regard.

– Quelque chose... est arrivé, et j'ai dû déménager soudainement.

– Désolée d'avoir posé la question.

– Oublie ça. C'est ici, n'est-ce pas?

Nous nous arrêtons devant la grande maison de grès brun à trois étages à partir de laquelle Pedro dirige son empire immobilier. Une rangée de lumières multicolores clignote autour de l'entrée. Un garçon d'une douzaine d'années, portant un habit de neige trop grand dont la fermeture éclair est ouverte, pellette la neige. Je lui demande si son père est là et il hoche la tête de manière évasive. Nous grimpons les escaliers et je sonne à la porte.

Je suis sur le point de sonner de nouveau quand Pedro vient nous ouvrir, vêtu d'une simple chemise et d'un pantalon noirs. Son menton proéminent arbore une barbe de deux jours.

– Que voulez-vous? demande-t-il, sans paraître me reconnaître.

– Je veux savoir de quel droit tu t'es permis de faire ce que tu as fait, marmonné-je entre mes dents.

Son corps se raidit.

– C'est quoi ton problème, *chica*? Qu'est-ce que j'ai...

Il s'arrête en remarquant Dominic derrière moi. Je vois le lien commencer à se faire dans ses yeux.

– *Madre de Dios.*

– Ça, c'est l'euphémisme de l'année, mon gars, dit Dominic.

– Mon *problemo*, Pedro, c'est que tu as loué *mon* appartement à Dominic que voici et que la moitié de mes affaires a disparu.

– Tu n'as pas payé ton loyer.

– Bien sûr que si. J'ai établi un paiement automatique. Comme toujours.

Il secoue la tête.

– Les paiements ont cessé cet automne. J'ai obtenu un jugement.

– Foutaises! dis-je, mais comme les mots quittent mes lèvres, je me souviens que ma carte de guichet ne fonctionnait pas à l'aéroport.

– Pas de foutaises. *Espere*. Attends.

Il se retourne et se dirige vers une pièce située sur la droite du couloir. À l'intérieur de celle-ci se trouvent un bureau, recouvert de papiers éparpillés, et plusieurs classeurs noirs. Il ouvre l'un des tiroirs et en sort un dossier suspendu jaune. Il en extirpe un document broché et revient vers moi.

Je le lui prends des mains avec un sentiment d'appréhension. Il s'agit d'un jugement de la Régie du logement qui accorde à Pedro le droit d'expulser une locataire qui ne paie pas son loyer (moi) et de disposer à sa guise de ses effets personnels. Je le parcours rapidement. Les mots connus – *non-paiement de loyer, avis, service* – flottent devant mes yeux et me martèlent le cerveau. Même si je m'attendais à quelque chose du genre, c'est bien pire lorsque c'est imprimé sur papier, scellé, officiel.

Puis, une phrase finit de m'assommer: *Par ailleurs, la locataire a disparu, présumée morte.*

Je m'enfuis en courant dans la rue, trébuchant sur les bords du jeans de Dominic qui sont lourds et trempés à cause de la neige. L'air me brûle les poumons.

Disparue, présumée morte. Comment est-ce possible? Pourquoi quelqu'un croirait-il que je suis morte? J'ai appelé... J'ai parlé... J'ai...

– Emma, attends-moi, crie Dominic dans mon dos.

Mes jambes me lâchent. Je tombe à genoux dans un banc de neige. Le froid transperce le tissu.

– Est-ce que ça va?

Je n'ai aucune idée de la façon de répondre à cette question. À la place, je plonge mes mains dans la neige, sentant ses cristaux durs et perçants sur ma peau.

– Emma, tu me fais peur.

Il me touche le coude.

– Viens. Tu ne peux pas rester comme ça.

– Laisse-moi tranquille.

– Non, pas question.

Il place ses mains sous mes coudes et me remet sur mes pieds. Il me retourne et prend mes mains dans les siennes, en faisant tomber la neige. Elles picotent et me brûlent, mais ça m'est bien égal. Je suis morte. Je suis morte.

– Emma, tes lèvres deviennent bleues. Il faut que tu rentres

Je le fixe du regard. Je ne peux plus penser, ni parler ni bouger. Je suis morte.

Un taxi roule pesamment dans la rue et Dominic lui fait signe. Il me fait monter à l'arrière et donne l'adresse au chauffeur. Je me recroqueville en boule, la tête appuyée sur le siège de cuir usé. Ça sent la cire d'auto. Le ciel, par la fenêtre, semble étrangement lointain.

Lorsque nous arrivons à l'appartement, j'ouvre mécaniquement la portière du taxi et gravis les marches derrière Dominic.

Une fois à l'intérieur, je retire mon manteau et mes chaussures et me laisse tomber sur le sofa comme un robot. Je demeure assise, les mains entre les genoux, pendant que Dominic ouvre le chauffage au gaz et m'apporte les couvertures de mon lit. Je me réfugie en dessous, apathique.

Dominic s'assied sur la table basse en face de moi; il attend, inquiet, ses mains posées à plat sur ses cuisses.

– Je te remercie de m'avoir ramenée ici, dis-je finalement.

– Il n'y a pas de quoi. Est-ce que ça va mieux?

– Je suppose.

– Veux-tu me dire ce qui se passe?

– Ce jugement... il disait que j'étais... disparue... que j'étais peut-être... morte.

– Mon Dieu! Pourquoi croirait-on cela?

Je serre mes genoux contre ma poitrine.

– J'aimerais bien le savoir.

– Alors, pourquoi es-tu partie si longtemps au... où étais-tu au juste?

– En Afrique.

– Et qu'est-ce que tu faisais là-bas?

Je serre mes genoux plus fortement, pour me forcer à rester dans le moment présent.

– Ma mère est décédée et m'a légué un voyage.

– Et ton père?

– Je n'en ai pas. Je veux dire, je ne le connais pas. Il nous a quittées lorsque j'avais trois ans.

– Je suis désolé.

Je secoue la tête.

– Ça n'a aucune importance.

Dominic replie ses mains sur ses genoux.

– Alors tu es allée en Afrique, mais tu ne devais rester qu'un mois, c'est bien ça?

– Oui.

– Que s'est-il passé?

– Je suis tombée malade très rapidement, mais aussi… j'étais au Tswanaland.

– Tu veux dire que tu étais là pendant le tremblement de terre…

– Oui.

Il se lève brusquement.

– Où vas-tu?

– Attends une seconde, j'ai une idée.

Il quitte la pièce et revient un instant plus tard avec un ordinateur portable mince argenté.

– J'étais en train de penser: comment Pedro aurait-il pu savoir et dire à la cour que tu avais disparu?

– C'est un bon point.

Je prends le portable et ouvre un navigateur Web. Je tape *Emma Tupper avocate* sur Google. Le premier site répertorié m'amène à la page Web de *The Post*. Je clique dessus et un article apparaît.

Le titre dit tout: *Étoile montante de TPC portée disparue*. Je dévore l'article. J'étais partie en safari au Tswanaland. J'étais tombée malade et avait été laissée dans un village, situé près de la réserve d'animaux sauvages, pour que les guides puissent aller chercher un médecin. J'avais appelé quelques amis et leur avait dit que je serais de retour à la capitale le 20 du mois. Le tremblement de terre avait eu lieu le 21, un cataclysme de 8,9 sur l'échelle de Richter, dont l'épicentre se trouvait à vingt milles de la capitale. La majeure partie de celle-ci avait été complètement rasée, les infrastructures du pays, détruites et des milliers de gens, tués. Tous les ressortissants étrangers avaient été fortement encouragés à s'enregistrer auprès de leurs ambassades respectives qui, construites selon les critères des pays développés, restaient parmi les seuls bâtiments à avoir résisté. Ils avaient ensuite été rapatriés par l'entremise des vols de secours qui avaient été envoyés au cours des semaines suivantes. Mais, comme je ne m'étais jamais présentée, personne n'avait pu retrouver une quelconque trace de moi. Les fonctionnaires imaginèrent donc le pire et m'inscrivirent sur une liste, une mauvaise liste. La conclusion fut triste mais évidente. «Elle va nous manquer terriblement», selon les propos de Matt cités dans l'article. «Elle était promise à un brillant avenir.»

– Qu'as-tu trouvé? me demande Dominic. Mes yeux fixent les siens, puis de nouveau l'écran de l'ordinateur qui prétend que je suis probablement morte. Ce qui expliquerait plusieurs choses. Comme la sensation de mort que j'ai au cœur, par exemple.

Dominic me prend l'ordinateur des mains, balayant l'écran du regard. Il émet un léger sifflement.

– Merde.

– Je trouve que cela ne traduit pas du tout ce qui s'est vraiment passé.

– Tu as raison. Je suis désolé.

– Pourquoi? Ce n'est pas ta faute.

– Tout de même.

Dominic dépose l'ordinateur et se dirige vers une boîte posée dans le coin. Il en sort une bouteille de scotch et un verre qu'il remplit de quelques doigts généreux. Il me le tend.

– Tiens, bois ça.

Je contemple le liquide ambré qui brille dans le verre.

– Cela ne résoudra rien.

– On ne sait jamais.

J'avale le tout en deux grandes gorgées. Ça brûle comme le feu et goûte comme le fond d'une tourbière. Je lève les yeux vers Dominic. Il m'observe comme si j'étais faite en verre et qu'il.était un marteau. Un coup sec suffirait à me faire voler en un million de petits éclats.

Je prendrais bien quelque chose pour atténuer le coup.

– Passe-moi la bouteille.

CHAPITRE 4

UN CERTAIN SAMUEL CLEMENS[3]

Je fais ce rêve à répétition depuis des mois.

J'en suis au troisième jour de mon voyage. Nous avons passé deux jours à suivre la piste d'éléphants et de girafes, sous un ciel si vaste et plat que nous nous serions crus perdus dans une aquarelle. L'air sent la poussière et le foin brûlé par le soleil. Mes oreilles sont remplies des cris et du vrombissement des ailes des oiseaux. Alors que le soleil délavé se dirige vers l'horizon, une lionne bondit des hautes herbes et se jette à la gorge d'un zèbre qui s'était paresseusement éloigné de ses congénères. Sa victime gisant à l'agonie à ses pieds, la lionne pousse une série de faibles rugissements pour exprimer sa fierté devant ce festin.

Je descends ma vitre couverte de poussière pour mieux voir. Je peux sentir l'odeur du sang et entendre la chair qui se fait déchiqueter. Je suis dégoûtée et, pourtant, je ne peux quitter ce spectacle des yeux. Mes compagnons de voyage prennent des photos et tournent des vidéos, jusqu'à ce que le zèbre ne soit plus qu'une carcasse.

De retour au camp, nous sommes plus enthousiastes et bavards que nous ne l'avons jamais été auparavant. Roy et

---

3 Samuel Clemens est le véritable nom de l'auteur américain Mark Twain. (NDT)

Dorothy, un couple à la retraite aux cheveux blancs, s'assoient à la table de pique-nique rudimentaire et passent en revue les photos qu'ils ont prises sur leur appareil.

– Regarde, Do, il lui a complètement arraché la patte.

– *Elle* lui a arraché la patte, chéri. Ce sont les femelles qui s'occupent de la chasse.

Bill, l'ex-gars de l'armée, raconte à Max, l'éternel hippie, l'histoire du gnou qu'il a tué lors de son dernier voyage en Afrique. Laurie, la petite amie de Max, me confie qu'elle croit que celui-ci l'a emmenée en voyage pour la demander en mariage; elle est nerveuse, se demandant quand il le fera.

Les guides nous préparent à manger. Banga-appelez-moi-juste-Bob se plaint d'un mal de tête. Je le vois avaler quelques aspirines pendant qu'il brasse le ragoût de viande. Lorsque c'est prêt, j'en dévore une grosse portion. C'est bon, même si le goût est un peu étrange.

Je sens une main se poser sur mon épaule. Ma mère se tient debout à mes côtés. Elle a repris l'apparence d'avant sa maladie, mais dans une présence moins dense, plus diaphane.

– Ne mange pas cela, dit-elle. Il est malade.

Avant que je puisse dire quoi que ce soit, elle se retourne et s'en va. Je laisse tomber mon bol. Il se fracasse sur le sol crasseux avec un bruit sourd. La terre poussiéreuse absorbe la sauce avec avidité. J'appelle ma mère, mais elle ne réagit pas; elle continue simplement à s'éloigner avec lenteur, revêtue d'un voile blanc vaporeux.

J'essaie de la rejoindre en courant, mais mes jambes ne veulent pas m'obéir. Le soleil disparaît derrière l'horizon. Je ne la vois plus; il n'y a plus qu'un point blanc là où elle se trouvait il y a une minute, une trace semblable à celle que laisse une lumière vive sur la rétine. Je me sens comme lorsqu'elle est morte, comme si je la perdais une nouvelle fois.

Banga-appelez-moi-juste-Bob craque une allumette et la jette dans le foyer préparé à cet effet. Les flammes bondissent, comme si une troupe d'acrobates encerclait le feu. Ils portent des robes rouges qui constituent les seuls éclats de couleur dans un monde soudain devenu noir et blanc.

Les étoiles dansent, au-dessus d'eux, dans le ciel immense. Je contemple leur cérémonie, comme j'admirais les lions plus tôt ce jour-là, en respirant à peine. Le feu s'éteint peu à peu. L'un des acrobates me fixe dans les yeux et me fait signe d'un petit mouvement du poignet. Je me dirige lentement vers lui, toujours à la recherche de ma mère, là-bas dans la noirceur. Il pose ses longs doigts frais sur mon front, en exerçant une légère pression.

– Tu es malade, dit-il. Tu es malade.

Je me réveille en sursaut. La tête m'élance et j'ai l'estomac vide. Hier, après quelques verres de boisson forte, tout ce que je souhaitais faire, c'était ramper jusqu'à mon lit et disparaître. Et c'est ce que j'ai fait. J'ai dormi et rêvé très longtemps, et maintenant on est lundi matin.

Je repousse les couvertures et traverse le plancher froid. J'enfile de nouveau les vêtements de Dominic et me rends à la cuisine pour manger quelque chose. La vue du téléphone sur le comptoir me fait l'effet d'un choc. J'ai vraiment, mais vraiment besoin de parler à quelqu'un qui fait partie de ma vie. J'apporte le téléphone à la table et compose le numéro des parents de Stéphanie, numéro que j'ai toujours en mémoire. Il est tôt – juste un peu plus de sept heures –, mais ils seront levés. Je peux même les imaginer : Lucy, dans ses vêtements de gymnastique, buvant du jus d'orange avant de rencontrer ses « copines » pour une promenade matinale, et Brian, en train de lire son journal, portant chemise empesée et cravate, même s'il est à la retraite depuis cinq ans.

– Bonjour ! répond Lucy sur un ton chantonnant.

– Bonjour, Lucy. C'est Emma. Emma Tupper.

J'entends une grosse inspiration suivie d'un bruit sec.

– Brian, Brian !

– Lucy ? Allo, Lucy ?

J'entends un bruit de pas, puis une grosse voix masculine.

– Qui est à l'appareil ?

– C'est moi, Brian. C'est Emma.

– Si c'est une mauvaise blague…

– Non. C'est vraiment moi. Je vais bien. Je suis de retour. Je suis…

Ma voix s'étrangle. Je ne sais plus quoi dire, comment expliquer ce que je ne comprends pas moi-même.

– Est-ce réellement toi ?

– Oui.

– Oh, Dieu merci. Nous avons été si inquiets. Et Stéphanie…

Il s'arrête. J'écoute pendant qu'il lutte pour garder le contrôle de lui-même.

– C'est entre autres la raison pour laquelle j'appelle. Où *est*-elle ?

– Oh, Emma. Elle est partie à ta recherche.

Maintenant, c'est à moi de me battre pour conserver le contrôle de moi-même.

– Quoi ? Mais comment est-ce possible ? Comment avez-vous pu la laisser partir ?

– Nous n'avons pas pu l'arrêter. Pas une fois que l'embargo sur les voyages a été levé.

– Avez-vous eu de ses nouvelles depuis son départ?

– Elle nous a appelés depuis Londres, mais nous n'avons pas eu de nouvelles depuis. On dit sur Internet que les systèmes téléphoniques là-bas ne fonctionnent toujours pas de manière fiable.

Je ferme les yeux, pensant à tout le métal tordu que j'ai vu sur le chemin.

– Quand devait-elle arriver?

– Il y a trois jours.

Le sentiment de frustration qui me submerge alors me fait presque jeter le téléphone de l'autre côté de la pièce. Il y a trois jours! Six mois et un jour d'intervalle nous ont séparées. «Ce n'est pas juste», dis-je en m'adressant à l'Univers. Pas juste du tout.

– Avez-vous son numéro de cellulaire?

– Oui, bien sûr.

Il me dicte les chiffres. Je les note mécaniquement sur un coin de journal.

– Nous sommes très heureux que tu sois saine et sauve, Emma.

– Merci.

– Je pense que Lucy est un peu trop émotive pour te parler en ce moment, mais je suis certain qu'elle aimerait beaucoup que tu l'appelles plus tard. Tu veux bien, ma chérie? Oui. Plus tard, ce serait très bien.

– J'essayerai.

– Merci, chérie.

Je raccroche et pose ma tête sur mes bras. Les parents de Stéphanie me croyaient morte. Je ne peux pas m'imaginer comment cela a dû être. Stéphanie et moi avons passé tant de temps ensemble en grandissant que l'on m'a accordé le statut de fille de la famille à titre honorifique. Et Stéphanie, toujours aussi têtue et loyale, est partie à ma recherche. Se pourrait-il que Craig y soit aussi? Sont-ils tous les deux partis à ma recherche alors que je suis exactement là où je devrais être?

– Bonjour, dit Dominic, qui entre dans la cuisine en traînant les pieds, vêtu d'un pantalon kaki et d'un chandail en laine polaire bleue. Je lève les yeux. Il semble, si c'est possible, encore plus fatigué qu'hier. Ses cernes sont plus sombres, sa peau est blême.

– Hé.

– Ça va? Tu as l'air pâle.

Je laisse tomber le téléphone sur la table.

– As-tu déjà dû appeler quelqu'un pour lui apprendre que tu n'étais pas réellement mort?

– Dieu merci, non.

– Eh bien, je ne te le recommande pas.

Il s'assied devant moi.

– Tu as beaucoup d'appels du genre à faire?

– Probablement.

Je m'affale sur ma chaise, écrasée par le poids potentiel des appels en question.

– Et si tu allais à la police? Peut-être pourraient-ils t'aider à diffuser le message?

– La police?

– Mais oui, tu sais, pourquoi pas le détective cité dans l'article, celui qui est responsable de ton dossier?

Je réfléchis à cette suggestion.

– Je *devrais* effectivement me rapporter. S'ils pensaient vraiment que j'étais… disparue.

– Exactement.

Je me relève en prenant appui sur la table.

– Je suppose que je devrais m'y mettre.

Dominic se lève et traîne les pieds jusqu'au frigo. Je l'observe pendant qu'il ouvre la porte et se prend une bouteille de jus d'orange, comme si ces lieux lui appartenaient, comme s'il était chez lui. Ce qui est probablement le cas, maintenant. Ce qui voudrait donc dire que je dois partir d'ici. Mais où aller? Tout ce qu'il me reste, c'est la maison de ma mère, un endroit auquel je n'ai pas le courage de faire face, pas pour l'instant en tout cas.

– Dominic?

– Oui?

– Penses-tu que tu pourrais m'avancer un peu d'argent pour un taxi?

Il dépose la bouteille de jus sur le comptoir et sort son portefeuille, l'air amusé. Il en extrait deux gros billets.

– Est-ce assez?

– Plus qu'il n'en faut, merci. Je t'en dois une.

– Je m'en souviendrai.

J'attends le détective responsable de mon dossier pendant quarante-cinq minutes dans une salle lugubre, aux murs verts typiques des bâtiments publics. Le nez me pique à cause de l'odeur des trop nombreux visiteurs et du désinfectant. Dans le coin se trouve un arbre à l'allure triste, décoré d'une guirlande argentée. La musique d'ambiance, au timbre de Noël, est sûrement une tactique délibérée pour délier les langues suspectes.

Je me fiche de ce que je dois confesser, arrêtez juste de faire jouer *L'enfant au tambour*! *Param pa pam pam.*

– Mademoiselle Tupper? Je suis le détective Nield.

Je me lève et lui serre la main. Mi-cinquantaine, grand, bien bâti. Son visage rond et ses yeux bleu acier me rappellent Paul Newman dans *La couleur de l'argent*.

Je le suis dans un grand espace ouvert rempli d'hommes, de femmes, de bureaux et de téléphones qui sonnent, jusqu'à son poste de travail. Les cloisons, recouvertes de tissu taupe, sont décorées d'un collage de visages mal assortis. Il me faut un certain moment avant de me rendre compte que ces visages sont ceux des personnes qu'il recherche. J'y trouve ma propre photo, entre celle d'un petit enfant aux dents de devant espacées et celle d'un vieillard aux cheveux blancs et aux yeux plissés par le soleil, photographié sur le pont de son bateau. Il s'agit d'un gros plan de mon visage qui sourit en coin à la caméra. La dernière fois que j'ai vu cette photo, elle était affichée sur le frigo de Stéphanie. Maintenant, elle est suspendue par une punaise rouge au commissariat de police. C'est affreux.

Je m'assieds sur la chaise de vinyle brun réservée aux visiteurs du détective Nield. Il se penche sur une pile de papiers dont il retire un formulaire bordé de bleu. Il le dépose de façon à ce qu'il soit parfaitement aligné sur le buvard qui se trouve devant lui et appuie sur le bout de son stylo à bille.

– Alors, mademoiselle Tupper, dit-il d'une voix rendue rocailleuse par la cigarette, ou peut-être le whisky. Que diriez-vous de commencer par le début? Que faisiez-vous au Tswanaland?

J'essuie mes mains moites sur les jeans de Dominic.

– Ma mère est décédée. Elle m'a légué ce voyage dans son testament. Elle a toujours... c'était très important pour elle que je fasse ce voyage. Alors, je l'ai fait.

– Et vous étiez avec Turnkey Tours?

– Oui. Mais si vous savez cela, pourquoi devrais-je...

Il m'adresse un sourire d'empathie.

– C'est la procédure habituelle. Nous aimons vérifier l'information que nous avons rassemblée avec la PD, si c'est possible.

– PD?

– Personne disparue.

– Ah. Oui. Je comprends. Allez-y.

– Vous êtes arrivée le 5 juin?

– Cela me semble juste.

– Puis vous avez voyagé en direction de la réserve d'animaux sauvages?

– Oui. Elle se situe à environ deux cent cinquante milles de la capitale.

– Que s'est-il passé lorsque vous y êtes arrivée?

– Ce qu'on fait d'habitude dans un safari, j'imagine. On a observé des girafes et des éléphants.

Il hoche la tête.

– Quand êtes-vous tombée malade?

– Le quatrième jour. J'ai attrapé quelque chose d'un des guides.

– Vous savez quel microbe?

Je repense à la fièvre et aux frissons. Un instant, j'allais bien. Le suivant, je ne pouvais plus m'asseoir. Je pouvais à peine avaler. Ma respiration était devenue très pénible.

– Je ne sais pas exactement. J'étais trop malade pour être déplacée bien loin, alors on m'a emmenée dans un village où des employés d'une ONG travaillaient à la construction d'une école.

– Comment s'appellent-ils?

– Karen et Peter Alberts.

– Pour quelle ONG travaillaient-ils?

– Education Now, mais ils sont d'ici, en réalité. Ils devraient être de retour dans quelques semaines si jamais vous deviez leur parler.

– Je doute que cela soit nécessaire.

Son stylo griffonne quelque chose sur la page.

– Combien de temps avez-vous été malade?

– Environ une semaine.

– Et vous avez appelé mademoiselle Granger et monsieur Talbot?

– Oui. Quelques jours avant le tremblement de terre.

– Vous leur avez dit que vous alliez retourner à la capitale? Que vous rentriez chez vous?

– Je devais prendre le prochain transport vers la capitale, mais il n'est jamais arrivé.

– Vous étiez dans le village au moment du tremblement de terre?

Je hoche la tête, même si je n'étais pas techniquement dans le village. En fait, j'étais partie en promenade, ce que j'ai fait à de nombreuses reprises au cours des mois suivants, lorsque je ne pouvais plus supporter personne autour de moi, lorsque j'avais besoin de pleurer, de trembler, de me laisser tomber sur le sol et de me blottir là jusqu'à ce que mes larmes tarissent.

Ce jour-là, je m'étais assise sur le sol dur, le dos appuyé contre un arbre au tronc rugueux, songeant à rentrer à la maison. La rivière coulait faiblement derrière moi et j'ai vu un serpent onduler à la lisière de l'herbe morte, à mes pieds. Je me souviens d'avoir presque souhaité qu'il me morde et m'inflige une blessure qui m'aurait distraite de mon cœur brisé et de mon cerveau endolori.

Puis l'air s'est empli de *couac, couac* d'oiseaux et de cris perçants d'animaux que je ne pouvais pas identifier. J'ai regardé autour de moi, confuse, et avant même que je puisse me mettre debout, l'air a commencé à vibrer, à trembler, à craquer.

Un tremblement de terre, pensai-je, ayant déjà vécu quelques petites secousses au cours de ma vie. Mais rien qui ressemblait à cela. Le bruit était si fort, le séisme, si violent, que je me sentais comme si j'en faisais partie intégrante, comme si la terre qui se soulevait pouvait s'ouvrir et m'avaler, m'engloutir complètement.

D'instinct, je me suis agrippée à l'arbre comme à un cadre de porte. Ses fruits inconnus tombaient comme des bombes autour de moi, explosant dans toutes les directions. Quand le sol a finalement cessé de trembler, et que le grondement s'est tu, je me suis levée, chancelante et reconnaissante d'être encore en vie.

– Oui, dis-je au détective Nield, c'est exact.

– Vous avez eu de la chance.

– Oui.

– Cependant... vous n'avez plus jamais réussi à appeler chez vous ?

Je me sens un peu coupable, tout à coup.

– Non. Le cataclysme a interrompu l'alimentation en électricité, détruit les tours de téléphonie cellulaire... nous ne pouvions plus faire d'appels. Nous étions coupés du monde.

– Et l'aéroport est resté fermé jusqu'à il y a quelques semaines ?

– Oui. Quand nous avons entendu que le service des vols internationaux avait recommencé, j'ai pris le premier transport pour la capitale.

– Vous n'avez pas eu de problèmes à passer l'immigration ? Votre passeport devait avoir été signalé.

– Non. Rien.

Il fronce les sourcils.

– Ce n'est pas à l'honneur de nos systèmes de sécurité.

Je repense à l'agent des douanes qui s'embêtait tellement qu'il n'a même pas vérifié mon passeport.

– Apparemment, je n'ai pas l'air d'une terroriste.

– Mmm.

– Est-ce que je peux vous poser une question ?

– Certainement.

– Comment se fait-il que vous me pensiez… morte ?

Ses yeux prennent une expression sérieuse.

– Monsieur Talbot et mademoiselle Granger ont rempli un rapport de personne disparue quand vous n'avez pas été évacuée avec les autres touristes. Avec tout ce qui se passait là-bas, il était impossible de joindre qui que ce soit par téléphone et extrêmement difficile d'obtenir les noms et adresses des autres personnes qui voyageaient avec vous. Lorsque j'ai enfin réussi à les retrouver, tout ce qu'ils ont pu me dire, c'était ce que nous savions déjà. Nous avons tous pensé que vous étiez dans la capitale…

– Comme je l'avais dit.

Il hoche la tête.

– C'est à ce moment-là que l'on vous a mise sur la liste.

– Je vois.

– Je regrette que nous n'ayons pas pu faire mieux.

– Je suis convaincue que vous avez fait tout votre possible.

– C'est très généreux de votre part, mademoiselle Tupper.

– Je suis vivante, n'est-ce pas?

Il me sourit.

– Vous l'êtes.

– Que dois-je faire maintenant?

– Je vais vous donner quelques formulaires pour que vous puissiez réactiver vos comptes bancaires et autres.

Ce n'est pas tout à fait ce que je voulais dire, mais je me contente de cette réponse pour le moment.

– Merci. Pourquoi ont-ils été gelés?

– Ce sont les procédures régulières.

– Bien. Alors, avez-vous besoin d'autre chose de ma part?

– Non, je ne pense pas. Nous nous chargerons de publier le communiqué de presse.

– «L'annonce de ma mort a été grandement exagérée[4]», n'est-ce pas ce qu'avait dit Samuel Clemens?

Sa lèvre supérieure exprime une moue.

– Quelque chose comme ça.

– Très bien. Merci.

Je me lève pour partir.

– Puis-je vous faire une suggestion avant que vous ne vous en alliez?

– Bien sûr.

---

4 Littéralement: «The report of my death has been greatly exaggerated». Déclaration faite par Mark Twain au *New York Journal*, le 2 juin 1897, alors que ce dernier avait annoncé la mort de l'auteur. (NDT)

– J'ai eu affaire à beaucoup de gens dans votre situation – pas des cas en tous points semblables au vôtre, bien sûr, mais des personnes qui avaient été portées disparues – et celles-ci ont en général trouvé fort pénible de réintégrer leur vie. Il ne s'agit pas seulement de la reprendre là où vous l'aviez laissée.

– Qu'est-ce que vous voulez dire?

– Simplement que je vous conseille d'avoir quelqu'un à qui en parler, si vous le désirez. Comme un psychologue qui dirige un groupe de victimes.

Je n'ai jamais aimé le mot *victime* et je n'avais certainement jamais imaginé en devenir une.

– Mais les personnes dont vous parlez ont été kidnappées, n'est-ce pas?

– En général, oui.

– Ce n'est pas pareil pour moi. Je n'ai pas vraiment disparu, ce sont les autres qui l'ont pensé.

– Quoi qu'il en soit, vos amis et collègues vous ont crue morte. Cela aura des conséquences…

Je l'interromps, passant en mode Emma Tupper-à-qui-tout-réussit.

– Je vous remercie de votre suggestion, mais j'aurai réglé tout cela d'ici quelques jours. Dès que l'on apprendra que je suis vivante, tout rentrera dans l'ordre.

– J'admire votre courage, mademoiselle Tupper. Et j'espère sincèrement que vous avez raison.

– Je ne suis pas courageuse. Je ne suis qu'un encadré dans le journal de demain.

Je lui tends la main.

– Je vous remercie d'avoir tenté de me retrouver.

Il me serre la main fermement.

– Je suis heureux que tout se termine de cette façon.

– Moi aussi.

Je me retourne et traverse à l'envers l'enchevêtrement de policiers et de commis en direction de la sortie. Chemin faisant, je passe devant un grand tableau blanc couvert de colonnes de noms écrits aux feutres rouges et noirs. Mon nom de famille est là aussi, en lettres moulées rouges, comme si j'étais la victime de la semaine dans un épisode de *Sur écoute*.

Je sais ce qui se passe ensuite pour l'avoir vu à maintes reprises à la télévision. Dans quelques instants quelqu'un, peut-être le détective Nield, va effacer mon nom et le réécrire en noir. À la fin de l'année, il sera effacé à jamais. Et l'espace que j'ai occupé, aussi petit soit-il, sera libéré pour quelqu'un d'autre.

Du rouge au noir. Cas résolu. *I once was lost, and now I'm found*[5].

Facile.

---

5 Vers célèbre d'un hymne chrétien intitulé *Amazing Grace*, écrit en 1779 par John Newton. (NDT)

CHAPITRE 5

TROP DE TRAVAIL
ET PAS ASSEZ DE PLAISIR[6]

Épuisée par ma conversation avec le détective Nield, je ne me sens pas la force d'affronter Thompson, Price & Clearwater pour l'instant. Étant donné la façon dont ils ont réagi lorsque j'ai voulu prendre un mois de congé, je ne peux qu'imaginer l'indignation égoïste du comité de gestion quand ils ont appris ma disparition. *Et qui au juste allait s'occuper du procès Samson et se charger de ses dossiers?* Ah la la la la.

Je me réfugie plutôt dans l'aire de restauration qui occupe tout le sous-sol de l'édifice dans lequel sont situés les bureaux de TPC. Je m'assieds, cachée derrière un pilier, dans ce qui était auparavant la section des fumeurs (d'ailleurs, si on respire assez profondément, on croirait vraiment fumer). L'odeur familière du thaï, du libanais et du Burger King imprègne l'air. Ce lieu est devenu ma deuxième salle à manger depuis que j'ai commencé à travailler ici. Cela me rend nostalgique, sans que je sache vraiment pourquoi.

---

6 La formulation anglaise (*All Work and No Play*) fait référence à l'expression anglaise «*All Work and No Play makes Jack a dull boy*» qui est une expression idiomatique en anglais et l'unique phrase du roman du père dans le livre et le film *The Shining*. (NDT)

L'une des questions qui devraient se trouver dans les formulaires de demande d'inscription des facultés de droit est la suivante : *Pouvez-vous survivre en ne mangeant que de la restauration rapide?* Mais toutes les facultés auxquelles je me suis inscrite me demandaient plutôt pourquoi je voulais être avocate. Je suppose qu'elles s'attendaient à ce que nous décrivions tout le bien que nous souhaitions faire, mais je voulais être honnête. (S'il fallait un jour que je fasse respecter la loi, il me semblait que je devais au moins *commencer* par être honnête.) Malheureusement, j'étais presque certaine que la vérité ne favoriserait pas l'acceptation de ma candidature. Car, en réalité, je voulais être avocate parce que j'aimais argumenter. J'aimais tellement cela que j'aurais défendu les pour et les contre de n'importe quoi, juste pour le plaisir, qu'on me le demande ou non. N'importe quand, n'importe où.

Or, aimer l'argumentation n'est pas une qualité très séduisante, n'est-ce pas? *Je veux entrer à la faculté de droit pour apprendre à argumenter si bien que personne n'osera plus jamais me contredire...* Cela va faire de moi une personne populaire, pas vrai? Et je serai heureuse, non? Eh bien, au moins j'aurai raison.

Mais ç'a marché. J'ai écrit cinq cents mots sur le plaisir que je prenais à décortiquer chaque petit fait relatif à des questions d'intérêt public, de manière à pouvoir gagner contre n'importe quelle personne qui oserait m'affronter, et j'ai été acceptée dans toutes les facultés auxquelles j'avais présenté ma candidature. Mince! J'ai même probablement pris la place de quelques personnes qui *voulaient* vraiment améliorer le monde. Quelques facultés m'ont offert la bourse qu'il me fallait, dont une grosse université très recherchée, qui fait pousser des «oh» et des «ah» aux gens quand on leur dit qu'on y est allé (oui, c'est bien celle-là) et qui m'a offert une bourse complète.

J'ai bien sûr saisi ma chance. Même si ma mère ne voulait pas que je le fasse. C'est drôle, parce que la *dernière* chose qu'elle voulait que je sois, c'était avocate. Elle ne voulait pas me révéler son premier choix – cela aurait été trop facile, trop contrôlant, trop direct –, mais je me souviens encore clairement de la façon dont son visage s'est assombri quand je lui ai annoncé, aux alentours de ma dixième année de scolarité, ce que je voulais faire plus tard. «Pourquoi voudrais-tu faire cela?» avait-elle dit sans pouvoir se retenir. Était-elle l'unique parent dans l'histoire à être consterné en entendant son enfant lui faire ce genre d'annonce? Peut-être pas, mais sa réaction me surprit.

Quoi qu'il en soit, je suis partie pour la faculté de droit, avec les meilleurs vœux et le soutien indéfectible de ma mère. Et quand j'ai terminé parmi les meilleurs de la promotion, un grand choix d'emplois s'offrait à moi. La firme TPC jouissait de la plus belle réputation en matière de règlement de litiges et on me promit que je serais autorisée à prendre la parole en salle d'audience avant l'âge de quarante ans.

J'ai signé mon contrat. Les horaires étaient épouvantables et le travail, parfois abrutissant, mais ils tinrent leur promesse: j'eus droit de parole en cour. C'est alors que j'ai réalisé que je n'aimais pas argumenter, *j'adorais ça*. En particulier s'il y avait un enjeu (des millions de dollars, par exemple, ou la survie d'une entreprise) et que je gagnais. Évidemment, tout le monde aime gagner. Gagner, c'est mieux que perdre, après tout. Moi, *j'en raffolais*.

Alors, de vingt-sept à trente-quatre ans, j'ai travaillé dur pour être certaine de toujours remporter la victoire dans les situations d'argumentation. Et le travail ne me laissait guère le temps de faire quoi que ce soit d'autre. Je devais renoncer à quelque chose, et ce sont mes amis que j'ai sacrifiés. J'ai cessé de répondre à leurs appels et, les uns après les autres, ils ont cessé de m'appeler, jusqu'à ce que j'aie l'impression que les seuls qui restaient étaient Stéphanie, Craig, Sunshine (lorsqu'elle était là) et ma maman.

Je ne sais pas si c'est triste, ou si c'est tout simplement la vie, mais je ne m'en souciais pas. Je n'avais pas beaucoup d'amis, et alors?

Mais maintenant, je regrette certain des choix que j'ai faits. Je le ressens.

Profondément.

Je lisse le morceau de journal sur lequel j'ai écrit le numéro du cellulaire de Stéphanie et le compose sur le clavier du téléphone portable très bon marché que j'ai acheté à un stand du centre commercial, avec une partie de l'argent de Dominic.

Le téléphone de Stéphanie sonne, sonne et sonne encore, puis me transfère à la boîte vocale.

« Vous avez joint Steph. Veuillez laisser un message. »

– Steph, quoi que tu sois en train de faire, assieds-toi. C'est moi. Emma. Je vais bien. Je suis de retour et, surtout, je suis vivante. Je suis tellement, tellement désolée de ne pas avoir pu te téléphoner plus tôt. Ne m'en veux pas, je t'en prie, d'accord? Appelle-moi dès que tu recevras ce message, quelle que soit l'heure. Mon nouveau numéro est le 555–7982. Bon, maintenant respire. Je t'aime.

Je raccroche et tiens le téléphone dans ma main une minute, espérant qu'il va se mettre à sonner, même si je sais que je n'aurai probablement pas de ses nouvelles avant des jours.

Mon Dieu, peut-être même des semaines. Pourquoi, pourquoi, mais pourquoi donc a-t-elle eu besoin de partir à ma recherche?

– Oh mon Dieu.

Je lève les yeux vers le visage sidéré de Jenny Macintosh, mon assistante âgée de vingt-deux ans. Elle aime se faire bronzer et porte une robe droite de couleur noire dont la jupe est beaucoup trop courte, mais c'est ce qui fait son charme. Elle se comporte et parle comme si une équipe de tournage devait la suivre en permanence alors qu'elle fait la fête jusqu'à trois heures du matin. Mais elle est futée, et elle m'a tirée d'affaire plus d'une fois durant l'année où nous avons travaillé ensemble.

– Salut, Jenny.

Elle me serre fort.

– Tu es vivante!

– Eh oui.

– Mais ils nous ont dit que tu étais morte, et ils ont organisé un service et tout ça.

Doux Jésus. Ils ont organisé un *service*. On m'a commémorée, résumée, expédiée en parlant de moi au passé. Je me demande si quelqu'un a pleuré.

Elle s'affale sur la chaise en face à moi. Son café au lait déborde de sa tasse.

– C'est vraiment trop bizarre.

C'est toi qui le dis!

– Attention, tu vas renverser ton café.

Elle cligne lentement des yeux. Et ceux-ci commencent à s'emplir de larmes.

– Où étais-tu pendant tout ce temps?

Je la renseigne, touchée de l'intérêt qu'elle me porte. Elle m'écoute sans dire un mot, ses yeux bleu clair, ronds comme des soucoupes, exprimant sa perplexité.

– C'est comme un extrait de film.

Oui, un de ces films déprimants où la vie du personnage principal commence mal et ne fait qu'empirer. Cependant, tous ces scénarios comportent un moment décisif où il se passe quelque chose qui fait pencher de nouveau la balance du bon côté.

J'arrive bientôt à ce moment-là, n'est-ce pas?

– Peut-être.

– Est-ce que quelqu'un d'autre est au courant?

– Au bureau? Non, pas encore. Je vais y monter d'une minute à l'autre.

– Oh, dit-elle en sirotant son café. Je travaille pour monsieur Wilson maintenant.

– C'est génial, Jenny.

– Et Sophie a pris ton bureau.

Évidemment. S'il existe des Némésis dans la vraie vie, alors Sophie Vaughn en est une pour moi. Je ne sais pas pourquoi elle m'en veut, mais il semble que ça ait été le cas depuis que j'ai commencé à travailler chez TPC. D'accord, ce n'est pas tout à fait vrai. Je suis pas mal certaine que le fait d'avoir séduit son ex, lors de ma première fête de Noël au bureau, a quelque chose à voir là-dedans. (Ce n'est pas le moment dont je suis le plus fière, mais ce n'est qu'après que j'ai su qu'ils étaient sortis ensemble.) Mais quand même, les différends que nous avons me rappellent toujours les chicanes que j'ai eues avec les filles populaires au secondaire. Je suppose qu'on peut retirer la fille populaire du secondaire, mais cela ne veut pas dire qu'elle va cesser de se comporter comme si elle était encore au secondaire. Ou peut-être que la vie après le secondaire n'est pas si différente de la vie *au* secondaire? Quelle horrible pensée.

– Cela ne me surprend pas.

– En effet, elle doit vraiment te détester. Je veux dire, pour quelle autre raison aurait-elle...

– Pour quelle autre raison aurait-elle quoi?

Jenny tripote la bague qu'elle porte à son index.

– Nous devrions monter et annoncer la bonne nouvelle à tout le monde, tu n'trouves pas?

– J'imagine que oui.

Tandis que je parcours le centre commercial avec Jenny, un nœud se forme au creux de mon estomac. Tout le monde au bureau me croit morte. Ils ont porté du noir, écouté quelqu'un (Matt, c'est probable) parler de mon dévouement, mangé des petits sandwichs puis sont retournés au travail. Je ne serais pas étonnée d'apprendre que plusieurs d'entre eux n'ont pas eu une seule pensée pour moi depuis. Si je me fie à la réaction de Jenny, mon apparition-surprise risque d'être un choc. J'aurais dû appeler avant.

Trop tard maintenant.

L'ascenseur s'ouvre sur le hall recouvert de panneaux de bois de cerisier. La lumière qui entre par les baies vitrées situées derrière le vaste bureau de réception inonde cet espace où deux femmes presque identiques, aux cheveux noirs lissés vers l'arrière, répondent à un flot d'appels continu d'une voix radiophonique. «Thompson, Price & Clearwater, comment puis-je vous aider?» Un collier de minuscules lumières blanches court le long de leur bureau commun. Un sapin de Noël massif occupe le coin gauche, emplissant l'air de son parfum.

À ses côtés, une table basse supporte une ménorah qui brille discrètement.

TPC assure tous ses arrières.

Je passe les vingt minutes suivantes à contempler l'effet de choc que provoque mon retour se répandre comme une vague dans le bureau. Alors que je parcours le long corridor recouvert de moquette de l'étage des litiges, tout devient étrangement silencieux, amplifiant le bruit des téléphones qui sonnent. Les avocats sortent la tête de leurs bureaux, bouche bée. On m'envoie la main, on me donne des tapes dans le dos et partout, on me fait le signe du pouce levé.

C'est plutôt amusant, comme doivent l'être les premières semaines exaltantes de célébrité. Jusqu'à ce que j'arrive à mon ancien bureau, un endroit dans lequel je me sentais plus chez moi que dans mon appartement.

Seulement maintenant, c'est le bureau de Sophie. Il est rempli de tous ses meubles et l'espace a été reconfiguré de manière à ce qu'elle puisse travailler dos au couloir. Ses longs cheveux blond cendré tombent parfaitement droit sur les minces épaules de son costume noir Armani. Elle parle au téléphone, le récepteur appuyé contre sa joue.

Désorientée, je me retourne. Matt arrive à grands pas dans le couloir, arborant la même expression que tous les autres. Il me prend dans ses bras et me serre très fort, en me soulevant de terre. Et c'est cette démonstration inhabituelle d'émotion, de la part d'un homme bien éduqué, qui vit sous pression, et qui m'a fait travailler si fort que j'en ai développé un tic à l'œil droit, qui brise la mince couche de vernis qui retenait mes larmes.

– Je suis désolée, Matt, dis-je quelques minutes plus tard dans son bureau, après m'être essuyé le visage avec son mouchoir.

Il s'assied à côté de moi sur le sofa ultra-moderne installé dans le coin de son immense bureau. Ses cheveux argentés brillent dans la lumière vive que les lampes halogènes répandent depuis le plafond. Le parfum de sa coûteuse lotion après-rasage est étrangement réconfortant.

– Pourquoi t'excuses-tu?

– Je ne sais pas. Pour ma disparition, je suppose. J'ai dû vous laisser dans un terrible pétrin. Le procès Samson, par exemple.

– Ne t'en fais pas pour ça, Emma.

– L'a-t-on remis à plus tard?

– Non, c'est Sophie qui s'est occupée du procès, dit-il doucement.

– Ah, d'accord. Bien sûr.

– Que t'est-il arrivé?

Je prends une gorgée du verre d'eau que m'a apporté sa secrétaire, Nathalie, et lui raconte mon histoire. Il m'écoute en m'accordant toute son attention, qualité qui fait de lui un excellent plaideur.

– Tu ne savais pas que nous pensions que tu étais… disparue?

– Non. Craig ne t'a pas dit que nous nous sommes parlé?

Je sursaute alors que ma bouche prononce son nom. *Craig.* Je l'avais complètement oublié en me dirigeant d'instinct vers le bureau de Matt, plutôt que le sien.

– Tu as parlé à Craig aujourd'hui? me demande Matt.

– Non, je voulais dire lorsque j'étais en Afrique, avant le… J'ai essayé de l'appeler depuis mon retour, mais son numéro à la maison a été débranché, je n'ai plus mon BlackBerry et sa boîte vocale annonce qu'il est à l'extérieur du bureau...

Je m'arrête en sentant la chaleur me monter aux joues.

– Il est sur la côte ouest; il travaille à un contrat. Je suis certaine que son assistante aura ses coordonnées.

– Bien sûr. J'aurais dû y penser.

– Nathalie, crie-t-il depuis la porte, veuillez nous indiquer la date de retour de Craig Talbot et obtenir ses coordonnées auprès de son assistante.

– Tout de suite, répond-elle.

– Merci, Matt.

– Ce n'est rien. As-tu songé à ce que tu vas faire maintenant?

– Qu'est-ce que tu veux dire? Est-ce que je ne peux pas... Je veux dire, je pensais revenir au travail.

Les yeux de Matt se détournent des miens. Mon estomac se noue à nouveau sous l'effet de la nervosité. Selon mon expérience, rien de bon ne peut venir d'un homme qui est incapable de vous regarder droit dans les yeux.

– Matt, qu'y a-t-il?

– Je suis seulement un peu surpris que tu souhaites revenir après tout ce qui s'est passé.

– Qu'entends-tu par là? Que veux-tu que je fasse?

Ses yeux reviennent aux miens. Je suis incapable de déchiffrer leur expression.

– As-tu songé à retourner aux études?

– Pourquoi voudrais-je faire cela?

– Un changement te ferait peut-être du bien.

– Et pourquoi aurais-je besoin d'un changement?

– Pour rien. Oublie ça. Je n'ai rien dit.

Je pose ma main sur son bras.

– Allez, Matt. Qu'est-ce qui se passe?

Il s'éclaircit la gorge.

– Rien, seulement... tu trouveras peut-être difficile de reconstruire ta pratique après avoir été absente si longtemps, c'est tout.

– Susan est partie plus longtemps encore lorsqu'elle a eu son bébé.

Un des muscles de la mâchoire de Matt se contracte. C'était une erreur de ma part d'y faire allusion. Le congé de maternité d'un an de Susan avait provoqué beaucoup de controverse. La rumeur courait qu'elle avait dû promettre de ne pas avoir un autre enfant pour pouvoir réintégrer son poste.

Pourquoi est-ce que j'ai encore envie de travailler ici, au juste?

– C'est vrai. Mais, Emma, ses clients savaient qu'elle allait revenir.

Je fais le lien.

– Et les miens pensaient que je ne reviendrais pas.

– C'est cela.

– Tu veux dire... que tous mes clients ont été réattribués?

Matt semble triste. Triste pour moi.

– Je suis désolé, Emma, mais c'est le cas.

Ce n'est *pas* bon signe. L'octroi des postes d'associés chez TPC est fondé sur une formule complexe alliant heures facturables et nombre de clients. Il faut avoir une certaine clientèle qui génère un certain nombre d'heures facturables pour pouvoir être simplement pris en considération. Alors, ce que Matt vient de me dire sous-entend qu'il ne me reste pas qu'une année à attendre avant de devenir associée; au contraire, je vais devoir tout recommencer depuis le bas de l'échelle, comme si je venais tout juste d'obtenir mon diplôme. Comme si les sept dernières années n'avaient jamais existé.

Pas étonnant qu'il me suggère de retourner aux études.

– Mais je peux quand même revenir si je le souhaite?

– Je vais devoir vérifier avec le comité de gestion, mais si c'est ce que tu souhaites vraiment, je te soutiendrai.

– C'est ce que je souhaite, dis-je avec plus de certitude que je n'en ressens.

– Eh bien, eh bien, qui avons-nous là?

Sophie se tient dans l'embrasure de la porte, les bras croisés sur la poitrine. La finition parfaite de son maquillage met en valeur ses pommettes et donne un peu de définition à son menton qui autrement en manquerait. Sa blouse vert pomme est accordée à ses yeux de chat.

– C'est donc vrai, dit-elle d'un ton pointu.

Je saisis une bouffée de Chanel No 5, un parfum que j'aimais avant de la rencontrer.

– Il paraît.

– Eh bien, c'est tout grandiose. Tout le monde était si inquiet.

– Je n'en doute pas.

Elle me scrute de la tête aux pieds.

– Tu as l'air bien.

Je relève les manches du chandail de Dominic, me sentant gênée par mon manque d'élégance.

Je ne la laisserai pas m'inciter à dire quelque chose de vache devant Matt. Je ne lui ferai pas ce plaisir...

– Comment te plais-tu dans mon bureau?

Zut. Et moi qui faisais tant d'efforts.

– As-tu déjà terminé l'avis juridique pour Mutual Assurance, Sophie? demande Matt d'un ton empreint de déception.

Mutual Assurance est l'un des plus gros clients du cabinet. Les plaideurs en herbe se font la main sur les centaines de dossiers qu'ils soumettent chaque année à TPC. Lors de ma première année au sein de la société, j'ai rédigé *Le défendeur nie les allégations contenues dans les paragraphes x, y, z* tant de fois, que j'avais l'impression de faire de la copie en guise de punition.

– Tu l'auras d'ici quinze heures.

– Bien.

– Sur quoi travailles-tu? demandé-je à Matt, essayant d'avoir l'air intéressé.

– On a volé un Manet dans la collection de Victor Bushnell. Mutual sera poursuivie pour des millions si nous ne réussissons pas à trouver une clause contractuelle de non-responsabilité à appliquer.

– Effectivement, je l'ai lu ce matin, dans le journal. Je suis certaine qu'il doit y avoir une façon d'y arriver.

Sophie me fait un sourire à la Cheshire.

– Bien sûr qu'il y en a une. Pourquoi ne viendrais-tu pas faire un tour dans mon bureau plus tard, pour qu'on rattrape un peu le temps perdu?

– Volontiers, dis-je d'un ton joyeux, alors que nous savons pertinemment toutes les deux que cela n'arrivera jamais.

Elle repart et je me laisse tomber sur le sofa, épuisée par notre conversation. Mes six mois d'absence m'ont rendue trop faible pour soutenir une querelle de filles.

– Comme j'aurais souhaité que vous puissiez vous entendre mieux, toutes les deux.

– Je sais, Matt. Je vais essayer.

– Bien.

– Alors, quand penses-tu que je peux commencer?

CHAPITRE 6

HORIZONS LOINTAINS

Passer six mois en compagnie d'étrangers, c'est plutôt long. Cela ne veut pas dire que Karen et Peter ne sont pas des personnes exceptionnelles, bien au contraire. Je me suis d'ailleurs très attachée à eux. Mais les premiers jours, voire les premières semaines, lorsque je me sentais faible et que ma mère me manquait comme cela ne m'était pas arrivé depuis l'âge de huit ans (quand elle avait dû venir me chercher au camp des guides pour me ramener à la maison), je me comportais avec prudence, incertaine de la place que j'occupais auprès d'eux.

Cette impression était renforcée par l'évidente complicité qui existait entre eux. Et bien que je sois certaine – et même que je sache – qu'ils avaient parfois des querelles et des points de vue différents, leur relation semblait facile et harmonieuse.

J'en étais jalouse, je l'admets. J'aurais voulu vivre cette proximité et ce lien privilégié. C'est quelque chose que je croyais avoir, jusqu'à ce que je voie, de près, sa manifestation réelle. Quelque chose que je croyais connaître, jusqu'à ce qu'arrive le temps de m'expliquer.

Cela se produisit quelques semaines après le tremblement de terre, lorsque Karen m'interrogea pour la première fois au sujet de Craig. Nous savions à ce moment-là que nous serions coupés du monde pour un certain temps et que nous ne pouvions aller nulle part. Que le courant et le service de téléphonie cellulaire ne seraient pas rétablis de sitôt. Le tremblement de terre avait gravement endommagé le barrage hydroélectrique qui approvisionnait en électricité le Tswanaland et les pays voisins; il avait en outre abattu les tours de relais cellulaire comme les arbres lors d'une coupe à blanc. Nous étions sains et saufs, chanceux par rapport aux autres, mais seuls.

Karen me rejoignit alors que je faisais ma marche quotidienne, que j'avais baptisée ma séance de larmes journalière pour me moquer de mon propre comportement et pour tenter de briser le sort sous lequel je semblais m'être placée moi-même. Cela ne fonctionnait pas encore, mais je ne perdais pas espoir.

– Est-ce au sujet de ton petit ami? me demanda Karen, alors que j'essuyais mes larmes et faisais tomber la poussière de mes shorts.

– Non, c'est au sujet de... en fait, je ne sais pas vraiment pourquoi je pleure.

Elle leva les sourcils d'une façon qui disait – me semble-t-il – qu'il devait peut-être en être ainsi.

Je me levai et la suivis dans le boisé d'ébéniers africains. Un nuage de mouches tournoyait autour de mes oreilles. Je réussis à contenir mon désir de les chasser. Un tel geste n'aurait été qu'un gaspillage d'énergie et n'aurait servi qu'à me donner l'impression d'attirer encore plus d'insectes, et non moins.

– Comment est-il, ce gars-là? me demanda-t-elle, sur un ton qui me rappelait celui de ma maman.

Ma mère voulait toujours tout savoir sur les garçons qui me faisaient la cour et n'exprimait jamais sa désapprobation, même lorsque je faisais tout pour l'attirer.

Je songeai à une description.

– Grand. Beau gosse. Avocat.

– Vous avez beaucoup de points communs?

– Oui, bien sûr.

– Comment se fait-il qu'il ne t'ait pas accompagnée?

Je passai la main derrière ma nuque pour essuyer la poussière et la sueur qui s'y étaient accumulées.

– Il l'aurait souhaité.

– Mais?

– Je ne sais pas. Ce voyage ne le concernait pas personnellement, ni nous en tant que couple. J'ai pensé que…

– Si tu avais un peu d'espace, tu pourrais faire le point?

– Oui, peut-être bien.

Elle secoua la tête et vira à gauche sur le sentier, une direction que je n'avais jamais prise auparavant.

– Qu'y a-t-il? demandai-je.

– Eh bien… nous ne nous connaissons pas très bien, Emma, mais il me semble que si tu veux arriver à comprendre une personne, il vaut mieux le faire avec elle plutôt que sans elle.

– Tu as probablement raison. Mais, où allons-nous, au juste?

– Nous y serons dans une minute.

Une brise soufflait. Le bruissement des feuilles au-dessus de nos têtes, mêlé au bourdonnement des insectes, créait un vacarme auquel je n'étais pas encore habituée, surtout la nuit.

Nous marchâmes en silence dans le dernier boisé avant d'arriver à une grande étendue herbeuse. Karen s'arrêta en face d'un monticule de terre. Ce n'est qu'après un moment que je réalisai qu'il s'agissait d'un morceau de tôle ondulée, arrondi et peint de manière à se confondre dans le paysage.

– Viens ici, aide-moi à ouvrir la porte, dit Karen.

– Qu'est-ce que c'est que ça? Le Bunker[7]?

– Hein?

– Non, rien.

– C'est l'endroit où nous conservons nos réserves alimentaires. Je veux en faire l'inventaire, de manière à savoir s'il faut que nous commencions à nous rationner.

– Penses-tu vraiment que ce soit nécessaire?

Karen me lança un regard par-dessus son épaule.

– Nous allons être ici pendant un certain temps, Emma. Je pensais que tu comprenais cela.

– Non, je sais, c'est juste que... du rationnement.

Elle acquiesça de la tête.

– Plus grave que les problèmes de petit ami?

– En quelque sorte.

Je me tins à côté de Karen et mis mes mains sur le bord rugueux d'une pièce de métal ronde, épaisse comme un couvercle de bouche d'égout.

Nous la poussâmes de toutes nos forces, en contractant les muscles de nos bras, et je pensai au début qu'elle ne bougerait pas. Mais alors le sceau céda, avec un bruit semblable à celui que fait une porte dans une chambre bien ordonnée, et elle roula sur le sol, révélant un abri souterrain relativement grand bordé d'étagères métalliques bon marché. Karen saisit une lampe de poche sur l'étagère la plus proche et l'alluma. Elle me la fourra dans la main.

– Tu prends le côté droit et moi le gauche, d'accord?

---

7 Le Bunker est une référence à la série télévisée *Lost* (*Perdus,* en français). (NDT)

Un rayon de soleil nous suivit à l'intérieur; il y faisait chaud et étouffant. Je longeai du regard l'interminable rangée sombre de pots et de boîtes de conserve, m'attendant presque à découvrir quelque part le logo du Projet Dharma. Il me semblait y avoir assez de provisions pour des mois, mais j'imagine que c'était là l'objectif. J'observai Karen prendre une planchette à pince accrochée au mur et y fixer une feuille de papier. Je l'imitai, en ajustant la lampe de poche pour éclairer un pot de beurre d'arachide.

Une autre journée au paradis.

Lorsque j'arrive chez moi, après ma visite à TPC, il fait nuit et l'appartement est froid et sombre. Je monte le chauffage et me dirige vers ma chambre à coucher. En passant, je jette un œil dans la chambre où Dominic a dormi. Elle est remplie de boîtes, et quelques agrandissements de photographies en noir et blanc disposées dans de gros cadres noirs sont appuyés contre un mur. J'ai toujours eu l'intention de faire de cette pièce un bureau convenable. Dominic va peut-être la transformer en chambre noire. Quoi qu'il en soit, je ne devrais vraiment pas rester ici beaucoup plus longtemps.

Me sentant épuisée, je décide de prendre une douche. J'enlève les vêtements de Dominic et m'installe sous le jet d'eau chaude. Peut-être que si je frotte assez fort, je pourrai effacer cette journée en enlevant une autre couche de peau?

Très peu probable, en vérité.

Si seulement ma mère pouvait me voir maintenant. Je sais qu'elle pensait qu'il serait bon pour moi de changer quelques aspects de ma vie – autrement, pourquoi m'aurait-elle envoyée si loin –, mais elle ne peut pas avoir souhaité me faire vivre une telle épreuve.

Et pourquoi pensait-elle cela, d'ailleurs? J'étais sur le point de devenir associée d'un prestigieux cabinet d'avocats. J'avais un beau petit ami. En toute honnêteté, j'étais le genre de fille dont les parents sont fiers, celle dont les autres parents se servent pour exprimer leur déception vis-à-vis de leurs propres enfants, en leur disant: «Pourquoi ne peux-tu pas être un peu plus comme Emma?»

Craig, Craig, *Craig*. Son numéro est encore enfoui dans la poche de mon manteau et je ne l'ai toujours pas appelé. Mais qu'est-ce qui ne va pas avec moi? Pourquoi n'est-il pas la première pensée qui me vienne à l'esprit? Pourquoi ne l'a-t-il pas été depuis des mois? Craig, le gars parfait sur papier, qui m'aime et veut être avec moi, qui me comprend; mais cela ne semblait pourtant pas être suffisant depuis l'autre bout du monde.

Lorsque mes mains deviennent toutes plissées sous l'effet de l'eau chaude, je ferme la douche et m'enveloppe dans une serviette. J'entends sonner mon cellulaire au loin.

Steph!

Je sors de la salle de bains en courant et glisse sur le plancher en direction de mon manteau.

– Allo?

– Em?

– Craig?

– Mon Dieu, Em.

Il semble bouleversé, vraiment bouleversé.

– Lorsque je n'ai plus eu de tes nouvelles, j'ai cru... je veux dire, ils ont dit...

– Je sais.

– Où étais-tu passée ? Pourquoi ne m'as-tu pas appelé ?

– N'as-tu pas reçu mon courriel ?

– Quoi ? Non. Quand l'as-tu envoyé ?

– Il y a quatre jours. Cinq, peut-être. De Londres.

– La première fois que tu as essayé de m'envoyer un courriel remonte à cinq jours ?

– Non. Je veux dire, oui, mais je ne pouvais pas le faire avant cela. Il n'y avait aucun moyen...

– Tu t'attends vraiment à ce que je croie cela ?

Je m'effondre sur le plancher, le dos appuyé contre le mur texturé.

– Mais c'est la vérité ! Si seulement tu savais comment c'était là-bas. J'ai essayé de te joindre, plus d'une fois, mais, c'est simple, il n'y avait aucun moyen.

– Bien, mais même si cela *est* vrai, cela n'explique pas pourquoi tu ne m'as pas appelé depuis ton retour.

– Je sais, Craig. Mais j'ai essayé. Ton numéro à la maison a été débranché. Et ta boîte vocale au travail disait que tu étais parti. Je ne savais pas comment te joindre.

– Pourquoi n'as-tu pas essayé de me renvoyer un courriel ? Ou d'appeler quelqu'un d'autre au travail ?

C'est vrai, pourquoi ne l'ai-je pas fait ?

– Je ne sais pas. Tout m'a paru si accablant depuis mon retour. Mon propriétaire a loué mon appartement à quelqu'un d'autre et a jeté toutes mes affaires. Matt pense que je devrais retourner aux études et Stéphanie a disparu...

Il soupire bruyamment.

– D'accord, Em. Arrête, s'il te plaît.

Je peux l'imaginer, où qu'il soit, se passant la main sur le visage, les doigts serrés sur les tempes. Craig n'a jamais aimé l'argumentation. Il n'a pas l'endurance qu'il faut pour cela. C'est la raison pour laquelle il a quitté le service des litiges pour se joindre au service des entreprises. Je me rends compte que je me sers de la connaissance que j'ai de lui pour me sortir du pétrin. Je ressens une oppression dans la poitrine, comme si quelqu'un me serrait de plus en plus fort, et je suis soulagée d'être déjà assise sur le plancher.

– Je suis désolée, Craig. J'essaie juste de te raconter ce qui s'est passé.

Son ton s'adoucit.

– Raconte-moi.

Je lui fais un résumé précis.

J'omets cependant les pensées qui m'habitent l'esprit.

Il m'écoute comme il l'a toujours fait, avec compassion, intérêt et intelligence. Lorsque je lui parle brièvement de Dominic, il m'offre même de m'installer chez lui, si j'en éprouve le besoin, mais d'une voix un peu hésitante, comme s'il ne m'avait pas encore tout à fait pardonnée. Mais plus nous parlons et moins je ressens cette sensation de distance que j'éprouvais en Afrique.

– Je serai de retour dans trois jours, dit-il, lorsque j'ai terminé.

– Pas avant cela… ?

– Non, désolé. C'est impossible.

Mais en quoi est-ce un problème d'être avec Craig, au juste ? Quel mal y a-t-il à avoir une vie parfaite sur papier ?

– C'est bon. Je comprends.

– Nous en reparlerons à mon retour, d'accord ?

Rien. C'est tout. Et seul quelqu'un qui ne réalise pas sa chance penserait autrement.

– Oui.

Il fait une pause.

– Tu m'as manqué, Em.

C'est peut-être ma chance ?

– Tu m'as manqué aussi, réponds-je.

Et en cet instant, c'est la vérité.

– Parlons-nous demain.

– Volontiers.

Il s'interrompt à nouveau.

– Bonne nuit, Em.

Je prends une grande respiration. C'est notre code pour dire «je t'aime». Quel que soit le moment de la journée, il me dit toujours «Bonne nuit, Em», et je réponds toujours «Dors bien, Craig».

Donc, il m'aime encore. Est-ce que je ne l'aime pas moi aussi ? Ne l'ai-je pas toujours aimé ? S'il était debout, là devant moi, ne me blottirais-je pas dans ses bras, pour respirer le parfum épicé et familier de sa peau et me sentir en sécurité ?

– Dors bien, Craig.

Je peux presque l'entendre sourire à l'autre bout de la ligne. Je me lève pour raccrocher le téléphone, affichant un large sourire pour toute réponse. À ce moment précis, ça me fait vraiment du bien d'entendre le «je t'aime» codé de Craig.

– À qui parlais-tu ? demande Dominic.

Je pousse un cri de stupeur et sursaute, un pied dans les airs tout en faisant volte-face pour le regarder. Il est debout dans le vestibule, en train de déboutonner son manteau. Son étui d'appareil photo gît à ses pieds.

– Tu ne devrais pas t'approcher d'une fille sans faire de bruit comme ça.

– Apparemment, non.

Je sens un courant d'air froid et réalise que j'ai laissé glisser ma serviette, exposant ainsi en partie l'un de mes seins. Je la relève promptement, en espérant que Dominic n'a rien remarqué. Un coup d'œil sur son visage m'indique cependant le contraire.

– Euh, je pense que je vais aller me changer.

– Très bien. T'as faim ?

– Très.

Je ferme la porte de la chambre à coucher et m'y appuie. Ma tête bourdonne comme si elle contenait une scie circulaire en marche. Je me couche sur mon lit un moment, essayant de regrouper mes pensées. Lorsque cela se révèle impossible, je me change et enfile un autre ensemble de vieux vêtements de Dominic (un velours côtelé et un chandail troué aux coudes) et attache mes cheveux humides en queue de cheval. Dans la cuisine, Dominic se tient au-dessus d'une grosse marmite orange, une cuillère en bois à la main. La planche à découper posée sur le comptoir est recouverte de restes de viande et de légumes.

– Je ne sais pas ce que c'est, mais ça sent diablement bon.

– C'est un ragoût irlandais.

– Une vieille recette de famille ?

– Mais oui, évidemment.

Je m'assieds. Sur la table sont posées deux coupes ainsi qu'une bouteille de vin rouge, ouverte. Je m'en verse un grand verre et en avale une gorgée. Son goût est délicieux et familier. Trop familier.

Je regarde l'étiquette. Comme par hasard, c'est mon cru préféré, dont plusieurs caisses se trouvaient dans mon local de rangement (avec ma bicyclette, mes skis et un certain nombre de choses auxquelles je préfère ne pas penser) la dernière fois que j'ai vérifié son contenu.

– D'où vient ce vin ?

– Je l'ai trouvé dans le local de rangement.

Mon cœur émet un battement d'espoir.

– Tu n'aurais pas trouvé autre chose là-dedans, par hasard ?

– Seulement quelques affiches de films discutables, glissées dans des cadres.

– *The Breakfast Club* n'est pas un film discutable.

– Vrai, mais as-tu regardé *Pretty in Pink* récemment ?

– John Hughes a eu sur moi une influence formatrice.

– Ça se voit.

Je prends quelques gorgées de mon verre, en repensant à ma conversation avec Craig. Je me demande si je devrais accepter son offre de m'installer chez lui. Entre la solitude dans un univers familier et la compagnie d'un étranger, quel est le meilleur choix ? En tenant pour acquis, bien sûr, que j'aie le choix.

– Euh, Dominic, je sais que je ne t'ai demandé de rester qu'un soir, mais...

– Tu as besoin de plus de temps pour trouver un endroit ? dit-il d'un ton résigné.

Je hoche la tête, me sentant coupable de ne pas lui parler de l'offre de Craig.

Mais j'hésite à rester dans son appartement sans lui. Je ne comprends pas exactement pourquoi, mais c'est assez pour tenter ma chance.

– Est-ce que je peux rester un peu plus longtemps ? Je peux te payer un loyer si tu veux.

– Bien sûr, pourquoi pas ?

Je prends place à la table, essayant de décider si son ton neutre est l'expression de son acceptation ou d'un sarcasme. Je ne le connais pas assez bien pour le savoir. Je décide de le considérer comme une acceptation, le remercie et change de sujet.

– Tu ne m'as jamais dit pourquoi tu cherchais un appartement à Noël ?

Sa main se resserre sur le couteau qu'il tient tandis que ses articulations blanchissent.

– Dominic, je suis désolée, je ne voulais pas...

– Non, je sais.

– Seulement, tu connais tous ces détails de ma vie et tu es...

Il dépose le couteau.

– Encore anonyme ?

– Oui.

Il prend la bouteille et verse un peu de vin dans son verre. Il en avale une grosse gorgée.

– C'est vraiment bon, ça.

– Je ne peux pas croire que Pedro ait pu le rater.

Ses lèvres sourient, mais pas ses yeux. Il prend une grande inspiration.

– Il y a quelques semaines, je suis revenu plus tôt à la maison, à la suite d'un voyage d'affaires, et j'ai trouvé ma fiancée au lit avec mon meilleur ami.

– Je suis désolée, Dominic. Je n'en avais aucune idée.

– Moi non plus.

Une expression cruelle passe sur son visage.

– Et tu sais ce qui est drôle ? Se marier, c'était *son* idée. « Les gens se marient », disait-elle. Alors j'ai dépensé plus d'argent que je ne pouvais me le permettre pour acheter une bague et je l'ai emmenée dans cette petite auberge dans le Nord. Je me suis même agenouillé à côté d'un lac, au coucher du soleil, bon Dieu.

– Ça me semble vraiment charmant, adorable même.

– C'est exactement ce qu'elle a dit. Mais elle couchait déjà avec Chris quand elle a dit oui. Depuis plusieurs mois, à ce qu'il paraît. Peut-être même plus.

Il vide son verre d'un seul trait, puis le remplit de nouveau presque à ras bord.

– Et c'est ce que je ne comprends pas. Pourquoi a-t-elle insisté pour que je la demande en mariage si elle ne voulait pas vraiment être avec moi ?

– Tu es peut-être le gars avec qui elle croit qu'elle devrait être.

– Oui, peut-être. Quoi qu'il en soit, la plupart de mes amis sont « nos » amis, et même si je suis presque certain qu'ils sont de mon côté, je ne me sens tout simplement pas la force d'affronter leur pitié. Lorsque je me suis souvenu que Tara avait dit quelque chose au sujet de l'appartement d'en dessous qui était à louer, cela m'a paru être la solution idéale. Et voilà comment je me suis retrouvé ici.

– Je suis désolée.

– Oui, eh bien, je m'en fous, tu sais ? Qu'*elle* aille se faire foutre.

Il vide son verre à moitié.

– Qu'ils aillent tous les deux se faire foutre, tant qu'à y être.

– Merci de me l'avoir raconté.

– Pas de quoi. Tu veux manger ?

– Volontiers.

Il remplit deux bols à soupe de grosses portions de ragoût dont le goût se révèle aussi délicieux que l'odeur.

– Tu sais, c'est de loin le meilleur ragoût irlandais que j'aie jamais mangé.

– Merci, mais j'imagine que tes papilles gustatives ont été privées de bonnes saveurs récemment.

– Tu as peut-être raison, mais c'est tout de même vraiment bon.

– Comment ça s'est passé au poste de police ? demande-t-il.

– Seulement un peu moins pénible qu'au boulot.

– Peut-être que ça ira mieux demain ?

Je lève mon verre, à la blague, pour trinquer.

– À l'espoir.

CHAPITRE 7

IMAGINE LES POSSIBILITÉS

Encore l'Afrique. Même rêve, mêmes parfums, même ciel grand ouvert.

Seulement cette fois, quand ma mère apparaît, elle ne m'avertit pas que le guide au visage rouge, qui tousse tout en servant le repas, est malade. Au contraire, elle me dit de manger tout ce qu'il y a dans mon assiette, comme une bonne petite fille. Il y a des enfants qui meurent de faim en Afrique.

Et à ce moment-là, je comprends. Ma mère sait que je vais tomber malade.

Ma mère *veut* que je tombe malade.

– Emma? Tu es réveillée?

J'ouvre grands les yeux. Je m'attends à voir apparaître le visage de Karen à travers le rabat de la tente, mais ce n'est que Dominic. Il se tient sur le seuil, vêtu de son pyjama rayé, et tient un cellulaire dans la paume droite.

– Je crois que oui.

– Ton téléphone sonne sans arrêt.

Je m'assieds. J'ai l'impression d'avoir de la poussière dans la gorge et que ma peau est restée trop longtemps au soleil.

– Désolée, est-ce que ça t'a réveillé?

– Il fallait que je me lève de toute façon. Tiens, attrape.

Il me lance l'appareil. Celui-ci vole dans les airs en décrivant un arc parfait et atterrit sur les couvertures, sur mes genoux.

Je regarde le témoin lumineux qui m'indique que j'ai reçu un message et mon cœur se met à battre la chamade. Je vous en prie, je vous en prie, je vous prie, faites que ce soit Stéphanie. J'ouvre le couvercle et regarde le numéro. Il est local et familier. Un peu trop familier. Je compose le numéro de ma boîte vocale, préparée à être déçue.

– Salut, Emma, c'est Matt. J'ai parlé au comité de gestion et les choses se présentent bien, mais je voudrais discuter avec toi de quelques petites choses. Appelle-moi au bureau quand tu recevras ce message.

Je referme le téléphone et m'effondre.

– Des mauvaises nouvelles? demande Dominic.

– Des bonnes nouvelles, je crois. Au sujet du boulot.

– Tu es bien certaine que ce sont des bonnes nouvelles?

– J'aime mon boulot.

Il me lance un regard sceptique.

– Quoi?

– Rien. C'est seulement que je n'ai jamais rencontré une avocate qui aimait vraiment son travail.

Je rabats les couvertures et me lève. Le froid transperce mes pieds nus.

– Eh bien, maintenant tu en as rencontré une.

– De qui aurais-tu voulu que l'appel provienne?

– De ma meilleure amie, Stéphanie. Elle est partie à ma recherche.

– Ah.

Je hoche la tête.

– Ça résume à peu près la chose.

– Café ?

– Ce serait génial.

Je regarde le téléphone dans ma main. Je n'ai jamais rappelé la mère de Stéphanie comme j'avais promis de le faire. Et peut-être, sait-on jamais, qu'ils ont eu de ses nouvelles. Je compose le numéro et obtiens Lucy à la première sonnerie. Je ne suis pas la seule à me faire du souci. Elle est contente de m'entendre, mais elle n'en sait pas plus que moi. Évidemment, ses parents m'appelleront dès qu'ils sauront quelque chose. Je raccroche avec un sentiment de vide dans le cœur. Quand je songeais à rentrer à la maison, pendant tous ces mois, je n'ai jamais imaginé que je pourrais me sentir plus seule ici que lorsque j'étais à l'autre bout du monde.

– Veux-tu des œufs ? demande Dominic depuis la cuisine.

– Oui, s'il te plaît, lui réponds-je à voix haute. J'arrive dans une minute.

Je rappelle Matt, le cœur battant. La partie rationnelle de mon cerveau sait qu'ils doivent être disposés à me reprendre. Mais le lien qui unit celle-ci à la partie peurs-et-pensées-irrationnelles de mon cerveau semble rompu.

– Emma, je te remercie de m'avoir rappelé, lance Matt d'un ton joyeux.

– Il n'y a pas de quoi.

– J'ai parlé au comité de gestion et tout est arrangé.

– C'est très bien, Matt. Merci.

Est-ce que je viens juste de le remercier de me donner l'occasion de leur faire gagner des centaines de milliers de dollars par année? Le complexe qui me pousse à vouloir faire plaisir aux autres doit fonctionner à plein régime.

– Comme c'est Noël, nous avons pensé qu'il serait mieux que tu commences en janvier.

– Bien sûr, je comprends.

– Et nous te serions reconnaissants de faire un peu de relations publiques dans l'intervalle.

– Relations publiques?

– Nous avons reçu une demande pour que tu sois invitée à l'émission de Cathy Keeler.

– Vous voulez que je participe à *En cours*?

– C'est cela.

– Mais des millions de gens regardent cette émission. Pourquoi me veut-elle en entrevue?

– C'est une histoire extraordinaire, non? Tout le monde qui te croyait décédée, ta présence sur les lieux lors du tremblement de terre, ton retour triomphal au travail.

J'entends déjà la voix hors champ au ton grave de baryton: *Lorsque Emma Tupper est partie pour son voyage fatidique, accablée par le chagrin, elle nourrissait l'espoir que la beauté de l'Afrique guérirait son cœur. Elle ne s'attendait pas à faire l'expérience de la maladie et de la destruction...*

Je déteste ce genre de fichues émissions.

– Vous voulez vraiment que je fasse cela?

– Ce serait une formidable publicité pour toi.

Une formidable publicité pour TPC, plutôt.

– Oui, je suppose.

– Fais-moi confiance, Emma, les bénéfices pourraient être énormes.

Ce qui revient à dire, bien évidemment, que je n'ai pas le choix. Pas si je veux redémarrer du bon pied.

– Bien, je comprends. C'est d'accord.

– Parfait. Son équipe va t'appeler pour régler les détails pour demain.

Mon estomac se noue.

– Demain? Ce n'est pas un peu tôt?

– Il n'y a rien comme l'instant présent.

Au contraire. Il y a le futur, quand j'aurai eu le temps de m'acheter quelques vêtements convenables, de me faire couper les cheveux et que je serai un peu moins fragile.

J'essaie d'injecter un peu de confiance dans ma voix.

– Ça me paraît bien.

– Bonne chance. Je sais que tu seras fantastique.

Nous raccrochons et je reste un long moment à me regarder dans le miroir. Mes cheveux couleur blé n'ont pas été coupés depuis six mois. Mes yeux ont toujours été un peu trop ronds et écartés à mon goût et mon visage est plus maigre qu'il ne devrait l'être. Mes lèvres sont encore gercées par le soleil et l'arête de mon nez pèle. J'ai l'air plus âgée que la dernière fois que je me suis regardée aussi franchement. Je m'observe, encore et encore, sans savoir ce que je cherche en réalité. Ma mère? Moi-même? La personne que j'étais avant que je devienne introspective et fragile? Eh bien, elle ressemblait peut-être beaucoup à la fille que j'aperçois dans le miroir, mais la personne qui est en dedans? La femme que j'étais?

Elle est portée disparue, présumée morte.

Je me rends à la cuisine, ressentant un besoin pressant de caféine, mais je n'ai plus aucun appétit. Je sirote mon café en regardant Dominic préparer des œufs brouillés, mêlés de bacon et de fromage râpé, comme un vrai professionnel. Le petit carré de ciel bleu que j'aperçois par la fenêtre me permet de deviner qu'il fait très froid dehors.

Il me sert une généreuse portion, tout en me passant le journal.

– Regarde qui fait la manchette.

J'y jette un coup d'œil avec appréhension. Le gros titre annonce *Avocate portée disparue de retour saine et sauve*. On y voit une photo publicitaire de TPC sur laquelle je fixe la caméra, les bras croisés sur la poitrine, un petit sourire aux lèvres. J'ai un air... féroce.

– Tu es une vedette, dit Dominic.

– Je vois ça.

Je dépose le journal et commence à manger mes œufs. Ils sont délicieux, mais mon esprit reste préoccupé par mon rêve, qui me désoriente toujours de façon persistante, et par le fait que ma vie fasse la manchette.

– Qu'y a-t-il au programme aujourd'hui? demande Dominic qui se sert d'un morceau de pain grillé pour enfourner les œufs dans sa bouche. Magasinage de Noël? Patinage sur le canal? Anges de neige?

Je manque m'étouffer avec un morceau de bacon.

– Des anges de neige? Est-ce que j'ai l'air d'avoir sept ans?

Il me scrute de la tête aux pieds.

– Qu'est-ce que tu fais?

– J'essaie de deviner ton âge.

– Voilà qui promet d'être intéressant.

Il plisse les yeux en m'observant.

– Trente-quatre ans et trois quarts.

– Quoi? C'est impossible.

– J'ai raison, n'est-ce pas?

– Comment as-tu deviné?

– Je suis un peu devin.

– Tu ne me feras pas avaler ça.

Il tapote le papier.

– On révèle ton âge dans l'article.

Je jette un coup d'œil à mon visage sérieux sur la photo. Ça ne me ferait vraiment pas de mal de sourire de temps à autre. Montrer un peu mes dents.

– On dit que j'ai trente-quatre ans et trois quarts?

– J'ai ajouté trois quarts pour m'amuser.

– Tu t'amuses d'une drôle de façon.

– Tu n'as qu'à me poursuivre.

– Tu es sérieux? Tu sais que je suis avocate, non?

– Je tentais justement d'en faire abstraction.

– Ha, ha! Quoi qu'il en soit, tu voulais connaître mon programme?

– Moi?

– Oui, il y a quelques minutes.

– Ah, alors c'est que je voulais le connaître.

– Tiens-toi bien! Mon bureau vient de m'engager à participer à l'émission de Cathy Keeler.

Ses sourcils se soulèvent en direction de la ligne de ses cheveux.

– On va te voir à la télé avec *elle*?

– Demain, apparemment.

– Mon Dieu!– Penses-tu qu'IL pourrait m'aider à trouver la tenue de circonstance?

Il pointe sa fourchette dans ma direction.

– Tu vois, je savais bien qu'il serait tôt ou tard question de magasinage.

– Vraiment, Dominic, tu n'es pas obligé de venir avec moi, lui dis-je alors que nous parcourons la rue glacée en direction de ma banque. Je porte son vieux chandail de marin ainsi que sa veste de ski. Celle-ci me protège presque entièrement du vent qui fait tourbillonner autour de nous un nuage de neige fine qui scintille au soleil. Dominic semble lui aussi avoir été pénétré par le soleil et il marche d'un pas léger.

– Cela ne me dérange pas.

– Tu as sûrement mieux à faire. Des photographies à prendre? Un ragoût à préparer? D'autres demoiselles en détresse à sauver?

– Non, non et... non.

– Il me paraît de plus en plus évident que tu ne savais pas quoi faire de ta vie avant mon arrivée.

Il agite son index dans ma direction.

– Attention, ma chérie. Attention.

Nous passons devant un magasin familier. La dernière fois que j'ai magasiné là, c'était avec Steph. Nous avons essayé toutes les robes du magasin, des trop chères aux trop-laides-pour-imaginer-ce-que-les-gens-avaient-bien-pu-penser. On s'est moquées et exclamées, et j'en ai acheté trois. J'ai porté l'une d'elles aux funérailles de ma mère, une robe toute noire que je suis vraiment heureuse de ne plus jamais revoir.

Que diable est-il arrivé à ma vie? Un instant, Steph me taquine parce que je n'ai pas assez de place dans mon placard et, l'instant d'après, je ne peux même pas la contacter et porte les vêtements d'un inconnu. Je commence à frissonner, mes dents claquent bruyamment et des larmes jaillissent de mes yeux. Elles sont froides sur mes joues.

– Qu'est-ce qui ne va pas? me demande Dominic.

Le problème me semble pourtant évident, comme si je le portais partout sur moi, aux yeux de tous, que j'en ris presque.

– Tout. Steph qui est là où elle est, ma carrière jetée à la poubelle et le fait que je n'ai même pas une photo de ma mère et... il ne me reste plus rien. Rien.

Dominic retire un mouchoir en papier de sa poche. Je l'accepte avec reconnaissance et m'essuie les yeux et le nez. Étant donné la quantité de larmes que j'ai versées ces derniers temps, je devrais vraiment commencer à porter un mouchoir sur moi, mais ce serait avouer quelque chose à mon sujet que je ne veux pas. Une certaine faiblesse, peut-être.

Je chiffonne le mouchoir et le fourre avec rage dans ma poche.

– Bon Dieu! Je m'étais promis de ne pas pleurer aujourd'hui.

Dominic me fait un sourire compatissant.

– Je pense que c'est une réaction normale, Emma.

– Pas pour moi. Tu ne me connais pas bien; ce n'est pas la façon dont je réagis normalement.

– Alors, comment réagis-tu en temps normal?

– Je ne sais pas. Avec *férocité*, je suppose.

– Eh bien, tu as été plutôt féroce avec Pedro.

– En effet, n'est-ce pas?

– J'aurais eu peur à sa place.

– Merci.

Nous marchons en silence quelques instants. La neige crisse sous nos pieds.

– Tu sais, dit Dominic, si tout est sens dessus dessous dans ta vie, tu peux changer tout ce que tu veux.

– J'imagine.

Il met la main dans sa poche.

– J'y songe beaucoup en ce moment, depuis que, enfin, tu sais de quoi je parle. Et ce qui me vient constamment à l'esprit, le *seul* élément positif, c'est que je peux recommencer à zéro. Combien de personnes ont la chance de pouvoir changer un aspect important de leur vie sans en subir les conséquences?

Je lui jette un regard.

– Tu penses que je n'en subis pas les conséquences?

– Ce n'est pas ce que je voulais dire. Ça va peut-être te paraître bête mais, je ne sais pas, imagine un peu toutes les possibilités qui s'offrent à toi.

– Comme quoi?

Il y réfléchit quelques instants.

– Tu pourrais changer de boulot.

– Mais j'adore mon travail.

Il sourit avec tristesse.

– Tu veux bien me suivre?

– D'accord, d'accord. J'ai compris. Je n'ai plus besoin d'être ce que j'étais si je n'en ai pas envie.

– Exactement.

– J'imagine que cela pourrait être une bonne chose.

– Fais-moi confiance, c'en sera une. Maintenant...

Il se frotte les mains.

– Il te faut de ces sous-vêtements de grand-mère qui remontent au-dessus des hanches, pas vrai?

Je pouffe de rire.

– Comment as-tu deviné?

Dominic m'accompagne dans l'épreuve inextricable du genre *Catch-22*[8] que je dois affronter à la banque pour avoir accès aux économies que j'ai accumulées au fil des années, et ce, malgré les documents que m'a donnés le détective Nield. (Échantillon d'entretien: «Il nous faut la preuve que vous êtes vivante pour réactiver votre compte.» «Qu'est-ce que vous racontez? Je suis en personne devant vous.» «Selon nos dossiers, il y a de fortes chances que vous soyez décédée.» «Est-ce que vous vous moquez de moi?») Je songe à perdre les pédales, mais, à la place, je fais appel à mon côté zen et explique ma situation au chef de plancher, puis au directeur de succursale, et pour finir au directeur régional qui, heureusement, a lu le journal ce matin-là. Après moult excuses, je me vois remettre des cartes de crédit et de débit flambant neuves, et je me sens étrangement riche. Peut-être est-ce parce que je n'ai pas dépensé d'argent depuis plus de six mois, mais l'avantageuse quantité de zéros qu'affiche mon compte bancaire me donne l'envie de magasiner.

Je donne congé à Dominic une boutique et demie plus loin, en partie parce que je ne suis pas à l'aise de choisir des vêtements avec un homme que je connais à peine, mais surtout parce qu'il a des opinions plutôt arrêtées sur la mode.

– Les leggings, c'est pour les écolières, dit-il, alors que j'en contemple une paire de la collection Lindsay Lohan.

– Qui t'a nommé patron de ma garde-robe?

– Je veille simplement sur toi, ma chérie.

---

8 Titre d'un célèbre roman américain écrit par Joseph Heller et expression dérivée de ce même roman, qui signifie qu'une situation ne présente aucun espoir de résolution. (NDT)

– Je pensais que les gars n'accordaient aucune importance à ce que portent les filles, à moins qu'il s'agisse d'uniformes scolaires.

– Mmm.

– Quoi?

– Je suis en train de t'imaginer en uniforme d'écolière.

Je lui donne une bonne claque sur le bras.

– Arrête ça.

Dominic éclate de rire et me dirige vers Banana Republic en me disant que ça semble plus mon genre de boutique. Il a raison, évidemment (ma garde-robe pré-Afrique était constituée à quatre-vingt-cinq pour cent de vêtements provenant de Banana), mais je feins d'être offensée. Ne vient-il pas justement de me dire que je pouvais changer n'importe quel aspect de moi-même qui ne me plaisait pas?

– Mais tu aimes cette boutique.

– Est-ce qu'on disait également cela à mon sujet dans le journal?

– Non, non, je le devine, c'est tout.

– Tu sais quoi? Je pense que je vais me débrouiller toute seule à partir d'ici.

– Tu veux que je m'en aille?

– Je crois que ça vaudrait mieux, oui.

– D'accord, mais ne viens pas pleurnicher sur mon épaule si tu achètes un tas de choses que tu ne porteras jamais. Et évite les décolletés arrondis. Ça te donnerait l'air d'une maman de banlieue.

– Allez, ouste! lui ordonné-je.

Je reviens à la maison après le souper, rassasiée par le burrito que j'ai mangé dans l'aire de restauration et plus pauvre, mais avec un bon début de reconstitution de ma garde-robe. Et pas un seul décolleté arrondi.

Dominic est dans le salon, affalé sur le sofa, les pieds posés sur la table basse. Une paire d'écouteurs géants recouvre ses oreilles et son iPod gît sur le canapé, à côté de lui. J'abandonne mes paquets dans le couloir et le rejoins, prenant place dans le fauteuil qui se trouve en diagonale du sofa.

Il enlève ses écouteurs.

– Opération réussie ?

– J'ai acheté cinq paires de leggings.

– Quel choix téméraire !

– T'écoutes quoi ?

– *Mermaid Avenue.*

– C'est quoi ?

– Billy Bragg et Wilco qui interprètent des chansons de Woody Guthrie. Ils ont pris des vieilles paroles non enregistrées et y ont ajouté de la musique.

– Ah.

– C'est vraiment bon. Tu devrais écouter.

Je hausse les épaules.

– Je ne suis pas une grande *fan* de musique country.

Il pose ses pieds sur le sol et se penche vers l'avant, adoptant une pose que je reconnais. Il est sur le point d'essayer de me convaincre que je suis dans l'erreur.

– Ce n'est pas du country, mais du folk.

– Mmm. Dis-moi. Si je te disais que c'est du pareil au même pour moi, ça te ferait disjoncter ?

– Tu n'aimes pas la musique ?

– Non, j'aime bien la musique. Mais pas de façon obsessive comme la plupart des gars. Par exemple, je parie que tu connais tous les titres des chansons de ce fameux *Mermaid Sessions*.

Il grince des dents.

– C'est *Mermaid Avenue*.

– Tu vois ce que je veux dire ? Une femme ne se vexerait pas qu'on se trompe à propos d'un truc du genre.

– Certaines femmes peut-être.

– Bien sûr, d'accord. Si elles s'intéressaient à toi.

– Es-tu en train de dire que les femmes ne font que semblant de se soucier des choses qui passionnent les hommes ?

– Est-ce une révélation pour toi ?

– Plutôt, oui.

Je m'appuie contre les coussins moelleux.

– Tu aimes bien ce célèbre photographe, n'est-ce pas ? C'est quoi déjà, son nom ? Tu sais, les photographies en noir et blanc que tu as dans ta chambre ?

– Tu veux parler de… Ansel Adams ?

– Oui, c'est ça. Eh bien, je parie que toutes les femmes que tu as ramenées à la maison t'ont toutes dit combien elles aimaient ces images, n'est-ce pas ?

Il fait une grimace comique.

– Tu ne les aimes pas ?

– Honnêtement, je trouve ce photographe un peu ennuyeux.

– D'accord.

– Désolée. A-t-il été d'une grande influence sur toi ?

– On pourrait dire cela.

– Quelles sortes de photos fais-tu ?

Il tripote les écouteurs posés sur ses genoux.

– Tout ce qui attire mon attention.

– Donne-moi un exemple.

– Eh bien, récemment, je suis allé à Dublin photographier la campagne qui se fait engloutir par les développements immobiliers.

– Ça me semble intéressant.

Il se ravive un peu.

– Oui, ça fonctionne plutôt bien en fait. J'ai même découvert une famille qui se promène encore dans un chariot tiré par un cheval. J'ai pris une superbe photo d'eux, avec le campus IBM en toile de fond, à peine visible dans la brume.

– C'est vraiment chouette que tu puisses gagner ta vie ainsi.

– J'ai eu beaucoup de chance.

– J'aimerais bien voir ton travail un jour.

Sa bouche se déforme sous l'effet d'un rictus.

– C'est déjà fait.

– Non, je ne pense pas. Oh. Les photos ennuyeuses d'Ansel Adams?

Il fait une grimace.

– Je suis tellement content que tu aies répété le mot « ennuyeux ». Cela ne m'avait pas tout à fait anéanti la première fois.

– Je suis désolée.

– Y a pas de quoi en faire un plat.

– Non, je fais toujours ça. J'essaie de marquer un point de façon stupide et je finis par me comporter comme une imbécile.

– Ne sois pas si dure avec toi-même, Emma. Ces derniers jours ont été pénibles.

– C'est vrai.

Ses yeux se dirigent vers une pile de boîtes entassées dans un coin.

– Au fait, j'ai une surprise pour toi.

– Ah oui? Vraiment?

– Il me faut quelques minutes pour l'installer.

– Qu'est-ce que c'est?

Il sourit.

– Si je te le disais, ce ne serait plus une surprise. Pourquoi ne vas-tu pas essayer tes nouveaux vêtements? Reviens dans vingt minutes.

J'essaie de protester, mais il me chasse du salon. Je défais mes paquets dans ma chambre. J'ai surtout acheté des costumes, mais j'ai tout de même réussi à trouver deux ou trois paires de jeans que j'aimais. J'en enfile une paire ample, coupe *boyfriend*, ainsi qu'un chandail à col roulé bleu pâle. Alors que je rassemble les vêtements de Dominic en tas, j'entends un *tonk*! sonore dans le salon. Dominic semble être en train de déplacer des objets lourds. Comme le sofa, et peut-être une lampe.

– Mais qu'est-ce que tu fabriques? m'écrié-je.

– Tu verras, me répond-il.

– Il te reste cinq minutes.

– Bien essayé. J'en ai encore au moins huit.

Je me coiffe avec ma nouvelle brosse à cheveux et vérifie mon cellulaire pour ce qui me semble être la millionième fois. Toujours pas de réponse de Stéphanie. Si je n'ai pas bientôt de ses nouvelles, je vais aller la déclarer disparue. L'ironie de la situation ne m'échappe pas.

Je glisse le téléphone dans ma poche et me rends dans la chambre de Dominic pour mieux regarder les images encadrées posées sur le sol. Ce sont des photos en noir et blanc d'une chaîne de montagnes escarpées dans un désert. Le cadre est fait d'un bois dense, si sombre qu'il paraît presque noir. Lorsque j'observe plus attentivement la base des montagnes, je réalise qu'un paysage urbain composé de silhouettes connues se cache dans l'ombre. Paris, ou peut-être Seattle. On peut lire *Mahoney, 2010, Las Vegas* dans le coin inférieur droit.

– Tu peux entrer !

Je pénètre dans le salon avec curiosité. Avec fierté, Dominic se tient debout devant un grand sapin de Noël décoré de petites lumières blanches clignotantes et d'ornements étincelants.

– Comment as-tu fait ça ?

– C'est pas mal, n'est-ce pas ?

– Je n'en reviens pas.

Je m'approche et m'aperçois alors que ce n'est pas un arbre véritable, mais une excellente imitation. Je tends la main et frotte quelques aiguilles entre mes doigts.

– D'où vient cette odeur de pin ?

Il sourit.

– Je me demandais si tu t'en apercevrais. Quelques-unes de ces décorations sont, en réalité, des désodorisants de voiture.

– Je ne sais pas quoi dire. Merci, Dominic.

– Tu crois que j'ai fait ça pour toi ? Pas du tout. C'était ce que j'étais censé faire la nuit où tu es tombée à mes pieds.

– Merci quand même.

Je m'avance vers lui et lui donne un baiser sur la joue. Dominic sursaute lorsque mes lèvres touchent sa peau, et nous reculons tous les deux.

J'ouvre la bouche pour dire quelque chose – je ne sais pas trop quoi – quand mon téléphone se met à sonner, d'un bruit assourdi par le tissu de mes jeans tout neufs.

– Tu devrais répondre, dit-il.

– C'est peut-être Stéphanie, dis-je au même instant.

Je sors mon téléphone.

– Allo?

– Est-ce que je parle bien à Emma Tupper?

Je suis à nouveau déçue.

– Oui?

– Carrie à l'appareil. De l'émission de Cathy Keeler.

Je sors dans le couloir.

– Oh, bonsoir. Comment avez-vous obtenu ce numéro?

– Monsieur Stuart nous l'a donné.

– Oui, bien sûr.

– Je tenais simplement à vous dire que nous sommes ravis de vous avoir à l'émission demain.

Ça fait au moins l'une de nous deux.

– Les histoires comme la vôtre sont *si inspirantes*, surtout à la veille de Noël. Notre public *adore* les dénouements heureux.

Est-ce que quelqu'un trouve que mon histoire a un dénouement heureux?

– Ah oui.

Elle m'explique où est situé leur studio.

– Nous vous demandons d'être là à quinze heures pour la coiffure et le maquillage. Et, bien sûr, nous ferons une pré-entrevue et un tour guidé de ce qui va se passer. Est-ce que cela vous va?

– Je suppose.

– Excellent! Alors à demain. Et appelez-moi si vous avez une *quelconque* question.

Je referme le téléphone et me retiens, avec un acte de volonté suprême, de le lancer contre le mur. De toutes les choses dans lesquelles j'ai laissé Matt m'embrigader au fil des années, ce doit être la pire.

Je reviens au salon. Dominic a allumé le foyer artificiel et s'est assis sur le sofa. Il regarde la partie de hockey avec le son baissé.

Ses yeux quittent l'écran. Ils sont sombres, troublés.

– C'était Stéphanie?

– Non.

Nous nous fixons du regard, d'un air embarrassé, dans une atmosphère étrange.

Je brise le silence.

– De toute façon, je me sens très fatiguée. Je crois que je vais aller me coucher.

– D'accord.

– Merci pour l'arbre.

– Y a pas de quoi.

CHAPITRE 8

RENCONTRE AVEC LES MÉDIAS

Je me réveille le lendemain matin, en proie à un sentiment d'agitation. Il fait encore nuit dehors, à tel point qu'il est impossible de dire si l'on est plus près de minuit ou de l'aube. Je me tourne et me retourne dans mon lit, sans réussir à me rendormir. Aujourd'hui, je vais passer en entrevue avec une femme qui adore la confrontation. Une autre moi, simplement mieux maquillée et coiffée, et possédant un beaucoup plus large public.

Matt va m'en devoir une bonne.

Lorsque je me rends compte que je ne retrouverai pas le sommeil, je me dirige vers la cuisine pour démarrer la cafetière. Une bouteille à moitié vide de mon vin préféré gît sur le comptoir, me rappelant des temps meilleurs. Craig et moi l'avions achetée lors d'un voyage que nous avons fait à Sonoma, il y a un an et demi. Nous passions nos journées à goûter les meilleurs crus et nos soirées à manger d'énormes repas, à la chandelle, dans des restaurants sympas.

Tout semblait parfait, cette semaine-là.

J'ai joint Craig hier soir après avoir laissé Dominic à sa partie de hockey. Il était en réunion et il ne m'a pas fallu plus de trente secondes pour comprendre que c'était une erreur de l'avoir appelé. Je ne savais pas ce que je voulais lui dire et je crois qu'il a senti mon ambivalence. Ce qui l'a amené à me questionner à nouveau sur les raisons pour lesquelles je n'avais pas pris contact avec lui depuis si longtemps. M'avait-il réelle-ment été impossible de l'appeler ou de lui envoyer des courriels pendant tous ces mois? Comment avais-je pu ne pas réaliser qu'il serait fou d'inquiétude? Je ne pouvais rien faire d'autre que de lui présenter mes excuses, encore et encore, mais il les avait déjà entendues et cela ne semblait pas lui suffire. Comme la veille de mon départ, ce n'était pas le moment d'avoir une conversation sérieuse, mais nous pouvions tous les deux sentir que ce temps approchait.

Des pensées comme celles-ci ne sont pas de nature à calmer mon agitation et, quelques minutes plus tard, je me retrouve à forcer la porte du sous-sol humide. Une ampoule nue éclaire un ensemble de fournaise et de chauffe-eau qui desservent mon appartement et celui d'au-dessus. Deux petites pièces ont été construites à l'arrière pour servir de cagibis. Le mien est celui de droite, solidement fermé par un cadenas que je ne reconnais pas. Dominic doit en avoir le code, un du genre deux tours à droite, un à gauche et retour jusqu'au dernier chiffre.. Mais il m'a dit qu'il était vide, à part pour les bouteilles de vin et les affiches qui ne m'intéressent pas. Alors pourquoi suis-je ici?

Je me dirige vers le long établi qui n'a jamais servi à aucun outil. Une partie de l'équipement de photographie de Dominic est empilée dessus, de même qu'une sorte de portfolio noir. J'en descends la fermeture éclair et feuillette tranquillement les images. Il contient des versions huit sur dix des photographies que j'ai vues dans sa chambre, ainsi que d'autres de la même série. L'une d'entre elles a dû être prise en Irlande. Elle représente un pré vallonné couvert de minuscules fleurs – de la bruyère probablement – et, bien qu'elle soit en noir et blanc, elle est si vivante qu'elle donne l'impression que l'herbe verte de l'Irlande se trouve juste sous la surface. Une simple éraflure suffirait à la révéler.

Le talent dont témoigne cette image me bouleverse et je la contemple pendant quelques minutes, avant d'entendre le *bip* de la machine à café au-dessus de ma tête. Je prends alors conscience que je suis en train de grelotter dans ce lieu froid et humide. Je gravis l'escalier en trébuchant et prends soin de bien fermer la porte derrière moi.

L'odeur du café amène peu après un Dominic somnolent à la cuisine. Son humeur est semblable à celle d'hier matin et il nous sert joyeusement à tous les deux des œufs au plat accompagnés de grands verres de jus d'orange. Tout en préparant le petit-déjeuner, il me raconte des histoires drôles au sujet de l'époque où il travaillait comme cuisinier à la chaîne pour payer ses études aux beaux-arts.

– As-tu songé à travailler dans ce domaine, à devenir chef cuisinier?

– Oui, en effet. Mais j'avais ces énormes prêts étudiants à rembourser et la vie d'un restaurateur est plutôt pénible.

– Et tu avais des paysages à photographier, lui dis-je en souriant.

– C'est exact.

Après le petit-déjeuner, je lave les casseroles pendant que Dominic remplit le lave-vaisselle. Puis je m'empresse de rejoindre le seul homme pour lequel je n'ai jamais eu de sentiments compliqués – Antoine, mon coiffeur.

Dans la quarantaine, français et fabuleux, Antoine me reçoit avec un bonheur sincère. Il a la peau couleur chocolat au lait et les cheveux noirs rasés si court qu'on dirait une barbe d'un jour. Il porte un jeans à ceinture basse qui semble avoir été peint directement sur lui ainsi qu'un T-shirt noir imprimé d'un arbre de Noël orné de paillettes. La chaîne stéréo beugle une chanson de Lady Gaga. Il flotte dans l'air un parfum de framboise et de laque à cheveux.

Lorsqu'Antoine me libère de son étreinte, je lui donne la version CliffsNotes[9] des six derniers mois, pour compléter l'information qu'il a lue dans les journaux, pendant qu'il me guide vers son poste dans le salon bondé.

– Tu sais, chérie, tu as l'air extraordinaire. Mince, bronzée. Cette aventure que tu as vécue te va à merveille.

– Antoine, tu ne peux pas être sérieux.

– Mais je le suis. Tiens, regarde.

Il m'assoit sur sa chaise de coiffeur et me tourne vers le grand miroir encadré d'ampoules rondes et brillantes.

– Tu vois, la dernière fois que je t'ai vue, tu avais le teint si pâle et les cernes, tu sais, les cercles sous tes yeux, ils étaient noirs.

Je scrute le miroir, m'efforçant de voir ce qu'il voit. Alors que je peux toujours observer tous les défauts que j'ai remarqués hier, je dois lui donner raison sur une chose : les cercles sombres qui cernaient mes yeux, presque en permanence, ont disparu.

---

9 Les CliffsNotes sont une série de publications qui présentent et expliquent les œuvres littéraires de façon succincte, sous forme de brochure ou en ligne. (NDT)

Qu'est-ce que cela révèle au sujet de mon travail, s'il m'a fallu passer six mois dans un pays ravagé par un tremblement de terre pour avoir l'air reposé?

– Bien, peut-être. Mais tu ne peux pas dire que mes cheveux sont magnifiques.

Il fait une grimace.

– Non, c'est vrai. Tes cheveux sont dans un état épouvantable.

– Peux-tu faire quelque chose pour eux?

Il saisit une mèche de mes cheveux trop longs, aux pointes fourchues, et la plie entre ses doigts fins et manucurés. Son regard se perd dans le lointain.

– Oh oui. Je le vois maintenant. On va les couper court, oui, avec un dégradé, et peut-être une frange hérissée.

– Non. Pas de gros changements, Antoine. Je dois passer à la télévision et je veux me ressembler, mais en mieux.

– Mais pourquoi?

– Apparemment, Cathy Keeler pense que mon histoire fera un beau conte de Noël.

Ses yeux bruns s'arrondissent.

– Cathy Keeler? Mon Dieu, c'est une... une chatte, une tigresse.

– Antoine, cela ne renforce pas ma confiance en moi.

Il prend ses ciseaux pointus en acier inoxydable et, *tchak*, *tchak*, *tchak*, les fait claquer près de mon oreille.

– Ne t'en fais pas, chérie, je vais te donner toute la confiance dont tu auras besoin.

J'arrive au studio de télévision à quinze heures, avec une housse à vêtements contenant plusieurs tenues potentielles sur le bras et des cheveux tout simplement magnifiques.

Antoine les a coupés juste assez pour mettre mes pommettes en valeur et m'a proposé un compromis qui me convient en ce qui concerne ma frange. Mes cheveux sont soyeux et doux au toucher. Si seulement Antoine avait aussi pu faire quelque chose pour mon cœur qui bat la chamade.

La décoration de l'entrée de l'édifice ultra-moderne semble avoir été inspirée des vaisseaux spatiaux comme l'*Enterprise*, avec ses murs blancs de formica glacé et son éclairage si violent que je regrette de ne pas porter de lunettes de soleil. Je donne mon nom à la réceptionniste courtaude et obèse assise derrière un bureau de commande central fait du même matériau. Elle appelle Carrie pour lui annoncer mon arrivée, puis m'accompagne jusqu'à ma loge. Alors que nous déambulons dans le couloir vivement éclairé, je ne peux m'empêcher de remarquer les noms connus affichés sur les portes fermées des loges. De grands noms. Des noms célèbres.

Pourquoi, mais pourquoi donc ai-je permis à Matt de m'embarquer là-dedans?

Nous nous arrêtons devant une porte sur laquelle le mot «invité» est inscrit au centre d'une étoile jaune. La pièce ressemble à une petite suite d'hôtel, avec des murs recouverts d'un riche tissu couleur crème et un divan blanc moelleux. Devant celui-ci se trouve une table basse en verre dépoli supportant une assiette de fruits protégée d'un film alimentaire transparent.

– Carrie sera avec vous sous peu, dit la réceptionniste déjà loin dans le couloir.

Je dépose ma housse à vêtements sur le divan et passe mentalement en revue chaque tenue que j'ai apportée. J'opte finalement pour un pantalon de laine grise, orné de subtils carreaux, et un chandail en cachemire bleu cobalt.

On frappe doucement à la porte et une toute petite femme aux cheveux noirs coupés comme ceux d'un lutin avance la tête dans la pièce. Elle est vêtue d'un pantalon de tweed à revers et d'un chemisier blanc amidonné. Ses yeux caramel sont encadrés de plusieurs couches de mascara et ses sourcils sont épilés en une mince ligne sombre.

– Bonjour, Emma. Je peux entrer?

– Certainement.

Elle me tend la main.

– Je suis Carrie. Je suis *si heureuse* de vous rencontrer.

Nous nous serrons la main. Elle a des doigts fragiles et délicats.

– *Excellent choix* de tenuc, dit-elle.

– Ah, euh, merci.

– Les couleurs riches passent toujours mieux à l'écran. Vous sentez-vous nerveuse?

Nerveuse? Non. Comme si j'allais vomir? Oui.

– Un peu.

Elle sourit en révélant ses dents minuscules.

– C'est *tout à fait normal*. Mais ne vous inquiétez pas. Nous allons tout passer en revue pendant le maquillage.

– Parfait.

Je la suis vers la salle de maquillage. Elle fait le tour des thèmes que Cathy Keeler va aborder. Sans surprise, il ne sera question que de la façon dont j'ai disparu et été retrouvée. Je vérifie mes réponses tout en me livrant à la maquilleuse. Lorsque celle-ci a terminé, les angles de mon visage ont été à ce point augmentés et définis que je suis presque méconnaissable.

Je retire la serviette de papier blanc qui recouvre mon cou et Carrie m'accompagne dans le studio. La salle semble plus petite qu'elle ne le paraît à la télévision. La plus grande partie de l'espace est occupée par des bancs en gradins qui montent vers le fond de la pièce. Sur ces sièges sont assis une cinquantaine de spectateurs qui bavardent. Je parcours rapidement la foule des yeux. Elle semble se composer du mélange habituel de femmes au foyer et d'étudiantes.

– Qui est cette fille ? entends-je une des femmes demander à voix haute à sa voisine.

– Je pense que c'est celle qui a disparu en Afrique. Cette fille avocate, tu sais ?

– Bon sang ! J'étais certaine que c'était aujourd'hui la journée des cadeaux de Noël. Je n'ai jamais de chance.

Bienvenue dans le club, ma petite dame.

Je tourne le dos au public. Deux petits fauteuils orangés se font face sur une estrade placée en dessous d'un halo de lumières vives. La dernière fois que j'ai regardé cette émission, un ex-candidat à la présidence admettait qu'il était le père d'un enfant illégitime. Ahurissant.

Carrie parle derrière moi.

– Emma, je vous présente Cathy.

Je me retourne et me retrouve face à face avec Cathy Keeler. Ses cheveux sont d'un roux vif qui semble directement issu de la bouteille de teinture et tombent tout droit jusqu'à son menton, à partir d'une raie centrale parfaitement dessinée. Sa peau est blanche comme un drap et ses lunettes à monture foncée soulignent le regard intelligent de ses yeux bleu pâle. Elle porte un costume à rayures noires, qui semble confectionné à la main, et de gros diamants carrés aux oreilles.

– Bonjour, Emma. Je vous remercie d'avoir accepté de participer à l'émission, dit-elle de sa voix modulée d'animatrice.

Son timbre est parfaitement cadencé pour la lecture d'un script sur un télésouffleur.

– Carrie vous a mise au courant des thèmes que nous allons aborder ?

– Je crois que oui.

– Bien. Asseyez-vous et mettez-vous à l'aise. Nous allons commencer dans environ cinq minutes.

Me mettre à l'aise me paraît hors de question, mais je m'installe tout de même dans le fauteuil qu'elle me désigne. Je lisse les plis de mon pantalon pendant qu'un type dans la jeune vingtaine, arborant une coupe tendance, me glisse un microphone miniature sous le chandail. Tout se déroule si vite que j'ai à peine le temps d'être gênée, même si je suis presque certaine qu'il en a profité pour zyeuter... eh bien, pas grand-chose, en réalité.

Cathy Keeler s'assied en face de moi avec une nonchalance qui est le fruit d'années d'expérience. Elle feuillette une série de fiches en marmonnant tout bas. Je prends quelques gorgées du verre d'eau posé sur une petite table à côté de moi, scrutant la mer de visages qui nous regardent. Ils expriment pour la plupart un sentiment de déception. J'en déduis que bien des gens s'attendaient à recevoir des cadeaux de Noël aujourd'hui.

Les cameramen allument leurs projecteurs. Je cligne lentement des yeux sous leur éclat aveuglant pendant qu'un autre type coiffé d'écouteurs se précipite vers Cathy et lui prend ses fiches. Elle redresse les épaules, alors qu'une voix commande tout haut « Silence sur le plateau ! » et que l'indicatif musical d'*En cours*, légèrement grandiloquente et bien connue, emplit la salle. Lorsque la musique s'arrête, Cathy plonge son regard dans la caméra située au-dessus de mon épaule gauche.

– Bonsoir. Ce soir, je reçois Emma Tupper. Pour ceux d'entre vous qui ne connaissent pas encore son histoire…

Elle continue ainsi pendant plusieurs minutes, en exposant les faits. Quand elle a terminé, elle me pose quelques questions faciles sur l'impression que ça me fait d'être à la maison et sur ce que j'ai l'intention de faire à présent. Je m'en tiens au texte auquel j'ai travaillé plus tôt : c'est formidable d'être de retour ; je reprends mon poste en début d'année et j'ai très hâte. J'ai l'impression d'être Nuke LaLoosh dans *Duo à trois*, en train de suivre les instructions de Crash Davis quand il arrive au match. J'ai de la chance d'être là ; quelle occasion extraordinaire.

Cathy sourit et hoche la tête, me guidant sans faille, jusqu'à ce que je sois presque entièrement détendue.

Quelle erreur !

– Mademoiselle Tupper, je dois vous avouer que votre histoire ne tient pas vraiment debout.

– Qu'entendez-vous par là ?

– Eh bien, par exemple, pourquoi les guides de l'agence de voyages vous auraient-ils abandonnée là, au milieu de nulle part ?

– J'étais malade.

– N'auraient-ils pas dû vous emmener à l'hôpital ?

– Il aurait fallu des jours de trajet pour y arriver.

Elle hausse le sourcil droit.

– Ils vous ont donc plutôt abandonnée dans un village éloigné ?

Pourquoi ce ton me rappelle-t-il quelque chose ? Ah, j'y suis. Il ressemble au mien lorsque je contre-interroge quelqu'un.

J'ai la gorge sèche. Je prends une gorgée d'eau pendant qu'elle attend ma réponse. Je dépose le verre et mesure mes mots avec soin.

– Lorsque je suis tombée malade, nous étions au cœur d'une réserve d'animaux sauvages.

Il nous avait fallu deux jours pour nous y rendre et la «route» n'était qu'un chemin de terre cahoteux rempli d'ornières et de boue. Chaque seconde dans ces conditions était insoutenable, comme si quelqu'un cherchait, à l'aide d'un marteau-piqueur, à réduire mon corps en un millier de morceaux. Je n'avais pas tous mes esprits, mais je suis presque certaine de les avoir suppliés de me laisser au bord de la route. Au lieu de cela, ils m'ont conduite dans un village où ils savaient qu'il y avait des employés d'une ONG qui possédaient une bonne réserve de médicaments. Et c'est là qu'ils m'ont laissée.

– Et pourquoi les guides de l'agence de voyages ne sont-ils pas revenus vous chercher?

– C'est à eux qu'il faudrait le demander.

Génial. Maintenant, je m'exprime comme quelqu'un que je viens de contre-interroger. Je suis sur la défensive, comme si j'avais quelque chose à cacher. Comme si j'étais sur le point de me mettre à pleurer.

– Et vous n'avez vraiment pas pu envoyer un message chez vous pendant six mois entiers?

– Non.

– Je vois.

– Je... je suis confuse, madame Keeler. Vous semblez sous-entendre que j'ai tout inventé. Et pourquoi donc ferais-je cela?

Elle émet un son dédaigneux de la gorge, assez bas pour que je sois la seule à l'entendre.

– Je ne suis pas ici pour répondre à vos questions, mademoiselle Tupper, mais peut-être cherchez-vous à attirer l'attention? Serait-ce vos quinze minutes de gloire?

– Croyez-vous vraiment que je *veuille* que tout le monde sache ce qui m'est arrivé?

Elle fait un geste vers la salle.

– Vous êtes ici, n'est-pas?

Je me penche loin d'elle, à nouveau consciente de l'éclat des lumières et de la salle bondée de femmes qui m'observent avec impatience et curiosité. Va-t-elle s'effondrer? Dit-elle la vérité?

Je savais que c'était une mauvaise idée.

– Je suis ici parce que *vous* m'avez invitée, madame Keeler. Je n'ai pas cherché à venir. Ce n'était même pas mon idée de faire ce voyage, comme vous le savez très bien, et j'ai dû sacrifier bien des choses pour aller là-bas.

– Je suppose que vous faites référence à votre petit ami, Craig. Vous ne l'avez toujours pas revu, je crois?

Je ressens une crampe nerveuse dans les tripes.

– Non, effectivement.

Elle s'esclaffe d'un rire gloussant qui doit paraître charmant à la télévision.

– Eh bien, quand nous avons appris cela, je dois vous l'avouer, nous n'avons pas pu résister à l'envie d'organiser de petites retrouvailles.

Organiser de petites *quoi*?

Elle regarde à nouveau par-dessus mon épaule, seulement cette fois, je sais qu'elle ne fixe pas la caméra. Je tourne la tête et il est là : Craig Talbot, vivant, respirant et marchant vers moi, l'air fatigué et plus charmant que je me le rappelle, dans son costume gris pâle favori. Des rides de sourire encerclent ses yeux bleu pâle. Ses cheveux couleur sable sont coupés court et séparés sur la gauche.

Nos yeux se croisent et j'ai l'impression que toute la salle, le monde entier, nous observe, attendant que je réagisse comme je le devrais en revoyant mon petit ami pour la première fois en six mois.

– Emma ? Vous ne dites pas bonjour à Craig ?

Je me lève et marche vers lui, m'efforçant de sourire comme une personne heureuse et normale à qui l'on vient de faire une immense surprise. Lorsque j'arrive assez près de lui, je tends les bras et l'étreins. Après un moment d'hésitation, il me prend dans ses bras et me serre très fort.

J'inspire son odeur familière et épicée. Je sens mes jambes devenir molles.

– Emma, me dit-il à l'oreille, bienvenue à la maison.

Nous nous séparons et nous contemplons l'un l'autre pendant que la salle nous observe. Dans le silence complet qui règne, j'entends le moteur de la caméra s'ouvrir et se refermer.

– Tu ne l'embrasses pas ? crie quelqu'un dans la salle.

Et tout à coup, je sais pourquoi Matt et le comité de gestion voulaient que je vienne ici. Ils cherchent de la visibilité, c'est sûr, seulement ils voient plus grand que moi – ç'a d'ailleurs toujours été le cas. C'est ainsi qu'ils ont manigancé ce parfait dénouement heureux de mon histoire rocambolesque pour s'assurer qu'elle obtienne le maximum de publicité et permette, du même coup, la large diffusion du nom de TPC.

– Un baiser, un baiser, un baiser, scande l'auditoire comme s'il s'agissait d'un épisode de *Jerry Springer*.

Craig semble gêné et mal à l'aise, mais que pouvons-nous faire d'autre ?

Nous nous embrassons pendant que les caméras ronronnent.

CHAPITRE 9

WHERE EVERYBODY KNOWS YOUR NAME[10]

Craig et moi nous tenons côte à côte dans l'ascenseur qui monte à son condo.

Lorsque nous nous sommes séparés, après notre baiser-arrangé-pour-les-médias, Cathy Keeler est allée en pause publicitaire. Sans me regarder tout à fait dans les yeux, Craig a alors suggéré que nous allions «discuter» dans son appartement, une fois l'émission terminée.

C'est toujours très bon signe quand un gars veut discuter.

J'ai dû être dans un état de choc pendant la dernière partie de l'émission, car je ne me souviens pas d'une seule des questions que Cathy Keeler m'a posées, ni d'aucune des réponses que je lui ai données. Quand les lumières du studio se sont tamisées, Cathy m'a remerciée tandis qu'un homme tenant une pancarte affichant APPLAUDISSEZ! encourageait les membres du public à taper des mains. Ils se sont exécutés sans conviction, encore déçus par l'absence de cadeaux, je suppose.

---

10 Littéralement: «Là où tout le monde connaît ton nom.» Titre original et titre de l'indicatif musical de la série télévisée *Cheers*. (NDT)

– Je suis désolé pour cela, dit Craig. Matt...

– A dit que le comité de gestion l'apprécierait énormément ?

Il sourit.

– Oui.

– Il m'a servi le même discours.

Nous atteignons son étage et les portes de l'ascenseur s'ouvrent avec un tintement. Je suis Craig le long du corridor. Sa porte d'entrée est constituée d'une impressionnante pièce d'acajou massif sur laquelle brille, à la hauteur des yeux, un ensemble de chiffres en chrome. À l'intérieur, son appartement est exactement comme il l'a toujours été, soit celui d'un célibataire aisé. Les murs sont peints d'un bleu gris sombre et les meubles, faits du même acajou massif que celui de la porte. On a dû raser une forêt tropicale pour décorer ce logement.

C'est un endroit dans lequel je ne me suis jamais sentie complètement à l'aise, peu importe le temps que j'y ai passé. Peut-être est-ce la raison pour laquelle je n'ai pas accepté son offre de venir m'y installer en son absence.

– Alors, dis-je, une fois nos manteaux enlevés et suspendus aux crochets chromés, à côté de la porte. Tu voulais discuter ?

Craig se passe la main dans les cheveux pour les lisser. Il semble avoir pris un peu de poids depuis la dernière fois que nous nous sommes vus, comme s'il ne mangeait pas bien ou ne s'entraînait pas suffisamment. Craig est du genre à ne faire qu'une seule chose à la fois, et quand tout se bouscule au travail, il mange mal et arrête d'aller au gymnase.

– Emma, au risque de t'offenser, j'arrive d'un long vol. J'aimerais beaucoup prendre une douche et me changer avant de... enfin, tu comprends. Est-ce que ça t'embête ?

– Non, pas de problème.

Et peut-être qu'ainsi, lorsque tu reviendras, je saurai quoi dire.

– J'en ai pour une minute. Il devrait y avoir un peu de bouffe dans le frigo. J'ai demandé à Juliana de faire des réserves.

– Est-ce qu'elle cuisine toujours pour toi?

– Bien sûr. Pourquoi ne le ferait-elle pas?

– Je ne sais pas. Je continue à m'attendre à ce que les choses soient les mêmes, pour me rendre compte qu'elles sont en fait différentes…

Craig secoue la tête.

– D'abord la douche, ensuite la discussion, d'accord?

– Oui, désolée. Vas-y, vas-y.

Je le regarde se diriger vers sa chambre à coucher, puis sors mon cellulaire pour vérifier si j'ai reçu un appel de Stéphanie. Rien. Je compose son numéro que je sais maintenant par cœur. J'arrive directement à sa boîte vocale, comme toujours, et lui laisse un message additionnel (ce n'est pas un test, c'est ma vie), puis ferme le téléphone.

Affamée, je me rends à la cuisine pour voir ce que Juliana a laissé. C'est une cuisinière hors pair qui est complètement dévouée à Craig, l'enfant unique de parents jet-setteurs qui n'avaient pas beaucoup de temps à lui consacrer dans son enfance. À la place, il avait Juliana.

Je découvre du poulet et du riz au safran dans un contenant de plastique hermétique et le glisse au four à micro-ondes. Quand le signal sonore retentit, je dispose le contenu du plat sur une assiette et l'emporte à la table de la salle à manger. Mes yeux errent vers l'armoire de verre placée dans le coin qui est remplie d'un bric-à-brac qui retrace la vie de Craig. (Des livres qu'il n'a jamais lus, des presse-papiers que ses parents lui ont rapportés de voyages autour du monde, quelques photos officielles de son enfance.) Je scrute la tablette du haut et il est là : le trophée que nous avons gagné lors d'un atelier à propos des litiges auquel nous avons participé ensemble, quatre ans auparavant.

Le camp d'entraînement en litiges, comme nous l'appelions, était obligatoire pour tous les plaideurs de TPC, après quelques années de pratique. Il était dirigé par un groupe d'hommes sadiques qui prenaient un énorme plaisir à démolir les avocats avant de les reconstruire.

Craig et moi avions été nommés coéquipiers pour la semaine, laquelle culminait par une journée de procès fictif. J'avais fait la connaissance de Craig avant le camp d'entraînement, mais nous n'avions jamais passé beaucoup de temps ensemble. Jusqu'alors, je le percevais comme l'un de ces trous du cul coincés, issus d'écoles privées, que l'on rencontre fréquemment dans ma profession.

Alors que nous travaillions vingt-quatre heures sur vingt-quatre à nous préparer, j'ai découvert que j'avais à la fois tort et raison à son sujet. Il pouvait effectivement être un de ces trous du cul coincés issus d'écoles privées (c'était un peu ses paramètres par défaut), mais il était aussi vraiment intelligent et attentionné. Nous étions trop occupés cette semaine-là pour vivre quoi que ce soit de romantique, mais il a eu toutes sortes de petits gestes qui ont attiré mon attention. Il m'a, par exemple, laissée prononcer le plaidoyer final, bien que je sache qu'il aurait aimé le faire lui-même, et il semblait avoir acquis ce sixième sens qui lui permettait de savoir quand j'avais besoin de plus de café, d'une collation ou même, brièvement, d'un petit massage du dos. C'était comme si nous avions passé la semaine entière à nous avancer l'un vers l'autre. Et lorsque nous avons tenu le trophée de la Meilleure Équipe entre nous deux et souri pour le photographe, j'ai compris que ce n'était qu'une question de temps avant que nous ne couchions ensemble.

J'ai pensé, au début, que ce ne serait peut-être rien de plus que cela. Mais nous nous amusions beaucoup ensemble et comprenions parfaitement nos horaires respectifs, aussi fous et imprévisibles qu'ils puissent l'être, même lorsque celui de Craig s'est détérioré après qu'il a quitté le service des litiges pour se joindre à celui des entreprises. Parfois, quand nous étions coincés au travail après les heures normales de bureau, nous nous échappions pendant quarante-cinq minutes pour manger ensemble dans une salle de conférences inutilisée. Nous nous sommes même quelquefois cachés derrière les étagères au fond de la bibliothèque pour faire l'amour.

Ç'a été comme ça pendant des années. Nous avions d'excellentes conversations, passions de belles vacances ensemble et ne nous disputions que rarement. Si quelqu'un nous avait vus ensemble, alors qu'il était en relation avec une personne qui ne lui convenait pas tout à fait, il aurait été jaloux. J'ai *moi-même* parfois été jalouse, lorsque je pensais à nous de façon abstraite. Pourquoi ne pouvais-je pas avoir cette relation idéale? Ah oui, c'est vrai. Je l'avais.

Je termine mon poulet et me lève pour examiner le trophée de plus près. Appuyée tout contre se trouve une photographie de nous deux, prise le jour où nous l'avons gagné. Nous avons l'air un peu échevelés et épuisés, à cause de la nuit blanche que nous venions de passer. Je n'ai jamais compris pourquoi il tenait tant à l'afficher.

– Je t'ai toujours trouvée jolie sur cette photo, dit Craig, qui arrive derrière moi.

Je me retourne pour lui faire face. Il s'est changé et porte des jeans et un chandail noir. Ses cheveux sont encore humides.

– C'est drôle, je pensais justement le contraire.

– Tu ne te trouves jamais belle sur les photos.

– C'est parce que je ne le suis pas.

Il sourit avec tristesse.

– Certaines choses ne changeront jamais.

– C'est vrai.

Nos yeux se croisent brièvement, puis Craig regarde ailleurs.

– Est-ce qu'on s'assied? demande-t-il.

Je le suis jusqu'au salon et nous prenons place sur son sofa brun foncé, masculin. Il est en forme de L et, comme si cela était convenu, nous nous installons chacun d'un côté.

Il regarde ses mains, silencieux, plongé dans ses réflexions.

Je me sens obligée de rompre le silence. Après tout, c'est moi qui suis en cause, n'est-ce pas?

– Je suis désolée de ne pas avoir pu t'appeler, Craig.

– Je sais. Tu me l'as dit.

– Il n'y avait vraiment aucune façon…

Je m'arrête car ce que je dis donne l'impression d'être un mensonge, alors que c'est presque la vérité. Après le tremblement de terre, il n'y avait aucune façon d'appeler hors du pays à moins de posséder un téléphone satellite, ce qui n'était pas le cas de notre village. Mais, quelques semaines après le séisme, le bruit a commencé à courir parmi les villageois que le village d'à côté en avait un, et peut-être même une connexion Internet fonctionnelle. La rumeur s'est mise à circuler, encore et encore, et après quelques jours, l'existence du téléphone et de sa connexion possible avec le monde extérieur avait pris une proportion mythique.

J'admets avoir succombé au mythe. Comment aurais-je pu ne pas le faire ? La possibilité d'une connexion avec la maison *devait* être explorée. Et, alors que les villageois semblaient se contenter de discuter de cette possibilité, cela ne me suffisait pas. J'ai supplié Karen et Peter de me montrer le chemin et ils ont fini par accepter. Ils ne croyaient pas en la véracité de cette rumeur, je le voyais bien, mais ils espéraient pour moi qu'elle soit vraie.

Après qu'ils eurent cédé, Peter me demanda de rassembler discrètement quelques affaires – de l'eau, de la nourriture et les chaussures les plus solides en ma possession – et partit marchander avec Nyako, l'entremetteur du village. Quand on avait besoin de quelque chose (et que cette chose était disponible quelque part), Nyako l'avait. Et en effet, environ une heure plus tard, Peter revenait vers moi, poussant une bicyclette de chaque main.

– Nous allons là-bas à *vélo* ?

– J'ai bien peur qu'il n'y ait aucun autre moyen de s'y rendre. Je dois économiser l'essence du camion en cas d'urgence. Impossible de dire quand je vais pouvoir m'en procurer d'autre.

J'ai voulu lui dire qu'il s'agissait d'une urgence pour moi, mais je savais que ce n'était pas vraiment le cas. J'ai pris le plus petit des deux vélos – un Schwinn rouge délavé – et ajusté le siège à ma taille. Peter a fait de même avec le modèle hybride rouillé qu'il s'apprêtait à chevaucher et, après avoir enfilé nos sacs à dos, nous nous sommes mis en route.

Il n'y avait que dix milles à parcourir jusqu'à notre destination, mais ils m'en ont paru plutôt vingt. Le siège meurtrissait mon derrière, et mon dos commençait à me faire mal à force de me tenir penchée sur le guidon. Même si j'en avais eu l'énergie, nous n'aurions pas pu avancer très rapidement. Le chemin était rempli de bosses et de trous et j'ai failli, plus d'une fois, tomber. Le soleil me tapait sur la nuque, dénichant la bande de peau sous mes cheveux que je n'avais pas suffisamment enduite de crème solaire.

Lorsque nous sommes enfin arrivés là-bas, nous avons été accueillis par un groupe d'adolescents assis sur un gros tas de rochers et tenant avec indolence des fusils posés sur leurs genoux. Mon cœur a remonté dans ma gorge. J'ai pensé à Ishmæl Beah et à son livre *Le chemin parcouru*, un cadeau de Noël que ma mère m'avait offert parce qu'elle aimait même les côtés négatifs de ce continent. Ces garçons étaient-ils des enfants soldats? Avaient-ils perdu la tête sous l'effet de la drogue et de la peur? Est-ce que j'allais nous faire tuer tous les deux, juste parce que je voulais passer un coup de téléphone?

Peter leva la main de manière confiante, comme à son habitude, et je cessai de pédaler.

– Reste ici, me dit-il.

– Tu es sûr? Nous pouvons rebrousser chemin.

– Je crois qu'ils ne font que protéger le village des pilleurs. Je vais leur parler d'abord.

– Je t'en prie, Peter. N'y va pas si c'est dangereux. Ce n'est pas si important.

– Bien sûr que ça l'est. Ne t'inquiète pas, tout va bien aller.

Il descendit de son engin et le poussa lentement en direction des garçons, en souriant de façon sympathique, pour leur montrer qu'ils n'avaient rien à craindre, même s'il était deux fois plus grand que le plus costaud d'entre eux.

Alors que je le regardais discuter avec eux, je ressentis un étrange besoin de tousser – comme cela m'était arrivé avant le tremblement de terre, quand j'observais le serpent – pour attirer l'attention sur moi, en quelque sorte. Un besoin semblable à cette pulsion de sauter qu'éprouvent certaines personnes, au bord des chutes Niagara, pour être englouties par ce flot impressionnant. Même si je savais que cela était une mauvaise idée, voire dangereuse, elle me paraissait être la meilleure option à ce moment-là.

Et alors, Peter me fit signe, le sourire aux lèvres. Je descendis de vélo et marchai vers les jeunes.

– Bonjour, dit le plus grand d'entre eux.

Assis au sommet des rochers, c'était probablement leur chef.

– Je suis Tabansi.

– Bonjour, Tabansi, répondis-je. Je m'appelle Emma.

– Vous cherchez un téléphone satellite, n'est-ce pas?

Une vague d'espoir me parcourut le corps.

– Oui, en avez-vous un?

– Oui.

– Et puis-je... est-ce que je pourrais l'utiliser?

L'un des enfants plus jeunes ricana. Celui d'à côté le fit taire.

– C'est impossible.

– Oh, je...

– Il appartient à mon père, mais il est cassé. Il est tombé sur le sol quand la terre a tremblé.

– Oh non! Je veux dire, je suis désolée.

Il haussa les épaules, comme l'aurait fait un homme plutôt qu'un enfant.

– C'est la vie. Nous essayons de le réparer. Vous pouvez revenir dans deux semaines.

Je jetai un regard à Peter et il hocha la tête. Il n'y avait plus rien à faire ici aujourd'hui.

– Merci.

Il me fit un bref sourire.

– Vous êtes les bienvenus. Mais vous devriez partir maintenant. Le chemin du retour est long.

– J'ai tenté de te joindre en arrivant, dis-je maintenant à Craig. As-tu changé de numéro?

Il lève les yeux.

– Il l'a fallu, oui. Je recevais sans cesse des coups de téléphone à ton sujet.

– Je suis vraiment désolée, Craig.

– Ce n'est pas ta faute.

– Tout de même, si je n'étais pas partie...

– Ne te culpabilise pas, Emma. Ce n'est pas ce que je veux.

– Mais je me sens égoïste. Tout ce temps-là, je n'ai pensé qu'à moi. Je n'ai pas songé à ce que tu endurais.

– Tu n'en savais rien.

– Je ne savais pas que tu me croyais morte, mais ce que je pensais était déjà assez pénible.

Il s'approche de moi sur le sofa.

– Je t'en prie, Emma. Arrête.

Son ton est si chaleureux et familier que j'en ai les larmes aux yeux. Au contraire de ma nouvelle personnalité de pleurnicheuse, je n'ai jamais pleuré devant Craig auparavant, ni de tristesse, ni de bonheur, ni de rage, ni même lorsque ma mère est morte. Et de toute façon, pleurer maintenant devant lui me paraît mélodramatique et trop prévisible. Comme notre baiser de tout à l'heure.

Je respire à fond.

– Quelle est ton intention, Craig ? lui demandé-je.

– À propos de nous ?

– Oui.

Il hésite.

– Tu veux une réponse sincère ?

– Toujours.

– Eh bien, je suppose que... je n'en sais rien.

D'une certaine manière, en dépit de tous les signes, ce n'était pas la réponse à laquelle je m'attendais. Surtout pas après le « je t'aime » en code secret. Mais peut-être l'ai-je mal interprété ? Peut-être ne parlait-il pas du tout en code, peut-être était-ce simplement des banalités ?

– Ah bon.

– Tu es fâchée ?

– Non.

– Alors, qu'est-ce qu'il y a ?

– Je ne sais pas, moi non plus. Pourquoi tu ne sais pas, *toi* ?

Il s'éloigne de moi.

– J'ai offert de t'accompagner, tu te souviens ? Mais tu n'as pas voulu. Tu es simplement partie. Nous nous sommes parlé une fois, puis il y a eu ces horribles reportages diffusés à la télévision. C'était comme si tu t'étais volatilisée de la surface de la planète. Puis le gouvernement a émis ces listes de personnes disparues. Quand j'y ai vu ton nom, je n'ai pas su quoi faire. Personne ne me l'aurait dit directement, mais je savais que tout le monde te croyait morte. Et puis... C'est difficile à admettre, Emma, crois-moi, mais quelqu'un a eu le courage de me dire que tu étais probablement morte, et j'ai senti... j'ai senti ce... je ne dirais pas ce poids, pas exactement, mais quelque chose s'est allégé, et j'ai su qu'ils avaient raison. J'ai compris que tu étais morte.

Le monde semble soudain ralentir, et c'est comme si je pouvais voir les mots *J'ai compris que tu étais morte* quitter les lèvres de Craig et voyager vers moi, sans pourtant arriver à m'atteindre. Ce qui me frappe, c'est non seulement le fait que Craig ait cru que j'étais morte, mais que cela l'ait en quelque sorte *soulagé*.

Que suis-je censée faire avec ça?

– Qui t'a dit ça? demandé-je finalement.

Il lève les yeux tout en se tortillant les mains.

– Quoi?

– Qui t'a dit que j'étais morte? Qui t'a fait croire cela?

– En quoi est-ce important?

– Je veux savoir.

– Emma...

Un certain instinct me pousse à insister.

– Dis-le-moi, c'est tout.

– C'est Sophie.

– Eh bien, il fallait s'y attendre.

– Tu es injuste.

– Peu importe.

Il secoue la tête.

– Elle agissait en amie, tout simplement.

Mais Craig et Sophie n'ont jamais été amis auparavant.

– Pourquoi la défends-tu?

– Je ne la défends pas.

– Si, tu le fais.

Je l'observe attentivement. Il ne veut pas me regarder dans les yeux, il serre et desserre les mains, un geste que j'ai toujours associé chez lui à un sentiment de culpabilité.

Pourquoi Craig défend-il Sophie? Pourquoi la croirait-il, elle? Pourquoi lui a-t-il même *adressé la parole*?

Et soudain, je comprends. Voilà la raison pour laquelle Jenny s'est arrêtée de parler dans l'aire de restauration et pourquoi Matt a semblé mal à l'aise lorsque je lui ai dit que je n'avais pas encore parlé à Craig.

– Tu couches avec elle, n'est-ce pas?

– Quoi? dit-il, comme sous le choc, mais sans vraiment le *nier*.

– Sophie, tu couches avec elle.

– Qu'est-ce qui te fait dire cela?

– Est-ce que j'ai tort?

– Emma...

– Bon Dieu, Craig.

La culpabilité inonde son visage.

– Je ne sais pas quoi dire.

– Vous êtes toujours ensemble?

J'aimerais lui demander *Est-ce que tu l'aimes*? mais je ne m'en sens pas capable.

– Oui.

– Bon, alors d'accord.

Je me lève et me dirige vers la porte d'entrée.

– Où vas-tu?

– N'importe où qui ne soit pas ici.

Craig me suit.

– C'est tout? Tu t'en vas, comme ça, tout simplement?

Je saisis mon manteau au crochet chromé et l'enfile. Je serre mes mains qui tremblent.

– Oui.

– Je crois que nous devrions en discuter.

– Que nous reste-t-il à dire, Craig? Tu pensais que j'étais morte et tu couches avec une autre.

Je sens ma gorge se nouer, ma voix devenir rauque.

Tiens bon, Emma, tu es presque sortie de là.

– On ne peut pas terminer cela comme ça.

– Au contraire.

Je le bouscule pour m'échapper. Il tend le bras pour m'arrêter, mais je suis plus rapide.

– S'il te plaît, ne pars pas.

J'hésite un instant, mais ce n'est qu'une hésitation. Je franchis la porte avant que les larmes ne commencent à couler.

Quand j'arrive dans la rue, je pleure pour de bon et m'en veux terriblement d'avoir espéré quelque chose de lui. Parce que c'est ce que j'ai fait, j'ai gardé Craig comme une possibilité. Comme si, en étant à nouveau avec lui, tout allait redevenir normal.

Mais maintenant, tout est à l'eau. Je m'étais préparée à choisir Craig, mais il n'est pas resté fidèle à son engagement, lequel signifiait entre autres de se languir en m'attendant pour toujours, bien évidemment. Ou, du moins, plus longtemps qu'il ne l'a fait. D'ailleurs, je suis presque certaine que le délai approprié à observer avant de coucher avec une nouvelle fille quand votre petite amie est portée disparue, présumée morte, est bien plus long que celui qu'il a respecté.

Et combien de temps a-t-il *accordé* à ce délai, au juste? Une semaine, un mois? Deux? Quand Sophie est-elle apparue avec ses mots magiques empreints de sagesse, et combien de temps lui a-t-il fallu avant d'y croire?

Je frappe du pied un tas de neige devant moi. Eh bien, qu'il aille se faire foutre! Exactement! Tu m'entends, Craig? Je n'ai pas besoin de toi et de tes massages de dos!

Je suis bien toute seule. Je peux survivre sans maman, ni papa, ni amis, ni carrière, ni rien.

Organisez-moi une belle grosse fête de compassion!

Je m'aperçois dans la vitrine du bistrot du coin. Mon visage est un désastre: j'ai le nez rouge, les yeux rouges, les joues rouges. J'ai l'air ridicule et pathétique.

Est-ce que je ne viens pas tout juste de dire à Dominic que cette façon de réagir ne me ressemble pas? Je ne veux pas me complaire dans l'apitoiement. Je ne veux pas me servir *encore* à moi-même ce discours de motivation. Une fois aurait dû suffire. Et même être plus que suffisante.

Non, je veux être comme ces personnes que je peux voir par la vitre, assises sur des tabourets de bar, entourées de sacs remplis de cadeaux de Noël pour leurs proches. Elles ont l'air bien au chaud et heureuses et...

J'efface les larmes sur mon visage d'une main et m'essuie le nez de l'autre. Je redresse mes épaules et saisis la poignée oblongue de la porte qui mène au bistrot. Un instant plus tard, je suis assise entre deux clients souriants, heureux, servis. Quelques minutes après, j'ai un café irlandais entre les mains et je suis bien partie pour être souriante et heureuse moi aussi.

Les quelques heures qui suivent se déroulent gaiement.

Il y a un écran de télévision fixé en hauteur sur le mur derrière le comptoir et, alors que je n'ai avalé que la moitié de mon café irlandais, l'animateur se met à parler de moi. Me voilà donc, assise face à Cathy Keeler, répondant à ses questions. Mon visage est rouge, mais je semble me maîtriser.

Du moins, c'est ce qu'on dirait avec le son éteint.

Je regarde ailleurs, en espérant que personne ne fasse le lien, mais la séquence se prolonge et, finalement, je peux sentir le regard curieux d'un monsieur âgé assis à mes côtés.

– C'est bien vous là-haut, n'est-ce pas? À la télé?

Je me tourne aussi loin de lui que je le peux sans paraître trop impolie.

– Non.

– Bien sûr que si. Vous portez encore le même ensemble.

Bon sang. J'ai oublié ma housse à vêtements au studio de télévision. Une autre chose à reprocher à Craig.

Je me tourne vers l'homme. Il est dans le début de la soixantaine. Le bout de son nez bulbeux est parcouru de petites veines et ses yeux bruns sont un peu bouffis.

– Je ne veux pas être malpolie, mais j'aimerais boire mon café en paix.

– Certainement.

Je lui tourne le dos et commence à me flageller en pensée. Ne suis-je pas entrée ici justement pour avoir un contact humain, des interactions légères avec des gens qui ne me connaissent pas et ne savent rien de moi? Et même si cet homme sait que j'ai fait la une de cette émission, il ne me connaît pas comme un proche.

Je lui touche l'épaule.

– C'était *bien* moi.

Il détourne le regard de la télévision et me fait un large sourire.

– Je le savais.

– Désolée pour tantôt.

– C'est bon. Vous avez dû traverser beaucoup d'épreuves.

– Je n'ai pas envie d'en parler.

– Eh bien, je peux comprendre ça.

– Merci.

– C'est la première fois que vous venez ici?

Le bistrot au bout de la rue de Craig? Pas le moindrement. Ce n'était peut-être pas une si bonne idée d'y entrer, après tout.

– Non.

– Un autre sujet à éviter?

– Ouais. Écoutez, est-ce que je peux vous offrir un verre?

Ses yeux s'illuminent.

– Ce serait bien gentil de votre part.

Alors, je le fais, et nous parlons de choses anodines, comme des cadeaux qu'il a achetés pour Noël à ses petits-enfants et le fait qu'il attend que sa femme ait fini de magasiner. Lorsque celle-ci arrive, nous nous installons à une table et je lui offre un verre à elle aussi. Ils me parlent de leur plus jeune fils, qui termine son secondaire, et me demandent ce que je pense du collège militaire. Junior est parfois difficile, peut-être qu'un peu de structure lui ferait du bien?

Ce n'est pas tout à fait un épisode de *Cheers*, mais c'est plutôt sympathique.

Puis, c'est l'heure d'y aller. Frank et Joanie doivent retrouver leurs petits-enfants et leur vie.

Nous nous disons au revoir en faisant semblant que nous devrions faire en sorte de nous rencontrer à nouveau un de ces jours, tout en sachant pertinemment tous les trois que cela n'arrivera pas (nous n'échangeons même pas nos numéros de téléphone, alors comment cela pourrait-il se produire?). Mais ça fait du bien de faire semblant. Je quitte le bistrot le cœur léger.

Mais il ne faut pas trente secondes pour que, dans le taxi qui me ramène à la maison, la conversation que j'ai eue avec Craig me rattrape. Craig et Sophie. Craig et *Sophie*. *Craig* et Sophie. Quelle que soit la façon dont je le dis, ça semble incongru. Et plus j'essaie, plus je me sens en colère. Furieuse et stupide. De m'en faire. De n'avoir rien vu venir. De m'en faire.

Lorsque j'arrive, l'appartement est plongé dans la pénombre et me donne cette impression de maison vide. J'appelle quand même Dominic, mais n'obtiens aucune réponse.

J'allume quelques lampes et jette mon manteau sur le coin du sofa. Je me sens agitée et me lance à la recherche de la boîte qui contenait la bouteille de whisky, l'autre soir. Je ne bois pas d'alcool fort d'habitude, mais il me semble que j'ai besoin de quelque chose de costaud en ce moment.

Dans la troisième boîte, je trouve une bouteille de quelque chose qui s'appelle Laphroaig, un alcool qui semble être très cher et avoir vieilli pendant de nombreuses années dans un fût de chêne. Je vérifie l'étiquette de prix délavée. Aïe! Peut-être devrais-je me mettre à la photo?

Je sors un verre de cristal taillé et m'en verse une mesure. Je ressens une brûlure au fond de la gorge en l'avalant, mais un sentiment de chaleur lui succède rapidement. Je n'ai jamais apprécié le whisky avant, mais on dirait que j'y prends goût. J'allume le foyer au gaz et je m'installe sur le sofa, la bouteille calée sous le bras. Craig et Sophie. *Craig* et Sophie. Craig et *Sophie*. Quelle que soit la manière dont j'insiste sur ces mots, ils ne riment qu'avec folie.

Je rumine toujours quand Dominic rentre à la maison. Il s'arrête brièvement dans l'embrasure de la porte, me lance un vague « Hé », puis continue dans le couloir. Il n'établit même pas de contact visuel avec moi.

Mais qu'est-ce que ça veut dire ? Qu'ai-je donc fait pour mériter cela ?

Je traverse l'appartement, tenant fermement mon verre dans une main et la bouteille dans l'autre. Je le retrouve dans la cuisine, en train de sortir les légumes du frigo et de les empiler sur le comptoir.

– Pas de bonjour ?

Dominic pose un oignon sur le billot de bois et se retourne vers moi. Son visage exprime de l'amertume.

– Je vois que tu as trouvé le Laphroaig.

– C'est ça, le problème ?

– J'aurais pensé que quelqu'un qui a perdu toutes ses affaires montrerait plus de respect pour celles des autres.

– Pardon ?

– Oublie ça.

Il sort un éminceur du bloc à couteaux et se met à hacher l'oignon avec rage.

– Je t'en paierai une nouvelle bouteille, d'accord ? Dominic ? Allo ? La terre appelle Dominic !

Il ne réagit pas, feignant, peut-être, de ne pas me voir.

– Veux-tu bien poser ton couteau et me regarder ?

Il s'exécute lentement et lève ses yeux vers les miens.

– Tu es heureuse, là ?

– Je suis aux anges.

– Eh bien, tant mieux pour toi. Est-ce que je peux continuer de hacher mon oignon, maintenant ?

– Non, je veux savoir pourquoi tu te comportes comme un imbécile.

Il prend un air moqueur.

– *Moi*, un imbécile ? Chapeau. C'est fort.

Qu'est-ce que j'ai bien pu faire pour... Oh. Est-ce... parce qu'il m'a vue embrasser Craig à la télé ? Non... impossible.

– Est-ce à cause de Cathy Keeler ?

– Si tu sous-entends par là que je suis de mauvaise humeur à cause de ton petit baiser, alors non, ce n'est pas à cause de Cathy Keeler.

Je sens monter une nouvelle vague de colère, mais elle se dissipe. Ce n'est pas Dominic, le problème, en ce moment. Il ne l'a jamais été d'ailleurs.

– Je suis désolée de ne t'avoir jamais parlé de Craig, Dominic.

– Ce n'est pas important.

– Non, j'aurais dû t'en parler.

– Oublie ça.

– Mais je ne veux pas oublier ça. J'essaie de te présenter mes excuses. Pourquoi ne me laisses-tu pas le faire ?

– Écoute, Emma, tu ne me dois aucune explication, d'accord ? Tu as un petit ami. Et il se trouve que tu ne l'as jamais mentionné. Mais voilà, je ne te connais pas très bien. Peut-être que garder des secrets, c'est ta manière de fonctionner.

Alors là, c'est fichu pour ce qui est de contenir ma colère.

– Est-ce que tu viens juste de me traiter de menteuse ?

Il hausse les épaules jusqu'aux oreilles.

– Ah bon ? Je ne sais pas ?

– Va te faire foutre.

– Pardon ?

– J'ai *dit*, va te faire foutre.

Je sais que j'exagère totalement, mais ça me fait du bien d'exprimer ce que je ressens, même si ce n'est pas à la bonne personne.

Il dépose son couteau et passe devant moi pour se diriger vers la porte. Je le regarde battre en retraite et je veux qu'il s'arrête. Je veux qu'il revienne et me parle. Alors je fais la seule chose qui me vient à l'esprit, je lève le bras et lance mon verre de toutes mes forces.

Et vlan! Il heurte le cadre de la porte au-dessus de lui et se fracasse en mille morceaux, répandant pour seize dollars de whisky sur les murs et la tête de Dominic.

Il se fige sur place. Mon cœur commence à battre la chamade dans ma poitrine alors qu'il se retourne lentement.

– Non mais, c'est quoi ton problème, au juste?

– Oh mon Dieu, je suis vraiment désolée.

Je ramasse un torchon sur le comptoir et essaie d'essuyer un peu de liquide sur son front, mais il recule.

– Es-tu blessé?

Il me prend le torchon des mains et s'essuie le visage et les épaules.

– Je vais bien, merci.

– Attention aux éclats de verre.

– Emma, veux-tu bien arrêter?

Je me laisse tomber sur une des chaises de la cuisine. Je croise les bras sur la table et pose mon menton sur mes poignets. Le robinet de l'évier coule et le bruit de l'eau qui tombe sur le métal est amplifié par notre silence. Au bout d'un moment, Dominic s'assied en face de moi, en secouant la tête pour exprimer sa confusion. Des petits morceaux de verre brillent dans ses cheveux.

– Mais bon sang, qu'est-ce qui se passe ? demande-t-il.

– Nous venons tout juste de rompre.

– Toi et Craig ?

– Oui.

– Que s'est-il passé ?

– Il pensait que j'étais morte et s'est consolé en couchant avec mon ennemie mortelle.

– Tu as une ennemie mortelle ?

– Elle s'appelle Sophie Vaughn et je suis pas mal certaine qu'elle a été à moitié engendrée par le diable.

Les plis de sa bouche se tordent sous l'effet d'un rictus.

– Seulement à moitié ?

– Tu serais surpris de voir jusqu'où une petite part de diable peut aller.

– J'imagine. Donc, tu viens juste de découvrir que Craig couchait avec le diable ?

– Oui. Je suis profondément désolée, Dominic. Pour tout.

– Ça va.

– Quand tu es passé devant moi comme cela, j'ai cru que tu m'en voulais et...

– Tout ne tourne pas autour de toi, Emma.

– Je sais.

Il passe la main dans ses cheveux collants.

– Fais gaffe aux éclats de verre.

– Il faudrait que je prenne une douche.

– Veux-tu bien d'abord me dire pourquoi tu étais fâché ?

– Cela n'a pas d'importance.

– Ça m'en a tout l'air.

– Tu es plutôt insistante, tu sais ?

– C'est ce qu'on dit.

Il soupire.

– J'ai reçu un courriel qui m'a mis de mauvaise humeur. C'est tout.

– Je t'ai jeté un verre à la tête à cause d'un courriel?

– Tu visais ma tête?

– Mais noooon.

– Eh bien, c'est rassurant.

– Qu'est-ce qu'il disait, au juste, ce courriel?

Il se lève et se rend à l'évier pour fermer le robinet.

– Cela n'a aucune importance.

– Raconte.

– Tu n'en démords pas.

– Cela fait partie de mon charme.

Il sort son iPhone, ouvre un courriel et me le tend. C'est un message provenant d'Expedia qui lui transmet l'itinéraire d'un voyage quelque part.

– Si je comprends bien, c'est le fait d'avoir reçu un itinéraire de voyage qui t'a foutu de mauvaise humeur…, dis-je en regardant le courriel de plus près.

Il s'agit d'un voyage pour Dominic et Emily Mahoney. C'est son nom. Emily.

– C'était pour votre lune de miel?

Il hoche la tête.

– À quelle date deviez-vous vous marier?

– La veille de Noël.

– Je suis vraiment désolée, Dominic.

– Merci. Maintenant, pourquoi ne ferais-tu pas un peu de ménage pendant que je prends une douche?

Je me retourne en m'accrochant au bord de la chaise, prenant conscience des dégâts que j'ai causés.

Il y a des traînées de whisky sur le mur et des morceaux de verre par terre. La cuisine a une odeur de bar.

– J'ai une meilleure idée.

– Laquelle?

– On va se soûler.

– Je ne suis pas sûr que ce soit la meilleure idée.

– Alors? C'est oui ou c'est non?

Il fait une pause momentanée.

– D'accord, c'est oui.

CHAPITRE 10

DOUCE NUIT

Je me réveille en sursaut, tenant la bouteille de Laphroaig serrée contre ma poitrine comme si c'était une poupée. Une traînée de bave relie ma bouche à mon oreiller et mes yeux sont si sensibles à la lumière que le timide rayon de soleil qui s'infiltre à travers le store me fait l'impression d'être un faisceau laser.

Je me sens extrêmement mal. Mais cela en a-t-il valu la peine?

Tout est relatif. Dominic et moi avons bien rigolé, à quelques reprises, lorsque nous avons atteint la phase stupide de l'ivresse, mais nous étions tous les deux trop pris par nos propres drames pour pouvoir vraiment lâcher prise. Par contre, j'ai maintenant une excellente excuse pour me cacher sous les couvertures toute la journée.

Ça fait mon affaire.

Lorsque je me réveille à nouveau, je suis toujours dans un état abominable, mais d'autres sensations m'habitent aussi. La faim, principalement, mais aussi la tristesse. Du moins, c'est, je pense, pourquoi j'ai l'impression d'avoir une main serrée autour du cœur.

Je te remercie, Craig. Je t'en dois une. C'est bon de savoir, même d'une façon quelque peu perverse, que je peux encore avoir le cœur brisé.

Le premier garçon qui l'a brisé s'appelait Graham Thorpe. Il était assis devant moi en classe de mathématiques. Je le trouvais mignon, mais j'avais quinze ans et trouvais bien des garçons mignons. Puis, un jour, il s'est retourné et m'a demandé s'il pouvait emprunter ma règle. La manière dont ses cheveux noirs tombaient sur son front me rappelait Tom Cruise dans *Top Gun*, et il m'a fait un petit sourire en coin lorsque je lui ai tendu la règle.

Le lendemain, il a demandé à emprunter ma gomme à effacer, et le jour suivant, une feuille de papier. Ces prétextes pour me parler et me frôler la main quand je lui donnais ce qu'il demandait ont continué pendant des semaines. Je savais qu'il voulait m'inviter à sortir avec lui et ne comprenais pas ce qu'il attendait. Ou peut-être était-ce mon imagination qui me faisait croire qu'il s'intéressait à moi ?

Enfin, un jour, il l'a fait, après un entraînement de basketball. Il m'a approchée entre le gymnase et le vestiaire, en sueur, échevelé et embarrassé.

Est-ce que je voulais bien aller au cinéma avec lui cette fin de semaine ? m'a-t-il demandé d'un air blasé d'adolescent. *Oui !* ai-je répondu, sur un ton un peu moins je-m'en-foutiste que le sien.

Nous sommes allés voir le film – je ne me souviens plus lequel – et il m'a donné mon premier vrai baiser alors que les lumières baissaient. Je me souviens encore du choc que j'ai éprouvé en sentant ses lèvres sur les miennes. C'était donc cela, un baiser. Comment avais-je pu vivre si longtemps sans embrasser ?

Nous nous sommes beaucoup embrassés au cours des trois mois suivants. À la récréation, au dîner, après l'école. Je ne me rappelle pas que nous nous soyons parlé, juste que nous nous sommes embrassés. Tant de baisers que j'avais le goût de sa bouche dans la mienne et que mes lèvres étaient à moitié meurtries. Nous nous sommes embrassés comme seuls les adolescents peuvent le faire.

Puis il a commencé à prendre ses distances, à ne plus répondre à mes appels, à m'envoyer de moins en moins de messages. Lorsqu'il m'a finalement dit les mots que j'appréhendais, j'ai eu l'impression de tomber dans le vide. Ce sentiment misérable qui vous noue l'estomac, cette impression de chuter de haut, le corps tendu dans l'anticipation de l'impact. Mais je n'ai jamais touché le sol, je n'ai fait que tomber pendant un temps qui m'a paru une éternité. J'ai erré dans cet état pendant des semaines, avec l'impression que la loi de la gravité ne s'appliquait pas à moi.

Et puis, un jour, ç'a été fini. J'allais mieux. Je pouvais respirer. Je pouvais rigoler et même tomber amoureuse à nouveau. Et je l'ai fait, plus d'une fois, et plus profondément que lorsque j'avais quinze ans. J'ai même eu le cœur brisé de nouveau, mais rien ne m'a jamais fait plus mal que la première fois.

Rien ne le fait jamais, n'est-ce pas?

Je trébuche en me mettant debout et traîne les pieds jusqu'à la cuisine. Après avoir jeté un bref coup d'œil au contenu du frigo, je me fais un sandwich au fromage, que je ramène au lit avec un grand verre de jus d'orange.

Dominic n'est visible nulle part, même si le son que j'entends pourrait bien être celui de son ronflement. Ou peut-être s'agit-il d'un marteau-piqueur à l'extérieur?

Je vérifie mon téléphone. J'ai douze appels manqués, tous provenant de numéros que je ne reconnais pas. Je compose celui de ma boîte vocale, le cœur serré, mais les messages proviennent tous de journalistes qui souhaitent faire une entrevue approfondie au sujet de «mon histoire émouvante» et de la manière dont j'ai réussi à «rentrer juste à temps pour les fêtes». Je les élimine avec dégoût, maudissant Matt de leur avoir donné mes coordonnées.

Je tire les couvertures sur ma tête et reste cachée là-dessous pendant le reste de la journée.

Le matin suivant, soit la veille de Noël, je me retrouve à la table de cuisine à dresser la liste de quelques-unes des actions que je dois faire pour remettre de l'ordre dans ma vie. J'ai passé trop de temps à me morfondre et à noyer mon désarroi dans l'alcool; il est temps que je règle certaines choses.

Mon stylo griffonne sur la feuille.

1. Trouver un nouvel appartement.

2. Retrouver Sunshine.

3. Poursuivre Pedro en justice.

4. Me remettre en forme. Être assez forte pour envoyer Sophie au tapis si l'occasion se présente.

5. Chercher ma voiture.

– Belle liste, s'exclame Dominic, qui lit par-dessus mon épaule.

Je la retourne et pose mon stylo dessus.

– Tu es pas mal fouineur, tu ne trouves pas?

– C'est la raison pour laquelle je ne me marie pas. Merci du rappel.

6. Commencer à réfléchir avant de parler.

– Je vais la laisser passer, celle-là.

– C'est probablement mieux comme ça. Petit-déjeuner?

– As-tu vraiment besoin de le demander?

Dominic nous prépare du pain doré qui se révèle être le meilleur que j'aie jamais mangé. Il siffle joyeusement en cuisinant mais, alors que nous nous échangeons des sections du journal à tour de rôle, je peux constater qu'il est perturbé. Je ne peux vraiment pas l'en blâmer. Comment pourrait-il se sentir autrement le jour où il devait se marier? Je me creuse la tête pour trouver quelque chose à dire, un truc qui pourrait adoucir sa journée, mais rien ne me vient à l'esprit. En fin de compte, le silence est peut-être préférable.

Après le petit-déjeuner, Dominic me dit qu'il va faire des photos en ville. Je revêts mon nouveau manteau, enfile mes nouvelles bottes et mon nouveau chapeau et pars accomplir ma mission.

Comme la plupart des tâches qui se trouvent sur ma liste me paraissent trop longues pour pouvoir être accomplies le jour avant Noël, je décide de m'attaquer à celle que j'aurais dû faire il y a quelque temps, soit aller chercher ma voiture à la fourrière où elle a été envoyée après avoir séjourné trop longtemps à l'aéroport.

J'ai toujours eu un petit faible pour ma voiture, celle que ma mère m'a offerte à la remise de mon diplôme de fin d'études secondaires. Ce n'est pas le véhicule en tant que tel – c'est une Rabbit décapotable blanche, tellement 1982 –, mais ce qu'elle représente. Ma mère ne voulait pas que je quitte la sécurité de notre banlieue pour la jungle de la grande ville. Lorsque je faisais mes demandes d'admission à l'université, elle mettait toujours les brochures de celles qui étaient situées dans des petites villes sur le dessus de la pile.

Je n'ai soumis de demande à aucune de ces institutions situées dans des lieux soi-disant sécuritaires. Les brochures étaient bien belles, mais je voulais une vraie ville, et plus elle était grande, plus elle m'intéressait. Et j'ai obtenu gain de cause. Ma mère a bien caché sa déception, mais celle-ci ne m'a pas échappé. Il m'a été difficile de la décevoir volontairement pour la première fois, mais pas au point de ne pas le faire.

Elle m'a offert la voiture alors que nous étions sur le point de partir pour la cérémonie de remise des diplômes de la fin du secondaire. C'était une belle journée de juin, et elle m'a tendu les clefs et proposé que nous nous y rendions avec le toit ouvert. Je ne savais pas de quoi elle parlait, jusqu'à ce que j'aperçoive la Rabbit stationnée dans l'entrée.

– À qui appartient cette voiture ? ai-je demandé les orteils fourmillant d'excitation.Elle a passé son bras sous le mien.

– C'est la tienne, ma chérie.

– Mais maman, tu n'as pas les moyens de m'offrir une auto.

– Ne t'inquiète pas pour ça.

– En es-tu certaine ?

Un large sourire a plissé son visage.

– Bien sûr que oui. Je suis extrêmement fière de toi, Emma. Et comme cela, tu pourras revenir à la maison toutes les fins de semaine.

Je l'ai enveloppée de ma toge de polyester noir.

– Merci, maman. Je n'oublierai jamais ça.

Je ne l'ai jamais remplacée. Au début, parce que je n'en avais pas les moyens, et, plus tard, parce qu'elle est devenue comme une extension de ma personne, de nous deux, de l'unité que nous formions, ma mère et moi. Tant d'allers et de retours les fins de semaine pour venir la voir. Le voyage que nous avons fait une fois sans destination définie. Même le dernier trajet vers la maison avant sa mort m'a semblé légèrement moins horrible parce que je conduisais un véhicule qui symbolisait son amour et son soutien.

Selon le site de sécurité de l'aéroport, ma voiture a été remorquée jusqu'à la fourrière centrale située près de la rivière. Et c'est là que je dirige le chauffeur de taxi auquel j'ai fait signe au bout de ma rue. Je regarde les quartiers défiler par la vitre. Le mien est composé d'immeubles soignés en briques brunes et d'arbres bien entretenus. Puis vient un quartier plus pauvre, où la brique est noircie par des années de crasse et où il n'y a pas assez d'espace entre les maisons et les trottoirs pour planter des arbres. Des chaussures sont accrochées aux fils électriques, et chaque maison est décorée de lumières de Noël. Ça doit être magnifique la nuit.

Le taxi s'arrête au coin d'une rue parallèle à la rivière. Le vif soleil d'hiver fait miroiter l'eau grise. Des nuages de vapeur brumeuse planent au-dessus des vagues qui clapotent. Entre la rue et la rivière se trouve une immense parcelle de terrain remplie de voitures et entourée d'une clôture métallique rouillée. Une longue file de gens emmitouflés dans leurs manteaux d'hiver serpente à partir de l'entrée.

J'enveloppe mon visage avec mon écharpe. Alors que je longe la rangée de personnes visiblement découragées, je commence à m'inquiéter de la longueur de la file. Elle semble sans fin; il doit bien y avoir trois cents individus qui attendent pour récupérer leur voiture au lieu de magasiner des cadeaux de dernière minute.

Je prends ma place derrière un homme à l'air bourru, dans la quarantaine avancée, qui porte un manteau de cuir noir qui n'est pas assez chaud pour cette température. Il a un tatouage de serpent rouge et vert sur la nuque, dont la tête menaçante me fixe de ses féroces yeux jaunes.

Deux autres personnes s'ajoutent à la ligne derrière moi, en se bousculant pour déterminer leur position. L'une d'entre elles bute contre moi; je perds l'équilibre et bascule vers le serpent.

Son propriétaire se tourne vers moi, son visage rond empourpré de colère.

– Regardez où vous mettez les pieds, ma p'tite dame!

– Désolée.

– Ce n'est pas en bousculant les autres que vous arriverez plus vite.

Je jette un regard furieux aux jeunes derrière moi.

– Je sais. Cela ne se reproduira plus.

– Voyez-vous, c'est ça, le problème, avec la société d'aujourd'hui. Aucune patience. Croyez-vous que les Russes, qui faisaient la queue pour obtenir du papier hygiénique, jouaient du coude pour avoir une meilleure place dans la file?

– Je n'en ai aucune idée.

– Eh bien non, je peux vous le dire. De braves gens, les Russes. Patients.

Il arbore un large sourire et je remarque qu'il lui manque quelques dents.

– Êtes-vous déjà allée en Russie?

– Non.

– Moi non plus. Mais je vais le faire. Je mets de l'argent de côté, voyez-vous.

L'expression mélancolique de son regard me rappelle celle de ma mère quand elle parlait de l'Afrique.

– C'est super.

– Vous pensez que vous êtes trop bien pour me parler, c'est ça?

– Pardon? Non, bien sûr que non. Je n'ai tout simplement pas l'habitude de parler aux étrangers.

– Évidemment. Personne ne le fait de nos jours. Voilà encore un autre problème avec notre société.

J'ai l'impression que je vais obtenir la liste complète des problèmes de la société avant d'avoir vu l'intérieur de cette clôture.

– Savez-vous pourquoi cette file est si longue?

Il se penche vers moi avec un air de conspirateur.

– «C'était la veille de Noël... [11]»

Est-ce que ce mec est complètement taré?

– Ah.

– La fourrière est fermée demain.

– J'imagine.

Il me jette un regard comme s'il s'adressait à une imbécile.

– C'est le dernier jour où la fourrière est ouverte cette année. Et le 2 janvier, ils vont faire une vente aux enchères avec les autos non réclamées.

– Vous voulez dire que si on n'obtient pas son auto aujourd'hui, alors...

– Il va falloir la racheter si vous voulez la ravoir.

– Mais c'est absurde.

– C'est pas moi qui fais les règles, ma p'tite dame.

– Ça explique la longueur de la file.

---

11 *'Twas the night before Christmas*, cantique de Noël de Clement Clarke Moore. (NDT)

Il hausse ses larges épaules.

– C'est ce que je vous disais. Ça m'a pris trois heures l'année dernière.

– L'année dernière?

– Je suis parfois un peu négligent avec mon auto.

Il me tend la main.

– En passant, je m'appelle Bill.

Je lui serre la main. Elle est rugueuse, même à travers mon gant.

– Emma.

Il me dévisage du coin de l'œil.

– J'ai l'impression de vous avoir vue quelque part.

– J'ai un visage comme ça.

– Non, ce n'est pas ça. Vous avez été à la télé récemment, non?

Mon Dieu. Pas encore. Comment les vedettes font-elles pour supporter cela?

– Hum, eh bien…

Il claque des doigts.

– Je sais! Vous êtes la fille de l'Afrique, n'est-ce pas?

– Je suppose.

– Imaginez-vous ça. Ici, au beau milieu de la file, comme une personne ordinaire et tout et tout. Ça, ça m'inspire la foi.

– Pourquoi ne serais-je pas en file comme tout le monde?

– Eh bien, après tout ce vous avez dû endurer et tout et tout. Maintenant que j'y pense…

Son visage prend un air déterminé et il saisit ma main.

– Venez.

J'essaie de retirer ma main.

– Mais qu'est-ce que vous faites?

– Faites-moi confiance.

Il me semble que c'est bien la dernière chose que je devrais faire, mais en même temps, je n'ai pas peur. Peut-être est-ce parce que nous sommes entourés de centaines de personnes, mais tout ce que je sens alors que je me faufile dans le sillage de Bill, c'est une vague curiosité.

Nous arrivons à la tête de la file et il me lâche la main.

– Attendez ici.

J'essuie un regard furieux de la femme qui est la suivante dans la queue. Ses yeux sont rouges et brouillés. Je me retourne et regarde Bill parler en gesticulant à l'homme grand et musclé qui garde l'entrée. Les rafales de vent m'empêchent d'entendre plus que quelques bribes de leur conversation. «Afrique... problème avec la société... tu m'en *dois* une...» Ces derniers mots ont l'effet d'un «sésame, ouvre-toi». L'agent de sécurité serre les dents et hoche la tête une fois lentement. Bill laisse échapper un cri de victoire et fonce vers moi.

– Ça y est, vous pouvez entrer.

– Que voulez-vous dire?

– Vous n'avez pas besoin d'attendre. Ils vont vous laisser prendre votre auto maintenant.

– Quoi? Non, Bill, je vous remercie infiniment de vouloir m'aider mais... je ne peux pas, je ne peux vraiment pas.

– Bien sûr que vous pouvez.

– Non, ce ne serait pas juste.

– Bien sûr que ce n'est pas juste, mais bien des choses n'ont pas été justes pour vous récemment, il me semble. Vous devriez accepter.

– Pourquoi vous souciez-vous de moi? Vous ne me connaissez même pas.

L'homme musclé se croise les bras.

– L'offre sera périmée dans dix secondes, Bill, dette ou pas.

– Alors, que voulez-vous faire ? me demande Bill.

Je peux sentir le regard dur de quelques personnes frigori-fiées perforer l'arrière de ma tête, mais peu m'importe. J'ai *bien* mérité un répit.

Je marmonne un « désolée » à l'attention de la file et dépose un rapide baiser sur la joue de Bill.

– Eh oh, ma p'tite dame, pourquoi vous avez fait ça ?

– Joyeux Noël.

Il s'avère ensuite qu'atteindre la porte d'entrée ne repré-sente que la moitié de la tâche et il me faut une autre heure de queue et de paperasse avant de pouvoir m'asseoir derrière le volant.

Et alors, évidemment, ma voiture ne veut pas démarrer, car la batterie est à plat et les pneus sont dégonflés. Mais ils sont équipés pour faire face à ce genre de situation ! Je ne suis pas la première à avoir ce problème ! Bien des gens qui attendent dehors en bravant le froid, qui me maudissent d'avoir sauté la file (bien qu'ils ne sachent pas mon nom, du moins je l'espère) vont devoir affronter cela aussi ! Pour une fois, mes problèmes ne sont pas inhabituels. Ils ne me font pas me démarquer.

Après encore une heure, je mets la voiture en marche et franchis le portail métallique. La queue ne semble pas plus courte que lorsque je l'ai quittée il y a quelques heures. Je ralentis en passant devant Bill et lui fais un signe amical. Il hoche la tête, sans pour autant interrompre sa conversation avec les deux personnes qui se bousculaient derrière moi.

Les rues sont encombrées par la circulation de la veille de Noël. La ville est pleine d'acheteurs de dernière minute. Je passe d'une station de radio à l'autre. Je ne savais pas qu'il y avait autant de versions différentes de *All I Want for Christmas Is You*. Il me semble qu'une seule aurait suffi.

Je reviens à l'appartement alors que le soleil se couche. Un coucher de soleil tranquille, dont la splendeur décline centimètre par centimètre. On ne dirait pas que c'est la veille de Noël, mais c'est le cas. Mon premier Noël sans ma mère.

Le fantôme des Noëls passés va-t-il me rendre visite ou vais-je devoir me débrouiller toute seule ?

Je suppose qu'il est plus sûr de parier sur la deuxième option.

J'entends des bruits venant de la cuisine et je suis saisie de frayeur pendant quelques instants. Puis, je réalise que ça doit être Dominic. Du moins, je l'espère. Mais pourquoi est-il ici la veille de Noël ?

– Dominic ?

– Je suis dans la cuisine.

Il flotte dans l'air un merveilleux fumet provenant de la cuisson de porc, d'oignons et de...

– Est-ce que c'est du thym que je sens ?

Dominic est en train de mettre de la pâte dans un moule à tarte rouge vif. Ses jeans et son chandail noir sont couverts d'empreintes de doigts enfarinés.

– Non, c'est de la sauge.

– Qu'est-ce que tu fabriques ?

– De la tourtière.

– Je te croyais pur irlandais.

Il sourit.

– Ma grand-mère était canadienne française.

– Eh bien, quoi que ce soit, ça sent délicieusement bon.

– Ce sera encore meilleur avec une belle salade.

– D'accord, d'accord. Message reçu.

Je sors du frigo les ingrédients nécessaires et commence à préparer une salade de verdures agrémentée de tomates cerises en morceaux.

– Comment se fait-il que tu sois ici? Enfin, c'est la veille de Noël, non? Tu ne voulais pas être avec ta famille? demandé-je.

Dominic me lance un regard, mais me répond tout de même.

– Je vais au siège social des Mahoney demain.

– Mais pourquoi n'y es-tu pas ce soir? persisté-je, me trouvant moi-même plutôt emmerdante, mais les vieilles habitudes ne se perdent pas si facilement.

Il hésite.

– Je pensais... eh bien, avec tout ce qui se passe en ce moment, je ne pensais pas pouvoir supporter plus d'une nuit là-bas, à vrai dire.

– Grosse famille?

– On pourrait dire cela. Je suis le plus jeune de douze enfants.

– Tu blagues, n'est-ce pas?

– Pas du tout.

– Tes parents ont vraiment eu douze enfants?

– L'Église catholique y est pour beaucoup.

– Tu parles.

Dominic glisse la tourtière dans le four et je prépare une vinaigrette avec de l'huile, du vinaigre balsamique, de la moutarde en grains, du basilic haché et beaucoup de sel et de poivre fraîchement moulus.

– Ne l'ajoute pas tout de suite, dit Dominic. La tourtière ne sera pas prête avant quarante-cinq minutes.

Il saisit la bouteille de vin qui respire sur le comptoir et m'en verse un verre.

– Pourquoi ne vas-tu pas te détendre au salon ?

Je prends le verre d'un air méfiant.

– Pourquoi es-tu si gentil avec moi ?

– Es-tu en train de me dire que je ne l'ai pas été jusqu'à présent ?

– Tu sais ce que je veux dire.

– C'est Noël.

– C'est la veille de Noël.

– Fichue avocate.

– Hé !

Il pointe la porte.

– Sors de ma cuisine, femme !

Je lui souris et transporte mon verre de vin au salon. À la vérité, je ne sais pas ce que j'aurais fait sans Dominic ces derniers jours. Et pas seulement parce que je n'aurais pas eu d'endroit où demeurer. Je m'enfonce dans le fauteuil, en glissant mes pieds sous moi. Les lumières dansent dans l'arbre de Noël, comme elles doivent le faire, comme elles l'ont toujours fait. C'est incroyable, n'est-ce pas, comme certaines choses peuvent être si différentes alors que d'autres restent toujours pareilles ?

Je chasse mes idées noires avec une grande gorgée de vin. C'est à ce moment que je remarque une grosse boîte enveloppée de papier vert brillant placée sous l'arbre.

Oups ! J'ai failli oublier.

Je file vers la chambre à coucher et extirpe de sous le lit le cadeau que j'ai acheté pour Dominic lors de ma virée magasinage. Quand je reviens pour le placer sous l'arbre, Dominic est en train d'ajuster la flamme du foyer.

– J'ai pensé que nous pourrions dîner ici, dit-il en replaçant la grille du foyer.

– Bonne idée.

Ses yeux se déplacent vers la boîte que j'ai dans les mains.

– Qu'est-ce que tu tiens là ?

– Ton cadeau de Noël.

Il tend la main.

– Merci.

– Quoi ? Pas question. Pas avant demain.

– Dans ma famille, on ouvre toujours les cadeaux la veille de Noël.

– Ça me semble bien pratique comme tradition.

Je passe devant lui et dépose le paquet sous l'arbre. Je ne peux m'empêcher de remarquer que mon nom est écrit sur la grosse boîte verte.

– Je parie que maintenant tu aimerais bien avoir une tradition de veille de Noël, n'est-ce pas ? dit Dominic, me voyant jeter un œil vers l'étiquette.

Je me redresse rapidement.

– Je ne sais pas de quoi tu parles.

– Aide-moi à déménager la table ici et nous en discuterons pendant le repas.

– Qu'y a-t-il à discuter ? Nous savons très bien tous les deux que nous allons ouvrir ces cadeaux ce soir.

Il arbore un petit sourire satisfait et nous apportons la table de la cuisine au salon, puis retournons chercher les chaises.

Pendant que je mets les couverts, Dominic nous sert et apporte les assiettes. Je m'assieds face à lui et pose ma serviette sur mes genoux.

– Ç'a l'air excellent. Il me semble que je passe mon temps à te remercier, mais encore une fois, merci.

– Ce n'est qu'une tourtière.

– Sérieusement, Dominic.

– Pas de quoi !

Il lève son verre vers moi pour trinquer.

– Joyeux Noël, Emma.

– Joyeuse veille de Noël.

Nos verres s'entrechoquent, puis nous entamons nos assiettes. La tourtière est aussi délicieuse qu'elle sent bon, avec son porc tendre et sa croûte feuilletée croustillante, mais, tandis que nous mangeons, un silence gênant s'installe entre nous.

– Nous sommes deux pauvres paumés, pas vrai ? dis-je finalement.

– On dirait bien.

– Peut-être qu'ouvrir les cadeaux nous ferait du bien ?

Il sourit.

– Vas-y.

Je me dirige vers l'arbre, puis me ravise.

– Tu dois ouvrir le tien en premier.

– *Je* ne me le ferai pas dire deux fois.

Il s'approche de l'arbre et ramasse la plus petite boîte. Il la tient près de son oreille et la secoue.

– Mmm. On dirait quelque chose de doux, un chandail peut-être.

– Ah, mais de quelle couleur ?

Il la secoue de nouveau.

– Probablement gris ou bleu.

– Tu es fou.

– J'ai tellement raison.

– Allez, ouvre-la !

Il commence à retirer l'emballage avec soin, un coin à la fois.

– Ne me dis pas que tu es ce genre-là ?

– Si par cela tu entends le genre de personne qui prend son temps pour déballer les paquets, d'habitude, non.

– Alors tu fais ça uniquement pour m'agacer ?

– En effet.

– Arrête ton cirque.

Il déchire une longue bande de papier. Quand il retire le chandail de cachemire gris de l'intérieur de la boîte, il se met à rire. Il l'enfile. Le chandail lui va parfaitement, et met en valeur ses larges épaules.

– Il te plaît ?

– Il est super, merci. À ton tour.

J'essaie de ramasser la boîte.

– Mais qu'est-ce qu'il y a là-dedans ?

– Ouvre-la et tu verras.

Je m'assieds sur le plancher, les jambes repliées sous moi. Alors que je déchire la première bande de papier, j'entends le déclic d'un obturateur. Je lève les yeux. Dominic est caché derrière son appareil photo.

– Hé ! Que fais-tu ?

– J'immortalise ce moment.

– Je n'aime pas vraiment qu'on me prenne en photo.

Il penche la tête sur le côté.

– Fais-moi plaisir.

– Très bien. Mais seulement si c'est moi qui décide de ce que tu vas en faire.

– Accordé.

Je penche la tête au-dessus du paquet et arrache le reste du papier. En dessous, je découvre une boîte de rangement brun foncé. Sur le couvercle, je peux lire l'inscription *Souvenirs 0-18* dans ma propre écriture. Le cœur serré, j'ouvre la boîte. À l'intérieur se trouvent des dossiers verticaux qui contiennent des photographies, des bulletins, des projets artistiques scolaires et des rédactions. Il y a là toute ma vie de zéro à dix-huit ans.

Je touche l'une des étiquettes, comme si c'était un rêve.

– Où as-tu trouvé cela ?

– Elle était cachée derrière les caisses de vin, dans le cagibi de la cave.

Évidemment. C'est là que je l'ai mise quand j'ai acheté le vin. Les autres boîtes, *19-28* et *Actuel*, étaient rangées sur l'étagère du haut. Elles ont donc probablement été détruites par Pedro tu-auras-droit-à-un-procès-dès-que-je-reviens-au-travail Alvarez.

– Je te remercie de me l'avoir donnée, Dominic.

Il dépose la caméra sur la table basse.

– Ça me fait plaisir. Et maintenant, ça va si je ramasse et te laisse seule avec ta boîte ?

– Non, ne pars pas.

– Tu en es certaine ?

– Si je parcours son contenu maintenant, je vais me mettre dans tous mes états. Je sais que j'ai dû te paraître plutôt mal en point ces derniers jours, mais fais-moi confiance, ça pourrait devenir bien pire.

– Peut-être que je n'aurais pas dû te la donner.

– Au contraire, je me sens mieux maintenant que je sais qu'elle existe.

– Ça se voit.

– Vraiment, c'est parfait.

Il me fait un beau sourire et je me sens tout à coup nerveuse, comme si j'avais été attrapée en train de faire quelque chose que je ne devrais pas. Être heureuse, peut-être.

– D'où est-ce que tu sors, au juste ? demandé-je.

Quelle que soit la réponse que Dominic s'apprêtait à donner, elle est interrompue par le *ding-dong* sonore de la porte.

– Des chanteurs de Noël, dit-il en jetant un coup d'œil à sa montre, à vingt heures trente ?

– On ne sait jamais.

Il hausse les épaules et va répondre à la porte. Je le suis, par curiosité. Un courant d'air froid s'engouffre par la porte et fait virevolter mes cheveux autour de mon visage. J'ai une seconde d'hésitation, puis je me précipite vers l'entrée. Là, debout, emmitouflée dans un manteau blanc moelleux deux fois trop grand pour elle, se trouve Stéphanie.

– Stéphanie !

– Emma !

Ses bras m'entourent en me serrant très fort.

Enfin.

CHAPITRE 11

LE CŒUR SUR LA MAIN[12]

Quand je lâche enfin Stéphanie, je la présente à Dominic et la fais entrer. Je lui raconte brièvement comment nous nous sommes rencontrés pendant qu'elle enlève son manteau, ses bottes et son chapeau. Elle grelotte de froid et je l'emmène au salon, l'installant aussi près qu'elle peut le supporter du foyer au gaz qui ronronne. Quand elle cesse de claquer des dents, je commence mon interrogatoire.

– Quand es-tu revenue ? Pourquoi ne m'as-tu pas appelée ? N'as-tu reçu aucun de mes messages ? Et premièrement, comment se fait-il que tu sois partie en Afrique ?

Bon, d'accord. Peut-être que l'expression *tir de barrage* serait plus juste.

– Je devrais te poser les mêmes questions.

– Je sais, je sais, mais réponds-moi, d'abord, tu veux bien ? Je te raconterai tout ensuite, c'est promis.

– Est-ce qu'elle est toujours aussi assommante, maintenant ? demande Stéphanie à Dominic, en me regardant d'un air moqueur avec ses yeux vert clair qui brillent dans son visage de gamine.

---

12 Littéralement : *Heart on a String*. Titre d'une chanson de Jason Isbell. (NDT)

Elle porte un ensemble identique à celui que je portais la nuit où je suis arrivée d'Afrique : un pantalon de lin et une chemise assortie.

– On pourrait dire ça.

– Comment fais-tu pour la supporter ?

Dominic se penche en avant sur sa chaise.

– Eh bien…

– Hé ! Je suis là.

Stéphanie affiche un large sourire. Ses petites dents légèrement tordues, d'un blanc étincelant, contrastent avec son visage bronzé.

– Je sais. Enfin.

– Vas-tu répondre à mes questions avant que je devienne dingue ?

Elle place derrière ses oreilles ses cheveux qui lui tombent jusqu'au menton. C'est un geste qui m'est si familier que les larmes me montent aux yeux.

– Tu es au courant de ta disparition et tout cela ?

– Tu ne peux pas t'imaginer à quel point je me sens mal à ce sujet, Steph. Je t'aurais rappelée si cela avait été possible.

Elle me tapote la main.

– Ne t'en fais pas. Ce n'est pas comme si tu avais *voulu* disparaître.

Je suis envahie par un sentiment de culpabilité.

– Non, bien sûr que non.

– En passant, belle couverture médiatique.

– Ouache, tu as vu ça ? C'était affreux.

– De quoi tu parles ? Tu as été extraordinaire. Mais j'ai un compte à régler avec cette bonne femme, Cathy Keeler. Elle a un sacré culot.

– J'ai trouvé qu'Emma s'en était très bien sortie, dit Dominic.

Stéphanie hoche la tête avec fierté.

– Tout à fait. Emma a toujours bien su s'en sortir, depuis qu'elle est toute petite.

– Ça alors.

– Oui, comme cette fois, au secondaire…

Je l'interromps.

– Ne devais-tu pas répondre à mes questions?

– C'est vrai. Désolée. Mais, Em, tu sais où je suis allée. Je suis partie à ta recherche.

Ma gorge se serre.

– Je ne sais pas quoi dire.

– Ce n'est pas bien grave.

– Au contraire.

– Non. J'aurais souhaité y aller plus tôt, mais avec le tremblement de terre et tout, il était impossible de trouver un vol jusqu'à il y a deux semaines.

– Mais c'était encore trop dangereux, Steph.

– Ne sois pas ridicule. Tu penses vraiment que je ne serais pas partie à ta recherche parce qu'il aurait pu m'arriver quelque chose?

Dominic semble impressionné.

– Tu es plutôt courageuse pour quelqu'un de si petite taille.

Elle fronce le nez.

– Cinq pieds un pouce, ce n'est pas petit, c'est menu.

Je lui souris avec affection. Stéphanie a toujours été un peu susceptible au sujet de sa taille.

– Mais comment savais-tu qu'il y avait quelqu'un à chercher? Je veux dire, pourquoi n'as-tu pas pensé…

Ses yeux s'emplissent de larmes.

– Tu sais très bien que je n'aurais jamais pu penser cela. Pas à moins d'en être certaine.

Je comprends parfaitement ce qu'elle veut dire. Une vie sans Stéphanie n'est pas une chose que j'accepterais volontiers non plus.

Je serre sa main dans la mienne.

– Merci pour cela.

– N'importe quand.

– Mais, comment se fait-il que tu aies vu Emma à *En cours*? demande Dominic. Tu regardais cette émission au Tswanaland?

– Non, non. Je ne l'ai vue qu'aujourd'hui, à bord de l'avion. Tu connais ces systèmes qu'ils ont maintenant et qui permettent de regarder plein d'émissions? Eh bien, on pouvait voir des épisodes de *En cours*, et aucun des films proposés ne m'intéressait. De toute façon, mon avion a atterri il y a quelques heures.

– Est-ce que c'est ainsi que tu as découvert que j'étais…?

– Non, non. Karen et Peter me l'avaient dit.

– Comment les as-tu retrouvés?

– J'ai rencontré ce gars, Barono, Basono…

– Banga?

– Oui, lui. En tout cas, il m'a dit où il t'avait laissée. Je lui ai donné de l'argent et il m'y a emmenée.

– Pas trop d'argent, j'espère.

Elle secoue la tête.

– Emma, tu sais très bien que je ne me soucie pas de l'argent.

Je souris intérieurement. «Nulle avec l'argent» serait une meilleure description, raison de plus pour que je trouve un moyen de la rembourser.

– As-tu aimé le trajet vers la réserve ?

Elle rit.

– Ah oui, mon coccyx ne s'en est toujours pas remis. Mais ç'a valu la peine, ne serait-ce que pour rencontrer Karen et Peter.

– Ah, les fameux Karen et Peter, dit Dominic.

Je lui lance un regard pour lui intimer l'ordre de se taire.

– Ils vont bien ?

– Ils semblaient aller très bien. Mais tu leur manquais.

– Ils me manquent aussi. Est-ce qu'ils reviennent toujours la semaine prochaine ?

– C'est ce qu'ils ont dit.

– Comment est l'école ? Les classes ont-elles commencé ?

– Elles étaient sur le point de reprendre. Ils voulaient que je reste pour l'ouverture, mais il fallait que je revienne pour Noël.

Stéphanie adore Noël. Chaque année, elle entreprend un énorme projet, comme la construction d'une maison en pain d'épices ou la décoration extérieure de son immeuble avec des guirlandes de lumières et des rennes mécaniques qui dansent sur des airs de Noël.

– Karen m'a aussi dit de rentrer pour Noël.

– Elle est intelligente, cette femme.

– En effet. Je ne peux pas croire que nous ne nous soyons manquées que de quelques jours.

– Je sais. C'est absurde, n'est-ce pas ? Si j'avais été un peu plus patiente, j'aurais pu venir te chercher à l'aéroport, dit Stéphanie.

– La patience n'est pas vraiment ton point fort.

– C'est vrai. Mais je suis heureuse d'avoir pu voir ce que tu as fait là-bas.

Je regarde le plancher.

– Je n'ai rien fait.

– Je connais une vingtaine d'enfants qui ne seraient pas du tout d'accord.

Elle se tourne vers Dominic.

– Elle a bâti toute une école, tu sais.

– Pas à moi toute seule, j'ai seulement donné un coup de main.

– Ne te laisse pas avoir, Dominic. Elle n'est pas vraiment modeste.

Il sourit.

– Tu as dit quelque chose au sujet d'une histoire qui s'est passée au secondaire?

Ses yeux s'allument.

– Eh bien, Emma était dans l'équipe de débats, tu vois?

Je lève la main.

– Ah non, pas cette histoire-là.

Dominic paraît déçu.

– Là, vous titillez *vraiment* ma curiosité.

– Tu vas survivre. Combien de temps es-tu restée avec Karen et Peter?

– Cinq jours, dit-elle avec nostalgie.

– Tu sembles triste.

Elle soupire.

– *J'étais* plutôt triste de partir, en effet. C'était si beau là-bas.

Le souvenir de quelque chose de désagréable passe brièvement sur son visage.

– Je ne peux toujours pas croire que Cathy Keeler a osé mettre en doute ton intégrité comme elle l'a fait. Et puis, ce coup monté qu'elle a organisé avec Craig...

Elle s'arrête d'un air coupable.

– Ne t'inquiète pas. Je suis au courant pour Craig et Sophie.

– L'as-tu appris avant ou après le baiser ?

Dominic se lève tout à coup.

– Je crois qu'il est temps que je m'en aille. Ça m'a fait plaisir de faire enfin ta connaissance, Stéphanie.

Elle lui jette un regard qui exprime son appréciation.

– C'est réciproque. Et merci d'avoir pris soin d'Emma.

– Ce fut un plaisir.

– Allo, je suis toujours ici.

Dominic pose doucement sa main sur mon épaule et me donne deux petites tapes.

– Je sais. Bonne nuit.

– Bonne nuit. Merci encore pour mon cadeau.

– Il t'appartenait déjà.

Il s'en va et avant qu'il soit assez loin pour ne pas nous entendre, Stéphanie se penche vers moi, tout excitée.

– Alors, raconte-moi tout sur lui.

– Craig ?

– Non, pas cet idiot, et en passant, je n'arrive pas à croire qu'il sorte avec *Sophie*. Je veux dire, Dominic.

– Euh… Eh bien, il n'y a pas grand-chose à dire, en vérité.

– Mon œil.

– Je te le jure. Nous sommes juste amis.

– Mais, vous vivez ensemble.

– C'est une longue histoire.

– Nous avons toute la nuit.

Je me réveille le lendemain matin face au visage souriant de Stéphanie. Nous avons bavardé jusqu'à deux heures du matin, ne sombrant dans le sommeil que lorsque qu'il nous a été impossible de rester éveillées plus longtemps. Cela m'a rappelé des centaines de scènes similaires, pendant notre enfance, quand Stéphanie venait passer la nuit, et que le sommeil ne semblait être qu'une interruption de notre conversation sans fin.

– Pourquoi souris-tu? demandé-je.

Avec ses cheveux en désordre et son visage pas maquillé, elle ne paraît pas beaucoup plus âgée que la dernière fois que nous avons passé une nuit comme celle-ci.

– À cause de toi, espèce d'idiote.

– Non, c'est toi l'idiote.

Elle rigole.

– En fait, c'est une reprise de notre première conversation, n'est-ce pas?

– Ah oui? Je ne m'en souviens pas.

– Oui. Tu te souviens de Roger, ce garçon qui me taquinait toujours? Tu lui avais dit d'aller se faire voir ailleurs, sinon, il aurait affaire à toi.

J'essaie de me souvenir, mais je ne me rappelle même pas Roger.

– Ai-je vraiment dit cela?

– Ou quelque chose d'équivalent, dans ton langage d'enfant de cinq ans. J'étais impressionnée, mais j'avais aussi un peu peur de toi.

– C'est l'histoire de ma vie. Quand est-ce que je t'ai traitée d'idiote?

– Allez, tu ne t'en souviens vraiment pas?

– Peut-être. Raconte-moi ça encore une fois.

Elle plie son oreiller en deux et l'ajuste sous sa tête.

– Alors, si je me souviens bien, je t'avais dit que, maintenant que tu avais sauvé ma peau, nous allions devoir être amies pour la vie. Puis tu m'as brisé le cœur en me disant que j'étais idiote. «Personne n'est ami pour la vie.»

– Je suis bien contente de m'être trompée là-dessus.

– Moi aussi. Hé, c'est Noël!

– En effet.

– Je n'ai rien pour toi.

– Mais si, au contraire.

– Oh, Em. Je suis tellement heureuse que tu ailles bien.

Elle lève la main pour essuyer ses larmes subites et je m'efforce de ravaler les miennes.

– On est deux.

Un gros bruit retentit soudain dans le corridor, comme si quelqu'un avait trébuché sur quelque chose.

– Saloperie de bon Dieu de merde! s'exclame Dominic.

Stéphanie sourit.

– Ton nouveau colocataire a un langage bien coloré.

– Par contre, c'est un excellent cuisinier.

Elle se redresse.

– Je devrais retourner chez moi. Tu viens me chercher vers midi?

– Te chercher? Pourquoi?

– Il faut qu'on soit chez mes parents à quatorze heures.

– Steph...

– Tu crois que je vais te laisser seule à Noël? Jamais de la vie. Tu viens au Festival annuel de la boisson des Granger, que cela te plaise ou non.

– Est-ce je peux choisir de m'abstenir?

– Non.

– Bon, c'est d'accord.

– Bien. Maintenant, lève-toi et prépare-toi. C'est un ordre.

– Depuis quand es-tu devenue aussi autoritaire ?

– Il a bien fallu que quelqu'un comble le vide pendant ton absence.

Je saisis mon oreiller et m'en sers pour lui donner un bon coup.

– Alors c'est comme ça, hein ?

Elle se place sur le lit et me frappe violemment avec son propre oreiller.

Un instant plus tard, nous sommes en pleine bataille de polochons. À plus d'une reprise, Stéphanie réussit à me donner un coup si fort que j'en perds l'équilibre et tombe à terre. Le bruit semble alarmant, mais je ne suis pas blessée. Je roule sur le côté en rigolant et en serrant mon oreiller sur mon ventre. J'aperçois soudain les pieds nus de Dominic sur le seuil. Je lève les yeux vers son visage amusé.

– Une bataille d'oreillers de filles. *C'est* vraiment Noël.

– Attrape-le, Steph !

CHAPITRE 12

LET THE SUNSHINE IN[13]

Deux semaines après ma première excursion au village-qui-pourrait-avoir-un-téléphone-satellite-qui-fonctionne, j'enfilai mon sac à dos et embarquai à nouveau sur le vieux Schwinn rouge. Cette journée s'annonçait identique – un ciel bleu et sec, une brise qui serpentait à travers les herbes fanées, l'anticipation nerveuse au creux de mon estomac –, sauf que cette fois, c'était Karen qui m'accompagnait. Nous nous sommes mises en route tôt, de façon à éviter la période la plus chaude de la journée, en adoptant un rythme facile dans un grincement de roues et en zigzaguant sur le chemin entre les nids-de-poule.

– Penses-tu qu'ils auront réparé le téléphone depuis la dernière fois? demandai-je à Karen.

– On verra bien, répondit-elle d'un ton pragmatique.

– Ils devraient avoir eu assez de temps. Je veux dire que, s'ils savent comment le réparer, deux semaines, c'est amplement suffisant.

Elle me jeta un regard alors que je virais sur le côté pour éviter un trou qui aurait pu avaler mon vélo pour le petit-déjeuner.

---

13 Littéralement: «Faites entrer le soleil». Titre d'une chanson de la comédie musicale *Hair*. (NDT)

– À mon avis, il vaudrait mieux que tu ne te crées pas trop d'attentes.

– Ne veux-tu pas qu'il soit réparé ? Il y a sûrement des gens que tu voudrais appeler.

– Bien sûr, évidemment. Seulement... j'ai appris à ne pas compter sur ce que je ne peux pas contrôler. Au fait, qui es-tu si impatiente d'appeler ? dit-elle en me taquinant. Ton petit ami ?

– Je devrais lui téléphoner, oui, ainsi qu'à ma meilleure amie, et au bureau, aussi.

– Évidemment.

– Quoi ? C'est important. On compte sur moi.

– Je suis certaine que le monde du droit va continuer de tourner sans toi.

– Je sais, mais... ça me manque.

– *Ça* te manque ? Ou *ils* te manquent ?

Je me penchai un peu plus bas sur mon guidon.

– Je voulais dire eux, bien sûr. Puis, c'est ce que je fais pour gagner ma vie, tu sais, alors...

Karen a hoché la tête et nous avons pédalé en silence jusqu'au virage qui mène au village. Le même groupe de garçons était assis sur le même tas de rochers, comme s'ils n'avaient pas bougé. Karen et moi avons ralenti pour nous arrêter à une distance sécuritaire et descendre de nos vélos, incertaines de l'accueil qu'on nous ferait. Mais Tabansi s'est levé et, de sa main, a abrité ses yeux. Puis un large sourire a fendu son visage et, d'un geste du poignet – *venez, venez* –, il nous a signifié d'approcher.

Nous avons poussé nos vélos jusqu'à lui et il a bondi en bas des rochers.

–Vous êtes revenue, déclara-t-il d'une manière qui aurait dû être une question, mais qui en fait ne l'était pas.

Un bout de corde maintenait ses jeans bien serré autour de son ventre et des marques de sueur ornaient le col de son T-shirt.

– Oui.

– Vous voulez toujours utiliser le téléphone satellite?

– Oui, dis-je avec enthousiasme.

– Il est toujours en panne.

Mon cœur s'arrêta.

– Oh.

– Vous êtes déçue.

– Oui.

– Nous sommes en train de le réparer. Revenez dans...

– Deux semaines? dis-je.

Il sourit de toutes ses dents.

– Oui, dit-il. Oui.

Stéphanie affiche son amour de Noël avec candeur. C'est un gène qu'elle a dû hériter de sa mère. Quand j'entends des gens dire «la famille s'est surpassée à Noël», je sais qu'ils n'ont jamais rencontré les Granger, ni vu la splendeur de leur maison à Noël.

L'extérieur est plutôt sobre – en comparaison, bien sûr, avec ce qui se trouve à l'intérieur. Les gouttières et les rebords de la maison sont bordés de lumières blanches qui clignotent. Viennent ensuite l'énorme couronne de cristal qui orne la porte d'entrée et d'autres lumières qui s'enroulent autour de la balustrade en fer forgé. Une ménagerie d'animaux mécaniques garnit la pelouse devant la maison.

Mais Lucy Granger réserve son véritable enthousiasme pour l'intérieur. Chaque pièce du rez-de-chaussée a son propre arbre, un blanc, un rouge, un vert, tous décorés de guirlandes qui réfléchissent la lumière. Le manteau de cheminée, au-dessus du foyer du salon, est recouvert d'un village de maisons en pain d'épices, éclairées par de vraies lumières et décorées avec des meubles de maison de poupée. En dessous sont accrochés les bas de Noël, tous assortis et brodés aux noms de chaque membre de la famille. Il flotte dans l'air un parfum de cannelle et de châtaigne, sur un fond de rhum.

L'odeur de rhum provient du grand verre de lait de poule de Brian, posé sur une petite table à côté de son fauteuil préféré. Par expérience, je sais que ce verre paraît toujours plein, à peine entamé, mais ce ne peut être le cas, parce que Brian devient de plus en plus gai au fil des heures et somnole généralement rendu au souper.

Nous arrivons en début d'après-midi. Brian se lève en chancelant pour nous accueillir. Il porte une veste de velours rouge vif qui contraste avec son pantalon et sa chemise plus conservateurs. Sa cravate arbore un motif de Rodolphe, le petit renne au nez rouge. Il nous serre toutes les deux dans ses bras, nous appelant ses «filles» et nous faisant promettre de ne plus jamais lui faire une telle frayeur.

Lorsqu'il lâche prise, Lucy se précipite sur nous. Son survêtement de velours est assorti à la veste que porte Brian, sauf qu'une paire de bois de renne émerge de son dos. Ses cheveux argentés sont coupés de la même manière que ceux de sa fille; Stéphanie a également hérité de sa mère la façon qu'elle a de repousser ses mèches derrière ses oreilles.

Elle nous embrasse et nous prend toutes les deux dans ses bras. Elle embaume la dinde et la sauce à la canneberge. Puis elle nous conduit jusqu'au canapé confortable qui se trouve sous la baie vitrée, parce que c'est l'heure d'ouvrir les cadeaux et que nous sommes en retard sur l'horaire. Nous n'attendons plus que Kevin, qui se fait toujours attendre, du moins quand ses parents veulent qu'il soit quelque part à une heure précise.

– Je n'ai pas acheté de cadeaux, murmuré-je à Stéphanie, du bout des lèvres.

– Ne t'en fais pas pour ça. Tu sais bien que maman aime mieux donner que recevoir.

J'acquiesce de la tête à cette vérité, mais me sens mal à l'aise quand même. Puis, je remarque quelque chose qui fait sauter un battement à mon cœur. Dans la rangée de bas de Noël, remplis de surprises, il y en a un qui porte mon nom, et un autre, celui de ma mère. Si je n'étais pas déjà assise, j'aurais eu besoin de le faire.

Ces bas de Noël ne sont pas récents. Ils datent de mon enfance, quand Stéphanie et moi considérions la maison de l'autre comme une extension de la nôtre. À un certain moment, ma mère et moi avons commencé à être invitées à Noël et, pour Lucy, cela voulait dire nous inclure complètement, ce qui supposait que nous ayons chacune notre propre bas de Noël ainsi que d'innombrables cadeaux sous le sapin. Nous n'avions pas les moyens de leur rendre pleinement la pareille, et je sais que ma mère s'en est parfois sentie mal à l'aise et gênée, mais Lucy et Brian n'en ont jamais parlé. C'était peut-être à cause de cela, ou peut-être est-ce tout simplement le sort des choses établies pendant l'enfance, mais la tradition s'est estompée avec le temps, ma mère et moi (et parfois Sunshine) formant notre propre unité plus tranquille.

Mais nous étions ici l'année dernière, une pensée que je refoule depuis que Stéphanie a insisté pour que je me joigne à elle. Lucy savait que ma mère était malade et voulait lui épargner l'effort de cuisiner un repas de Noël. Je n'étais pas certaine qu'elle veuille vraiment venir, car elle avait reçu l'invitation avec moins d'enthousiasme que d'habitude, mais quand je l'avais questionnée à ce sujet, elle avait repoussé l'idée de ne pas y aller. Ce serait amusant, avait-elle dit, de se retrouver tous ensemble comme avant. Aucune de nous deux n'avait suggéré que ce pourrait être la dernière fois.

Ma mère était fragile et maigre, et ses cheveux devenaient fins et clairsemés, comme ceux d'un bébé, mais, à ce moment-là, nous avions encore l'espoir que la chimio allait fonctionner. Du moins en ce qui me concerne. Peut-être avait-elle déjà accepté que ce ne soit pas le cas, mais elle gardait cela pour elle. Tout le monde chez les Granger avait agi selon l'habitude, comme s'il s'agissait simplement d'un autre Noël, d'un autre échange de cadeaux. J'ai offert à ma mère un masque de tribu africaine à ajouter à sa collection. Elle était ravie et j'ai partagé son enthousiasme. Et c'est peut-être à ce moment-là qu'a germé l'idée qui l'a amenée à m'offrir ce voyage. Ou peut-être l'avait-elle planifié depuis un certain temps? Elle est partie sans que je puisse lui poser la question.

Lucy surprend mon regard sur le bas de Noël.

– J'espère que cela ne te dérange pas, ma chérie, mais j'ai pensé que ce serait bien de mettre aussi le bas d'Elizabeth. Comme cela, elle est ici avec nous, d'une certaine façon.

Je me sens sur le point de fondre en larmes, mais je m'efforce de répondre :

– Certainement. Merci.

Stéphanie me prend le bras et me tend un mouchoir en papier. Je me mouche, en marmonnant quelque chose au sujet de mes allergies, mais personne n'est dupe. On dirait que la tristesse irradie de moi, étouffant les chansons de Noël de Perry Como et faisant baisser le niveau de lait de poule dans le verre de Brian. J'ai l'impression d'incarner l'antithèse de Noël et suis sur le point de proposer de partir quand arrive Kevin, le frère de Stéphanie.

De deux ans mon aîné, Kevin a été mon premier coup de foudre sans espoir. Discrètement gai – il le révéla l'été suivant l'obtention de son diplôme, à la surprise de bien des gens –, il m'a toujours semblé être le parfait grand frère. Tolérant quand Stéphanie et moi rôdions autour de lui, pince-sans-rire et serviable pour nous obtenir de l'alcool lorsque nous le lui demandions gentiment et promettions de l'appeler si la fête devenait trop déchaînée.

Personne dans la famille Granger n'est grand, et Kevin ne fait pas exception. À peu près de ma taille, il a les cheveux blond châtain et ses yeux bleu foncé constituent son meilleur atout.

Il embrasse sa mère sur la joue, serre la main de son père, puis ébouriffe les cheveux de Stéphanie, en lui reprochant de ne pas l'avoir appelé à la minute même de son retour. Puis il me soulève du canapé, en m'enlaçant avec fermeté dans ses bras, et me dit sur un ton assez fort pour que tout le monde puisse l'entendre :

– Eh bien, cela doit vraiment être difficile.

– Tu n'as aucune idée, murmuré-je contre sa poitrine.

– Nous aimerions tous qu'Elizabeth soit ici, tu sais. Ce n'est pas la même chose sans elle.

– Non. En effet. Ce n'est pas du tout pareil.

– Au moins, il y a beaucoup d'alcool, dit-il.

Je souris à travers mes larmes alors que Kevin me libère de son étreinte et se dirige vers le bar dans un coin de la pièce. Il prépare trois fortes vodka tonic et nous en tend une, à Stéphanie et à moi, comme un médecin qui prescrit un médicament.

– Allez, buvez-moi ça, les filles. C'est Noël, après tout.

Je me réveille tôt le lendemain matin, dans la chambre de Stéphanie, essayant de me remettre de mes excès de table de la veille. Steph dort d'une respiration sifflante de l'autre côté de la pièce, dans son lit de petite fille qui est identique au mien. Les lits sont toujours recouverts des couvre-lits roses à fleurs assortis qu'elle avait choisis à douze ans. J'entends ses parents matinaux traîner le pas à l'étage inférieur, se faisant taire l'un l'autre et parlant de laisser « les enfants » dormir. J'aurais bien aimé dormir plus longtemps, mais je ne peux m'empêcher de songer à ma propre maison d'enfance, située à un coin de rue d'ici, froide et abandonnée, son mobilier recouvert de draps pour le protéger de la poussière.

Je me lève aussi silencieusement que possible et prends mes vêtements pour aller m'habiller dans la salle de bains. Puis, je descends sans bruit l'escalier et me dirige vers la porte d'entrée en évitant la cuisine. Je m'emmitoufle et me glisse dehors sous une douce neige. Les rues sont silencieuses, la lumière est grise et immobile.

En quelques minutes, je me trouve au bord de mon ancienne galerie, à l'avant de la maison. Elle est toujours pareille, peut-être un peu plus négligée. C'est une simple maison blanche en bardeaux, beaucoup plus petite que celle des Granger, avec des volets noirs et une baie vitrée, et des rideaux fermés qui la coupent du monde. Sur la galerie chancelante se trouve une balançoire; des feuilles mortes parsèment la balustrade. La balançoire est recouverte d'une fine couche de neige et la chaîne de métal qui la soutient commence à rouiller.

Je balaie la neige avec ma mitaine, soulève le couvercle du siège et y découvre l'épaisse couverture de laine de la Baie d'Hudson que nous laissions toujours là, pour pouvoir nous balancer même par temps froid.

Je m'assieds sur le siège et emballe mes jambes dans la couverture. J'appuie mes pieds sur le sol distraitement, en contemplant l'autre côté de la rue. La balançoire va et vient, en grinçant.

Ma mère a grandi dans cette maison. Nous nous sommes installées ici quand mon père nous a quittées, essentiellement pour des raisons financières. Je ne crois pas que ma mère ait eu une enfance très heureuse, étant l'enfant unique d'un couple aux vues étroites qui sont devenus parents dans la trentaine avancée et qui «ont fait de leur mieux», comme ma mère aimait à le dire. Ils nous ont accueillies volontiers, mais ce fut une enfance feutrée, où bruits et jouets devaient demeurer les plus discrets possible. Je savais qu'ils m'aimaient plus que je ne pouvais le ressentir. Ils sont décédés il y a dix ans, à quelques semaines l'un de l'autre, en laissant la maison à ma mère et, maintenant, à moi.

La décision qu'il faut que je prenne à son sujet est l'une des nombreuses choses auxquelles j'ai essayé de ne pas penser pendant mon absence. Et les souvenirs qu'elle contient m'ont empêchée de venir ici depuis mon retour.

Directement en face se trouve la maison de Sunshine, ou du moins celle dans laquelle elle a grandi.

Les parents de Sunshine habitent encore là, à ce que je sache. C'est ainsi que ma mère et elle se sont connues et ont grandi ensemble, comme Stéphanie et moi. Je sais que son numéro est inscrit à l'intérieur, sur le mur, à côté du téléphone auquel j'ai passé beaucoup trop d'heures pendant mon adolescence.

Et d'une minute à l'autre, d'une seconde à l'autre, je vais trouver la force d'entrer et de faire l'appel que j'aurais dû faire il y a une semaine.

Finalement, ce ne sera pas nécessaire. Je ne sais combien de minutes se sont écoulées, mais j'entends un raclement dans l'escalier et, lorsque je lève les yeux, Sunshine est là.

– Emmaline ? dit-elle timidement, comme si elle s'adressait à une apparition.

Je me lève en vitesse, trébuchant sur la couverture tombée à mes pieds. Elle ouvre les bras et je m'effondre contre sa large poitrine. Alors qu'elle m'enveloppe de ses bras, me serrant bien fort, je sens son parfum familier – un mélange de patchouli et de terre – et, pour la première fois depuis longtemps, je me sens en sécurité. Je me sens chez moi.

Une fois à l'intérieur de la maison froide, Sunshine me tient à bout de bras et m'étudie depuis ma queue de cheval désordonnée jusqu'à mes pieds bottés. Ses cheveux grisonnants sont coupés court, à la garçonne, et une unique mèche rouge retombe sur son front. Ses yeux bruns, humides et chaleureux illuminent son visage rond et ridé.

– Qu'est-ce que tu fais là ? lui demandé-je quand je retrouve l'usage de la parole.

– Je me préparais à partir quand je t'ai vue par la fenêtre, assise sur la balançoire de la galerie, comme tu avais l'habitude de le faire.

– Tu es revenue pour Noël, dis-je, autant pour moi-même que pour elle.

Sunshine habite au Costa Rica où elle dirige une boutique d'articles pour écotouristes à la limite de la forêt équatoriale. Elle n'entreprend que peu souvent le périple pour visiter ses parents, même si ceux-ci, encore vigoureux, lui en font le reproche. Elle est revenue à la maison pour la première fois depuis des années à l'occasion des funérailles de ma mère.

– En effet. Quand es-tu arrivée ?

– Tu n'es pas au courant ?

– Au courant de quoi, chère ?

J'ai tellement pris l'habitude de penser que tout le monde me croyait morte qu'il ne m'est jamais venu à l'esprit que Sunshine puisse ne pas savoir que j'avais été portée disparue. Elle a quitté la ville quelques jours après moi et ne suit jamais les nouvelles internationales, même pas les meilleures. Et elle ignore complètement les pires événements, refusant de lire tout ce qui concerne la destruction ou la souffrance humaine.

Nous nous asseyons sur le canapé et je lui raconte mon histoire, depuis l'Afrique jusqu'à la rencontre de Dominic installé dans mon appartement. Je réserve Craig pour la fin et, quand j'arrive à lui, je suis assez épuisée sur le plan émotif pour n'avoir qu'une seule envie, celle de pleurer, mais je me contiens.

Je fais des progrès, je fais des progrès.

– Je suis désolée pour toi, Emma. Tu ne méritais pas cela.

– Non, mais il me croyait morte. J'aurais dû me douter qu'il poursuivrait son chemin sans moi.

– S'il t'avait véritablement aimée, il aurait su que tu étais encore vivante.

– Je ne sais pas, peut-être.

– Non, tu as une forte présence. Je l'aurais senti si tu avais disparu. C'est pour cette raison qu'il ne m'est jamais venu à l'esprit… J'ai entendu parler du tremblement de terre, bien sûr, mais je savais que tu allais bien.

– Comment ?

– Oh, ma chérie, tu sais que je ne peux pas expliquer mes dons. Je les *ai*, tout simplement.

Je souris sous cape. Je me souviens de la fois où Sunshine m'avait dit, quand j'avais sept ans, qu'une fée mourait chaque fois que quelqu'un disait : « Je ne crois pas aux fées. » Lorsque je lui avais dit que je savais que cela venait de *Peter Pan* (j'étais ce genre de fillette à sept ans), elle avait simplement souri et dit : « C'est vrai, en effet. Monsieur Barrie est un expert en matière de fées. »

– Beaucoup de gens m'ont crue morte, dis-je.

Elle me scrute à nouveau.

– Oui, je vois ça. La mort rôde autour de toi.

– Tu veux dire ma mère ?

– Non, elle n'est pas une mauvaise présence. Elle est le bien que tu ressens.

– Alors, qui est-ce ?

– Qui pensait que tu étais morte ?

– Je ne sais pas, tout le monde.

Elle secoue la tête.

– Pas Stéphanie. Elle n'a jamais abandonné espoir.

Mon cœur se serre.

– Non, c'est vrai.

Je me lève et effectue un lent tour du salon. Les étagères sombres qui entourent le foyer sont remplies, non pas de livres, mais d'objets africains recouverts maintenant d'une légère couche de poussière. L'obsession de toute une vie, que j'ai nourrie à l'occasion d'innombrables fêtes d'anniversaire et de Noël, économisant mon argent de poche juste pour voir la joie illuminer le visage de ma mère quand elle déballait le masque, la pointe de lance ou le collier de perles que je lui offrais. Le fait que ce que je lui achetais n'était que des imitations – surtout quand j'étais plus jeune   n'avait pas d'importance. C'était l'intention qui comptait, et ce à quoi elle pensait et rêvait, c'était l'Afrique. L'endroit qu'elle désirait le plus visiter, sans jamais avoir réalisé son rêve. Dans mon livre de regrets, le premier point en haut de la liste est de ne jamais lui avoir demandé *pourquoi* elle était si attirée par ces lieux. C'était peut-être simplement parce que c'est l'une de ces choses immuables, comme la barbe à papa à la foire.

Mais sur la cheminée, au-dessus du foyer que nous n'utilisions jamais parce que nous n'avions pas les moyens de le faire réparer, se trouve la raison pour laquelle j'aurais dû venir ici bien avant : des photos, des photos et encore des photos, de ma mère, de nous deux, de tous les moments importants.

Je ramasse la photo prise le jour où j'ai reçu mon diplôme à la faculté de droit et la serre contre ma poitrine. Sunshine entoure mes épaules de son bras.

– Si tu veux passer à d'autres choses, nous devons enlever la mort qui t'entoure.

– Que veux-tu dire?

– Allez, viens avec moi.

Elle me ramène vers le canapé de chintz défraîchi. Quand mes grands-parents étaient vivants, les meubles étaient recouverts de housses de plastique, ce qui les rendait glissants et faisait d'eux le parfait terrain pour nous adonner, Stéphanie et moi, à notre jeu préféré – la glissade du salon –, jusqu'à ce que nous soyons découvertes et punies par ma mère effrayée. Elle a retiré ces housses le jour suivant les funérailles de sa mère, d'un air déterminé. Quand je lui ai demandé ce qu'elle faisait, elle a simplement répondu : «Voulais-tu une autre séance de glissade?» puis elle s'est mise à rire d'une façon quasi hystérique. Je l'ai serrée dans mes bras et nous avons ri et pleuré, car grand-maman nous manquait, même si nous ne voulions plus vivre selon ses règles.

Sunshine ferme les yeux et pose ses mains sur mes épaules. Alors qu'elle se concentre, le parfum de patchouli semble s'intensifier. Mon esprit se met à vagabonder, passant de ma mère à mon travail, puis à Craig. Mon Dieu, Craig. C'est plutôt à lui que je devrais lancer des verres. Seulement, la prochaine fois, je ne raterai pas ma cible.

Sunshine ouvre les yeux.

– Cesse de penser à lui.

– D'accord, Patrick Jane, maintenant tu me fais un peu peur.

– Qui est Patrick Jane?

– C'est le nom d'un personnage d'une série télévisée. Il peut plus ou moins lire dans les pensées des gens, mais pas vraiment..., dis-je d'une voix étouffée et peu convaincante.

– Eh bien, je regarderai peut-être ça une de ces fois. Maintenant, je crois connaître quelque chose qui pourrait fonctionner.

Elle fouille dans la grande sacoche de cuir qu'elle utilise en guise de sac à main et en retire un quartz rose de la grosseur de mon pouce.

– Donne-moi tes mains.

– Pour quoi faire?

– Fais-moi confiance, c'est tout.

Je tends les mains devant moi et elle y dépose le cristal.

– À quoi ça sert?

– Je vais m'en servir pour extirper toute l'énergie négative et la localiser.

Je pense brièvement à protester, mais qu'ai-je à craindre? Après tout, ce n'est qu'un caillou.

Elle tient une main sur son cœur et l'autre sur le cristal. Elle ferme les yeux et fredonne tout bas, sur un air indistinct: «Non pas la mort, mais la vie. Non pas la souffrance, mais le bonheur. Non pas le cerveau, mais le cœur.» Sunshine murmure ces mots, encore et encore, presque en les chantant.

C'est apaisant. Je ferme les yeux et me sens flotter.

Vie, bonheur, cœur. Si seulement le fait de répéter ces mots sans arrêt pouvait en faire une réalité.

– Tu peux ouvrir les yeux maintenant, dit Sunshine.

– C'est tout?

– Non, je veux que tu gardes ceci avec toi jusqu'à ce que tu trouves un endroit où tu te sentes en sécurité et prête à laisser tomber tout ce qui a rapport à la mort, à la souffrance et au malheur. Lorsque tu auras fait ce chemin, je veux que tu enterres le cristal et que tu laisses tout ça derrière toi.

Le quartz semble chaud dans ma main et en quelque sorte plus léger. Comme moi, peut-être.

– Merci, Sunshine.

– Pas de quoi.

Elle m'embrasse le front.

– Ta mère t'adorait, tu sais.

– Je sais.

CHAPITRE 13

SUR LE COUP DE MINUIT[14]

La température se réchauffe juste après Noël, comme c'est souvent le cas. Je me souviens de plus d'une excursion de ski avec la famille de Stéphanie où nous avons dû passer notre temps au chalet, à regarder la pluie faire fondre toute la neige. Et c'est ce qui se passe cette année. Un jour de pluie continue et des températures au-dessus de zéro suffisent à effacer Noël des trottoirs et à ne laisser que des bandes de pelouse brune. Les lumières des fêtes qui brillent encore semblent hors contexte.

Je passe la majeure partie de la semaine en hibernation. Dans la mesure où Stéphanie m'en laisse le loisir, bien sûr. Quand elle ne me traîne pas dehors pour une promenade, ou en quête du parfait jeté pour son divan, ou encore pour l'une des innombrables autres courses qu'elle invente pour m'empêcher de disparaître dans la boîte que Dominic m'a donnée en cadeau, je me plonge dans la lecture de livres que j'ai toujours voulu lire. *Le temps n'est rien, Mille morceaux*, les œuvres complètes de Malcolm Gladwell.

Dominic revient de chez ses parents d'une humeur sombre, solidement ancrée. Il passe la plupart de son temps hors de

---

14 Le titre anglais est *When the Ball Drops*, en référence à la tradition qui veut que, au Nouvel An, à Times Square, on fasse descendre une grosse boule illuminée à minuit pour marquer le passage de la nouvelle année. (NDT)

l'appartement, me disant qu'il va à l'atelier pour travailler sur les photographies de sa prochaine exposition. Je ne le connais pas assez pour le traiter de menteur, mais si je me fie aux odeurs qu'il rapporte à la maison, je parie qu'il passe plus de temps sur un tabouret de bar que dans la chambre noire. Ce n'est pas moi qui le lui reprocherai. Il devrait être en pleine lune de miel, en train de siroter des boissons pétillantes, installé sur une chaise longue sous un soleil brûlant. Et de quel droit me permettrais-je de rouspéter? Si je pensais que boire pourrait arranger les choses, je serais là-bas, avec lui.

– Allez, Fifi la déprime, ça suffit les conneries.

Je lève les yeux du *Point de bascule*. Stéphanie se tient au bout de mon lit, vêtue d'un jeans et d'un chandail de ski, son visage arborant une expression de désapprobation.

– Comment es-tu entrée ici?

– C'est Dominic qui m'a ouvert.

Ses yeux se promènent de la pile de livres sur le côté de mon lit à la vaisselle qui traîne sur le plancher.

– Je te laisse toute seule une journée et regarde ce qui arrive.

– Je fais du rattrapage de lecture.

– C'est ça, oui.

– Je lis même des livres qui me rendent plus intelligente. Quel mal y a-t-il à cela?

– Aucun, si tu es malade. Es-tu malade?

J'émets une petite toux peu convaincante.

– Je crois que j'ai attrapé un petit rhume, ouais.

– C'est ça, oui.

– Vas-tu arrêter de répéter ça?

– Seulement lorsque tu auras admis que tu te caches.

– De quoi?

Elle se lève, se dirige vers la fenêtre et ouvre les rideaux vaporeux. Un rayon de soleil froid transperce les vitres éclaboussées de saleté et tombe sur le lit.

– De la vie.

– Mais quelle vie ?

– De la vie qui passe à côté de toi.

– Tu veux dire mon ancienne brillante carrière ? Ou faisais-tu référence à mon ex-copain ?

Elle lève la main droite.

– Assez. Je ne veux plus en entendre parler. Nous sommes en retard.

– En retard pour quoi ?

– Pour trouver la tenue parfaite.

– Ça ne me dit rien qui vaille.

– C'est la veille du Nouvel An et tu viens fêter avec moi, que cela te plaise ou non.

– Cela ne me plaît pas du tout.

– Tant pis.

– Je n'ai pas de robe.

– J'ai parlé de magasinage, non ?

– Je n'ai pas de cavalier.

– J'inviterai Kevin. Nous ferons ménage à trois.

– Tu ne viens tout de même pas de nous décrire, toi, moi et ton frère gai, comme un ménage à trois ?

– Invite quelqu'un d'autre alors.

– Comme qui ? Sunshine ?

– Pourquoi pas Dominic ?

Je repousse les couvertures et me lève.

– Je doute qu'il accepte.

– Tu doutes que je veuille aller où? demande Dominic en glissant la tête par l'entrebâillement de la porte.

– Nulle part, dis-je, pendant que Stéphanie s'écrie:

– Fêter le Nouvel An!

Il fronce les sourcils.

– Tu parles de ce truc au centre des Congrès? On n'est pas un peu vieux pour ça?

– Oui, exactement. Nous *sommes* trop vieux pour ça.

– Absurde, dit Stéphanie. J'y vais depuis des années.

– Dis-lui quel âge tu avais la première fois que tu y es allée.

Elle rougit, se souvenant, peut-être, avec qui elle était rentrée à la maison ce soir-là.

– Je ne vois pas le rapport. C'est surtout très amusant.

Les yeux de Dominic croisent les miens.

– J'y vais si tu y vas.

J'hésite en songeant aux choses que j'avais prévu faire ce soir. Manger une boîte entière de Pringles. Regarder *Duo à trois* pour la énième fois. Tomber endormie à vingt-deux heures avec un mal de ventre.

– Je suppose que nous allons à la fête.

Stéphanie lève les mains au ciel.

– Youpi!

Nous arrivons au centre des Congrès six heures plus tard. Il est tout illuminé et une file de taxis et de limousines Lincoln déverse des personnes à l'allure étonnamment jeune, portant des vêtements pastel et des smokings.

– Ce n'était peut-être pas une si bonne idée après tout, marmonne Dominic à mon attention en jetant un coup d'œil vers un couple qui semble avoir environ quatorze ans.

– Pardon ? dit Stéphanie.

Elle a l'air toute fraîche et jolie dans sa robe de satin rose-chausson-de-ballet qui ressemble à celle que porte Marilyn Monroe dans *Certains l'aiment chaud*.

– Je me demandais juste si nous allions nous faire demander nos cartes, dit Dominic.

Il est... eh bien... vraiment très séduisant, dans son complet noir agrémenté d'une cravate bleu pâle et d'une pochette assortie.

Je secoue la robe de soirée noire que j'ai achetée cet après-midi. Je l'ai payée beaucoup trop cher, mais la boutique était sur le point de fermer et j'étais désespérée. Elle est sans manches avec un col relevé, une large ceinture verte nouée à la taille et une jupe cloche plissée agrémentée de poches cousues le long des coutures. Je me suis remonté les cheveux en chignon et fait des yeux charbonneux pour compléter le *look*.

– Allons à l'intérieur avant d'être transformés en glaçons, dit Dominic.

Nous marchons parmi la foule. L'air est alourdi par des odeurs de lotion après-rasage et de ce genre de parfums que les adolescentes aiment porter, pensant ainsi être plus séduisantes.

– Y a-t-il quelqu'un de plus de trente ans ici ? demandé-je.

– Oui, *nous*, répond Stéphanie.

– Oui, bien sûr.

– Tu pourrais au moins essayer de t'amuser, tu sais.

– Tu as raison. J'insère le logiciel d'amusement immédiatement.

Dominic hausse les sourcils.

– Oh mon Dieu, ne me dis pas que tu es une *trekkie*[15] ?

---

15 Fan de *Star Trek*. (NDT)

– Je ne sais pas de quoi tu parles.

Stéphanie se dirige vers une jolie adolescente assise à une table de jeu, devant la salle de bal principale. Elle paie les frais d'entrée et revient avec une série de billets de tirage jaune vif.

– C'est pour quoi au juste? demandé-je.

– Des boissons, bien entendu.

Dominic frémit à côté de moi.

– Je viens tout juste de vivre un de mes pires cas de déjà-vu.

– Ah oui?

– Oui. Ça impliquait de faire la file pour obtenir des billets supplémentaires alors que les effets de l'alcool se dissipaient.

– Alors là, ça suffit! dit Stéphanie, assez fort pour attirer l'attention de plusieurs personnes. J'en ai ras le bol de vous deux. Personne n'a suggéré une meilleure idée pour ce soir et ce n'est pas comme si je vous avais forcés à venir.

– En fait…, dis-je.

– Quoi?

– J'*ai été* forcée à venir.

Dominic enfonce son poing dans sa bouche.

– Merde. Qu'avez-vous donc, tous les deux?

Dominic tousse.

– Quoi encore? demande Stéphanie.

– Ma fiancée m'a trompé.

Stéphanie semble contrariée.

– Pourquoi dis-tu cela?

– Tu m'as demandé ce qui n'allait pas. Voilà ce qui ne va pas.

– Mon petit ami m'a trompée, dis-je.

– Mais pas avec ta meilleure amie.

– Ouais, juste pendant que j'étais portée *disparue*.

– Quatre semaines avant mon *mariage*.

– Avec mon ennemie mortelle.

– Dans notre lit.

Je fais une pause.

– D'accord, tu as gagné.

– Assez! crie Stéphanie.

Elle pointe Dominic comme pour le poignarder.

– Toi, va utiliser ces billets pour des consommations.

Elle me désigne ensuite.

– Toi, va nous trouver une table.

– Qu'est-ce que *tu* vas faire? demandé-je.

– Je. Vais. Aller. Aux. Toilettes, dit-elle avec toute la dignité dont elle est capable. *Capice*?

– D'accord! répondons-nous en chœur.

– Bien.

Nous nous séparons pour accomplir chacun notre mission. Dans la salle de bal, des milliers de petites lumières blanches brillent au plafond et des panneaux souples, recouverts de tissu pastel, habillent les murs. Des paniers de fleurs sont suspendus partout autour de la pièce, dégageant une odeur de vivaces. Une série de lumières stroboscopiques est installée au bout de la scène et, derrière elles, un groupe de musiciens dans la trentaine joue une excellente version de *Gold Digger* de Kanye West. De grandes tables rondes, recouvertes de nappes blanches et de chandelles, occupent l'espace entre les murs et la piste de danse. Celle-ci est remplie de jolis jeunes gens qui se trémoussent.

Je longe les côtés de la pièce, à la recherche d'une table libre. Un groupe de garçons maladroits est appuyé contre le mur, à observer trois jeunes filles d'environ dix-huit ans. Les adolescentes affichent une confiance de reines des abeilles, toutes en mèches blondes, cheveux au vent et robes un peu trop courtes. Les trois *geeks* n'ont aucune chance (même eux le savent), mais ils ne peuvent s'empêcher de garder un petit espoir, de style *Seize bougies pour Sam*, que l'une des filles aura un petit faible pour un garçon qui pourrait inventer le prochain iPod.

Je me rapproche un peu, et je peux entendre leurs chuchotements peu discrets.

– Elle t'a regardé deux fois, Ethan, dit un grand mince mi-homme, mi-garçon.

Son smoking pend sur son grand corps dégingandé et sa chemise blanche bâille autour de son cou de girafe.

– En es-tu certain? répond le dénommé Ethan, qui est plus rond qu'il ne devrait l'être et aux prises avec une acné sévère.

– Tout à fait. Regarde, elle vient de le refaire.

– Elle ne te semble pas un peu âgée?

– N'as-tu jamais entendu parler des couguars? Ne sois pas si erreur 404. Va lui demander, dépêche-toi.

Ethan se détache du mur et marche vers moi en arborant un sourire timide. Il est à peu près de ma taille et ses lunettes aux verres épais grossissent ses yeux bleus humides.

Oh merde, c'est de *moi* qu'ils parlaient. Je suis la couguar potentielle.

– Salut, je m'appelle Ethan. Est-ce que vous voulez danser?

– Euh… mon euh… cavalier est allé me chercher un verre.

Son visage rougit progressivement.

– Oh, désolé.

– Pas du tout, ce n'est rien.

J'essaie de lui jeter un regard qui signifie n'arrête-jamais-de-tenter-ta-chance, mais c'est beaucoup de choses à exprimer avec un regard. Tout comme tu-devrais-peut-être-attendre-d'être-au-collégial-avant-d'inviter-une-autre-fille.

– Désolé de vous avoir importunée, madame.

Il retourne vers le mur et ses amis, en traînant les pieds.

Dominic me rejoint avec un verre dans chaque main, rempli d'un liquide rose et pétillant.

– Viens-tu juste de démolir ce garçon?

– Moi, démolir ce *garçon*? Il m'a appelée madame. Et son ami m'a traitée de couguar!

– Aïe.

– Je sais. Pourrais-tu aller lui donner une volée ou quelque chose du genre?

– Tu voudrais que j'aille frapper un des membres de ce troupeau d'abrutis?

Je l'observe.

– Ne me dis pas que ce serait la première fois?

– Et maintenant, c'est qui la méchante?

– Je ne voulais pas lui faire de peine.

– Pourquoi n'as-tu pas dansé avec lui alors?

– Sérieusement, Dominic? Je pourrais être sa mère.

– J'allais le di…

Je lui frappe le bras.

– Hé! Ne renverse pas les boissons.

Je prends un des verres de sa main et goutte son contenu. C'est un punch aux fruits composé d'une part de jus pour deux parts de whisky Pur Feu[16]. Ça me brûle le fond de la gorge et me laisse à bout de souffle.

– Tu veux danser ? me demande Dominic.

– Je ne sais pas.

– Ce sont les ordres de Stéphanie.

– Eh bien, dans ce cas.

Nous déposons nos verres sur une table et nous frayons un chemin à travers la foule qui danse.

L'orchestre termine un morceau de guitare bruyant de Nickelback. Puis le batteur accélère le rythme d'un cran et ils entament une version impeccable de *Sunday Bloody Sunday*.

– Où est Steph, en passant ? m'écrié-je plus fort que la musique.

– Aucune idée. Tu vas danser, oui ou non ?

– Dès que tu le feras toi-même.

– Attention, ma chérie !

Dominic lève la main au-dessus de sa tête, en direction du plafond, et se mord la lèvre inférieure avec ses dents. Il roule des hanches, d'une façon à la fois coincée et séduisante.

Je me mets à rire. Il abaisse sa main et me fait signe avec son index. Je me glisse vers lui, me laissant emporter par la magie de la musique et de la boisson. Autour de nous, les jeunes sautent à l'unisson en se demandant combien de temps encore ils devront chanter cette chanson. Le plancher vibre sous nos pieds.

L'énergie est contagieuse. Nous nous mettons à sauter et à chanter, comme je le faisais quand j'avais l'âge de participer à ce genre d'événement. Et, comme à l'époque, je me sens

---

16 Boisson alcoolisée très forte et interdite aux mineurs dans les romans Harry Potter. (NDT)

214

heureuse et jeune et libre. Peut-être que Stéphanie sait ce qu'elle fait, après tout.

La chanson se termine et l'orchestre poursuit avec *Reflecting Light* de Sam Philip. La foule autour de nous fusionne en couple. Dominic m'attire vers lui et glisse ses mains autour de ma taille. Elles sont chaudes à travers le tissu fin de ma robe.

Comme je passe mes bras autour de son cou, c'est à mon tour d'avoir une impression de déjà-vu. C'est le bal des finissants, je porte une robe noire et je pivote lentement sur la piste de danse. Seulement, à cette époque, c'était Bobby Jordan qui me tenait près de lui, et l'alcool de mon haleine était faite du Southern Comfort que j'avais volé dans l'armoire à liqueurs de ma mère. Bobby et moi avions fait l'amour dans le sous-sol de ses parents, beaucoup plus tard cette nuit-là (quel cliché, n'est-ce pas?) et nous étions séparés trois semaines plus tard.

Je m'éloigne un peu de Dominic.

– Penses-tu que Stéphanie veut nous faire comprendre quelque chose?

– Comment cela?

– Je ne sais pas encore, mais je le sens.

Il se penche vers mon oreille.

– Peut-être qu'elle nous a amenés ici pour qu'on oublie. N'est-ce pas la raison d'être du Nouvel An?

– Je pensais qu'il s'agissait de se rappeler. N'est-ce pas ce que la chanson *Ce n'est qu'un au revoir* veut dire? Tous ces trucs sur les anciennes relations.

– Peut-être, mais il ne devrait pas en être ainsi. Il devrait plutôt s'agir de recommencer à neuf. Un nouveau départ.

– Vas-tu encore me dire «d'imaginer les possibilités»?

– Hé, c'était un bon conseil.

Nous tournoyons en silence pendant un moment, mon menton appuyé sur son épaule. L'orchestre commence à jouer une chanson de Taylor Swift dont je n'ai jamais saisi le titre.

– C'est vraiment comme si nous étions encore au secondaire, n'est-ce pas? dit Dominic.

– Seulement avec de l'alcool.

– Dieu merci. Il ne manquait vraiment que ça.

Je me mets à rire.

– Tu devais être très populaire au secondaire.

– Pourquoi dis-tu cela?

– Parce que seule une personne qui a été populaire au secondaire pourrait penser que la seule chose qui manquait était l'alcool.

– Es-tu en train de dire que tu n'étais pas populaire au secondaire?

– Tu blagues? Entre les appareils orthodontiques et les opinions trop tranchées, j'étais une coche au-dessus de ces garçons appuyés au mur.

Il baisse le regard vers moi.

– Je ne peux même pas me l'imaginer.

– Tant mieux.

Il resserre ses bras et m'attire assez près de lui pour que je puisse sentir le parfum de sa lotion après-rasage. Une vague de chaleur m'envahit – le mélange d'alcool, de la jolie chanson et de la solidité de Dominic.

Lorsque je lève à nouveau les yeux vers lui, il me regarde d'un air concentré. Tout semble ralentir alors que Dominic lève la main et repousse mes cheveux loin de mes yeux. Nous nous arrêtons quelques instants, puis nous avançons l'un vers l'autre.

Il s'arrête juste avant que ses lèvres ne frôlent les miennes, si près que je peux sentir son haleine sur ma bouche.

– Tu vibres.

J'ai la tête dans la brume.

– Quoi?

– Je crois que c'est ton téléphone.

Je glisse la main dans la poche de ma robe. Mon cellulaire vibre de plus belle. Je le sors et le tiens près de mon oreille.

– Allo?

– Emma?

– Craig?

Dominic fronce les sourcils et baisse les bras. Un frisson me parcourt.

– Emma, où es-tu? Je ne t'entends presque pas.

– Je suis... c'est une longue histoire. Un instant, s'il te plaît.

Je lève le doigt pour dire à Dominic que je serai de retour dans une minute et me dirige vers une des sorties latérales. Dans le couloir plus calme, mes oreilles bourdonnent de cette sensation de vibration causée par la musique tonitruante, comme c'est toujours le cas après un concert. Mon cœur bat fort et, pourtant, je me sens indifférente.

– Emma, es-tu toujours là?

– Je suis là. Qu'est-ce que tu veux, Craig?

– C'est le Nouvel An.

– Et alors, c'est quoi le rapport?

– Je sais. C'est juste que...

Il devient silencieux. J'entends par le téléphone un brouhaha de voix, de musique de chambre et de bouchons de champagne qui sautent. J'ai à nouveau cette impression de déjà-vu, seulement cette fois, c'est avec Craig que je danse et du champagne que je bois.

Oh non, il n'est pas... il ne pourrait pas...

– Où es-tu, Craig ?

Il soupire profondément.

– Je t'en prie, Emma.

Et là, j'en suis certaine. Il est à notre fête. La fête à laquelle nous allons toujours au Nouvel An, à l'hôtel Turner, un événement en tenue de soirée où l'on mange des mets extravagants et boit du champagne, jusqu'à ce que le monde entier ne soit plus qu'une bulle. Et à minuit, nous comptons ensemble à rebours jusqu'à notre premier baiser de l'année.

Dix, neuf, huit...

– Avec qui es-tu à la fête ?

– Emma...

– Au revoir, Craig.

– Ne raccroche pas, s'il te plaît.

– Qu'est-ce qu'il y a ? Que veux-tu me dire ?

– Je voulais juste... tu me manques.

Je ne peux pas croire qu'il a le culot de m'appeler de *notre fête*, alors que Sophie l'attend dans la pièce d'à côté, avec ses lèvres humides et prêtes pour un baiser. Je peux presque sentir son parfum par le téléphone.

– Emma ? Tu es toujours là ?

– Non.

J'éteins le téléphone, la main tremblante.

Bon Dieu !

Je donne un coup de pied dans le mur et le regrette immédiatement. Les chaussures pointues à talons hauts ne sont pas faites pour frapper dans du ciment.

La porte de sortie s'ouvre avec fracas derrière moi. C'est Dominic, son visage affichant une expression que je ne peux déchiffrer. De la résignation, peut-être.

– Je suis désolée. Je ne sais pas pourquoi il a appelé.

– Ce gars-là sait vraiment choisir son moment.

– Je suis désolée.

– Ce n'est pas grave.

Il fourre ses mains dans ses poches.

– Stéphanie te cherche.

Je scrute son visage, essayant de comprendre ce qu'il aimerait que je dise, ce que je voudrais dire. Tout ce qui me vient à l'esprit, c'est que nous ne sommes, ni l'un ni l'autre, prêts pour ce que nous nous apprêtions à faire là-bas, sur la piste de danse.

Et c'est cette incertitude qui me fait répondre :

– Alors, nous ferions bien de retourner dans la salle.

CHAPITRE 14

DE RETOUR EN SELLE

Le lundi suivant le Nouvel An, j'en suis à me demander pour quelle raison, au juste, je voulais retrouver un quelconque élément de mon ancienne vie.

J'arrive au bureau à huit heures pile. Sous mon manteau de laine noire mi-longueur, je porte un chemisier blanc amidonné, un tailleur bleu marine avec une jupe plissée coquette et une paire de bottes hautes en cuir souple noir.

Les portes de l'ascenseur s'ouvrent et je me dirige vers le hall d'entrée. Les réceptionnistes quasi jumelles ont tourné la page sur Noël : il n'y a plus aucune trace d'arbre, de lampions ou de guirlandes. Nous sommes le 3 janvier et il est temps de reprendre les affaires.

Je leur demande si elles savent où se trouve mon nouveau bureau. Ce n'est pas le cas, mais elles m'informent que Matt veut me voir. J'ai des papillons dans l'estomac en accrochant mon manteau sur l'un des cintres en bois, dans le placard des visiteurs. La dernière fois que j'ai suspendu mon manteau à cet endroit, j'étais une étudiante en droit de deuxième année à la recherche d'un emploi d'été. Je me sentais nerveuse et désorientée ce jour-là aussi.

Je fais un (faux) sourire rayonnant aux réceptionnistes et me dirige vers le bureau de Matt. Très peu de personnes sont déjà arrivées. Un léger parfum de produits de nettoyage flotte dans l'air et je perçois le faible bourdonnement du système de filtration, un son neutre qui est étrangement apaisant. Ce système s'éteint à vingt heures, et son silence est toujours un signe que je travaille trop tard.

Je passe devant mon ancien bureau. Sophie est déjà là, assise, avec ses épaules carrées, dos au couloir. Elle est occupée à taper quelque chose avec sa précision méticuleuse. Sa veste noire lui va comme un gant et me donne l'impression, en comparaison, d'être pataude, comme si je portais un costume de l'année dernière. Elle tend sa main manucurée vers une tasse de café. Je m'éloigne de la paroi vitrée pour demeurer hors de sa vue. Plus longtemps je pourrai l'éviter, mieux ce sera.

Matt est assis derrière son bureau, les manches déjà relevées jusqu'aux coudes, plongé dans une pile de documents apparemment très ennuyants. Le soleil se lève sur la ville enneigée derrière lui, faisant miroiter les grands bâtiments brillants.

Je frappe doucement à sa porte. Il lève les yeux et me fait un sourire accueillant.

– Te voilà, Emma.

– Me voici.

– Entre, entre.

Je prends place dans le fauteuil de cuir noir, réservé aux visiteurs, dans lequel on est assis trop bas. J'ai toujours l'impression d'avoir dix ans quand je m'installe sur ce siège.

– Toute reposée, organisée et prête à reprendre le travail?

– Absolument.

– Excellent. J'ai déposé quelques dossiers sur ton bureau, des trucs simples en réalité, mais tout le monde doit commencer quelque part.

Le visage de Matt prend une expression ironique.

– Désolé, je ne voulais pas dire...

Je me mets presque à rire. Je n'ai jamais vu Matt à court de mots auparavant.

– Oublie ça. Je *recommence*. Inutile de prétendre le contraire.

– Tu es une vraie championne !

– Où m'as-tu casée ?

– Oui, euh, eh bien, on ne pouvait tout de même pas demander à Sophie de déménager.

– Ne t'en fais pas, Matt, je comprends. N'importe quel espace fera l'affaire.

Et peut-être, en cherchant un peu, que je vais trouver un moyen de faire payer Sophie pour tout cela : mon bureau, mes dossiers, Craig.

– J'ai pensé qu'il vaudrait mieux que tu aies le bureau situé à côté du mien.

Mon cœur sursaute.

– On m'a installée dans l'Éjecteur ?

Aucun employé ayant travaillé dans le bureau à côté de celui de Matt n'est resté à l'emploi du cabinet plus de trois mois. C'est comme si on était assis sur un bouton d'éjection rouge vif, d'où le nom donné à ce bureau. Il sourit.

– On l'appelle encore comme ça ?

J'essaie de ne pas avoir l'air de paniquer.

– À ce que je sache, oui.

– Il va falloir que tu lui trouves un nouveau nom, alors.

– Absolument. Le Phœnix, peut-être.

Le téléphone de Matt sonne et je me lève pour partir.

– De toute façon, il faut que je m'y mette.

Il tend la main vers le téléphone.

– Je viendrai voir si tout va bien plus tard.

C'est gentil, non ? Sauf que je n'ai jamais eu besoin, auparavant, qu'on vienne me surveiller.

Je quitte le bureau de Matt, tourne à gauche et entre dans l'Éjecteur. Mon vieux bureau de teck, avec son encoche sur le coin gauche (que j'ai faite en le frappant de mon agrafeuse, après avoir reçu un jugement particulièrement mauvais, il y a quelques années), est installé devant la fenêtre. Ma chaise, en cuir couleur chocolat, est placée dessous. Le long du mur, à droite de la porte, se trouve ma chaise longue, recouverte d'un tissu chenillé couleur taupe. Elle est idéale pour faire une sieste. Sur le mur, au-dessus, sont accrochés mon diplôme de droit ainsi qu'une photo prise avec Matt, le jour où je suis devenue membre du Barreau. Un appareil BlackBerry tout neuf et luisant est posé dans une boîte au milieu de mon bureau. Il y a même un grand ficus installé dans le coin.

Donc, au contraire de Pedro, les patrons de TPC n'ont pas jeté mes affaires quand ils ont appris que j'étais portée disparue. Quelqu'un – Matt, probablement, par l'entremise de Nathalie – les a fait emballer et mettre de côté, en attendant. Et ce sont peut-être les mêmes qui ont pris le temps de me faire sentir la bienvenue. Mais, même *Les anges de la rénovation* ne pourraient changer le fait que je recommence ma carrière à zéro, à trente-quatre ans et trois quarts, dans un espace de quatre-vingts pieds carrés qui représente plutôt la fin de ma carrière.

Eh bien, il vaut mieux que je m'y mette.

Une pile de dossiers bien ordonnés, couleur chamois, repose sur ma table, devant un gigantesque ordinateur Mac argenté. J'ouvre le premier dossier. Il s'agit d'un dossier de défense d'assurances. C'est un cas typique. Monsieur Smith a acheté une machine à laver il y a deux ans. Il l'a laissée fonctionner pendant qu'il allait manger au restaurant et a retrouvé son condo inondé à son retour. La compagnie d'assurances a payé des dizaines de milliers de dollars pour réparer les dommages et, maintenant, elle veut poursuivre le fabricant pour récupérer ses indemnités. Je bâille.

Je parcours la pile. Tous les dossiers suivent ce cas de figure. Apparemment, il y a eu une épidémie de machines à laver mal fabriquées sur le marché. C'est formidable.

– E.W. Quel plaisir de te revoir parmi nous!

Je pivote ma chaise vers la porte. La Brigade des Initiales est là devant moi, de larges sourires sur leurs visages BCBG. I. William Stone, J. Perry Irving et K. R. Monty, trois associés dans la jeune trentaine qui semblent toujours se déplacer en meute. D'une façon ou d'une autre, l'un d'entre eux a découvert que mon deuxième prénom était Wendy et j'ai, depuis lors, été surnommée «E.W.». Ils doivent sûrement acheter leurs complets dans le cadre d'un spécial trois-pour-un, ou peut-être est-ce que tous les costumes marine à fines rayures se ressemblent.

– Comment ça va, les gars?

– Toujours pareil, dit I. William avec son accent de la côte.

Il a les cheveux châtain clair séparés par une raie sur la droite. Il a l'air d'un vendeur de publicité des années soixante.

– Je constate qu'on t'a installée dans l'Éjecteur, dit Monty.

Il a les yeux bleu délavé et les cheveux châtains.

– Toujours en train de souligner les évidences, Monty?

J. P. éclate de rire et donne une bonne tape dans le dos de Monty. Il a une tête de plus que les deux autres et ne se rend pas toujours compte de sa force. Il aime affirmer son individualité en portant des bretelles. Celles qu'il arbore aujourd'hui sont rouge vif.

– Bien sûr que oui. Rien ne change jamais par ici.

J'essaie de ne pas soupirer.

– Il y a pourtant des changements.

I. William paraît sympathiser.

– J'ai dit à Craig de se tenir loin de cette salope aux dents longues.

– Attention, mon gars, Matt pourrait t'entendre.

Les yeux de Monty se déplacent avec nervosité.

J. P. baisse la voix.

– Si tu as besoin de notre aide pour quoi que ce soit dans ce *domaine-là*, n'hésite surtout pas.

– Merci, J. P., je suis très touchée.

– Pas de problème. Nous passons pour annoncer l'apéro. Tu recevras un courriel avec les détails plus tard.

– Génial.

I. William jette un regard aux dossiers derrière moi.

– Amuse-toi bien à piocher dans cette pile de merde.

Je leur envoie un petit signe de la main, alors qu'ils se sauvent vers le prochain arrêt de leur tournée matinale.

Je sais qu'ils seront de retour après le dîner. J'ai déjà presque hâte.

Ils ne remplissent pas les attentes en ce qui concerne leurs heures facturables, mais ils compensent par la valeur des divertissements qu'ils proposent.

Je commence à élaborer un plan d'action pour le traitement de la pile de dossiers, de manière à ce que mon assistante puisse s'occuper des détails. Plus rapidement je m'en débarrasse, plus vite je pourrai faire des choses plus importantes, comme entamer ma poursuite trop-longtemps-reportée contre Pedro.

En passant, où *est* mon assistante? Ou mieux encore, qui est-ce?

Je me dirige avec hésitation vers la cloison de tissu crème qui constitue le mur de la section secrétariat de l'Éjecteur Tout ce que je peux voir, ce sont deux longues jambes bronzées au vaporisateur qui aboutissent à une paire de sandales à lanières et talons très hauts. Les ongles de pieds de la propriétaire sont vernis en rouge vif.

Je ressens une petite bulle de gratitude en glissant la tête de l'autre côté de la cloison, car c'est Jenny, qui mâche de la gomme et plisse les yeux en regardant l'écran de son ordinateur. Elle est en train de clavarder avec quelqu'un qui s'appelle PLAYR. Je n'ai jamais très bien compris comment elle réussissait à être aussi compétente en gérant simultanément, et en tout temps, au moins trois conversations de réseautage social. Ce doit être une question de génération.

– Salut, Jenny.

Elle lève ses yeux bleu clair vers les miens.

– Salut, Emma !

– Qu'est-ce tu fais ici ?

Elle se lève d'un bond et m'embrasse rapidement.

– Nous allons de nouveau travailler ensemble ! J'ai *insisté* pour que ce soit le cas.

– Hé, c'est génial.

Je lui donne quelques tapes dans le dos et elle me lâche.

– Y a-t-il quelque chose que je puisse faire pour toi ?

– Je suis en train de rédiger certaines procédures. J'aurais besoin que tu les émettes plus tard aujourd'hui.

Elle fait claquer sa gomme.

– D'accord.

Son ordinateur produit un tintement aigu. PLAYR veut savoir si elle *veut le rencontrer ce soir ?* Ses yeux se tournent langoureusement vers l'écran. Il est évident qu'elle meurt d'envie de lui donner rendez-vous.

– Mais, tu ne veux pas prendre ça relax, comme c'est ton premier jour de retour ?

– Je ne suis pas certaine d'avoir le choix.

– Compris.

Je ferme ma porte et m'assieds à mon bureau. Je contemple le paysage urbain par la fenêtre, tout en m'apitoyant sur mon sort.

Des dossiers de merde. L'Éjecteur. Les regards compatissants de Matt. Tout ce qui manque pour compléter ce festival de conneries, c'est une altercation avec Sophie et me faire dire par Craig que je lui manque. Évidemment, comme je viens d'y penser, c'est ce qui va arriver.

Ayant besoin d'entendre une voix amicale, j'appelle Stéphanie. Elle accepte de me rencontrer à l'appartement après le travail. Rassurée par la normalité de notre conversation, je retourne à mes dossiers. À midi, j'envoie Jenny me chercher un sandwich, plutôt que d'affronter les regards curieux à la cafétéria. Homme de parole, Matt passe à plusieurs reprises voir si tout va bien, les bras chaque fois chargés de dossiers, en me disant quelque chose comme : « J'ai pensé que tu pourrais m'aider avec ça [remplacer par : une tâche vraiment ennuyante, comme organiser des pièces à conviction ou faire des résumés de dépositions] », ou « Ça ne te dérangerait pas de faire une recherche sur [remplacer par : un mandat de recherche particulièrement simple qui aurait été donné à une stagiaire de première année en temps normal]. » À la fin de l'après-midi, mon bureau est rempli de boîtes et j'ai assez de travail pour m'occuper pendant des mois.

C'est la raison pour laquelle personne ne survit à l'Éjecteur. On croule sous la pression d'attentes déraisonnables. L'idée d'avoir à passer une année entière, et peut-être davantage, à m'occuper de ce genre de conneries m'amène à chercher des programmes de maîtrise sur Internet.

Juste au moment où je songe à prendre mes cliques et mes claques, on frappe légèrement à la porte. Je fais pivoter ma chaise avec une certaine appréhension. Craig se tient sur le seuil, en costume trois-pièces, un air penaud sur le visage.

– Salut. Je peux entrer ?

Chacun des os de mon corps crie *non, non, non !* Mais une petite partie de mon cerveau (probablement la même partie qui a accepté de revenir travailler dans des conditions aussi ridicules) est curieuse d'entendre ce qu'il a à dire.

– Ouais, d'accord.

Il ferme la porte derrière lui et s'assied sur la chaise longue, plaçant un épais dossier à côté de lui.

– Comment se passe ta journée ?

– Très bien.

Il jette un coup d'œil aux boîtes qui recouvrent le plancher.

– Matt t'a donné du travail ?

– Quelques petites choses. Des dossiers d'assurances.

– Je suppose qu'il fallait s'y attendre.

Il regarde autour de lui.

– Tu sais, ils ont fait du bon boulot ici.

– Oui, je suppose.

– Ça ne me semble pas juste, par contre, qu'on t'installe dans l'Éjecteur.

– Je suis capable d'en prendre.

Son regard croise le mien.

– Je sais que tu en es capable, mais ce n'est quand même pas juste.

Je détourne les yeux.

– Ce n'est pas grave.

– Est-ce que tu vas à cet apéro machin que la Brigade des Initiales organise ?

– Je n'en suis pas certaine. Je pensais partir de bonne heure.

– Vraiment ? Toi ?

– C'est un nouveau truc que j'essaie.

Il sourit.

– Tu m'en donneras des nouvelles.

– D'accord.

Il se penche en avant, les mains posées sur les cuisses.

– Emma...

Oh non, mon vieux, pas question. Tu as perdu ton droit de me dire «Emma» sur ce ton-là lorsque tu as commencé à croire que j'étais morte, parce que Sophie te l'avait affirmé.

– Sérieusement, Craig? Est-ce vraiment ce que nous faisons?

– Que veux-tu dire?

– Bavarder comme des collègues qui ne se sont pas vus depuis un moment? Comme si je revenais simplement de longues vacances?

– Je suis désolé. Je croyais que ce serait plus facile si... je veux dire, je ne vois pas où cela nous mènerait de ressasser le passé.

Cela pourrait nous permettre de clore le chapitre pour passer à autre chose. Ou alors, me faire arrêter pour tentative de meurtre. À ce stade, ça pourrait aller dans un sens comme dans l'autre.

– Non, bien sûr que tu ne vois pas.

– Ne penses-tu pas qu'il serait mieux que nous recommencions à zéro. Comme des amis?

Un jour, il va falloir que quelqu'un explique aux hommes que c'est *toujours* la chose à ne pas dire.

– Imagine les possibilités, murmuré-je.

– Quoi?

– Rien. C'est juste quelque chose que Dominic m'a dit.

– Qui est Dominic?

– Un ami. Personne.

Son visage s'obscurcit.

– Est-ce que c'est le type qui vit dans ton appartement?

– Qu'est-ce que ça peut te faire?

– Ne dis pas ça. Je tiens encore à toi. Beaucoup.

– Ouais, eh bien, arrête, d'accord ?

– Emma, je t'en prie...

– Non, sincèrement, Craig. Je ne peux vraiment pas supporter ce genre de chose aujourd'hui.

Il soupire.

– D'accord, si c'est ce que tu souhaites.

Il se lève mais ne fait pas mine de s'en aller. Au lieu de cela, il me dévisage comme trop de gens l'ont fait au cours des dernières semaines. Comme si j'avais besoin d'être sauvée.

Et j'en ai tellement marre qu'on me prenne en pitié avec cet air de dire : « Pauvre Emma. »

Je fonce vers ma porte et l'ouvre avec violence, au risque de me disloquer l'épaule. Deux étudiantes chuchotent à l'extérieur. Elles ont le teint frais et l'air curieux.

– Si vous ne voulez pas être les prochaines à vous retrouver ici, je vous suggère de déguerpir.

Leurs yeux deviennent paniqués et elles disparaissent en moins de deux.

Je me retourne vers Craig.

– Tu peux les suivre quand tu voudras.

Il pose sa main sur mon épaule.

– Je suis heureux que tu sois de retour.

– Que se passe-t-il ici ? demande Sophie.

Craig laisse tomber sa main alors que nous nous tournons tous les deux vers elle. Elle est debout devant ma porte et semble fâchée. Et curieusement, sa présence ici fait en sorte que la journée est complète, d'une certaine façon.

Complètement foutue, mais néanmoins complète.

– Ce n'est rien, dit Craig d'un ton conciliant.

Ses lèvres s'amincissent.

– Alors, on se fait une petite réunion ?

– Sophie, nous en avons déjà parlé.

Ses yeux se rétrécissent et se relâchent. Je peux presque l'entendre compter jusqu'à dix.

– Je voulais simplement souhaiter la bienvenue à Emma, dit-elle, entre ses dents serrées.

Intéressant. Sophie jalouse. De *moi*. C'est presque drôle.

– Merci, Sophie, dis-je, de la façon la plus neutre possible.

Je n'ai aucun besoin d'alimenter sa jalousie, autrement que pour ma petite satisfaction personnelle. D'ailleurs, ce n'est pas comme si j'avais la main haute sur le bureau, ici dans l'Éjecteur, et dans cette situation.

– Craig, puis-je te parler dans mon bureau ? l'interpelle Sophie.

Le bout de ses oreilles rosit, comme c'est toujours le cas lorsqu'il est gêné.

Craig n'aime pas les scènes, surtout pas en public. Mais il a fait son choix. Bonne chance.

– Certainement. À plus tard, Emma.

Ils s'en vont. Je m'assieds sur ma chaise et la fais pivoter avec lenteur vers la fenêtre. Le soleil s'est couché et les lumières de la ville scintillent dans le reflet de ma lampe de bureau. C'est joli, mais mon cerveau est trop occupé pour l'apprécier.

Je suis bel et bien remontée en selle.

CHAPITRE 15

VOILÀ L'IDÉE

Je ne sais pas ce qui m'a pris d'aller à l'apéro organisé par la Brigade des Initiales, un événement que j'ignore d'habitude. Tout ce que je sais, c'est qu'en quittant le bureau avec la ferme intention de rentrer directement chez moi, je me retrouve au bar branché, deux coins de rue plus loin, où la moitié des associés est réunie pour lancer une bataille contre quelques bouteilles de vodka.

Craig arrive seul, environ quinze minutes plus tard. Il garde ses distances et bavarde avec des collègues du service des entreprises, pendant que j'essaie de me concentrer sur les histoires je-suis-certaine-qu'elles-sont-hilarantes que I. William raconte de sa grosse voix. Lorsque je jette un coup d'œil du côté de Craig, je le surprends en train de m'observer. Il détourne le regard avant que je puisse en être certaine, mais il semble être triste et mélancolique.

Une partie de moi souhaiterait traverser la pièce pour lui lancer l'apéro que je sirote au visage, mais à quoi bon. Ça ne ferait que gaspiller une excellente consommation. D'ailleurs, je n'ai jamais été le genre à poser de grands gestes dramatiques dans ma vie personnelle. Je garde cela pour la salle d'audience.

Quand la BdI commence à parler de changer de lieu, je décide de rentrer chez moi, souhaitant plus que tout m'effondrer dans mon lit, les couvertures tirées par-dessus ma tête.

Tandis que j'enlève mon manteau dans l'entrée, j'entends un bruit de voix provenant du fond de l'appartement.

– Allo?

– Nous sommes ici, répond Dominic depuis la cuisine.

Nous? Ah, oui, c'est vrai. J'ai invité Stéphanie à souper. À vingt heures. Je regarde ma montre. Il est vingt heures trente. Zut.

– J'en ai pour une seconde.

Je vais à ma chambre et enfile des vêtements confortables (des leggings noirs et un chandail à capuchon vert clair qui m'a interpellée depuis la section ado, malgré les conseils de Dominic), ce qu'il y a de mieux après me cacher dans mon lit. J'attache mes cheveux en queue de cheval, applique de la crème sur mes lèvres et me rends à la cuisine.

Stéphanie est perchée sur le comptoir près du four, vêtue d'une combinaison d'aviateur noire une seule pièce, munie d'une fermeture éclair argentée en plein centre. Ses yeux sont maquillés d'un fard à paupières gris scintillant et ses joues sont rouges comme elles le sont quand elle parle de quelque chose avec passion. Dominic est adossé au frigo et porte un jeans fuseau ainsi que le vieux chandail de marin que j'ai adopté pendant quelques jours. Une abaisse de pizza recouverte de sauce tomate et de morceaux de saucisse attend sur le comptoir.

– Oui, tout à fait, dit Stéphanie, les jambes pendantes au bout du comptoir. Elle fait toujours ça.

– As-tu une idée pourquoi? demande Dominic.

– Je fais toujours quoi?

Stéphanie se tourne vers moi et me fait un grand sourire.

– Tu surprends toujours les gens pendant qu'ils font l'analyse de ta personnalité.

– Je ne me suis pas approchée sans bruit. J'ai même crié « Allo » et tout.

Dominic penche la tête vers la pizza qu'il garnit de tranches de mozzarella fraîche.

– En fait, nous ne parlions pas vraiment de toi.

– Bel effort, Dominic, mais Stéphanie dit toujours l'absolue vérité.

– C'est vrai. Je suis parfaitement incapable de mentir.

– Comme c'est… dommage.

– Comme c'est fâcheux, plutôt. Quel aspect de ma resplendissante personnalité étiez-vous en train d'analyser, au juste ?

– La manière que tu as d'être toujours à l'heure, en général, dit Stéphanie. Mais où étais-tu, au fait ?

– La Brigade des Initiales a organisé un cinq à sept. Je n'ai pas regardé l'heure, je suis désolée.

– C'est quoi, la Brigade des Initiales ? demande Dominic.

– Des gars au boulot.

– Ah bon.

Il rajoute des rondelles de poivron vert sur le fromage.

– Ces gars-là sont une bande d'imbéciles, commente Stéphanie.

– Ils ne sont pas si méchants.

– Ils manquent de personnalité. D'ailleurs, ça me donne une idée.

Je secoue la tête.

– Et voilà.

Dominic lève les yeux.

– Et voilà quoi ?

– Stéphanie gagne sa vie en trouvant des idées.

– Ça ne me semble pas réaliste comme boulot.

– Ça ne l'est pas, répond Stéphanie. Mais le salaire est *extraordinaire*.

Nous nous mettons à rire, mais elle dit vrai. Stéphanie s'est amassé une petite fortune grâce à ses idées pour une entreprise de technologie au logo fruité, un studio de télévision et plus d'un auteur à succès en panne d'inspiration. Bien sûr, toutes ses idées n'ont pas abouti, en particulier celles qu'elle a gardées pour elle. Elle a un don pour créer des concepts mais ne comprend rien aux affaires. La dernière fois que j'ai eu l'occasion de vérifier, elle avait perdu tout l'argent fruité en investissant, de manière malavisée, dans une micro-brasserie.

– C'est quoi ton idée ?

– Organiser des rencontres avec des livres.

– Qu'est-ce que tu veux dire ?

Elle glisse ses mains sous ses cuisses.

– Je songe à transformer le logiciel que j'ai créé pour le service de mariages arrangés et à l'adapter aux livres. Tu sais, tu passes le test de personnalité, et au lieu de te présenter un homme, on te présente des bouquins.

Dominic lui jette un regard acéré.

– Un service arrangé *pour quoi* ?

– Pour les mariages.

– Ça existe ? Pour les gens normaux ?

– Ouais.

– C'est absurde.

Il glisse la pizza dans le four et règle la minuterie sur trente minutes.

– Mais c'est quoi le rapport avec la Brigade des Initiales? demandé-je.

– Oh, simplement que ces gars-là me font penser au gars avec lequel l'héroïne sort tout au début d'une comédie amoureuse, mais qui n'est pas le bon, en fin de compte, tu comprends?

– La façon dont ton cerveau fonctionne me fait peur parfois.

Une idée surgit dans mon propre cerveau.

– Hé! Et si on faisait passer ce test de personnalité à Dominic?

– Oui, ce serait amusant.

Toute l'attitude de Dominic nous signifie qu'il n'en est pas question.

– Oubliez ça.

Je pose ma main sur son épaule.

– Allez, quoi. Tu ne veux pas savoir quel genre de femme te correspondrait?

– Ou quel genre de livre? ajoute Stéphanie.

Le cellulaire de Dominic commence à vibrer avec insistance sur le comptoir.

– Sauvé par le gong.

Il le saisit et le tient près de son oreille.

– Sursis momentané, dis-je, en guise d'avertissement.

– Allo?

Une voix indistincte et aiguë lui dit quelque chose en réponse à sa salutation, et le visage de Dominic se crispe de douleur, comme s'il avait reçu un coup de poing dans le ventre.

– Non. (Pause.) J'ai dit non. (Pause.) Parce que je ne veux pas l'entendre.

Il éteint le téléphone et le jette sur le comptoir. Sa main gauche tremble et une de ses veines palpite sur sa tempe.

– Qu'est-ce qui se passe ?

Au lieu de me répondre, il décoche un bon coup de poing de la droite sur l'armoire de la cuisine. *Bam !*

Il grimace de douleur alors que le sang apparaît sur ses jointures.

– Putain de merde !

Il se dirige vers l'évier, ouvre le robinet d'eau froide, et place sa main sous le jet. Je le suis pour inspecter les dommages. Le sang coule à flots. L'eau devient rose.

– Tu veux que je jette un coup d'œil ?

– Non, dit Stéphanie. Il veut en ressentir chaque seconde.

Un rictus déforme la bouche de Dominic.

– Elle dit la vérité *et* elle est perspicace. Quelle combinaison !

– Tu n'as pas idée.

Je saisis un torchon et ferme l'eau.

– Tiens, donne-moi ta main.

J'enveloppe sa main dégoulinante.

– Assieds-toi et serre fort. Je reviens tout de suite.

– Dépêche-toi, infirmière Emma, me crie Stéphanie. Je crois que le patient va s'évanouir.

Je me mets à pouffer de rire en pensant à cette idée tout en courant vers ma chambre. Je plonge sous mon lit et sors ma valise. Dans l'une des poches fermées par une fermeture éclair, ma main effleure ce que je cherche, à savoir une trousse de premiers soins que j'ai achetée pour mon voyage en Afrique. Remplie de tampons d'alcool et de pansements, ce sont les seuls articles de premiers soins dont je n'ai *pas* eu besoin.

Lorsque je reviens à la cuisine, Dominic est assis à la table et semble pâle. Stéphanie a ouvert une nouvelle bouteille de scotch et lui en verse un verre.

J'avance une chaise et m'assieds devant lui.

– Tu ne vas tout de même pas t'évanouir, hein?

Il fait une grimace.

– Non.

Stéphanie pose le verre sur la table.

– Tiens, voici ton remède.

– Merci.

Dominic l'avale d'un coup sec. Il frissonne en reposant le verre.

– Allez, ma vieille, mets-toi à la tâche.

– Tu pourrais être un peu plus poli à mon égard, étant donné ce que je m'apprête à faire.

– Peut-être.

Il tend la main. Les extrémités du torchon sont desserrées. Ses blessures ont cessé de saigner, mais ses jointures sont toutes rouges et meurtries. J'ouvre la fermeture éclair de la trousse de premiers soins et en sors quelques paquets de lingettes antiseptiques que je déchire pour les ouvrir. Je prends sa main dans la mienne; elle est froide et humide et sa peau est ridée par l'eau. Dominic me fixe longuement de ses yeux verts.

– Ça va peut-être chauffer un peu.

Je tamponne le haut de ses jointures. Sa main se crispe et il retient son souffle. Il prend son verre de l'autre main et le brandit.

– Encore un peu de remède, s'il vous plaît.

Stéphanie se met à rire.

– Tout de suite.

Elle lui en verse plusieurs doigts généreux qu'il avale en deux gorgées.

– Ça devrait faire l'affaire.

– Prêt?

Nos regards se croisent. Ses yeux expriment une certaine fragilité.

– Prêt.

J'essuie le reste de sang. Quand j'ai terminé, il regarde sa main rouge et douloureuse avec dégoût.

– Comment diable vais-je tenir mon appareil photo?

– Tout ira mieux d'ici quelques jours, j'en suis certaine.

– Ça ne règle pas mon problème.

– Que veux-tu dire?

– Je pars demain pour l'Irlande pour terminer les prises de vue pour mon expo.

– Ah oui?

– Je ne te l'ai pas dit?

Je prends le rouleau de bandage blanc, dépliant l'extrémité avec la minutie d'une personne ivre.

– Non, pas du tout.

– Désolé.

– Ce n'est pas grave.

Je saisis de nouveau sa main et commence à la bander.

– C'est Emily qui a appelé?

Il hoche la tête.

– Qu'est-ce qu'elle voulait?

– Enfoncer le couteau encore plus profondément dans la plaie.

Le ton de sa voix me fait baisser les yeux. Je me concentre sur sa main que j'enveloppe en essayant d'être aussi douce que possible. Comme sa paume se réchauffe dans la mienne, je peux sentir la tension la quitter et ses doigts s'assouplir. Lorsqu'il ne me reste plus de bandage, je fixe l'extrémité avec le ruban adhésif transparent de la trousse.

Tout cela est très intime. Lorsque je jette un coup d'œil à Dominic, ses yeux ont une expression différente qui me rappelle son regard quand nous dansions au Nouvel An, avant l'appel de Craig-qui-sait-choisir-son-moment.

La chaleur me monte au visage.

– Ça va mieux?

Il plie les doigts mais laisse reposer sa main dans la mienne.

– En pleine forme.

Je lui donne une petite tape sur la main et la relâche.

– Tu devrais la garder surélevée un moment, au cas où elle recommencerait à saigner.

– Merci.

– Ce n'est rien.

Je me lève et surprends Stéphanie qui m'observe d'un air songeur. Je dois admettre que j'avais presque oublié qu'elle était là.

– Il serait temps que j'y aille, dit-elle.

– Quoi? Non. Nous étions sur le point de souper.

– On peut faire ça n'importe quand. Tu as un patient dont tu dois t'occuper. Bonne nuit, Dominic.

– Bonne nuit, répond-il, sans cesser de me fixer avec son regard enflammé.

Je détache mes yeux des siens et accompagne Stéphanie à la porte d'entrée.

– Que des amis, hein? murmure-t-elle.

– Tais-toi.

Stéphanie se glisse dans son manteau matelassé trop grand.

– Comment s'est passé le reste de ta journée?

– Craig est venu me voir.

– Et que voulait-*il*?

– On s'en fout. Sophie peut bien le garder.

– Sérieusement. Je t'appelle demain.

– Tu n'es pas obligée de partir.

– Peu importe.

Elle enfonce son chapeau pelucheux sur sa tête.

– Appelle-moi pour m'informer des détails.

Avant que je puisse lui demander ce qu'elle entend par là, elle tourne la poignée et disparaît dans la nuit noire. L'air froid s'engouffre par la porte. Je claque des dents en la regardant descendre les marches de l'escalier. Quand elle arrive à la rue saine et sauve, je referme la porte en la verrouillant consciencieusement.

Je sens la présence de Dominic derrière moi, une seconde avant qu'il ne pose ses mains sur mes épaules. Elles me semblent plus lourdes que celles de Craig. Plus solides.

– Emma, dit-il, comme une demande.

Je sais ce qu'il désire, et malgré le courant d'air froid dans l'entrée, je sens mon corps lui répondre et une chaleur se propager en moi à partir de mon cou que son pouce caresse.

Dominic s'avance d'un pas et pose ses mains sur ma taille. Je sens son bandage sur la bande de peau, entre mes leggings et mon chandail. Je ferme les yeux et m'appuie contre lui. Ses bras m'enlacent alors qu'il pose la tête sur mon épaule.

Il tourne les lèvres vers mon cou, remplaçant par son souffle la caresse de son pouce.

Et mon Dieu, que ça fait du *bien* de se coller contre un homme, de se sentir désirée, présente, l'objet de ses pensées. Même si c'est à cause de la solitude, d'une perte ou d'une main écrasée contre une surface dure. Je m'en fous, je m'en fous, je m'en fous.

Ses lèvres frôlent mon cou, sa langue légèrement sortie. Je me tourne et la bouche de Dominic est là pour rencontrer la mienne. Elle est plus douce que je l'aurais imaginée et ses baisers aussi sont doux. Son haleine a un goût de scotch et me paraît familière, comme un endroit que je connaîtrais déjà. Je glisse mes bras autour de son cou et me colle contre lui. Je peux sentir le parfum d'aloès et d'épices de son shampooing mélangé à celui de l'antiseptique. Il a une odeur propre et dangereuse.

Nous nous embrassons longtemps et je prends plaisir à la sensation de sa bouche, de sa langue, de ses dents. Ma bouche est absorbée, mes lèvres se moulent aux siennes, mon souffle lui appartient.

Dominic m'attire plus près de lui. Sa bouche se promène le long de ma mâchoire jusqu'à mon cou. Je désire ses lèvres, sa langue, ses dents partout sur ma peau. Je veux sentir chaque centimètre de sa peau contre la mienne. Je ne suis plus qu'un immense battement de cœur.

Il déplace sa bouche vers mon oreille et je sens son souffle chaud. Et soudain, la crainte m'envahit qu'il ne dise quelque chose qui brise ce sort ridicule sous lequel nous nous sommes nous-mêmes placés.

– Shh, murmuré-je dans son cou, amenant mes doigts contre ses lèvres pour l'empêcher de prononcer d'éventuels mots qui pourraient tout détruire.

Et parce que ce moment est parfait, parce que lui-même est parfait en ce moment, au lieu de parler, il prend mes doigts dans sa bouche et je laisse échapper un gémissement de plaisir. Nous nous embrassons encore et encore jusqu'à ce que mes jambes se mettent à trembler. Ses mains se promènent sous mon chandail, le long de mon dos, avec une douce pression.

Dominic me soulève comme si je ne pesais rien. J'ouvre les yeux et le regarde. Il a les yeux sombres, la peau empourprée. Je place mes mains de chaque côté de son visage et me penche vers sa bouche, alors qu'il m'emporte vers la chambre.

Nous ne prononçons aucune parole.

CHAPITRE 16

CETTE RÉPONSE N'EST PAS VALIDE

Je me réveille à sept heures, au son d'un camion qui recule. Nue et seule.

La première chose qui me vient à l'esprit, c'est que je dois être en train de rêver. Mais la place à côté de moi est vide et froide, et même mon cerveau embrumé sait que, si c'était vraiment un rêve, il y aurait un homme à mes côtés.

Je me concentre pour percevoir d'éventuels bruits de brosse à dents ou de préparation de café, mais j'ai beau tendre l'oreille, je n'entends rien. Dominic est parti et je suis toute seule.

Même si cela ne devrait pas me surprendre – ne m'a-t-il pas dit hier qu'il partait pour l'Irlande ce matin? –, cela ne m'était jamais arrivé auparavant. Je n'ai jamais couché avec un homme pour le trouver absent à mon réveil, le lendemain de notre première nuit ensemble. Et croyez-moi, si vous n'avez jamais vécu pareille situation, c'est aussi moche qu'on peut l'imaginer.

D'autant plus que la nuit dernière a été extraordinaire, ce qui n'est généralement pas le cas des premières fois. Il n'y a pas eu de moments maladroits, de chandails coincés autour de la tête, de coups de coude ou de cheveux tirés. Il n'y a eu qu'une succession naturelle de mains, de peau, de lèvres et de langues.

Les choses que Dominic m'a faites avec sa langue...

Je me tourne vers son oreiller, m'attendant à y trouver un petit mot, ou au moins un creux qui confirmerait que je n'ai pas rêvé, mais il n'y a rien. La taie est parfaitement tendue sur l'oreiller, comme s'il n'avait jamais été là.

Mon corps, par contre, peut témoigner du contraire.

Je devrais peut-être penser à autre chose.

J'enroule le drap autour de moi et pose un pied hésitant sur le plancher. Celui-ci craque sous mon poids et je me fige, paralysée par l'écho qui résonne dans la pièce.

Pourquoi suis-je aux aguets dans mon propre appartement, comme si un malade ou quelqu'un au sommeil léger dormait dans la chambre ? Il n'y a personne ici, Emma. Il est parti.

Je me lève pour de bon et me dirige vers la porte, le drap glissant derrière moi sur le plancher comme une traîne de mariée. De l'autre côté du couloir, la porte de la chambre de Dominic est entrouverte. De petites particules de poussière flottent dans un rayon de soleil, comme s'il était parti depuis des jours, voire des semaines, plutôt qu'il y a quelques heures, ou peut-être même seulement quelques minutes.

Je traverse le couloir. Son lit est recouvert d'un drap dont les coins ont été pliés au carré, comme dans les hôpitaux, et une couverture bleu marine repose, pliée elle aussi, à son extrémité. Il n'y a rien qui traîne sur sa commode, comme c'était le cas sur la mienne, la nuit de mon retour. Ses boîtes sont rangées consciencieusement sous la fenêtre. Je ne vois toujours pas de petit mot.

Je le trouve finalement dans la cuisine, déposé entre la salière et la poivrière. Je le prends et m'assieds, en glissant le drap sous moi. Je regarde mon nom sur le papier plié, essayant de deviner si ce billet va augmenter ou diminuer ma colère. Mais les lettres tracées avec soin, au stylo à bille bleu, ne me donnent aucun indice.

Je le déplie.

EMMA, JE SUIS DÉSOLÉ DE PARTIR AINSI, MAIS MON VOL DÉCOLLE TRÈS TÔT CE MATIN. JE T'APPELLERAI EN ARRIVANT. DOMINIC

Je ne sais pas à quoi je m'attendais, mais ces simples mots ne comblent pas le vide douloureux que je ressens dans la poitrine.

Je laisse tomber le billet sur la table et me dirige vers la cafetière. À côté d'elle gît une pizza, à moitié mangée, dont le fromage a figé en une masse blanchâtre. Je la ramasse et la jette à la poubelle. Le couvercle de celle-ci se balance d'avant en arrière, avec un grincement, avant de retrouver sa place initiale.

Plus tard la nuit dernière, alors que nous respirions allongés côte à côte dans le lit, en silence, Dominic s'est soudain rappelé de la pizza dans le four et a bondi tout nu du lit pour aller la sortir. Je l'ai suivi avec son T-shirt et ses boxers. Nous avons mangé la pizza légèrement trop cuite, en rigolant de manière stupide, alors que le fromage nous brûlait la langue. Après quelques pointes, nous nous sommes à nouveau retrouvés dans les bras l'un de l'autre, en oubliant l'appel de nos estomacs.

Je devrais *vraiment* penser à autre chose.

Si seulement mon cerveau avait un interrupteur.

Quand j'arrive au bureau, celui-ci résonne des bruits habituels : sonneries de téléphones, entrées de courriers électroniques et cliquetis des doigts qui tapent sur les claviers. Je me dirige vers l'Éjecteur, avec ce sentiment de profond relâchement corporel que j'associe toujours à du bon sexe.

Seulement cette fois, au lieu d'avoir le visage resplendissant de bonheur, je me sens fuyante et légèrement coupable.

Mais pourquoi? Je n'ai rien fait de mal. Je suis célibataire et lui aussi. Et le fait qu'il soit peut-être beaucoup trop tôt pour moi – comme pour lui d'ailleurs – de m'engager me rend juste stupide, pas criminelle.

Je repousse ma culpabilité, de même que les flashs récurrents de la nuit d'hier qui me reviennent sans cesse en tête. Lorsque j'arrive à l'Éjecteur, je m'efforce de parcourir les courriers électroniques qui se sont accumulés pendant la nuit, puis planifie la façon dont je vais attaquer les dix nouveaux dossiers qui sont apparus sur mon bureau. D'autres documents d'assurances ennuyants provenant de Matt, je suppose.

Mon téléphone sonne.

– Emma Tupper à l'appareil.

J'entends un déclic, puis une voix féminine enregistrée:

– Désolée, cette réponse n'est pas valide. Veuillez appuyer sur le un...

Je raccroche et me mets à travailler sur les dossiers. Bris de machine à laver provoque inondation, bla, bla, bla. J'ai du mal à me concentrer sur les détails. Je regarde le ciel gris d'hiver par la fenêtre. Il est presque impossible de distinguer les nuages de l'air ou du sol qui se trouve en dessous. D'autres flashs de la nuit m'assaillent. Le goût de sa peau, un mélange de sel et de savon. La sensation de ses doigts au creux de mon dos. La caresse sauvage de ses dents le long de ma clavicule.

Pourquoi Dominic ne m'a-t-il pas réveillée en partant? Mieux encore: pourquoi a-t-il couché avec moi, au juste? Était-ce uniquement en réaction au coup de fil d'Emily? Et moi, dans tout ça? Qu'est-ce que je veux? Est-ce que je n'ai couché avec lui que pour me venger de Craig?

Le téléphone sonne de nouveau.

– Emma Tupper à l'appareil.

– Désolée, cette réponse n'est pas valide. Veuillez appuyer sur le un...

Non mais, c'est une blague ou quoi?

– Jenny!

Elle arrive à ma porte avec un air paniqué. Elle porte un costume d'inspiration militaire avec une jupe dangereusement courte. Ses cheveux sont rassemblés sur le sommet de sa tête en un amas désordonné.

– Oui?

– Je reçois sans arrêt des messages automatiques. J'aimerais que tu appelles le soutien technique et fasses bloquer le numéro.

– Pas de problème.

Elle fait demi-tour sur ses talons particulièrement hauts, un air déterminé sur le visage. Je l'observe, à travers la paroi vitrée, entortiller le cordon du téléphone autour de son doigt pendant qu'elle flirte avec le technicien. Ce n'est pas que j'approuve la séduction comme moyen d'obtenir quoi que ce soit, mais la vie serait plus simple s'il me suffisait, pour obtenir tout ce que je veux, d'entortiller une de mes mèches de cheveux.

Peut-être est-ce la raison pour laquelle Dominic est parti? Parce que je n'ai jamais entortillé mes cheveux autour de mes doigts?

Mais que m'arrive-t-il, bon sang? Sérieusement. Je joue la victime avec tout le monde. Je devrais participer aux réunions de ce groupe de victimes dont m'a parlé le détective Nield. Qu'avait-il dit déjà? Que les gens trouvaient plus difficile de réintégrer leur vie qu'ils ne l'avaient prévu? Eh bien, il avait raison.

Mon regard distrait erre dans le bureau. Je remarque que quelque chose est posé sur la chaise longue. C'est le gros dossier que Craig transportait, hier. Je le feuillette; il s'agit du dossier de Mutual Assurance concernant l'œuvre de Manet volée, celui sur lequel Sophie travaille avec Matt. Je me demande pourquoi Craig l'avait en sa possession.

Mon téléphone sonne. Je songe à ne pas répondre, mais Jenny est toujours sur l'autre ligne avec le technicien. Je saisis le récepteur.

– Emma Tupper à l'appareil.

– C'est moi.

Un nœud se forme au creux de mon estomac.

– Qu'est-ce que tu veux, Craig?

Il demeure interdit quelques instants.

– Est-ce que ce sera toujours comme ça maintenant?

– Apparemment.

– Ce n'est pas ce que je veux.

– C'est pour cela que tu appelais?

– Non. J'ai laissé un dossier dans ton bureau, hier.

– Je l'ai. Je vais demander à Jenny de te l'apporter.

– Non, c'était voulu. Matt et moi en avons discuté et nous aimerions que tu t'en occupes.

– Mais, n'était-ce pas Sophie...

– Ce dossier est à toi, Emma, si tu le veux.

Est-ce que je souhaiterais travailler sur quelque chose de plus intéressant que les problèmes d'assurances ABC qui jonchent mon bureau? Mon Dieu, oui! Même s'il s'agit d'un acte de charité de la part de Craig, destiné à apaiser son sentiment de culpabilité.

– J'accepte. Merci.

– Il n'y a pas de quoi. Appelle-moi si tu as des questions.

Nous raccrochons et, presque immédiatement, le téléphone sonne à nouveau.

– Emma Tupper à l'appareil.

– Désolée, cette réponse n'est pas valide. Veuillez appuyer sur le un…

Bon sang ! Si le charme de Jenny ne peut régler ce problème, je vais devoir changer de numéro. C'est ce qu'a dû ressentir Craig quand il recevait tous ces faux appels. Non. Je m'en fous. Je ne prendrai pas Craig en pitié.

Je mets mon téléphone en mode «Ne pas déranger» et entame une recherche sur Google au sujet de Victor Bushnell. Si je prends ce dossier, je me dois d'y accorder cent dix pour cent de mon attention. Sophie est peut-être le diable en personne, mais je n'ai jamais sous-estimé ses compétences en matière de droit.

Victor Bushnell est un milliardaire, parti de rien, qui a fait ses débuts en concevant un système de paiement en ligne permettant de faciliter l'accès aux sites pornographiques payables à la carte. Après avoir vendu cette entreprise, il s'est tourné vers des services de paiement en ligne plus légitimes et a investi de grosses sommes dans certains des plus grands succès d'Internet. L'année dernière, il a fait un don important au musée Concord afin qu'une galerie porte son nom. La construction de celle-ci a été achevée au mois de novembre et il a organisé un gala d'ouverture, la nuit de mon retour, pour cinq cents amis intimes. Bushnell a réussi à convaincre plusieurs d'entre eux de prêter des œuvres pour l'occasion. La pièce maîtresse de la collection était un joyau qui lui appartenait en propre, un Manet qu'il avait acquis il y a plusieurs années pour la coquette somme de sept millions de dollars. Les agents de sécurité ont constaté la disparition de l'œuvre le lendemain matin du gala. Jusqu'à maintenant, la police n'est pas arrivée à comprendre comment la toile a été volée, et encore moins qui a commis cet acte.

L'œuvre est assurée pour vingt millions de dollars et la compagnie Mutual Assurance – quelle surprise – fait tout son possible pour éviter d'avoir à les débourser. Je remarque, en consultant les mémos dans les dossiers, que Sophie a passé beaucoup de temps à élaborer une stratégie qui permettrait à Mutual d'annuler la police, sans succès.

Je trouve une photo de l'œuvre dérobée. Il s'agit d'un autoportrait de Manet, assis dans une barque. Il est en train de peindre alors qu'une dame, vêtue d'une robe blanche, le contemple. L'eau qui l'entoure miroite comme du verre. On aimerait y plonger tant elle semble rafraîchissante. L'œuvre est remarquablement belle et, si j'avais vingt millions de côté, je pourrais bien vouloir l'acheter. Ou peut-être pas.

J'entends le timbre du téléphone du bureau de Jenny. Elle y répond d'un air distrait.

– Bureau de Maître Tupper. Oui, elle est là. Un instant.

Le téléphone sonne de mon côté.

– Oui ?

– C'est pour toi.

– Jenny, quand je mets mon téléphone en mode « Ne pas déranger », c'est parce que je ne veux parler à personne, dis-je sur un ton un peu plus sec que je ne l'aurais voulu.

– Mais il a l'air vraiment sympathique. Je te transfère l'appel.

Je me mets à protester, mais avant que j'aie pu l'arrêter, j'entends un déclic, puis un son embrouillé, comme celui qu'ont parfois les appels outre-mer.

– Emma Tupper à l'appareil.

– Salut, Emma Tupper, dit Dominic.

J'ai soudain la bouche sèche.

– Salut, toi. Comment s'est passé ton vol ?

– Sur le mode cahoteux.

La voix de Dominic me semble grave et sérieuse.

– Quelle horreur !

– Ouais. Écoute, Emma, pour ce qui est de la nuit dernière…

Je lève les yeux. Jenny est en train de m'observer.

– Je te reviens.

Je lui fais signe de fermer ma porte, ce qu'elle s'empresse de faire avec un sourire complice.

– Tu disais ?

Il se racle la gorge.

– Je disais… je suis désolé d'être parti comme ça. Mon vol décollait très tôt ce matin.

– C'est ce que tu disais dans ton mot.

– J'aurais dû te réveiller.

– Ç'aurait été sympa.

– Je suis désolé.

– Non, ça va.

– J'ai l'impression de, d'avoir… tout foutu en l'air. Pas encore, mais j'ai l'impression que tu es sur le point de le faire.

Je garde le silence.

Il expire lentement.

– C'est difficile pour moi de te dire cela, mais j'y ai beaucoup réfléchi pendant le vol et je pense que nous avons commis une... une erreur.

Ma gorge se serre.

– Ah bon ?

– Oui, pas que ce n'était pas génial.

– D'accord.

– Je ne suis pas content de faire cela par téléphone, comprends-tu ? Seulement, je ne suis pas là et je suis complètement à l'envers en ce moment, tu sais. Au sujet d'Emily... et tout et tout... Et après tout ce que tu as vécu, je ne veux pas...

– Me donner de faux espoirs ?

– C'est cela.

– Je comprends.

– Je suis désolé, Emma.

Je baisse les yeux vers mes mains. Je serre le téléphone si fort que mes jointures en sont toutes blanches.

– Ça n'a aucune importance.

– Au contraire, c'est *vraiment* important. Ce n'est pas ce que je veux que tu penses.

– D'accord, alors je ne le penserai pas.

Je fais une pause, essayant de mettre du calme dans ma voix. Je respire. La respiration aussi, c'est important.

– Bon, je suis pas mal occupée en ce moment. Je te verrai à ton retour.

– Emma, je...

– Bon voyage, Dominic.

Je raccroche d'une main tremblante et fais pivoter ma chaise pour me protéger du regard des gens qui, vaquant aux occupations de leur vie courante, passent devant mon bureau vitré comme un aquarium. Quelques larmes chaudes glissent le long de mon visage. Je les laisse couler.

Il pense que c'était une erreur. Il souhaite que l'une des meilleures nuits de ma vie n'ait jamais eu lieu, il veut l'oublier. Eh bien, ce ne sera probablement pas trop difficile. On m'oublie facilement ces jours-ci.

Ai-je à ce point manqué de jugement en ce qui concerne Dominic? Je me pensais plus intelligente que ça.

Mais cela n'a-t-il pas toujours été mon problème? Penser que mon intelligence pouvait me permettre de voir les choses venir. Comme si le fait d'être intelligente me donnait un sixième sens ou des talents défensifs que d'autres n'ont pas. Alors que, en réalité, cela ne sert qu'à m'aveugler et à me rendre stupide face à des choses qui sont des évidences pour les autres.

Mon téléphone sonne et je réponds automatiquement.

– Emma Tupper à l'appareil.

– Désolée, cette réponse n'est pas valide. Veuillez appuyer sur le un...

– Est-ce que je vais baisser dans ton estime si je me laisse tomber comme une loque sur le sol? demandé-je à Stéphanie.

Je suis assise sur le divan blanc moelleux de son salon à la déco d'inspiration «maison bord de mer». D'habitude, le bleu rafraîchissant des murs a sur moi un effet apaisant, mais il faudra bien plus qu'un bocal rempli de morceaux de verre ramassés sur la plage et un disque de bruits de vagues pour guérir le mal dont je souffre.

– Bien sûr que non, dit Stéphanie.

Elle est installée dans le fauteuil assorti et porte un jeans et un T-shirt blanc. Avec sa coupe de cheveux et tout le reste, elle a l'air d'avoir environ douze ans. Je crois qu'elle a encore recoupé sa frange elle-même. Elle est taillée de manière irrégulière, comme celle que je faisais à mes poupées Barbie.

– Bien.

Je pose ma tête sur le sofa et replie les genoux en position fœtale. Si seulement je pouvais me cacher au sein du ventre chaud de ma maman.

– C'est tout ce qu'il a dit? Qu'il ne voulait pas te donner de faux espoirs?

– Oui. Ou peut-être est-ce moi qui l'ai dit et qu'il était d'accord? Les détails m'échappent.

Elle prend un air songeur.

– Il semblait si gentil pourtant.

– Pas au début. Le premier soir, quand il emménageait dans mon appartement, il ne m'a pas crue. Il m'a prise pour une folle. J'aurais dû m'en souvenir.

– Je ne pense pas que cela puisse être considéré comme un signal qu'il regretterait d'avoir couché avec toi.

– Non? Je n'en suis pas si sûre.

Je regarde dans le vague une minute.

– J'aimerais seulement que ma vie redevienne comme avant.

– Pourquoi?

– Parce que j'étais heureuse à l'époque. Les choses n'étaient pas parfaites, c'est sûr, mais je savais où était ma place. Je savais où je m'en allais.

– Et tu ne te sens plus ainsi?

– Non, je me sens plutôt… perdue au milieu de ma propre vie, si cela a du sens. Est-ce que tu comprends ce que je veux dire?

– Je pense que c'est tout à fait normal de te sentir comme ça, après tout ce que tu as vécu.

– Alors, que dois-je faire pour chasser ce malaise?

– Ne pas attendre que tout redevienne comme avant, en tout cas. Ta vie a changé, que tu le veuilles ou non. Il faut que tu t'adaptes à cette nouvelle réalité.

– Comment je fais ça?

Elle quitte son siège et vient s'asseoir à côté de ma tête. Elle me caresse doucement les cheveux en les écartant de mon visage.

– Tu n'es vraiment pas toi-même, tu sais.

– C'est vrai, n'est-ce pas?

– Alors, qu'est-ce que tu as l'intention de faire?

– Que veux-tu dire?

– Vas-tu rester étendue là, pendant que la vie passe à côté de toi, ou vas-tu te battre pour ce que tu veux?

Je m'assieds.

– Hé! Tu m'as dit que je ne baisserais pas dans ton estime si je m'effondrais comme une loque.

Elle sourit.

– Non, en effet, mais je m'attends à davantage de ta part.

– Pourquoi?

– Parce que tu fais des choses extraordinaires. Et que tu les as toujours réalisées par toi-même.

– Quoi par exemple?

Elle énumère une liste sur ses doigts.

– Obtenir un diplôme en figurant parmi les meilleurs de ta classe. Obtenir une bourse d'études prestigieuse. Devenir associée dans un cabinet d'avocats deux ans plus tôt qu'à l'accoutumée.

– Non, ça, je ne l'ai pas fait, dis-je d'un ton acerbe.

– Eh bien, tu as réalisé plein d'autres choses.

Elle prend un air songeur.

– Alors, où est-ce qu'elle est, cette Emma-là?

– Je crois que je l'ai perdue en Afrique.

– Elle n'est pas perdue. Elle est ici même, si tu souhaites la revoir.

– Tu parles comme Dominic. Il m'a dit que je devrais considérer ce qui m'est arrivé comme une occasion de changer les choses que je n'aimais pas dans ma vie.

– Je trouve que c'est un bon conseil.

Je saisis un coussin et m'en sers pour lui en donner un bon coup.

– Je suis désolée, cette réponse n'est pas valide.

CHAPITRE 17

TRAVAUX PRÉPARATOIRES

Lorsque j'arrive au bureau le lendemain, Sophie m'attend, assise sur ma chaise. Elle porte un autre de ses costumes noirs impeccables ainsi qu'une paire de talons hauts rouges laqués, qui me font penser aux escarpins rubis que la mauvaise sorcière de l'Ouest voulait voler à Dorothée.

– Je vois que tu maintiens un horaire de banquier, dit-elle de son ton pointu et précis, en articulant chaque mot.

Je jette un coup d'œil à ma montre. Il est huit heures treize. Je parierais cher qu'elle, Matt et moi sommes les trois seules personnes présentes sur tout l'étage.

Je ne la laisserai pas avoir le dessus sur moi, je ne la laisserai pas avoir le dessus sur moi, je ne...

– Alors, Sophie, lorgnerais-tu un autre de mes bureaux, par hasard? Je pensais être à l'abri de cela ici, dans l'Éjecteur.

Elle plisse les yeux.

– Je suis venue reprendre quelque chose qui m'appartient.

– Ah bon? Quoi donc?

– Tu sais pertinemment de quoi je parle. Où est mon dossier?

Celui-ci se trouve dans la mallette que je tiens à la main. Je l'ai placé là hier soir, au cas où j'aurais envie d'y travailler à la maison. Au lieu de cela, j'ai fini par aller me morfondre chez Stéphanie, mais Sophie n'a pas à le savoir.

Je dépose ma mallette par terre.

– Fais-tu référence à *mon* dossier?

– *Ton* dossier? Je t'en prie. Ce dossier m'appartenait, tu le sais très bien. Je veux que tu me le rendes.

– Je ne sais pas quoi te dire, Sophie. Tu sais comment est Matt lorsqu'il prend une décision.

– Ha! Je sais ce qui s'est vraiment passé.

– Qu'est-ce que tu veux dire?

– Il est clair que tu as joué les victimes auprès de Craig, qui a ensuite convaincu Matt de te confier le dossier.

Je me mets à rire.

– Crois-tu vraiment que je demanderais quoi que ce soit à Craig en ce moment?

– Mais bien sûr. Tu veux le ravoir.

– Tu délires complètement.

– Alors, pourquoi l'as-tu embrassé à l'émission de Cathy Keeler?

– Parce que je ne savais pas encore que tu me l'avais volé.

Elle bafouille.

– Tu étais morte.

– Non, *je ne l'étais pas*.

– Tu ne peux pas le ravoir.

– Sophie, mettons une chose au clair: je ne veux pas ravoir Craig. Mais si c'était le cas, ce serait à lui de décider, et non à toi. Il n'est pas une propriété et nous ne sommes pas dans une cour d'école. Cesse de faire l'enfant et fous-moi la paix.

Elle se lève avec agressivité, la colère tordant son visage en un grognement.

– Je veux ce dossier.

– Tu n'as qu'à en discuter avec Matt. Maintenant, sors de mon bureau.

– Je n'ai pas dit mon dernier mot.

Elle s'en va d'un pas décidé. Je la regarde se diriger vers mon ancien bureau, sur ses hauts talons rouges qui font *clic, clic, clic* le long du corridor. Je peux presque l'entendre marmonner de sa voix de sorcière : *Tu ne perds rien pour attendre, ma jolie.*

– C'est déjà bien assez ennuyeux que nous devions tous travailler dans le même cabinet, dis-je à Craig. Mais de la trouver en embuscade, à m'attendre, après avoir reçu la charité de ta part, alors là, Craig, c'est trop. Je ne peux vraiment pas supporter cela.

Nous sommes dans l'aire de pause, où je suis venue chercher un croissant bien gras après ma rencontre avec Sophie. Quand j'ai découvert Craig là, debout devant la machine à cappuccino, il ne m'a pas fallu plus de trois secondes pour m'emporter.

– Ce n'était pas de la pitié, Emma, dit-il en abandonnant son lait mousseux sur le comptoir.

– Je t'en prie, Craig, ne me raconte pas de conneries.

– Alors pourquoi as-tu accepté la cause ?

– Parce que les dossiers que Matt m'a donnés m'ennuient à mourir. J'aurais été folle de refuser une occasion comme celle-là. Et tu le savais bien. Tu es en train de me manipuler.

Il lève ses mains en signe de protestation.

– Depuis quand suis-je capable d'une telle chose ?

Il a raison, mais je ne peux pas le lui dire. Surtout pas quand une trop grande partie de moi souhaiterait le laisser me réconforter. Craig est toujours fort dans les moments de crise. C'est l'une de ses plus belles qualités.

– Je te demanderais juste de tenir Sophie loin de moi, d'accord?

– Je ferai de mon mieux.

Je me retourne pour m'en aller.

– Emma?

– Quoi?

Il me fait un sourire complice.

– N'oublie pas ton croissant.

Hier, lorsque mon téléphone a enfin cessé de sonner, j'ai appelé le directeur du musée pour lui demander de m'organiser une rencontre avec le détective chargé de l'enquête sur le vol. Bien qu'il se soit montré un peu réticent au départ, j'ai finalement réussi à le convaincre, car il est, pour l'instant, dans l'intérêt du musée de coopérer avec nous. Me voilà donc à nouveau au commissariat de police, longeant les rangées de postes de travail remplis d'ordinateurs désuets et de tasses maculées de café.

Je jette un coup d'œil au grand tableau blanc en passant. Je parcours la liste des noms, mais comme prévu, le mien n'y est plus. Avec l'arrivée d'une nouvelle année, les cas inscrits en noir sont effacés et classés, alors que les tristes histoires figurent toujours en rouge. Il est difficile de croire que j'étais ici, il y a moins d'un mois, convaincue d'avoir fait le plus dur du chemin.

Le détective Nield s'avance vers moi avec un sourire accueillant. Ses yeux bleus à la Newman brillent au sein de son visage rond. Il est accompagné d'une grande femme un peu quelconque, dans la trentaine, aux cheveux blond-roux séparés par une raie centrale et qui tombent raide sur ses épaules. Elle porte un pantalon gris, une chemise blanche et de simples escarpins noirs. Elle tient un dossier vert olive sous le bras.

Le détective Nield me prend la main et la serre avec fermeté.

– Mademoiselle Tupper, c'est un plaisir de vous revoir.

– Tout le plaisir est pour moi.

– Je vous présente la détective Kendle. C'est la responsable de l'enquête.

Nous nous serrons la main. La sienne est rigide et forte.

– Je vous remercie d'accepter de me rencontrer.

Elle m'évalue longuement de ses yeux verts, ce qui me fait penser à Dominic. J'ai essayé très fort de ne pas penser à lui, depuis que j'ai quitté Stéphanie hier soir, et y suis assez bien parvenue. Mais je ne peux pas être tenue responsable de mes rêves.

– Pas de quoi.

Elle a une intonation monotone qui semble masquer un accent plus prononcé, un accent de la côte.

– Pouvons-nous aller dans un endroit plus privé ?

Elle me conduit vers une porte de métal, percée d'un grillage vitré, comme on le voit dans les séries policières. Elle insère la clef dans la serrure et ouvre. À l'intérieur se trouvent une table métallique très simple et deux chaises, placées de chaque côté. Les murs sont peints de ce blanc que les constructeurs utilisent dans les nouvelles maisons. Un sentiment de peur imprègne l'air.

– C'est donc ça qu'on appelle « la fosse » ? demandé-je.

Le coin gauche de sa bouche se relève légèrement.

– On l'appelle la « salle d'interrogatoire deux », mais oui, c'est bien « la fosse ».

Je me demande combien de temps il lui faudrait pour me faire confesser un crime que je n'ai pas commis. À en juger par la dureté de son regard, pas longtemps, à mon avis.

– C'est un commentaire qui va peut-être vous paraître un peu juvénile de ma part, mais... *cool !*

Elle me fait un semblant de sourire. Nous nous asseyons en face l'une de l'autre et elle ouvre son dossier. Il est épais et rempli de formulaires officiels et de témoignages. Une photographie de l'œuvre volée est agrafée sur le côté gauche de la chemise cartonnée.

– Pourquoi êtes-vous ici, au juste ? s'enquiert-elle.

– Je suis responsable de l'enquête concernant la demande d'indemnisation. C'est la procédure normale pour les cas de cette envergure.

– Pourquoi n'invoquez-vous pas tout simplement l'une de ces failles que vous insérez toujours dans les contrats, vous autres les avocats ?

– Nous n'avons pas été en mesure d'en trouver une qui s'applique, rétorqué-je d'un ton sec. De votre côté, qu'avez-vous découvert ?

Ses yeux expriment un profond mécontentement.

– Nous ne partageons pas d'habitude les détails de nos enquêtes avec les citoyens, mais le musée nous a autorisés à dévoiler tout ce que nous pouvions.

– Il s'agit pour eux d'un gros montant.

– Naturellement. J'imagine, par contre, que votre client va devoir payer.

– Pas si le musée est en faute.

– Je n'en suis pas si sûre. Il semblerait que toutes les mesures habituelles de sécurité étaient en place.

– C'est-à-dire?

– Eh bien, premièrement, tout le personnel embauché pour le gala a fait l'objet d'une enquête, menée par une compagnie de sécurité privée.

– Donc, personne n'a de casier judiciaire, etc.?

– Effectivement.

– Qu'en est-il du service de traiteur?

– Ils sont en affaires depuis plus de vingt ans et ont pris part à de nombreux événements importants, dont plusieurs pour monsieur Bushnell.

– Où la soirée a-t-elle eu lieu, exactement?

Elle feuillette le dossier et en retire une feuille de papier pliée. C'est le plan d'étage du musée, lequel est un grand édifice circulaire. Une série de cinq cercles, emboîtés les uns dans les autres, abritent les différentes galeries qui le constituent.

– La soirée a eu lieu ici, dit-elle en pointant du doigt le cercle central, qui semble petit sur le papier mais qui est, en réalité, un espace de la taille d'un gymnase.

– À quelle heure a-t-elle commencé?

– À dix-neuf heures. Le musée a fermé à dix-sept heures. Les agents de sécurité ont parcouru l'édifice et enclenché les alarmes dans toutes les galeries, sauf celle du centre. Le personnel du service de traiteur est arrivé à quinze heures et a été confiné dans la galerie principale, la cuisine et les ateliers de préparation qui sont situés ici et là.

Elle indique une série d'espaces carrés, nichés entre le côté droit de la galerie interne et l'extérieur du cercle suivant.

– Où se trouvait la toile en question?

– Dans cette galerie-ci.

Elle tapote du doigt le côté gauche du troisième cercle.

– Pas là où se déroulait la soirée?

– Non. La galerie Bushnell n'est pas assez grande pour recevoir autant d'invités et n'offre aucun service de cuisine.

– Mais le véritable objectif de la soirée n'était-il pas de souligner l'ouverture de la galerie?

Elle hausse les épaules.

– Monsieur Bushnell voulait inviter cinq cents personnes et servir des canapés. C'était le seul espace assez grand pour recevoir tout le monde.

– Les invités n'ont pas du tout vu les œuvres?

– Si. Deux agents de sécurité ont escorté des groupes pour des visites de la galerie toute la soirée.

– Les invités ont-ils été vérifiés?

– Dans la mesure du possible. Le personnel de Bushnell a fourni au bureau de sécurité une dernière liste, quarante-huit heures avant la tenue de l'événement, et celui-ci a effectué une vérification de base. Évidemment, il y avait au moins trente personnes présentes à la réception qui ne figuraient pas sur la liste.

– Y a-t-il des suspects parmi elles?

– Non.

– Pourquoi pas?

Elle trouve une liste de noms dans le dossier et me la tend.

– Voici les noms des gens qui n'ont pas été invités.

Je commence à la lire. Je lève les sourcils, dès le troisième nom. La plupart d'entre eux pourraient se permettre d'acheter un Manet, s'ils en désiraient un. Ce sont tous des patronymes que je connais. Il est très peu probable que l'un d'entre eux soit impliqué dans un vol d'œuvre d'art.

– Je comprends pourquoi on les a laissés entrer.

Elle cligne lentement des yeux, puis dit d'une voix dénuée d'expression :

– Oui. On ne refuse jamais ce genre d'individu.

Je souris.

– Comment savez-vous que tous ces gens étaient là, s'ils n'étaient pas sur la liste ?

– Il y a des caméras de sécurité situées à l'entrée.

Son index se promène sur le plan, jusqu'aux portes d'entrée. Elle a les ongles courts et non vernis.

– Nous avons visionné les bandes vidéo pour identifier chacun des invités répertoriés sur la liste.

– Alors, qui est le coupable ?

– Nous n'en avons aucune idée.

– Savez-vous au moins comment le voleur s'y est pris pour réussir un tel exploit ?

Elle fronce les sourcils.

– Cela non plus, nous ne l'avons pas découvert.

– Mais vous avez sûrement une théorie ?

– Bien sûr. J'ai beaucoup de théories. Certaines d'entre elles concernent même des tours de magie.

Je souris de nouveau.

– Vous pensez que je plaisante ?

Elle se penche vers moi.

– Les enregistrements des caméras de sécurité de la galerie Bushnell ne montrent rien sinon des groupes d'invités entrant et sortant pendant toute la soirée. Nous ne savons pas l'heure à laquelle la toile a été volée, hormis que cela a dû se produire après la visite du dernier groupe, vers vingt et une heures trente. Le problème, cependant, c'est que les alarmes ont été reprogrammées, une fois la galerie vide. La disparition de l'œuvre n'a été constatée que le lendemain matin, quand les agents de sécurité ont fait leur première ronde. Le cadre était toujours au mur, mais la toile avait été découpée.

Elle se penche en arrière sur sa chaise, posant ses mains à plat sur la table.

– Celui qui a fait cela savait très bien ce qu'il faisait.

– Où les caméras sont-elles situées?

– À l'extérieur de la galerie.

– Il n'y a *aucune* caméra dans la galerie?

– Elles n'avaient pas encore été installées. On venait tout juste d'en achever la construction.

– Qui était au courant?

– Beaucoup trop de gens pour que ce renseignement soit utile.

– Et les caméras à l'extérieur de la galerie, alors? Elles ne montrent rien, elles non plus?

Elle secoue la tête.

– Non, ces caméras ne sont pas fixes. Elles se promènent entre l'entrée de la galerie et celle d'à côté. En s'y prenant bien, on peut éviter d'être vu.

Voilà un élément sur lequel on pourrait travailler.

– Quand les invités sont-ils partis?

– Ils sont allés et venus toute la soirée, mais l'événement a pris fin à vingt-trois heures.

– Ont-ils été fouillés avant qu'ils ne partent?

Un éclair de contrariété traverse son visage.

– Non. Il faut traverser un détecteur de métal en entrant, mais pas en sortant. Il semble que personne n'ait songé à ce qu'on puisse vouloir voler quelque chose dans un musée, malgré ses toiles, sculptures et autres acquisitions qui valent des millions de dollars.

– Mais chaque peinture doit bien avoir un système de sécurité qui lui est propre?

– Quelques-unes, oui. Mais en général, on part du principe qu'il est impossible d'enlever une toile du mur au milieu de la journée et que l'endroit est vraiment bien verrouillé la nuit. Il y a des détecteurs au laser et de chaleur – ils ont tout ce que l'on peut imaginer.

– Quelle est la dimension de la toile, sans son cadre?

– Environ quatre pieds sur quatre.

Je réfléchis à cette information.

– Elle mesurerait donc quatre pieds de long une fois enroulée?

Elle acquiesce de la tête.

– Nous y avons pensé aussi. Elle aurait pu être camouflée sous les vêtements de quelqu'un, si cette personne était suffisamment grande.

– Y a-t-il des caméras à l'entrée du musée?

– Oui.

– J'imagine que vous n'avez pas regardé si quelqu'un marchait étrangement en quittant les lieux?

Elle demeure impassible.

– Certainement que nous l'avons fait, mais cela ne nous a pas permis de déceler quoi que ce soit.

– Désolée. Vous semblez avoir fait preuve de beaucoup de rigueur.

– Merci.

Je parcours mes notes pour m'assurer de n'avoir rien oublié.

– Quelle est la qualité des enregistrements vidéo?

– Elle est assez bonne. Ils utilisent des magnétophones HD qui tournent en boucle sur une période de vingt-quatre heures.

– Si je comprends bien, toutes les vingt-quatre heures, la bande recommence à enregistrer par-dessus ce qui s'est passé plus tôt?

– C'est exact.

– N'est-ce pas un peu risqué? Et s'il leur fallait plus longtemps avant de découvrir la disparition d'une œuvre?

– C'est presque impossible. Chaque galerie est contrôlée plusieurs fois par jour. Les agents de sécurité le remarqueraient s'il venait à manquer quoi que ce soit.

– Serait-il possible d'obtenir une copie de l'enregistrement vidéo en question et la liste des invités?

– Je vais devoir m'informer à ce sujet.

Je retire une carte professionnelle de mon sac à main et la lui tends.

– Si jamais c'est possible, vous n'avez qu'à composer ce numéro et j'enverrai quelqu'un les chercher.

– Ce sera tout?

– Pour l'instant. Puis-je vous appeler si j'ai besoin d'autres informations?

– Oui, je suppose.

Elle rassemble les éléments de son dossier et nous quittons la pièce. L'air dans le grand espace ouvert est imprégné des odeurs des trop nombreux corps, mais il en émane tout de même un parfum de liberté fort agréable, après ce moment passé dans « la fosse ».

Je me retourne vers la détective Kendle pour la saluer. Elle contemple ma carte professionnelle d'un air songeur.

– C'est vous qui étiez en Afrique.

– Le détective Nield ne vous l'avait pas dit?

– Non.

– Ah. Eh bien, oui, c'est moi. Merci encore de votre aide.

– Bonne chance dans votre recherche de failles.

Je hoche la tête.

– Il y en a toujours une quelque part, d'habitude.

CHAPITRE 18

QUE DE SOUVENIRS

Deux semaines après ma dernière visite au village-susceptible-d'avoir-un-téléphone-satellite-qui-fonctionne, j'étais à nouveau sur mon Schwinn, en attendant que Karen vienne me rejoindre. Il était tôt et les bruits du jour n'avaient pas encore couvert le chant des aigrettes. Le soleil venait juste de s'élever au-dessus de l'horizon, sphère incandescente qui illuminait le chemin que je m'apprêtais à prendre, en quête de ce fameux téléphone satellite qui, maintenant, devait sûrement être réparé.

J'entendis des bruits de pas et me retournai pour voir Karen qui marchait vers moi, ses cheveux dissimulés sous une casquette de baseball bleue, les mains dans les poches.

– Te voilà, dit-elle en s'arrêtant à côté de moi.

– Bien sûr. Tu ne viens pas ?

– Pas aujourd'hui.

J'essayai de cacher ma déception.

– Ah. Bon. Eh bien, on peut y aller demain, mais c'est à mon tour de faire la cuisine. Ce serait peut-être mieux après-demain ?

– Non, je ne crois pas.

– Est-ce que je devrais simplement y aller toute seule, alors ?

Cette idée ne me souriait guère, mais j'étais prête à le faire.

– Tabansi est probablement en train de m'attendre...

– Le téléphone ne sera pas réparé, Emma.

– Quoi? Tu n'en sais rien.

– En fait, oui.

– Mais comment le sais-tu?

– S'il était réparé, tout le monde ici serait là-bas, en train de faire la queue pour s'en servir.

– Mais hier seulement, Nyako m'a dit que, dès que j'aurais confirmé qu'il était réparé, il s'organiserait pour y emmener un groupe.

Elle sourit.

– S'il était réparé, Nyako aurait été le premier à le savoir.

– Comment l'aurait-il appris?

– C'est la raison pour laquelle il est qui il est.

– Alors pourquoi ne me l'a-t-il pas dit?

– Il ne voulait probablement pas te décevoir.

De toute évidence, Karen ne se souciait pas de ce détail.

– Il n'est vraiment pas réparé?

– Non.

Je descendis de mon vélo et l'appuyai contre mon flanc. L'une des pédales tomba dans un grincement bruyant.

– Ne sera-t-il donc jamais réparé?

Est-ce que rien de tout cela ne sera jamais réparé?

– Bien sûr que oui, Emma. Il te faut juste être patiente.

– Ce n'est pas mon point fort.

– C'est ce qui me semblait.

– Alors est-ce que je vais simplement rester coincée ici... indéfiniment?

– Ça ne devrait pas durer encore bien longtemps, j'en suis certaine. Mais, en attendant, le temps te paraîtrait peut-être moins long si tu... participais davantage à la vie ici.

Je fus submergée de remords. Alors que j'avais aidé Karen à accomplir quelques menues tâches – en travaillant dans la cuisine que son ONG avait construite et en m'assurant qu'on ne manque pas de provisions –, je savais que j'étais restée à l'écart de la vie du village. J'allais bientôt partir, alors à quoi bon m'investir ? Mais je *n'étais pas* sur le point de partir et Karen pensait visiblement qu'il était temps que je cesse de me faire des illusions à ce sujet.

– Tu veux dire, vous aider à construire l'école ?

– Un coup de main ne serait pas de refus.

– Je n'ai aucune idée de la façon qu'il faut s'y prendre.

Elle posa sa main sur mon épaule.

– Ne t'en fais pas. Tu vas trouver.

Je retourne chez moi à pied, fatiguée et songeuse, après mon entrevue avec la détective Kendle. Je ne peux m'empêcher de repenser à la nuit de mon retour, lorsque, aveuglée par la panique, j'ai couru chez Stéphanie en dérapant sur les trottoirs. Je porte peut-être des grosses bottes et un manteau chaud ce soir, mais le sol ne me paraît pas plus solide et mon cœur est froid.

J'entre dans l'appartement, soudain accablée par la solitude qui semble en émaner. C'est franchement pathétique de constater à quelle vitesse je me suis habituée à la présence de Dominic ici, à ses bons repas et à ses blagues. Même quand son humeur était aussi noire que la mienne, nous partagions une certaine camaraderie dans l'adversité.

Je suspends mon manteau, me dirige vers le salon et m'assieds sur le sofa. Je me cale dans les coussins et contemple les lumières qui clignotent encore dans l'arbre de Noël que je n'ai pas pris le temps de démonter. Mes yeux se déplacent vers la boîte qui se trouve toujours en dessous. C'est la boîte que Dominic a trouvée au fond du cagibi, celle qui contient les traces de ma vie, de zéro à dix-huit ans. Je n'ai pas encore eu le courage de la parcourir.

Je ne sais vraiment pas de quoi j'ai peur. J'ai déjà vécu tout ce qui se trouve à l'intérieur de cette boîte. C'est plutôt ce qu'il y a à l'extérieur qui me cause des soucis.

J'allume le foyer et m'assieds par terre, près de l'arbre. La chaleur joue sur mon visage. Un léger parfum de pin flotte dans l'air. Je retire le couvercle plein de poussière et le pose à côté de moi. À l'intérieur de la boîte se trouve une rangée de dossiers suspendus de toutes les couleurs. Leurs étiquettes blanches ont jauni avec le temps et il s'en dégage une odeur de moisissure. *Photos, personnel, primaire, documents importants* et *variés*, une classification qui suppose plus d'ordre que je ne me souviens en avoir mis lorsque j'ai fait cette boîte, durant les quelques semaines séparant le collège de mon entrée à la faculté de droit.

Je prends d'abord le dossier *photos* et y découvre ma mère, toute jeune et me souriant comme si j'incarnais, pour elle, la plus extraordinaire des surprises. La date à l'endos est tracée de la petite écriture pointue de mon père et mentionne que j'ai six semaines.

Les photos en dessous, petites, délavées et encadrées d'une bordure blanche, remontent dans le temps à partir de là. Me voilà à cinq semaines, quatre, deux, nouveau-née, cachée sous les douces mains de ma mère dans son ventre gonflé. Elle est drapée dans un kilomètre de tissu qui ressemble aux rideaux avec lesquels Maria fabriquait des vêtements, dans la *Mélodie du bonheur*. La seule preuve de la présence de mon père réside dans les dates précises marquées au verso des photos et dans l'uniformité des points de vue. Il semble émaner de l'amour de ces images, sans que je puisse en mesurer l'intensité ou l'objet.

La seule photo dont je me souvienne est là aussi. Il s'agit d'une photo de moi, à mon troisième anniversaire, assise sur les genoux de mon père, peu de temps avant qu'il ne nous quitte pour de bon. Il porte un costume d'homme d'affaires et ses cheveux bruns sont coupés court. Un sourire hésitant sur les lèvres, il tapote le sommet de ma tête de sa main, comme s'il ne savait pas quoi faire d'elle. Je porte une robe de fête blanche et mes cheveux sont bouclés à la Shirley Temple. C'est l'image la plus parfaite de moi enfant. Par la suite, mes robes n'ont jamais été aussi belles et mes boucles ont commencé à frisotter, avant de disparaître.

Je n'ai qu'un seul souvenir de mon père lorsqu'il habitait avec nous. C'est un mauvais souvenir et je ne suis même pas sûre que l'événement ait vraiment eu lieu. Dans mon esprit, c'était juste avant qu'il ne parte, peut-être le jour même de son départ, et il était fâché. «Je ne veux pas cela», répétait-il à ma mère, assez fort pour que je puisse l'entendre de mon petit lit, à l'étage supérieur. Je ne pouvais pas distinguer ses réponses à elle, mais le ton bouleversé de sa voix m'avait effrayée. Je l'ai appelée, mais comme elle ne venait pas, j'ai grimpé par-dessus la barrière et suis tombée lourdement sur le plancher. Mes cris l'ont fait monter vers moi et mon père l'a suivie, telle une ombre dans l'embrasure de la porte. «Tout va bien aller, mon bébé», disait ma mère en me tenant dans ses bras et en caressant mes cheveux, mais j'avais un pressentiment que ce ne serait pas le cas.

Je remets les photos dans le dossier et referme la boîte. Je ne sais pas ce que je cherchais exactement, mais je ne l'ai pas trouvé.

Une porte qui claque bruyamment à l'étage supérieur me sort de ma rêverie.

Tara doit être de retour de L.A., apparemment avec tout son entourage.

Boum, boum, boum, ha, ha, ha!

Ils ont l'air de bien s'amuser là-haut. Amusements bruyants, mais néanmoins plaisants. Peut-être que je devrais monter et lui souhaiter la bienvenue? Me joindre à la fête?

Avant de me convaincre du contraire, j'enfile des chaussures, mets un manteau sur mes épaules et me glisse par la porte avant. Je suis deux traces de pas enneigées dans l'escalier balayé par le vent, en m'accrochant avec soin à la rampe de métal froid pour ne pas glisser et tomber aux pieds d'un autre homme.

Avec timidité, j'appuie sur la sonnette. Elle retentit bruyamment. Par l'ouverture vitrée de la porte d'entrée, je peux voir Tara s'approcher. Elle porte une paire de talons aiguilles noirs et un jeans moulant de la même couleur qui accentue la minceur de sa silhouette. Ses longs cheveux blonds sont soigneusement ondulés et sa peau affiche le même faux ton doré que celle de Jenny. Les cheveux et le bronzage sont nouveaux, mais son visage est resté le même – des yeux bruns un peu trop rapprochés, une petite bosse sur le sommet du nez.

Elle ouvre la porte.

– Oh mon Dieu. Salut!

Elle se penche pour m'embrasser sur la joue. Son parfum sent plus cher que dans mon souvenir.

– *Comment* vas-tu ?

Je lui fais la bise en effleurant à peine sa peau.

– Je vais bien. Je suis de retour, comme tu vois.

– *Wow!* Je veux dire, c'est fou.

– C'était plutôt fou, oui.

– Alors, tu veux entrer ?

– Je ne te dérange pas ? On dirait que tu as des invités...

– Bien sûr que non ! Je veux que tu me racontes tout de ton extraordinaire aventure !

J'en ai marre d'en parler, mais ma seule autre option est de passer plus de temps dans ma boîte et dans ma tête, alors je dis :

– Ce serait chouette.

– Hé ! Pouvez-vous fermer la porte ? lance une voix mélodieuse qui provient du salon. On gèle ici.

– Un moment !

Elle me fait entrer dans l'appartement en me tirant par le bras. Je ferme la porte derrière moi et retire le manteau de mes épaules.

– On était sur le point de boire un verre, annonce Tara.

– Parfait.

Nous entrons dans le salon. Son appartement est la copie conforme du mien en ce qui concerne la disposition des pièces, mais au lieu des couleurs crème et jaune doux que j'ai utilisées pour la décoration, Tara a choisi de peindre chaque pièce dans les tons les plus vifs de la palette des couleurs. Le salon est orange brûlé, avec un mur jaune citron en contraste. Le divan et le fauteuil assorti sont turquoise et un tapis multicolore recouvre le plancher. On se croirait dans un restaurant portugais. Il ne manque que les assiettes accrochées au mur.

Une très jolie femme est assise sur le divan. Elle a à peu près mon âge, des cheveux auburn bouclés qui lui tombent sous les épaules et un visage rond, comme une poupée de porcelaine, illuminé par des yeux de la même couleur que le divan. Elle porte un jeans confortable et un chandail bleu délavé à motif en losanges. Elle a les pieds nus et les ongles d'orteils rouge vif. J'ai la vague impression de l'avoir déjà rencontrée.

– Tu voulais du vin blanc, n'est-ce pas? lui demande Tara.

– S'il te plaît.

– Ça te va, Emma?

– Bien sûr.

Tara s'en va sans faire les présentations.

– Salut, je m'appelle Emma, dis-je, avec un petit signe de la main.

– Emily.

Je m'assieds dans le fauteuil.

– J'espère que je n'ai pas interrompu quelque chose.

– Non, pas du tout. Tara me racontait seulement ses aventures à Tinseltown.

– Ça s'est bien passé? Elle a… très bonne mine.

Son visage se plisse, révélant des rides d'expression autour de ses yeux.

– Elle est beaucoup trop maigre, mais je pense que ça s'est bien passé.

– Ravie de l'apprendre.

– Comment vous connaissez-vous?

– J'habite l'appartement d'en dessous.

Elle fronce les sourcils.

– Mais n'est-ce pas... Dominic qui vit en bas?

Comment sait-elle...? Oh non. C'est *Emily*. L'Emily de Dominic. Emily qui est de toute évidence l'amie de Tara, ce qui explique comment Dominic la connaît. Emily qui a appelé la nuit où nous avons couché ensemble, qui voulait lui dire quelque chose qu'il ne voulait pas entendre.

Merde.

– Est-ce que... tu habites avec Dominic? demande-t-elle.

Merde, merde, *merde*.

– Non. Je veux dire, oui, mais ce n'est pas ce que tu penses.

Pourquoi suis-je sur la défensive? Je ne suis pas celle qui l'a trompé. Je ne suis que celle avec qui il a couché, chose qu'il a regrettée par la suite. J'essaie de nouveau.

– C'était mon appartement. Je suis partie en voyage et suis restée à l'étranger plus longtemps que prévu. Mes paiements de loyer automatiques ont été interrompus, alors mon propriétaire a pensé que j'avais abandonné le logement et l'a loué à Dominic. Mais ensuite je suis revenue, et comme je n'avais nulle part où demeurer, Dominic m'a permis de rester là. Je veux dire, après avoir vérifié avec Tara que j'étais bien celle que je prétendais être et...

Bon sang. Je bredouille comme une vraie idiote. Il faudrait qu'elle soit complètement stupide elle-même pour ne pas remarquer qu'elle me rend très nerveuse.

– Tu m'as peut-être vue à la télévision?

Elle fronce les sourcils à nouveau.

– Je ne te suis pas.

– Oh, eh bien, il y a eu quelques mentions dans les médias de ce qui m'est arrivé. Pas grand-chose. Ça ne m'étonne pas que tu ne les aies pas vues. De toute façon, je vais bientôt déménager.

– Dominic t'a-t-il parlé de moi?

Qu'est-ce qui m'a pris de venir ici, au fait?

– Eh bien... un peu.

– Un peu quoi? demande Tara, qui apparaît à la porte avec un plateau supportant trois gigantesques coupes de vin et un bol contenant un mélange de noix.

– Savais-tu qu'elle habitait avec Dominic? demande Emily, avec un regard accusateur.

– Oh merde. J'avais complètement oublié.

– Oublié quoi au juste?

– Dominic m'a appelée il y a quelques semaines, la nuit où Emma est revenue...

Ses yeux se tournent vers moi, suppliants.

– Il voulait s'assurer que je n'étais pas une folle, ajouté-je. C'est une histoire assez marrante, à vrai dire.

Emily n'a pas l'air de me croire tout à fait.

– Il n'est même pas en ville en ce moment, précisé-je.

Wow. Il faut vraiment que je me taise. Témoignage 101: parler quand personne ne vous a posé une question est un signe évident que vous avez quelque chose à cacher.

– Que t'a-t-il dit à mon sujet?

Je sens leurs deux regards posés sur moi, en attente de ma réponse.

– Pas grand-chose, en fait. Seulement que vous deviez vous marier et que vous... ne l'avez pas fait.

– Est-ce qu'il t'a parlé de Chris?

– Qui est Chris? demandé-je, aussi innocemment que possible.

Emily se lève et tire son chandail sur ses hanches fines.

– Je pense que je vais y aller.

Pas assez innocemment, je suppose.

– Non, Emily, reste, dit Tara.

Elle secoue doucement la tête.

– On dîne ensemble demain, d'accord ?

Elle sort de la pièce. Un moment plus tard, on entend la porte avant s'ouvrir et se refermer. Tara est restée figée là, avec son plateau rempli de coupes de vin dans les mains, l'air fâché.

– Alors, dis-je, comment c'était, L.A. ?

CHAPITRE 19

PIÈCE À CONVICTION A

Au courant de la semaine suivante, ma vie commence à suivre une certaine routine. Je me réveille aux aurores, arrive tôt au bureau, travaille d'arrache-pied sur les dossiers que Matt ne cesse de m'apporter, dîne avec Stéphanie, consulte la rubrique des petites annonces à la recherche d'un nouvel appartement et me couche de bonne heure. J'ai l'impression de faire du sur-place mais, au moins, je garde la tête hors de l'eau.

Mais où est donc Dominic pendant ce temps là? C'est une question que j'essaie de ne pas me poser. Toujours en Irlande, je suppose, à prendre des photos de l'ancien monde qui se fait submerger par le nouveau. Il regrette manifestement encore cette nuit que nous avons passée ensemble, puisqu'il n'a pas tenté de m'appeler ou de m'envoyer un courriel, ou même un pigeon voyageur. Mais il faudra bien qu'il revienne tôt ou tard. Personne n'abandonne volontairement toutes ses affaires.

J'en sais quelque chose.

Au milieu de ma deuxième semaine de travail, je reçois Sunshine chez moi pour le souper. Elle a reporté son retour au Costa Rica, même si j'ai protesté lorsqu'elle me l'a annoncé.

«Ta mère ne me le pardonnerait jamais» m'avait-elle dit, un point c'est tout.

Ce soir, elle m'observe tout en dénouant son long foulard multicolore.

– Emmaline, ma chérie, as-tu jeté un coup d'œil sur des choses du passé par hasard?

– Comment le sais-tu?

– Tes yeux en disent long.

Je pousse un soupir.

– Je ne sais pas comment tu fais pour savoir cela, mais oui, effectivement. Dominic a trouvé une boîte pleine de souvenirs de mon enfance. J'ai fouiné là-dedans l'autre jour.

Ainsi que le lendemain, et le surlendemain… Je ne peux m'empêcher de revenir fouiller dans cette boîte, même si cela ne me fait aucun bien.

– Qu'est-ce qu'elle contient?

– Des choses insignifiantes. Des bulletins, des bricolages, des photos.

– De ta mère, et aussi de John, n'est-ce pas?

John, c'est mon père.

– Oui.

– Amène-moi de l'alcool.

– Mais tu ne bois jamais.

– Ce soir, oui.

Je l'emmène dans la cuisine et, autour d'une bouteille de vin rouge et d'un plat de lasagnes préemballé, acheté à l'épicerie du coin et qui m'a empêchée de mourir de faim au fil des ans, je lui parle des photos que j'ai découvertes et lui fais part des questions, enfouies en moi depuis longtemps, qu'elles ont fait resurgir. Pourquoi est-il parti? Où est-il maintenant?

Pourquoi n'est-il jamais revenu, pas même une seule fois ? Elle me laisse parler, son verre de rouge dans les mains, jusqu'à ce que j'aie épuisé mes questions.

– Aimerais-tu entretenir une relation avec lui ? me demande-t-elle, lorsque j'ai terminé.

Je plante ma fourchette dans les nouilles gluantes.

– Non !

– En es-tu certaine ?

– Absolument. Pourquoi ? Tu penses que je devrais essayer de le retrouver ?

– Je ne sais pas. Cela pourrait t'aider à avoir l'esprit en paix.

Je déchire un coin de lasagne avec ma fourchette et le porte à ma bouche. Le fromage est frais et s'étire en filaments, la sauce a un goût prononcé de tomate. J'adore ce plat d'habitude, mais ce soir j'ai du mal à l'avaler.

– Comment était-il ?

– John ? Il était beau.

– C'est tout ?

Ses yeux se perdent dans le vague.

– Non, il était intelligent. Tu tiens cela de lui. Il pouvait être très drôle parfois. Il avait... confiance en lui et faisait preuve d'assurance. Il avait une façon de vous faire sentir qu'il contrôlait la situation, comme si rien ne pouvait aller mal, tant qu'il était là.

– Vision fatale, murmuré-je dans mon verre de vin.

– Qu'est-ce que tu dis, ma chérie ?

– C'est ce que dit Macbeth en se préparant à tuer le roi. « N'es-tu pas, ô vision fatale, sensible aux sentiments comme au regard ? Ou n'es-tu qu'un poignard imaginaire, une fausse création, issue d'un cerveau opprimé par la fièvre ? »

– Je ne pense pas que des pensées aussi moroses soient d'une quelconque aide.

– Je sais. Dis-moi, comment étaient-ils ensemble? Ont-ils été heureux, au moins pendant un certain temps?

Elle porte sa coupe à ses lèvres et sirote lentement quelques gorgées.

– Je ne dirais pas qu'ils étaient très heureux, non, surtout avec les années. Je ne pense pas qu'ils étaient bien assortis, mais il aimait vraiment beaucoup ta mère, peut-être même trop.

– Que veux-tu dire par là?

– Eh bien, parfois, ma chérie, aimer trop peut être un problème. Cela n'avait pas d'importance quand ils n'étaient que tous les deux. Tu vois, ton père était un homme très demandant ou, du moins, il l'était vis-à-vis de ta mère. Il avait besoin de toute son attention, et elle était heureuse de la lui accorder. Et puis...

Ma gorge se serre.

– Je suis née?

Sunshine me sourit avec tristesse.

– Oui, ma chérie. Ta mère t'était complètement dévouée et je crois que ton père s'est senti exclu. Il voulait être le centre de son attention, mais ne l'était plus. Ça ne veut pas dire qu'il ne t'aimait pas, non. Il t'aimait, à sa façon. Mais je me trompe peut-être, je n'étais pas toujours là.

– Je ne pense pas que tu aies tort. Ce que tu dis paraît assez plausible.

– Assez pour que tu lui pardonnes?

– Penses-tu que je devrais le faire?

– Bien sûr que non, Emmaline. Pas si tu ne veux pas.

– Et toi, le ferais-tu ?

Elle me tapote la main à nouveau.

– Je lui ai pardonné il y a longtemps, ma chérie, comme l'a fait ta mère.

Je refoule cette idée. Et pourtant, cela ne me surprend pas vraiment. Le pardon était dans sa nature et je ne l'ai jamais entendue parler en mal de lui, à part la seule fois où je l'ai provoquée, à l'âge de quinze ans. Il y avait une journée père-fille à l'école, à laquelle je ne pouvais pas participer, et j'ai crié et trépigné jusqu'à ce que, finalement, elle avoue qu'elle le détestait, tout comme moi. Quelques heures plus tard, elle était venue à côté de moi, dans mon lit, pour me dire que ce n'était pas vrai. «Je ne veux pas que tu le détestes», m'avait-elle dit. «La haine, c'est quelque chose de terrible.» Je lui avais dit que je tâcherais de faire mieux et elle m'avait caressé les cheveux jusqu'à ce que je m'endorme.

Mais je continuai tout de même à le détester. Seulement, je gardai cela pour moi.

– Je sais qu'elle lui a pardonné, dis-je à Sunshine. Je n'ai jamais compris pourquoi.

– Pour mettre cela derrière elle, je crois. Et à cause de toi. Elle ne pouvait pas le détester sans avoir l'impression de te détester toi aussi.

– Pourquoi ?

Sunshine lève sa main vers le côté de mon visage.

– Tu lui ressembles énormément, tu sais.

Je recule.

– J'aurais préféré que ce ne soit pas le cas.

– Je comprends. Mais quoi que tu fasses, tu ne peux rien y changer.

Pas si sûre. La chirurgie plastique permet de réaliser des choses impressionnantes, de nos jours.

– Que ferais-tu à ma place?

– J'agirais selon mon cœur. Mais là encore, je ne demanderais pas conseil à une vieille épave hippie.

– Il a intenté un procès, me dit Matt le lendemain matin, apparaissant sans préavis à ma porte, un épais paquet de feuilles dans les mains.

Encore une raison pour laquelle personne ne survit à l'Éjecteur: cette façon qu'a Matt de se déplacer en silence, comme un chat.

– Je crois que tu viens juste de me faire faire une crise cardiaque.

– Allons donc. Tu es beaucoup trop jeune pour cela. D'ailleurs, personne n'est encore parti d'ici sur une civière.

Il me regarde de ses yeux pétillants. En guise de réponse, un sourire se dessine lentement sur mon visage.

– Il y a une première fois à tout.

– Je tâcherai de faire plus de bruit dorénavant. L'avocat de Victor Bushnell vient d'émettre ceci.

Il me tend l'avis de poursuite. Je le parcours en diagonale jusqu'aux conclusions. Victor Bushnell demande vingt millions de dollars avec dommages et intérêts à Mutual Assurance et au musée Concord.

– Ça n'a pas traîné.

– Apparemment, ils ont eu vent que Mutual considère la possibilité de ne pas honorer la police d'assurance et ils ont décidé de nous forcer la main.

– Qu'a dit le client?

– Ils sont furieux, mais ils vont payer s'il le faut. Craig les rencontre aujourd'hui avec le directeur du musée. As-tu trouvé une manière quelconque de leur éviter de payer, par hasard ?

– Pas encore.

– Sur quel aspect travailles-tu ?

– Sophie a couvert la possibilité d'annuler la police. J'essaie de voir si on peut accuser le musée de ne pas avoir mis en place des mesures de sécurité suffisantes.

– Penses-tu que ça va marcher ?

– J'en doute. Celui qui a volé l'œuvre savait très bien ce qu'il faisait. Même la police est déconcertée.

– Ce n'est pas très prometteur.

– Effectivement. Négocier une entente est peut-être la meilleure chose que nous puissions faire.

Il hoche la tête.

– Probablement, mais vu la somme qui est en jeu, je ne m'y résoudrai pas avant d'avoir exploré toutes les avenues possibles.

– Je vais continuer mes recherches.

– Es-tu allée au musée ? Quelque chose pourrait te frapper l'esprit.

– Bonne idée.

Matt me lance un regard chargé d'espoir.

– Inutile de dire que si tu pouvais tirer Mutual de ce mauvais pas, d'une façon ou d'une autre, ce serait un coup extraordinaire pour nous.

– Ça va de soi.

– Tu travailles bien, Emma. Continue comme ça.

– Merci et... peut-être que tu pourrais attendre quelques jours avant de m'apporter d'autres dossiers ?

Ses yeux pétillent de nouveau.

– Tu es la première personne à avoir assez de culot pour me le demander.

– Tu veux dire que, pendant toutes ces années, je n'avais qu'à te le demander?

– Exactement.

Ce bureau sera peut-être rebaptisé le Phœnix, en fin de compte.

Sur l'heure de midi, je fais une pause pour aller rendre visite à Karen et à Peter. Ils sont de retour du Tswanaland et travaillent déjà sur leur prochain projet – la mise sur pied d'un centre communautaire dans une rangée de vieilles maisons de briques rouges, au bord de la rivière.

Ils ont beaucoup parlé de ce projet pendant que nous travaillions à la construction de l'école. Pour sa réalisation, ils se sont associés à Habitat for Humanity, un organisme qui a effectué les rénovations majeures pendant leur absence.

Les trois vieilles maisons arborent maintenant des fenêtres étincelantes et des briques rutilantes nettoyées au jet de sable. La maison du centre est ornée d'une porte d'entrée peinte d'un beau noir brillant. Sur le mur, à côté d'elle, est fixée une plaque lustrée sur laquelle on peut lire: «Centre jeunesse de la Pointe». L'allée est bien déneigée. Les trois marches qui mènent à la porte d'entrée sont protégées par un tapis en fibres tissées.

Je gravis l'escalier et tourne la poignée de porte de nickel poli. Contrastant avec l'aspect propre et soigné de l'extérieur, l'intérieur se révèle être un véritable chaos. Les cloisons sèches sont posées et les planchers, fraîchement sablés, sont protégés par des cartons épais, mais il y a de la poussière partout et les murs ne sont pas peints. Une seule ampoule nue, accrochée à une rosace de plafond fleurie, répand une lumière un peu sinistre dans le vestibule.

Je demande à un homme en salopette poussiéreuse où se trouvent Karen et Peter et il pointe l'arche qui mène à la maison de droite.

Je les trouve dans la pièce qui était autrefois la cuisine, mais qui sert maintenant de bureau provisoire. Quelques grandes tables à dessin sont poussées contre les murs. Des télécopieurs et des imprimantes sont posés sur l'ancien comptoir de cuisine. Karen et Peter sont debout, penchés sur l'une des tables, en train de feuilleter une épaisse série de plans d'architecte.

– Salut, les amis.

Ils lèvent les yeux. Un sourire identique illumine leurs visages.

– Emma ! Je suis ravie que tu aies pu venir, dit Karen.

Ses cheveux noirs bouclés sont tressés et peignés vers l'arrière, de manière à dégager son grand front. Elle porte une salopette de peintre bleue et une tache de peinture blanche orne le sommet de son nez retroussé.

Elle pose ses mains fortes et habiles sur mes épaules.

– Je te serrerais volontiers dans mes bras, mais je ne veux pas mettre de la peinture sur ton magnifique costume.

– Voyons donc. Je m'en fous, de mon costume.

Je la prends dans mes bras. L'odeur de térébenthine me picote les narines.

– L'endroit est superbe.

– Merci. C'est surtout l'œuvre de Peter.

Peter se met à rire.

– Peux-tu enregistrer ça, s'il te plaît ?

Je lui jette un regard affectueux. De petites tresses jamaï-
caines, bien ordonnées, recouvrent sa grosse tête ronde. Ses
yeux bruns pétillent d'intelligence. Il porte une salopette identique à celle de Karen, avec des taches de peinture assorties.

Karen agite la main vers lui.

– Voyons. Tu ne ferais que l'écouter à répétition jusqu'à ce
que ta tête enfle.

Il me fait un sourire diabolique et me serre dans une étreinte
d'ours. Avec ses six pieds deux pouces et ses gros muscles, il
donne des câlins qui ne sont pas sans risque.

– Vous me faites visiter? demandé-je, une fois que j'ai
retrouvé mon souffle.

– Bien sûr.

Peter me tend un casque de protection jaune et ils me font
visiter l'édifice. L'étage supérieur a été transformé en plusieurs
grands dortoirs à l'attention des adolescents qui ont besoin
d'un logement temporaire, alors que le premier étage est
divisé entre une garderie et quelques bureaux administratifs.
Le rez-de-chaussée est réservé au programme parascolaire et
à la clinique légale.

– Viens voir la cour, dit Karen en me dirigeant vers une
série de portes derrière l'escalier central.

– On ne peut pas pleinement voir ce que ça va donner
pour l'instant, mais quand il n'y aura plus de neige, ce sera
extraordinaire.

Je la suis dehors et peux comprendre ce qu'elle veut dire.
Au-delà du petit porche en bois, les trois cours arrière ont été
jumelées et bétonnées pour en faire un terrain de basketball.
Il y a un panier à chaque extrémité et l'espace est entouré
d'une haute clôture grillagée. Deux adolescents sont occupés à

pelleter une mince couche de neige fondante à l'aide de grosses pelles au manche recourbé. Leurs souffles, cristallisés dans l'air froid, forment des traînées blanches qui tourbillonnent autour d'eux.

– C'*est* extraordinaire.

Karen affiche un large sourire.

– Je sais. Je me sens heureuse chaque fois que je viens ici. Les terrains de jeu publics ne sont que des terrains de recrutement pour les gangs de rue. Mais ici, les jeunes vont pouvoir jouer presque toute l'année sans être dérangés.

– Comment avez-vous réussi à organiser tout cela?

– Nous avons effectué la majeure partie du travail avant de partir, répond Peter. Mais – malgré les éloges de Karen tout à l'heure – nous avons une merveilleuse équipe et les gens de Habitat for Humanity sont sensationnels.

– Quand allez-vous pouvoir ouvrir?

– Probablement dans un mois, environ. Nous organisons un gala bénéfice dans quelques semaines. Vas-tu venir?

– Bien sûr.

– Et convaincre ton cabinet de parrainer une table? demande Karen, toujours aussi directe.

– Ils me doivent au moins cela.

– Qu'entends-tu par là?

– Oh, rien. C'est seulement que... mon retour ne s'est pas fait sans quelques ajustements.

Elle prend un air compatissant.

– Stéphanie nous a tout raconté.

– Elle est venue ici?

– Hier.

– C'est vrai, j'avais oublié. Elle m'avait pourtant dit qu'elle viendrait vous voir.

Peter ramasse un ballon de basketball dans un casier installé sous le porche et le fait passer d'une main à l'autre.

– C'est tout un numéro, cette Stéphanie. Elle a déjà un tas d'idées pour aller chercher des commandites d'entreprises et elle veut organiser une sorte de service de rencontres, ici, en soirée.

– C'est bien Stéphanie, ça, toujours une idée à la minute. Mais à votre place, je l'écouterais; elle va vous faire connaître de tout le monde en un rien de temps.

– Nous ne recherchons pas la célébrité. Rester à flot sera bien suffisant.

– Non, non, non. Il faut voir plus grand. Penser à dominer le monde.

Peter se met à rire.

– Ça, c'est ton rayon, n'est-ce pas?

– En parlant de ça, dit Karen, nous aurions vraiment besoin d'aide pour monter notre clinique d'aide juridique.

– Mes heures de bénévolat vous sont réservées.

– En fait, nous espérions que tu fasses plus que cela.

– Ah bon?

Peter fait rebondir le ballon sur le béton. Le *tap! tap!* résonne dans la cour.

– Pour être francs avec toi, Emma, nous aimerions que tu diriges la clinique. Que tu sois notre conseillère juridique d'entreprise, ce genre de chose.

– Mais, j'ai un emploi.

– Je sais, dit Karen en me regardant avec intensité. Mais c'est une occasion pour toi de faire quelque chose de plus important. Ici, il s'agit d'aider de vraies personnes, de changer des vies.

– C'est évident, dis-je sur le ton de la plaisanterie.

– Alors, c'est oui ?

– Je ne sais pas, Karen. Je vais devoir y penser.

– Travailles-tu en ce moment sur quelque chose de plus important que cela ?

– En fait, je cherche à élucider un vol d'œuvre d'art.

Karen fait un geste dédaigneux avec ses mains.

– Tu vois ? Il s'agit ici de s'assurer que les gens ne soient pas expulsés de leur logement ou qu'ils puissent conserver la garde de leurs enfants.

Je tourne les yeux vers Peter. Il nous observe en faisant rebondir son ballon d'un air distrait.

– Et toi, qu'en penses-tu ? lui demandé-je.

– Je crois que tu pourrais être un atout indispensable, ici, dit-il doucement. Et que tu trouverais ce travail beaucoup plus enrichissant que ne l'a jamais été ton boulot actuel.

Je sais qu'ils sont bien intentionnés, mais sont-ils vraiment obligés de me faire sentir coupable ? Et depuis quand tout un chacun se sent-il la liberté de faire ma psychanalyse ? Pourquoi tout le monde a-t-il soudain une opinion sur ce qui me rendrait heureuse ?

– Alors ? demande Karen.

– Je ne sais pas. Il faudrait vraiment que j'y pense.

– Je croyais que tu serais très excitée par cette proposition. Je ne pensais pas avoir à te convaincre.

– Je sais, je suis désolée. Je suis touchée que vous me l'ayez demandé, et je vais y réfléchir, mais… écoutez, je sais que cela va vous paraître superficiel, d'accord, mais j'aime ce que je fais.

Du moins, c'était le cas avant l'Afrique, l'Éjecteur et Craig.

Karen regarde le porche. Peter fait rebondir son ballon de façon rythmée.

– Je t'en prie, Karen, ne sois pas trop déçue à mon sujet. Je ne pourrais pas le supporter.

– D'accord, répond-elle.

Mais elle refuse de me regarder dans les yeux.

– Et je vais m'assurer que TPC parraine au moins deux tables pour le gala, ajouté-je avec maladresse.

– Ce serait génial, Emma, s'exclame Peter.

Il fait rebondir le ballon plus fort sur le béton, se retourne et le lance en direction du panier. Le ballon tape le bord, rebondit en arrière et tombe sur le sol.

– Je ne crois pas que ce soit notre jour de chance.

Karen hausse les épaules.

– Le service de rencontres va peut-être fonctionner.

Dans le taxi, sur le chemin du retour, je tente de ne pas me laisser submerger par la vague de déception émanant de Karen et de Peter, en me complaisant dans mon indignation.

Ce n'est tout de même pas comme si je leur avais fait des promesses. Et le fait qu'ils soient tous les deux si parfaits et altruistes ne fait pas automatiquement de moi une mauvaise personne si je ne consacre pas toute ma vie à des activités caritatives, n'est-ce pas? Bien sûr que non.

Bon sang! Visiter Karen et Peter était censé me faire du bien. Je croyais que nous allions nous embrasser, parler du passé, rigoler un peu et nous organiser un souper prochainement. Mais tout ce qui est associé au Tswanaland ne se déroule jamais comme prévu.

Mon taxi freine brutalement à un feu rouge et je suis projetée contre la cloison en plastique, me retenant avec mes mains juste avant que ma tête ne heurte le plexiglas.

– Ça va pas, non?

– Désolé, madame, je ne voulais pas renverser les enfants.

Je regarde par la fenêtre. Un groupe de bouts de chou en habits de neige colorés traverse la rue. Ils s'accrochent tous à des poignées de plastique attachées à une longue corde. En tête de file, leur éducatrice les dirige vers les marches du musée.

Le feu change de couleur avant que les enfants aient fini de traverser.

– Nous pourrons redémarrer dans une minute, dit le chauffeur de taxi.

– Écoutez, en fait, je vais plutôt descendre ici.

Je lui jette un billet de vingt dollars, descends du taxi et traverse la rue en direction du musée, à la suite des enfants. De grands escaliers de pierre mènent à une série d'immenses portes en bois finement sculptées. Celles-ci sont percées de deux portes modernes plus petites, faites d'épaisses plaques de verre qui, malgré leur style tout à fait différent, s'intègrent bien à l'ensemble. L'édifice dans son entier est conçu dans cet esprit qui conjugue le très moderne et le très ancien : une nouvelle arche soutenue par une ancienne colonne ; la toile d'un maître ancien exposée dans un cadre moderne.

Le mécène du musée pensait à la postérité en faisant don d'une grande partie de sa fortune à l'établissement, et ça paraît.

Après avoir franchi le dispositif de sécurité, qui a nettement été renforcé par rapport à la dernière fois où je suis venue ici (un des gardiens a même brandi sa baguette avec un air sévère en direction des enfants), je fais le tour de l'immense galerie où s'est tenue la réception. Le soleil d'hiver brille à travers le plafond de verre. Il n'y a presque personne dans la salle, à l'exception des enfants turbulents, maintenant débarrassés de leurs habits de neige, qui grimpent sur les bases de statues grecques dénudées.

– Emma?

Je me retourne, un nœud se formant dans mon estomac.

Craig est là, dans son manteau d'hiver chamois, un foulard rouge à carreaux noué autour du cou.

– Qu'est-ce que tu fais ici?

– Pourquoi ce ton hostile?

– Pour rien en particulier, je suppose.

– Est-ce *ta* nouvelle manière de te comporter?

– Ne fais pas cela. N'utilise pas les événements de notre passé contre moi.

– Je plaisantais.

– Je ne suis pas certaine que nous soyons prêts pour les plaisanteries.

– Je suis désolé.

– Que fais-tu là? demandé-je à nouveau.

– J'ai eu une réunion avec le directeur du musée et notre client, au sujet de l'affaire Bushnell.

– Ah, c'est vrai. Matt me l'avait dit.

– Et toi?

– Je pensais jeter un coup d'œil à la galerie.

– Puis-je t'accompagner?

– Je peux me débrouiller toute seule.

– Je *suis* le contact du client dans le cadre de cette affaire. Il va falloir que nous travaillions ensemble.

– D'accord, parfait. Comme tu voudras. Allons-y, qu'on en finisse.

Nous passons sous une arcade. Après avoir tourné plusieurs fois à droite et à gauche, je suis complètement désorientée et presque reconnaissante d'avoir à mes côtés Craig-qui-ne-se-perd-jamais.

– Qu'ont dit les gros bonnets du musée? demandé-je.

– Ils ne comprennent pas pourquoi Mutual n'accepte pas tout simplement de payer.

– Que leur as-tu raconté?

– Les conneries habituelles. Il faut que nous complétions notre enquête avant de pouvoir débourser une aussi grosse somme, bla, bla, bla.

– Ont-ils mordu à l'hameçon?

– Ils parlent d'engager un avocat indépendant.

– Ils s'attendent à ce qu'on les accuse?

– C'est la stratégie évidente.

Nous traversons une galerie remplie de peintures représentant des crucifixions. Le visage mélancolique de Jésus nous regarde depuis un mur couvert de toiles alourdies par de nombreuses couches de vernis.

Je frémis.

– Argh. Je déteste ces toiles. Où est-ce qu'elle est, cette galerie?

– Par là.

Il hoche la tête vers une série de portes vitrées sur la gauche. Les mots *Galerie Victor Bushnell* apparaissent au-dessus de celles-ci, en lettres chromées brillantes.

La galerie est une grande salle dont les murs blancs sont incurvés. Cette configuration particulière semble faire avancer les toiles vers les visiteurs. L'effet ainsi produit est étrangement intime, comme si on pouvait, à tout moment, pénétrer dans les œuvres. Des colonnes corinthiennes, dont les piliers soutiennent le plafond, sont dispersées dans toute la salle. L'un des murs est recouvert d'œuvres impressionnistes. En son centre, un grand espace vide signale l'endroit où se trouvait le Manet. Un autre mur présente une série de grandes œuvres appartenant à divers courants artistiques au fil des siècles. Le troisième mur semble être dédié à l'histoire de la photographie. Le mur du fond est nu.

Je regarde autour de moi. Deux femmes aux cheveux blancs se reposent sur un banc de marbre rectangulaire. Il n'y a qu'une seule sortie, c'est-à-dire les portes vitrées par lesquelles nous sommes entrés. Sur le mur, à gauche de celles-ci, est fixé un clavier électronique. Grâce aux notes mentionnées dans le dossier, je sais qu'une fois que la salle est verrouillée, il faut une carte électronique et un mot de passe de six caractères pour entrer. Ce code est changé toutes les semaines. Il n'y a aucune fenêtre, seulement quelques minces ouvertures rectangulaires qui laissent pénétrer la lumière du jour près du plafond. Celui-ci est fait de plâtre lisse et dur, et non de ces panneaux amovibles qui permettent à tant de cambrioleurs de réussir leur forfait dans les films.

– Comment a-t-on pu sortir la toile de là ? demandé-je.

Craig semble perplexe.

– Aucune idée. Mais, fort heureusement, ce n'est pas à nous de trouver la clef de cette énigme.

Je repense au visage sinistre de la détective Kendle. C'est peut-être irrationnel de ma part de vouloir élucider un mystère qui confond la police, mais je ne peux m'empêcher de penser que, si *je* réussissais, cela pourrait contribuer à rétablir l'ordre dans mon univers.

Craig s'arrête devant une toile, représentant une rue embouteillée, qui ressemble à une photographie.

– Comment penses-tu qu'il a réussi à donner cet effet?

– Je n'en ai aucune idée. On y va?

– D'accord.

Nous nous dirigeons vers la sortie, où un membre du personnel du musée est en train d'installer un chevalet. À ses côtés, gisant sur le sol, se trouve une affiche reproduisant une photo en noir et blanc qui m'est familière. Il s'agit d'un mélange déconcertant de divers horizons qui n'existe que dans un seul endroit. Mes yeux parcourent l'affiche avec appréhension, à la recherche du nom de l'artiste, tout en sachant déjà ce que je vais découvrir.

– Ça ne va pas, Emma? me demande Craig. Tu es blanche comme un drap.

CHAPITRE 20

ÉVIDEMMENT PAS

– Crois-tu que je devrais y aller ? demandé-je à Stéphanie.

Nous sommes assises, une semaine plus tard, dans un compartiment d'un restaurant de sushis. C'est un de ces établissements aux murs orangés, aux tables de formica blanc et à l'éclairage cru qui appartiennent à une chaîne de restaurants, mais en général les sushis ne sont pas mauvais.

Stéphanie étudie la carte d'invitation pour l'exposition de Dominic.

– C'est vendredi.

– Je suis au courant, merci.

– Hé oh ! Tu ne vas quand même pas m'arracher la tête parce que tu en veux à Dominic.

– Tu es dans ma ligne de mire, j'imagine.

– Tu devrais peut-être penser à utiliser des balles en caoutchouc.

La serveuse nous apporte nos soupes miso. Je trempe ma cuillère dans le bouillon trouble et attrape quelques morceaux de tofu et d'algues.

– Désolée.

– Ce n'est pas grave. Penses-tu qu'il voudrait que tu y ailles ?

– Je n'en suis pas certaine. Il a été plutôt rapide à proposer de quitter l'appartement.

Dominic a appelé le lendemain de mon investigation au musée. J'étais assise à mon bureau, en train d'étudier le plan de la galerie, comme si celui-ci pouvait m'aider à résoudre le mystère qui entoure la façon dont l'œuvre a été volée. J'ai soudain eu envie de murmurer l'incantation que Harry Potter utilise pour faire apparaître les gens sur la carte du Maraudeur. Elle a quitté mes lèvres, presque inconsciemment, alors que je tapotais le plan du bout de mon stylo. Mais, bien sûr, comme je suis avocate et non magicienne, rien n'est apparu.

Mon téléphone a sonné. J'ai étendu le bras pour saisir le récepteur.

– Emma Tupper à l'appareil.

Il y a eu une pause, et puis :

– Salut. C'est Dominic.

Mon dos s'est raidi.

– Ah. Salut. Où es-tu ?

– Je suis de retour en ville.

– Comment s'est passé ton voyage en Irlande ?

– Très bien. Écoute, Emma... est-ce qu'on pourrait se voir plus tard, pour discuter ?

Même si mon esprit était rebuté par l'idée – je ne pouvais m'empêcher de penser que Craig voulait aussi me parler après l'émission de Cathy Keeler –, j'ai dit :

– À l'appartement ?

– Bien, d'accord.

Et c'est peut-être ce mot – *bien* – qui a provoqué ma réaction, mais quelque chose s'est refermé en moi.

– En fait, je dois travailler tard... et... je dois aller visiter des appartements, après.

– C'est une des choses dont je voulais te parler.

– Ah?

– J'ai réfléchi... c'est à moi de partir. Après tout, c'est ton appartement.

Il parlait sur un ton quelque peu blagueur, mais ce n'était pas un sujet que je prenais à la légère.

– Où vas-tu aller?

– Je peux loger chez un ami.

– Ah! fis-je à nouveau, sans trouver rien d'autre à dire.

Il y a eu un long silence.

– On n'a pas vraiment besoin de se voir, alors? a dit Dominic.

– Je suppose que non.

Il s'est raclé la gorge.

– Très bien. J'irai chercher quelques-unes de mes affaires pendant que tu es encore au bureau.

– Très bien, ai-je répondu, en proie à un sentiment de vide.

Nous nous sommes dit au revoir et je n'ai pas eu de ses nouvelles depuis. Il a déménagé quelques affaires de l'appartement, mais la majeure partie de ce qui lui appartient est toujours là. Je n'ai pas encore eu la force de l'appeler pour lui demander quand il viendrait chercher le reste.

Stéphanie prend son bol dans ses mains et avale sa soupe en quelques grosses gorgées.

– Ça fait du bien.

– Sérieusement, Steph. Est-ce que tu pourrais m'aider un peu?

Elle se tapote les lèvres avec sa serviette.

– Qu'est-ce que tu veux que je te dise? Il est clair que tu as envie d'y aller. Alors, vas-y.

– Mais crois-tu que ce soit une bonne idée?

– Ça n'a aucune importance. Quoi que je dise, tu vas y aller.

Elle lorgne ma soupe qui refroidit.

– Vas-tu la terminer?

Je la pousse vers elle.

– Pourquoi irais-je si tu penses que je ne devrais pas le faire?

– Pour la simple raison que, si tu veux affronter Dominic, ce sentiment-là ne disparaîtra pas parce que je t'énumère plus d'arguments négatifs que positifs.

– Tu as davantage d'arguments négatifs?

Elle secoue la tête.

– Tu n'en démords jamais.

– Jamais. Pense à tous les efforts que j'ai dû faire pour devenir comme ça.

– Ton énergie aurait peut-être pu être utilisée à meilleur escient ailleurs?

– Probablement. Mais il est trop tard, maintenant.

La serveuse ramasse nos bols et dépose une assiette pleine de makis entre nous deux. J'en assaisonne un morceau avec du gingembre, de la sauce soya et du wasabi. Je le fourre dans ma bouche et me mets aussitôt à m'étouffer.

– C'est fou comme c'est épicé.

Stéphanie me tend son verre d'eau.

– Tiens, bois ça.

Je l'avale d'un coup. La brûlure diminue légèrement.

– Quels sont tes arguments négatifs?

Elle prend un air résigné.

– Il sort tout juste d'une relation foireuse. Il a encore clairement des choses à régler avec son ex. Il a couché avec toi, puis
t'a rappelée pour te dire qu'il pensait que c'était une erreur.
Ensuite, silence radio jusqu'à ce qu'il ait envie de «discuter».
Tu es contente, maintenant?

– Ravie, merci.

– Tu vas y aller quand même, n'est-ce pas?

– Probablement.

– Pourquoi?

– Peut-être parce que j'ai l'impression que c'est le mystère
le plus simple à déchiffrer, en ce moment.

Elle me regarde calmement de ses yeux bleus.

– Es-tu amoureuse de lui?

– Quoi? Non. Ne sois pas ridicule.

– Voilà qui est convaincant.

– Ah, tais-toi, veux-tu?

– Bon, maintenant, elle ne veut plus écouter ce que j'ai à
dire.

– Mange tes sushis.

Elle avale un morceau de maki.

– Il y a cependant une chose dont je suis certaine, dit-elle
avant de prendre une autre bouchée.

– Quoi donc?

– Il doit y avoir tout un argument positif.

Pourquoi, *au juste*, est-ce que je veux revoir Dominic?
Est-ce parce que je ne peux pas supporter l'idée qu'il ne soit
qu'une aventure d'un soir, ou parce que je veux quelque chose
de plus de lui? Je n'en sais rien. Tout ce que je sais, c'est que
je veux le revoir. Alors, même si je passe toute la journée de

vendredi à faire semblant que ma décision n'est pas encore prise, je ne suis pas dupe.

Jenny entre dans mon bureau. Elle porte une robe qui a l'air d'un sac de pommes de terre resserré au-dessus des genoux.

– Un tas de personnes ont appelé pendant ton heure de dîner.

Elle me tend un paquet de petits papiers roses. Je les feuillette.

La détective Kendle a appelé, ainsi que Carrie, l'assistante de Cathy Keeler à *En cours*, à deux reprises.

– La dame de *En cours* a-t-elle dit ce qu'elle voulait?

– Non. Mais ce serait génial que tu y retournes encore une fois.

– *Génial* n'est pas *tout à fait* le terme que j'aurais choisi.

– Qu'est-ce que tu veux dire? Tu leur as botté les *fesses* à cette émission. Et en plus, tu étais ravissante.

– Merci, Jenny.

– Est-ce que je peux partir plus tôt aujourd'hui?

– Bien sûr. Je te verrai lundi.

– Merci, Emma! T'es la MPM.

Il me faut un certain temps pour déchiffrer ses propos. La Meilleure Patronne au Monde. Comment une personne aussi compétente peut-elle donner à ce point l'impression de sortir de *The Hills*? Ce doit être une question de génération.

J'appelle la détective Kendle en premier. Elle me dit, sur un ton sec, que l'on m'a accordé l'autorisation d'obtenir une copie de la vidéo de surveillance, puis se montre très susceptible quand je lui demande s'il y a des développements dans l'enquête. Elle met fin à notre conversation avec un brusque «au revoir». Après avoir raccroché, j'envoie un courriel à notre messager pour lui demander d'aller récupérer les DVD. Puis je retourne à contre-cœur les appels de *En cours*.

Carrie répond avec un «Allo!» très enthousiaste.

– Emma Tupper à l'appareil.

– Mademoiselle Tupper! Je suis absolument *ravie* de vous entendre. Nous sommes sur des *charbons ardents* depuis ce matin.

Mais qui utilise encore des expressions pareilles de nos jours?

– Ah bon?

– Ouuuuiiiiii, on aimerait tous *tellement*, et Cathy en particulier, que vous acceptiez de revenir à l'émission. On pourrait ainsi faire un suivi, voir comment vous vous portez, maintenant que vous avez eu le temps de revenir à votre ancienne vie.

C'est une blague ou quoi?

– Non, je ne crois pas que ce sera possible.

– Oh non. Vos *fans* vont être terriblement déçus.

– Mes *fans*?

– Tout à fait! On a reçu plus de courrier du public à votre sujet qu'on en a reçu depuis bien longtemps. Tout le monde est si *curieux* de savoir ce qui vous arrive. Surtout en ce qui concerne votre relation avec votre petit ami. Comment s'appelle-t-il déjà?

– Craig.

– C'est cela, *Craig*. Il est *sssiiii mignon*. Et votre baiser. Je pense même que je me suis évanouie en vous voyant.

– Nous avons rompu.

– Je vous demande pardon?

– Il est avec quelqu'un d'autre maintenant.

Une ombre traverse soudain mon plancher. Sophie se tient devant le bureau de Nathalie, en attendant de voir Matt.

– Oh mon Dieu ! Qui ?

Nous nous dévisageons. Sophie me jette un regard mauvais.

– Quelqu'un de mon bureau, dis-je doucement.

– *Wow*, c'est *trop génial* !

– Pardon ?

– Pensez-y. Comme ça, on pourra lui donner le rôle du Méchant.

Elle baisse la voix.

– *Alors qu'elle était perdue en Afrique, il couchait avec sa meilleure amie.*

– Quoi ? Ce n'est pas ce qui s'est passé. Elle n'est *absolument pas* ma meilleure amie.

– Désolée, suis-je allée trop loin ? Ça m'arrive parfois, quand je suis pleinement dans l'instant présent, vous savez ?

– Hum hum.

– Quoi qu'il en soit, nous serions ravis de vous avoir à l'émission de lundi.

– Je ne suis pas intéressée.

– Que c'est *décevant* !

– Je n'en doute pas.

– Puis-je au moins vous laisser mon numéro de cellulaire, au cas où vous changeriez d'idée ?

– Bon, d'accord.

Je l'écris machinalement sur le bout de papier rose contenant son message initial et raccroche. Quelques minutes plus tard, la Brigade des Initiales apparaît dans l'embrasure de ma porte, avec plein de potins à raconter.

– Quoi de neuf E.W. ? demande I. William, sur un ton de voix qu'il réserve pour les nouvelles particulièrement salées.

– Pas grand-chose. Et vous, les gars ?

– On diffuse seulement quelques p.o.t.i.n.s.

– Oui, dit J.P. en tirant sur ses bretelles rouges. Nous sommes ton service amical de nouvelles locales.

– Celle-ci te plaira, c'est garanti, rajoute Monty.

– Allez-vous me faire languir encore longtemps?

I. William fait une pause pour créer un effet mélodramatique.

– Craig et Sophie ont rompu.

– Quoi? Vous en êtes certains?

– Oui. L'assistante de Fiona l'a confié à mon assistante ce matin.

Fiona est la seule et unique amie de Sophie au bureau. Elle a une grande gueule, mais elle n'a pas tendance à inventer. Si elle a dit à son assistante qu'ils avaient rompu, c'est probablement vrai.

– C'est arrivé quand?

– Il y a deux jours.

– Est-ce que quelqu'un sait pourquoi?

J.P. se rapproche de moi et baisse la voix.

– On a entendu que c'était à cause de toi.

– De moi?

– Apparemment, les choses ont commencé à se gâter entre eux quand tu es revenue.

– Ils ont failli rompre après le fameux baiser, ajoute J.P. Et quand vous êtes allés au musée ensemble, c'est la goutte qui a fait déborder le vase.

– Bien joué, E.W.

– Vous m'accordez trop de mérite.

I. William se tape le côté du nez.

– Bien sûr, je comprends. N'en dis pas plus, n'en dis pas plus.

– Sérieusement, les gars. Je n'y suis pour rien.

– Alors, pourquoi ont-ils rompu ? demande J.P.

– Je donne ma langue au chat.

– Vous ne vous êtes pas remis ensemble ?

– Non, mon Dieu, non !

– Intéressant, dit I. William.

– Désolée de gâcher vos nouvelles.

– Ce n'est pas grave. On peut encore miser quelques heures sur la seule annonce de la séparation.

– Attention à vos heures à facturer.

– Ne t'en fais pas, on se débrouille toujours.

– Je n'en doute pas.

– Vas-tu pouvoir nous rejoindre plus tard pour l'apéro ? demande J.P.

– J'ai déjà quelque chose ce soir.

– À une prochaine, alors.

Ils repartent, aussi discrètement qu'ils sont arrivés, en prenant soin de ne pas attirer l'attention de Matt. Aucun de ces gars-là ne deviendra jamais un associé du cabinet, mais ce n'est pas le seul objectif que l'on puisse se donner dans la vie, n'est-ce pas ?

C'est là où quelqu'un se met à rire de façon hystérique.

Je me demande pourquoi ils ont rompu. Il ne peut raisonnablement pas penser que nous ayons une chance de revenir ensemble. Non, je ne peux pas y croire. On peut dire beaucoup de choses sur Craig, mais pas qu'il est stupide.

Moi, en revanche…

Je ramasse la carte de l'exposition de Dominic et contemple la reproduction de la photo qui était appuyée contre le mur de sa chambre. Je la retourne, révélant une version noir et blanc de son beau visage, dans une pose de studio. Ses cheveux fraîchement coupés et le blanc de sa chemise lui donnent un teint bronzé. Il a l'air heureux, comme s'il venait de raconter une bonne blague et appréciait l'effet qu'elle produisait.

D'une chiquenaude, je projette la carte sur mon bureau. Elle heurte sa surface et rebondit comme un galet sur un étang tranquille, avant d'atterrir sur le plancher. Le visage de Dominic me regarde, avec un sourire invitant.

J'accepte l'invitation.

J'arrive au musée, avec l'allure qu'on aimerait avoir quand on veut faire ce que je suis sur le point de faire – cheveux impeccables, maquillage parfait, sans oublier, bien sûr, la robe idéale. Toute l'éducation et toutes les expériences de mort imminente au monde ne pourront jamais étouffer *cet* instinct de base.

Je dépose mon manteau de laine au vestiaire et échange mes bottes d'hiver contre une paire d'escarpins noirs. Je mets le petit billet numéroté dans mon sac et fais un tour à la salle de bains pour un dernier ajustement. Satisfaite, je suis les flèches vers la galerie Bushnell.

Je refuse le verre de champagne que m'offre un serveur portant chemise blanche et nœud papillon et me promène parmi la foule étonnamment nombreuse. La salle est remplie de gens dans la trentaine et la quarantaine, tirés à quatre épingles, sirotant leurs flûtes de champagne tout en se gavant de hors-d'œuvre. Il flotte dans l'air une odeur de parfum et de lotion après-rasage de luxe.

Les photographies de Dominic sont accrochées au mur qui était vide lors de ma dernière visite. Environ la moitié d'entre elles appartient à la même série que celle de Las Vegas.

Les autres sont le fruit du récent travail qu'il a fait en Irlande. Ma préférée est celle dont Dominic m'a parlé. Elle représente un homme vieillissant et un jeune garçon conduisant un chariot tiré par un cheval dans la brume. Derrière eux, une grosse grue s'étire vers un soleil incertain.

Je longe tranquillement le mur, accordant à chaque image l'attention qui lui est due. Et lorsque j'arrive à la dernière, j'en perds presque le souffle. Elle représente une femme assise sur le sol, la tête inclinée au-dessus d'un cadeau de Noël à moitié déballé. Les lumières de l'arbre de Noël derrière elle sont un peu floues, comme si le temps d'ouverture de l'obturateur n'avait pas été adéquat ou que le photographe avait bougé. Les traits de la femme sont flous eux aussi, ce qui suffit pour la rendre méconnaissable aux yeux de tous, sauf aux miens.

Je ne sais pas si je dois me sentir touchée ou vexée que ce moment intime soit accroché au mur, à la vue de tous, même si Dominic a protégé ma vie privée. Me sentant soudain fragile, je parcours la foule des yeux à sa recherche, mais le seul visage que je reconnaisse est celui de Victor Bushnell. Sur le coup, je suis surprise de le voir, mais comme c'est sa galerie, j'imagine que je ne devrais pas l'être.

Il mesure plus de six pieds et sa tête porte d'épais cheveux presque blancs, peignés vers l'arrière, ce qui dégage son grand front. Ses yeux bleu clair se démarquent au-dessus de son nez d'aigle, dans son visage bronzé. Il est vêtu d'un costume de laine noire, confectionné à la main, et d'une chemise blanche amidonnée à la perfection. Il porte une alliance traditionnelle en platine. Le seul indice de ses tendances non conformistes est la boucle d'oreille de diamant qui orne son oreille gauche.

Je m'avance à petits pas pour mieux le voir, m'arrêtant devant le banc de marbre sur lequel les vieilles dames étaient assises l'autre jour. Sa voix grave résonne au-dessus de la foule tandis qu'il gesticule avec enthousiasme devant une toile de Degas. Deux dames de la haute société l'écoutent avec un profond intérêt.

Je leur tourne le dos et admire quelques-unes des peintures accrochées sur le mur où a brièvement séjourné le Manet.

– Elles sont vraiment très belles, n'est-ce pas? dit un homme à côté de moi, quelques minutes plus tard.

C'est Victor Bushnell. De près, je peux voir ses yeux qui brillent d'intelligence et d'intérêt.

– Oui, absolument. Les propriétaires de ces œuvres sont très chanceux.

Il me sourit lentement.

– Vous avez raison.

Il se déplace vers le mur de Dominic.

– Vous connaissez l'artiste?

– Un peu.

– Je crois qu'il va faire de grandes choses.

– Oui.

– Victor? l'interpelle un vieil homme de l'autre côté de la pièce.

Il hausse les sourcils.

– Le devoir m'appelle.

Je me sens tendue et nerveuse alors que je parcours à nouveau la salle des yeux. Je m'avance vers le banc et m'assieds sur la surface froide et dure. Le vacarme de la foule s'amplifie de minute en minute. Cependant, Dominic demeure toujours invisible.

Un des membres du personnel de traiteur se dirige vers moi.

– Désolé, madame. Je dois aller là-dedans. Vous permettez?

– Je vous en prie.

Je me lève et me déplace pendant que le serveur vêtu de blanc se penche et lève le lourd siège. À l'intérieur du banc se trouve une grosse glacière métallique, remplie de bouteilles de vin blanc.

– La réserve, dit-il inutilement.

Je hoche la tête et me retourne. Ce faisant, j'accroche le coude de quelqu'un et trébuche. Deux mains fortes me saisissent pour rétablir mon équilibre.

– Emma?

Je lève les yeux vers le visage surpris de Dominic. Des heures de préparation gâchées par un coude maladroit. Évidemment.

– Oh! Salut, Dominic.

Oh! Salut, Dominic? Génial. Brillant même.

Son visage rougit.

– Que fais-tu ici?

– Je... euh, suis venue voir ton exposition. C'est magnifique.

Et voilà maintenant que je suis incohérente. Venir ici est bien la pire idée que j'aie jamais eue.

– Que se passe-t-il?

– Que veux-tu dire?

– Bon sang. Je ne peux pas gérer cela maintenant.

Le sang me monte à la tête.

– *Tu* ne peux pas gérer ça maintenant? Chapeau. Nous...

Je remarque que quelques-uns des autres invités nous observent et je baisse la voix.

– Nous avons couché ensemble et puis tu m'as dit que c'était une «erreur». Une minute tu es Superman, drapé de sa cape rouge vif, puis... *pouf*, tu redeviens un pauvre type dans une cabine téléphonique.

Les lèvres de Dominic s'amincissent pour ne plus former qu'une fine ligne horizontale.

– J'ai tenté de te présenter mes excuses à ce sujet, mais tu n'as même pas voulu me parler.

– Qu'est-ce que c'est que cette histoire?

– Je t'ai laissé trois messages.

– Tu as quoi?

Il regarde derrière moi, en direction d'un couple à l'air hautain qui nous fixe avec intensité, en buvant du champagne.

– Je ne peux pas discuter ici.

Il me prend par le coude.

– Hé, qu'est-ce que...

– Retiens cette pensée.

Il me conduit vers une des colonnes corinthiennes dans le coin. Il y a un espace entre elle et le mur qui offre un peu plus d'intimité. Nous nous tenons là, l'un en face de l'autre. Mon cerveau m'assaille de questions: pourquoi m'as-tu laissée tomber? Pourquoi n'as-tu pas voulu revenir à l'appartement? Pourquoi refuses-tu de me regarder dans les yeux?

Comme s'il m'avait entendue, il lève les yeux du point qu'il fixait sur le plancher.

– Pourquoi n'as-tu pas retourné mes appels?

– Tu m'as vraiment appelée?

– Ton assistante m'a dit qu'elle t'avait fait les messages.

Ça ne ressemble pas à Jenny.

– Que disaient tes messages?

– À ton avis ? Que j'avais appelé.

– Ah.

Il hausse un sourcil.

– Aurais-je dû me vider le cœur auprès de ton assistante ?

– Seulement si tu voulais lire tes confessions dans son blogue le lendemain.

Il émet un petit rire qu'il laisse se résorber en sourire.

– Dieu que tu m'as manqué !

– C'est donc ici que vous vous cachez, dit Victor Bushnell, en apparaissant soudain à côté de Dominic. Il y a quelques personnes que je voudrais vous présenter.

Un spasme d'agacement traverse le visage de Dominic, mais Busnell, qui se tourne vers moi, ne le remarque pas.

– Je n'ai pas compris votre nom tout à l'heure.

– Emma Tupper.

– Emma Tupper. Pourquoi ce nom me dit-il quelque chose ?

Mon cœur sursaute. Il connaît mon nom. Et d'une seconde à l'autre, il va réaliser qui je suis. Oh là là, me voilà dans de beaux draps...

– Je suis avocate, dis-je, me sentant téméraire. Je représente Mutual Assurance.

– Ah, oui. J'ai justement lu quelque chose sur vous, hier.

Dominic paraît confus.

– Que voulez-vous dire par « lu sur elle » ?

– Il poursuit mon client pour la somme de vingt millions de dollars, dis-je. Mais nous ne devrions vraiment pas parler de cela maintenant.

Victor Bushnell éclate de rire.

– Je vous l'accorde, mais où est le plaisir dans tout cela ?

– Ah, te voilà, Emma, fait Craig en me lorgnant de l'autre côté du pilier. Je te cherchais partout.

Là, mon cœur se met à battre la chamade. Mais qu'est-ce que Craig fait ici? Dominic le dévisage comme Victor Bushnell l'a fait il y a quelques instants. Je peux presque voir ses pensées et tout est en train de se mettre en place dans sa tête.

– Êtes-vous... Craig? demande-t-il.

– C'est exact. Et vous-même?

– C'est l'homme du jour, dit Bushnell.

– Êtes-vous venus ensemble? demande Dominic.

L'expression de Craig démontre qu'il a saisi.

– Vous êtes Dominic.

– Vous l'avez deviné.

– Rappelez-moi comment vous avez rencontré Emma?

– Il habite dans mon appartement, dis-je beaucoup trop fort, d'une voix haut perchée.

Les trois hommes qui m'entourent, comme des arbres géants, se tournent vers moi avec des airs de surprise.

Rien ne se déroule comme je l'avais prévu. J'adoucis le ton.

– Il est la personne qui habitait chez moi quand je suis revenue d'Afrique, ou qui emménageait, enfin, peu importe... hum, Craig, as-tu rencontré monsieur Bushnell?

Bushnell prend un air amusé et tend la main vers Craig.

– C'est un plaisir de vous rencontrer, Craig...?

– Talbot.

– Ah. C'est toujours charmant de rencontrer un autre chien d'attaque de Mutual Assurance.

– Eh bien, je ne crois pas que ce soit juste.

– Dominic?

Oh non, ce n'est pas vrai.

Je me retourne lentement et découvre Emily, élancée et sereine, vêtue d'une robe de soie argentée. Ses parfaits cheveux auburn tombent délicatement sur ses épaules couleur crème.

– Qu'est-ce que tu fais là? demande Dominic, d'une voix qui trahit sa vive émotion.

Ses joues sont teintées de rose.

– Je voulais te parler et tu n'as pas répondu à mes appels... Mais qu'est-ce que vous faites tous cachés derrière ce pilier?

Sa voix faiblit alors que ses yeux se tournent vers moi.

– Je ne savais pas que *tu* serais ici.

– Je... suis venue voir l'exposition.

Victor Bushnell s'esclaffe bruyamment.

– Ha! Je crois que le moment est venu pour moi de me retirer. Venez me voir lorsque vous aurez un moment de libre, monsieur Mahoney. Nous avons des choses à discuter.

Dominic ne peut quitter des yeux le magnifique visage d'Emily.

– Oui, bien sûr.

Bushnell s'extirpe de notre petit coin serré.

– Comment vous connaissez-vous, toutes les deux? me demande Dominic.

– Nous nous sommes rencontrées l'autre soir, chez Tara, dis-je.

– Dominic, je t'en prie, veux-tu bien me parler? demande Emily.

Craig me prend la main.

– Viens, Emma. Nous devrions leur laisser un peu d'intimité.

Emily lui en semble reconnaissante.

– Ça ne vous dérange pas? J'apprécierais énormément.

– Certainement.

Craig me tire par la main, mais je reste figée sur place. Je me tourne vers Dominic, dans l'espoir d'attirer son regard, mais il n'a d'yeux que pour Emily. De l'angle où je le vois, je ne peux deviner ce qu'il ressent. Quoi qu'il en soit, cela n'a rien à voir avec moi.

Alors, lorsque Craig répète « Tu viens, Emma ? », je le suis sans un mot.

CHAPITRE 21

YOU'RE SHAKING MY CONFIDENCE DAILY[17]

Lorsque je réussis enfin à dégager ma main de celle de Craig, nous sommes à trois galeries de Dominic, d'Emily et de Victor Bushnell. Une galerie plus loin, je retrouve ma voix et exprime ma colère à Craig. Qu'est-ce qu'il fait là? Pourquoi me poursuit-il? Que se passe-t-il?

Il commence par balbutier une excuse au sujet de l'affiche qu'il avait remarquée au musée et aurait piqué sa curiosité.

Je l'interromps.

– Essaie encore, Craig.

Il prend un air penaud.

– Je voulais te voir en dehors du travail.

– En me traquant comme une bête?

– Je ne te traque pas.

– C'est l'impression que tu me donnes, en tout cas.

– Non. Je voulais te parler et je savais que tu n'accepterais pas si je te le demandais. J'ai pris une chance que tu sois ici.

Je le dévisage.

---

17 Paroles de la chanson *Cecilia*, de Simon and Garfunkel. Littéralement: «Tu me fais douter de moi quotidiennement». (NDT)

– Et tu voulais voir qui était Dominic.

Il rougit.

– J'avoue que j'étais curieux. Surtout après avoir vu la façon dont tu as réagi en voyant cette affiche.

Je songe un instant à tout nier, mais à quoi bon? J'avais réagi, et prétendre le contraire ne changerait rien.

– Nous nous connaissons trop bien.

– C'est vrai.

Je me dirige vers le vestiaire et tends mon billet à la jeune fille derrière le comptoir. Craig fait de même.

– Je boirais bien un verre, dit-il. Et toi?

Je l'ignore, fixant la rangée de manteaux en silence. La jeune fille revient avec mes bottes et mon manteau, ainsi que celui de Craig. Il prend le mien et le place sur mes épaules.

– Un verre seulement, Emma. Puis je te laisserai tranquille, je te le promets.

J'acquiesce de la tête et il m'emmène dehors, hèle un taxi et donne son adresse au chauffeur. Bien que son appartement soit le dernier endroit où je désire retourner, je n'ai pas l'énergie de protester. Comme il a remporté cette manche – du moins pour le moment –, il garde sagement le silence.

Lorsque nous arrivons chez lui, Juliana est encore là, en train de terminer les plats qu'elle prépare pour les repas de Craig la fin de semaine. Quand nous étions ensemble, je me demandais souvent, en rêvassant, si Craig et Juliana étaient un forfait tout inclus. Si jamais on se mariait, est-ce qu'elle continuerait à jouer un rôle aussi important dans sa vie? Et si c'était le cas, cela me dérangerait-il?

Juliana est dans la cuisine, vêtue de son habituelle blouse bleu clair, uniforme qu'elle a toujours refusé de changer, bien que Craig ait maintes fois tenté de lui faire porter autre chose. Ses cheveux, pour la plupart encore brun foncé, sont coupés très court. Son visage rond est parsemé de rides d'expression.

– Emma, quel plaisir de te revoir.

– Tout le plaisir est pour moi, Juliana.

Nous nous serrons brièvement dans les bras l'une de l'autre, puis je vais m'asseoir sur l'un des tabourets de bar, à l'autre extrémité de la pièce.

– Je t'ai préparé ton plat préféré, dit Juliana à Craig. Aimerais-tu que je le sorte du four?

– Je peux m'en occuper.

– Bon, alors je m'en vais.

– Merci, Juliana, dit Craig, tout en me regardant.

– Bienvenue.

Elle me tapote le bras.

– C'est vraiment bon que tu sois de retour.

Je lui rends son sourire, sans pouvoir partager ses sentiments. Je ne veux pas être de retour, et je dois trouver une façon de l'annoncer à Craig. Bientôt.

La porte de la cuisine se referme derrière elle, en émettant un grincement de mauvais augure. Ou serait-ce moi qui interprète trop les choses? Une porte ne se ferme de façon sinistre que dans les films d'horreur. Et bien que je me sente très nerveuse, Craig n'est pas un croque-mitaine qui attend le moment propice pour m'arracher la tête.

Craig ouvre un placard et en sort deux verres et une bouteille d'alcool. Lorsqu'il dépose l'un des verres devant moi, je réalise qu'il contient du scotch. Et cela me paraît bizarre, car, quand nous étions ensemble, je ne buvais jamais de scotch.

Je ne comprends donc pas comment il peut être au courant de ce nouveau penchant. Je lui demande pourquoi il a choisi cet alcool-là.

– Tu semblais en avoir besoin.

J'en prends une gorgée et frissonne. À cause de l'alcool, mais aussi parce qu'il me paraît étrange de me retrouver ici, avec Craig.

– Bon choix.

Craig desserre sa cravate puis s'assied sur un tabouret, de l'autre côté de l'îlot de cuisine. Nous sommes séparés par plusieurs pieds de granit noir, comme c'était presque tous les matins le cas, autrefois. À cette époque, c'était pratique et rassurant, mais maintenant, ce n'est qu'un obstacle supplémentaire auquel je dois m'ajuster.

Nous sirotons nos verres en silence pendant un certain temps. Puis il commence à me raconter son histoire avec Sophie, en me donnant force détails dont je me passerais bien, mais que je ne peux m'empêcher d'écouter. Ils ont *bel et bien* rompu, et c'est à cause de moi. Craig veut que je le sache, parce qu'il m'aime encore. Il veut que nous nous remettions ensemble.

– Mais nous n'avons presque pas passé de temps ensemble depuis mon retour, me rebellé-je, ne trouvant rien d'autre à dire alors qu'il me regarde, avec des yeux remplis d'espoir.

– Quel est le rapport ? Nous avons été ensemble pendant trois ans. Les dernières semaines ne changent rien à cela.

Je ressens soudain une étrange envie de rire, mais me contiens.

– Mais tu m'as annoncé que tu étais passé à autre chose et que... tu avais été *soulagé* d'apprendre que j'étais morte.

– Je n'ai jamais dit cela.

– Si, tu l'as fait. Après l'émission de Cathy Keeler.

– Ce n'est pas du tout ce que je voulais dire. Ce que j'entendais par là, c'est que... d'avoir à attendre pour savoir ce qui se passait, si tu étais vivante ou non, c'était une torture insupportable. Dans ce contexte, accepter ta mort *représentait* une sorte de soulagement. Je ne pourrais jamais être soulagé par ta mort. As-tu réellement cru cela?

– Je ne sais pas. Une partie de moi l'a cru, apparemment. Et tu as choisi Sophie, alors...

– Non, ce n'est pas comme ça que ça s'est passé. J'ai tenté de te l'expliquer, mais tu n'as pas voulu. Tu es partie. Je croyais que c'était *toi* qui voulais rompre. J'ai essayé de respecter ton désir.

– Qu'est-ce qui t'a fait changer d'avis?

– J'ai pensé que je me devais, pour toi, pour nous, de te dire ce que moi, je voulais.

Je l'observe de l'autre côté du comptoir de granit.

– Et tu étais jaloux.

– De Dominic? Peut-être.

– Mmm.

– Alors?

– Alors quoi? Si je vais revenir avec toi?

– Oui.

– C'est non, Craig.

– Et pourquoi pas?

– Parce que trop de choses se sont passées. On ne peut pas revenir en arrière. S'il y a une chose que j'ai apprise, c'est bien celle-là.

– Je le sais, Em. Je ne demande pas que les choses rede-viennent comme elles l'étaient. Je te demande simplement de me donner une autre chance. De... recommencer à zéro.

Il me ressemble tellement que ça me fait presque sourire.

– Tu veux retourner au camp d'entraînement en litiges ?

Il répond en souriant.

– S'il le faut.

Ses yeux sont étonnamment doux, à des lieues de ses para-mètres par défaut.

Dieu, que je souhaiterais aimer cet homme. J'aimerais qu'il soit la partie de ma vie que je dois retrouver pour me sentir à nouveau entière.

Je prends une grande inspiration.

– Craig...

Son sourire s'éclipse au ton de ma voix.

– Emma, tu ne penses pas...

– Non, je ne pense pas. Je ne... ressens plus cela pour toi. D'ailleurs, pour être honnête, et je te jure que je ne te raconte pas cela pour être méchante, je pense que je n'ai jamais eu des sentiments aussi forts que les tiens. Je ne dis pas que je ne t'ai pas aimé. Je t'ai aimé – et je t'aime encore –, mais tu ne fais plus partie de mon destin.

Il est assis parfaitement immobile, les mains posées à plat sur le granit.

– Dis quelque chose.

– Tu en es certaine ?

– Oui.

– C'est quoi la suite, alors ?

Je passe mon pouce sous mon œil pour essuyer une larme.

– Je ne sais pas.

– Mais tu sais que ce ne sera pas avec moi ?

– Effectivement. Je suis désolée, Craig.

Je me lève et contourne l'îlot. Il me regarde avec méfiance.

– Je te remercie de ce que tu m'as dit.

Je me penche vers lui et l'embrasse doucement sur la joue.

– Ça me touche beaucoup. Plus que je ne peux le dire.

– J'aimerais tant que tu changes d'avis.

– Je sais, dis-je.

Et nous restons là, comme ça, pendant longtemps.

Le lendemain matin, je marche dans un quartier peu rénové de la ville en essayant de trouver l'adresse que Stéphanie a laissée sur ma boîte vocale, avec l'instruction de la rencontrer là à dix heures. Son message parlait d'une grande « occasion d'affaires », ce qui m'inquiète beaucoup pour elle. Ce n'est pas la première fois, en effet, que j'entends ce ton enthousiaste et insouciant.

C'est un de ces jours de lumière blafarde, où il est presque impossible de deviner l'heure qu'il est, et un vent violent s'engouffre entre les bâtiments. Le téléphone portable de Stéphanie éprouvait des difficultés de communication lorsqu'elle m'a laissé son message, alors je ne suis pas certaine d'avoir parfaitement compris ses indications. Et vu l'aspect minable du quartier, le doute qui m'habite ne fait que grandir à chaque instant.

Je suis sur le point d'abandonner quand je trouve enfin l'endroit que je cherche. L'adresse « 4356, avenue Boston » est écrite en lettres blanches, d'une peinture qui s'écaille, au-dessus de l'entrée d'un magasin fermé. Les vitrines sont tapissées de feuilles de papier brun rigides. Une fente de lumière illumine la banale porte noire.

J'appuie sur la sonnette blanche encastrée dans le mur et un son vraiment strident retentit. La porte s'entrouvre en grinçant et le visage de gamine de Stéphanie apparaît dans l'embrasure.

– Tu as trouvé !

– Ce n'est pas grâce à ton message énigmatique, en tout cas.

– Je savais que j'aurais dû te rappeler.

– Vas-tu me dire ce que tu manigances ?

Elle recule d'un pas.

– Entre et viens jeter un coup d'œil à mon salon.

Je me glisse à l'intérieur. Le magasin offre environ quinze cents pieds carrés d'espace vide imprégné d'une odeur de moisi. Les murs sont recouverts d'étagères du sol au plafond. Un éclairage fluorescent dur illumine les grains de poussière qui flottent dans l'air.

– Mais qu'est-ce que c'est que ça ?

Elle marche jusqu'au centre de la pièce et ouvre grand les bras.

– Bienvenue à The Book Connection. Tu aimes ?

– Tu vas vraiment réaliser cette idée de librairie/rencontre amoureuse ?

– Tout à fait.

– Es-tu bien certaine que ce soit le moment d'ouvrir une librairie ?

Elle me jette un drôle de regard.

– Ce que je voulais dire, c'est que... je m'inquiète pour toi. Y as-tu vraiment bien réfléchi ?

– Bien sûr que oui.

– Mais quand as-tu trouvé le temps d'organiser tout cela ?

Elle hausse un sourcil.

– Quoi? Es-tu la seule personne à avoir le droit d'être ultra-performante?

– Tu sais bien que ce n'est pas ce que je voulais dire.

– Je sais. Peu importe. J'ai décidé de foncer il y a quelques jours, tu vois, et j'ai trouvé cet agent d'immeubles commerciaux qui m'a fait visiter un tas de locaux hier.

– Tu as vu ce local hier pour la première fois?

– Ouais. Et j'ai signé le bail hier soir. Génial, non?

– Tu ne trouves pas que c'est un peu rapide?

– Tu sais bien que je veux faire quelque chose de plus concret depuis longtemps.

– Je sais, mais…

– Pas de mais. Tu n'as pas envie de t'éclater parfois et de faire quelque chose de complètement spontané?

Je me mets à rire.

– Non, jamais.

– C'est peut-être ça, ton problème.

Je ressens un petit pincement de contrariété.

– Que veux-tu dire par là?

– Oh, je ne sais pas. C'est juste que… tu aurais pu *mourir*, Emma. Cela n'a donc rien changé pour toi?

– Tu n'es pas sérieuse?

– Je sais que beaucoup de mauvaises choses te sont arrivées, mais qu'est-ce que tu as changé, *toi*, dans ta vie?

Je me dirige vers la vitrine. Le papier brun bloque la vue sur la rue. Je me perche sur le rebord de la fenêtre, en remontant mes genoux sous mon manteau.

– Ça va, Em?

– Pourquoi est-ce que tout le monde s'attend à ce que ma vie change au complet à cause de ce qui m'est arrivé?

– Qui s'attend à cela?

– Toi, Matt, Dominic.

– Dominic?

– Il avait tout un discours là-dessus, tu te souviens? «Imagine les possibilités» ou une absurdité du genre.

– Alors, as-tu suivi son conseil?

– Non, je ne veux pas que ma vie change.

Elle éclate de rire.

– Qu'y a-t-il de si drôle?

– Ta vie a déjà changé, Emma, que cela te plaise ou non.

– Tu penses que je ne le sais pas?

– Je ne suis pas certaine que tu le réalises vraiment.

Elle s'assied sur le rebord de la fenêtre, à côté de moi. Des grains de poussière s'élèvent en tourbillonnant.

– Tu n'es pas la seule à avoir perdu quelque chose dans cette histoire, tu sais. N'oublie pas, tout le monde m'a dit que tu étais morte.

Un nœud se forme dans ma gorge.

– Je sais.

– La plupart du temps, je n'y croyais pas. Mais parfois je ne pouvais pas m'empêcher de penser que c'était possible.

– Steph...

Elle m'arrête.

– Non, ce n'est pas pour ça que je te dis cela. Ce que je voulais que tu saches, c'est que, d'une certaine manière, surtout comme tout s'est bien terminé, je suis reconnaissante d'avoir vécu cette expérience.

Elle secoue la tête.

– Je ne me suis pas bien exprimée. Ce que je veux dire, c'est que j'étais heureuse que tu saches combien je t'aimais et combien tu comptais pour moi. Je savais que si tu étais vraiment morte, je n'aurais aucun regret à notre sujet.

– Tout le monde a des regrets.

– Je sais, mais je pense que nous devrions essayer de les minimiser.

– Que veux-tu dire, au juste ? Que je devrais vivre chaque jour comme si c'était mon dernier ?

– Peut-être, oui.

– On ne peut pas vivre comme cela.

– Certaines personnes le font.

– Peut-être. Mais moi, je ne veux pas.

– Qu'est-ce que tu veux, alors ?

– Qu'est-ce que tu répondrais, toi, à cette question ?

– Ce n'est pas de moi qu'on parle.

– Je sais, mais pourquoi dois-je me plier à des exigences auxquelles personne d'autre ne se soumet ? Juste à cause de ce qui m'est arrivé ?

Elle me frotte le dos alors que je m'efforce de me contrôler. Quelques grosses larmes tombent sur le sol poussiéreux, formant de petits cercles humides dans la saleté.

– Je veux seulement que tu sois heureuse.

– J'essaie de l'être. Pourquoi est-ce si difficile à croire ?

– Je ne sais pas. C'est une impression comme ça.

– C'est cette stupide intrigue de film, n'est-ce pas ?

– Quelle intrigue ?

– Tous ces films dans lesquels une personne frôle la mort. Et ensuite, elle réalise qu'elle a toujours voulu être pianiste de concert ou sauter en parachute, et le gars qui lui apprend comment sauter de l'avion est très séduisant et un peu perdu, alors ils tombent amoureux et vivent heureux jusqu'à la fin de leurs jours.

– C'était quel film, ça?

– Tu sais bien ce que je veux dire. Et je n'ai pas *vraiment* eu d'expérience de mort imminente, à moins que le simple fait que les autres aient cru que j'étais morte ne compte.

– Tu ne ferais que retourner à ton point de départ?

– Peut-être bien que oui. Sauf pour Craig. Je le laisserais probablement de côté.

Elle sourit.

– Je connais au moins une nouvelle chose que tu ne voudrais pas effacer. Une personne, en tout cas.

– Mmm, peut-être pas.

Je lui raconte ce qui s'est passé avec Dominic, Emily, Craig, la photo de la veille de Noël.

– Alors voilà, dis-je. Deux cas réglés en une seule soirée. Je m'impressionne moi-même.

Elle secoue la tête.

– Ce que tu peux être stupide parfois.

– C'est-à-dire?

– Ce que tu as dit à Craig, concernant le fait qu'il est impossible de retourner en arrière. Tu ne crois pas que cela s'applique à toi aussi?

– Non, je sais que ça s'applique à moi. Mais je suppose que... j'aimerais mieux que ce ne soit pas le cas.

– Tu ne peux pas effacer ce qui s'est passé. Ou retourner dans le temps.

– Je le sais, dis-je, mais, dans ma tête, je suis en train de me construire une machine à remonter le temps.

CHAPITRE 22

COMMENÇONS PAR LE COMMENCEMENT

Encore le fameux rêve. L'Afrique. Le safari. Le feu. Banga-appelez-moi-juste-Bob. L'émerveillement de mes compagnons de voyage, le mélange exotique des viandes. J'avale mon dîner avec de grosses gorgées de bière locale, un mélange saumâtre d'alcool qui décape la gorge et de quelque chose au parfum d'écorce. Le goût est horrible, mais l'effet n'est pas désagréable. De plus, il a l'avantage d'atténuer le choc que me fait la soudaine apparition éthérée de ma mère. Ou peut-être me suis-je enfin habituée à la voir ainsi, vivante, en forme, et m'avertissant du danger.

Seulement, cette fois, elle me dit :

– Jette un coup d'œil dans la boîte.

– Pourquoi, maman ? Qu'est-ce qu'il y a dedans ?

Elle me caresse le front en me repoussant les cheveux loin des yeux, comme elle le faisait lorsque, enfant, j'étais trop malade pour aller à l'école.

– Les réponses, bien sûr.

Les réponses à quoi ? J'ai envie de crier, mais je ne peux pas. Je ne peux pas crier après ma mère. Je n'en ai pas l'énergie.

Je ne sens que l'alcool d'écorce qui coule dans mes veines et m'apaise, me rendant plus insouciante que je ne devrais l'être.

Elle m'embrasse sur le front et se retourne pour s'envoler loin de moi, comme elle l'a déjà fait trop souvent. Je me sens triste, comme d'habitude, mais une lueur d'espoir illumine aussi mon être, pour la première fois.

Si je me souviens bien, j'aurai bientôt les réponses.

Ma mère me l'a dit.

Bien qu'il soit incroyablement tôt, je me réveille remplie d'espoir. C'est étrange, parce que ma tête résonne d'une pulsation annonçant un début de migraine et ma bouche me donne l'impression d'avoir mâchouillé l'intérieur d'une brindille, mais je ne m'arrête pas à cela. L'espoir me fait du bien. L'espoir me paraît juste. L'espoir semble être tout ce qu'il me reste.

Je m'efforce de conserver cet état d'esprit aussi longtemps que possible, en traînant sous les couvertures. Mais un doute s'insinue en moi. Il y a quelque chose qui... ne correspond *pas*. Il me faut quelques instants pour mettre le doigt dessus. Mais soudain, la chose s'impose à mon esprit.

Je ne suis pas dans mon lit.

Le lit n'est pas là où il devrait être dans la chambre. Et ce ne sont pas mes draps. Ceux-ci sont plus rugueux. Ils me semblent familiers pourtant, mais de façon vague, comme s'ils venaient d'une autre époque. Comme mon appartement, à mon retour.

J'ouvre grand les yeux.

Je suis dans la chambre de Dominic.

Je ne peux pas croire que j'aie fait cela.

Hier soir, quand je suis arrivée à l'appartement encore rempli des affaires de Dominic, je me suis déshabillée et j'ai pris une douche chaude. J'espérais que l'eau me raviverait, comme le soir de mon retour, où j'étais submergée par un sentiment de confusion et de perte et que les bruits et objets familiers de ma salle de bains me bouleversaient. Je me suis essuyée avec une serviette avant d'enfiler le pyjama le plus confortable que je possède. Et alors, comme je me sentais toujours faible, confuse et perdue, je suis allée dans la chambre de Dominic et me suis étendue dans son lit pour m'endormir, bercée par son odeur.

Voilà donc où j'en suis. Dans la chambre de Dominic, dans son lit. Comme une idiote.

Eh bien, à ce sujet du moins, je peux faire quelque chose. Je sors du lit et le refais avec soin, en m'assurant de ne laisser aucune trace de mon moment de faiblesse.

Après avoir vérifié ce que je sais déjà – qu'il ne reste plus rien dans le frigo –, j'enfile un jeans et un coton ouaté et m'habille pour aller dehors. Je sors dans l'aube, me dirigeant vers le resto du coin qui, je le sais par expérience, est ouvert à cette heure-ci. Je suis leur première cliente et je commande le petit-déjeuner le plus gros et le plus gras au menu. Une fois rassasiée, je me sens somnolente, mais au lieu de céder à l'assoupissement, je commande une deuxième tasse de café pour me forcer à me réveiller.

Quand je quitte le resto, il fait déjà plus clair, mais pas encore jour. J'ai le sentiment qu'il faut que j'aille quelque part, mais je ne sais plus où. Incapable de m'en souvenir, je me rends au bureau. C'est en général là que je dois être quand j'ai ce genre d'intuition.

L'entrée est vide et ses murs répercutent le moindre bruit. Le gardien de nuit semble s'ennuyer dans son poste de surveillance circulaire. Je glisse ma carte-clé et passe le tourniquet avant d'emprunter l'ascenseur d'acier inoxydable jusqu'à mon étage. Je dépose mon manteau et mes bottes à l'entrée et avance à pas feutrés dans le couloir, sans chaussures. Le contact de mes bas de nylon avec la moquette produit, à chaque pas, une décharge statique bleutée.

C'est étrangement paisible d'être au bureau lorsqu'il n'y a personne. Avant, j'avais l'habitude de venir tout le temps au bureau la fin de semaine, me réjouissant, en quelque sorte, de travailler sur mes dossiers dans le silence – pas de courriels ni de téléphones qui sonnent, pas de Matt. Je pouvais m'enfermer dans mon propre monde et réfléchir. Méditer sur l'angle particulier d'un cas que j'étudiais, ou établir une série de questions susceptibles d'arracher un aveu qui mènerait, finalement, à un règlement ou à la victoire.

Je m'arrête au bureau de Jenny. La tablette de messages roses repose à côté du téléphone, maintenue en place par une bouteille de vernis à ongles brillant. Je prends la tablette et la feuillette. Entre les messages de papier carbone que Jenny m'a donnés, je trouve la preuve que je cherchais. Dominic a appelé. Dominic a appelé. Dominic a appelé.

J'emporte la tablette à mon bureau. Quelque chose du même rose attire mon regard sur le plancher. C'est le message de Carrie, l'assistante de Cathy Keeler, avec son numéro de cellulaire, au cas où je changerais d'avis.

Je le défroisse distraitement, en regardant par la fenêtre. Je contemple la vue pendant longtemps, observant le lever du soleil, tout en cherchant la trace des numéros des messages que je n'ai jamais reçus. Quand le soleil devient trop fort, je ferme les yeux et essaie de vider mon esprit, pour me concentrer sur ce qui m'a amenée ici, cette chose qui paraît juste hors de portée.

Je m'arrête à chacune de mes mauvaises pensées, mais pas plus de trente secondes. Puis je les repousse, l'une après l'autre, pour me concentrer sur la prochaine.

Le temps file et j'arrive à court de problèmes. J'ai l'esprit plus clair et me sens enfin connectée à mon cerveau, comme je ne l'ai pas été depuis longtemps. Mes idées commencent à prendre forme et me montrent le chemin à suivre pour me rendre où je veux aller, m'indiquant peut-être même la destination. J'ouvre les yeux, saisis un stylo et prends un bloc de papier pour écrire une liste de choses à faire, comme celle que j'avais composée avant Noël.

Cette fois-ci, peut-être que j'y arriverai.

Je passe le reste de la journée à travailler et à formuler des projets, heureuse.

Oui, *heureuse*. J'ai retrouvé mon rythme. Mes neurones s'éclatent. Tout mon système fonctionne à plein régime. Je me sens comme avant, et ça fait du bien. C'est pour retrouver cet état que j'ai travaillé si fort. C'est ce que j'aime faire. C'est ce que je recherche depuis mon retour. Je le dois à Matt, à Craig aussi; cela me rend un peu triste, mais surtout reconnaissante. L'amour désintéressé peut apporter du bonheur aux autres. Je l'ai toujours su, mais maintenant je le ressens.

Après une journée de travail productive, je rentre chez moi. Et bien sûr, étant donné ce qu'est ma vie en ce moment, je découvre une chose à laquelle je ne m'attendais pas: Dominic est passé à l'appartement.

Je ne m'en rends pas compte tout de suite. Il n'y a pas de manteau supplémentaire accroché à la patère, pas de bottes qui ne devraient pas être là. Mais il y a *quelque chose* de différent, un je-ne-sais-quoi dans l'air qui me met la puce à l'oreille. Je me sens moins seule que d'habitude, même si je le suis encore.

Je longe le couloir, tendant l'oreille pour savoir s'il est là. Mais l'appartement est silencieux. La porte de sa chambre est entrouverte. Je l'ouvre toute grande. Les boîtes qui étaient bien alignées le long du mur sont maintenant de travers. Les *Vieux vêtements* semblent avoir complètement disparu.

Je m'assieds sur le bord de son lit, attendant quelque chose, peut-être qu'il réapparaisse, même si, au fond de moi, je sais que cela n'arrivera pas. Et puis, en me disant que ce sera la dernière fois, je me glisse dans son lit, en m'enivrant du mélange de nos odeurs, jusqu'à ce que je m'endorme.

Lundi matin, j'attends Matt dans son bureau. Le ciel est sombre. Des petits grains de neige dure tambourinent contre la fenêtre.

– Quelle belle surprise ! dit Matt en accrochant son manteau de couleur fauve derrière la porte. Qu'est-ce qui se passe ?

– Je crois avoir découvert une faille dans le dossier Mutual Assurance et j'aimerais en discuter avec toi.

Son visage rayonne.

– Ça m'a l'air prometteur. De quoi s'agit-il ?

Je le mets au courant pendant qu'il s'installe sur sa chaise, derrière son bureau, en roulant les manches de sa chemise de banquier comme à l'accoutumée, à la façon des négociateurs de syndicat.

– Donc, si tu as raison, on peut poursuivre le musée pour cause de négligence ?

– Je crois bien. Ça semble une grosse lacune de leur part.

– Comment allons-nous prouver que c'est ainsi que la toile a été volée?

– C'est pour cette raison que j'ai besoin d'un coup de main.

Je lui parle de la vidéo de surveillance.

– Qui as-tu en tête?

– J'ai pensé utiliser la Brigade des Initiales, dans un but productif.

– Es-tu bien certaine qu'ils seront à la hauteur? dit-il en souriant.

– Je vais les diriger.

– Je n'en doute pas.

Il pianote de ses doigts sur le coin de son bureau.

– Tu sais, s'il s'avère que tu as raison, beaucoup d'autres personnes seront intéressées, et pas juste notre client.

– Je sais.

– Pourquoi ne parles-tu pas de ton intuition à la police? Pour les laisser faire le boulot?

Je hausse les épaules.

– La détective responsable du dossier croit que je me bats contre des moulins à vent. Ce serait chouette de lui prouver le contraire.

– Et le comité de gestion?

Mes yeux croisent son regard intelligent.

– Eux aussi.

– D'accord. Tiens-moi au courant.

– Compte sur moi.

Matt me sourit avec fierté.

– C'est agréable de te compter à nouveau parmi nous, Emma.

– Je suis de retour depuis des semaines.

– Ah bon?

Une heure plus tard, j'ai réquisitionné l'une des salles de réunion et rassemblé mon équipe. Ils sont éparpillés autour de la longue table de merisier, et me dévisagent avec appréhension. Je leur explique ce que j'attends d'eux : je veux qu'ils regardent la bande vidéo du musée avec attention pour déterminer si chaque personne qui y est entrée en est aussi ressortie.

Ils sont mécontents et rouspètent, mais je vois bien qu'ils sont intéressés.

J. Perry lève la main.

– Voyons, J.P., tu sais bien que tu n'as pas besoin de lever la main pour parler.

Il la baisse.

– Tu crois vraiment que le mec qui a commis le vol a traîné dans cette boîte toute la nuit ?

– Eh bien, je n'en suis pas certaine, mais je pense que oui. C'est là où j'ai besoin de vous, les gars.

– Donc, en résumé, tu veux qu'on regarde des heures d'enregistrement vidéo pour trouver quelque chose qui n'y est pas, sur la simple base d'une intuition ?

– Exactement. Vous êtes partants ?

I. William hausse les épaules.

– C'est mieux que faire de la recherche pour Sophie.

Amen.

– Très bien, alors. Et si vous vous y mettiez ? Informez-moi immédiatement si vous trouvez quelque chose. Sinon, nous nous rencontrons ici demain, à la même heure, pour faire le point.

Je me tourne vers Monty qui griffonne des étoiles sur le bord de son bloc de feuilles jaunes de format légal.

– Peux-tu m'accorder une minute, s'il te plaît ?

J'attends que les autres soient partis.

– As-tu terminé ta recherche ?

Monty se balance d'avant en arrière sur ses talons.

– Oui. Mais ça ne s'annonce pas bien. Si un propriétaire obtient un jugement d'expulsion, et que le locataire ne quitte pas de son propre gré, le propriétaire a le droit de disposer à sa guise de tous les biens qu'il trouve.

– Il n'est pas tenu d'entreposer les biens quelque part ? Il peut tout simplement s'en débarrasser ?

– Apparemment.

– Merde.

– C'est quoi le rapport avec le musée, au juste ?

Je ramasse mes papiers.

– Il s'agit d'une autre affaire sur laquelle je travaille en ce moment.

– Très bien.

J'évite son regard inquisiteur et me dirige vers mon bureau. Jenny me suit à l'intérieur, vêtue d'un costume bleu marine classique (pour elle). Elle me dit que Stéphanie a appelé, de même que l'assistante je-n'abandonnerai-pas-tant-que-vous-n'aurez-pas-accepté de l'émission *En cours*.

– Et l'avocat de Victor Bushnell a appelé. Il veut fixer une date pour la déposition.

– Personne d'autre ?

– Non, non.

– En es-tu bien certaine ?

Elle me regarde avec son air innocent.

– Absolument.

– Écoute, Jenny, je sais que tu ne m'as pas donné les messages de Dominic.

Elle devient écarlate.

– Je suis désolée.

– Tu sais à quel point il est important que je reçoive mes messages, dis-je sur le ton le plus doux possible. Et ce n'est pas ton genre d'oublier. Alors, que se passe-t-il ?

– Je n'ai pas oublié. C'était volontaire.

– Et cela devrait me rassurer, j'imagine ?

– Je l'ai fait pour toi.

– Comment ça ?

– Tu étais tellement triste après son dernier appel. Je ne voulais pas que tu aies à revivre cela. Pas après tout ce qui t'est arrivé.

Ma gorge se serre.

– Étais-je vraiment si malheureuse que cela ?

– Tu ne m'as pas adressé la parole pendant deux jours.

Je me demande, brièvement, si tout cela est vrai. Mais les jours qui ont suivi l'appel de Dominic, où il m'annonçait qu'il quittait l'appartement, sont plutôt nébuleux.

– Il faut toujours que tu me donnes mes messages, peu importe de qui ils proviennent, d'accord ?

– Est-ce que cela veut dire que je ne suis pas renvoyée ?

– Évidemment que tu n'es pas renvoyée. Tu es la seule personne qui m'empêche de devenir folle ici.

Elle me sourit de toutes ses dents blanches.

– Je fais de mon mieux.

– Merci.

– De quoi ?

– De vouloir... me protéger. Ça me touche.

– C'est quand tu veux.

Elle quitte la pièce d'un bond et je prends place à mon bureau. Presque immédiatement, j'entends le tintement annonçant l'entrée d'un courriel. C'est Jenny qui m'envoie les dates et les heures auxquelles Dominic a appelé. Il y a un post-scriptum au bas de la page qui dit :

Vas-tu le rappeler ?

Je ramasse le papier rose sur lequel est écrit le numéro de Carrie et ajoute celui de Dominic en dessous. Je l'entoure de multiples lignes jusqu'à ce que l'encre forme un cadre profondément imprimé dans le papier.

Ces numéros vont-ils m'apporter la paix ou me conduire au désastre ?

Si seulement je le savais.

CHAPITRE 23

COMME D'HABITUDE

Je travaille sur le dossier de Mutual Assurance à la maison, en attendant Stéphanie pour un souper tardif. Je parcours le rapport d'enquête que Sophie a commandé au sujet de Victor Bushnell. En général, ce n'est pas une chose que j'aime faire, mais comme il a pris le temps de tout apprendre à mon sujet, je crois bon de lui rendre la pareille. C'est une lecture vraiment fascinante, comme si on pouvait voir derrière le rideau du magicien d'Oz. Bien des détails font partie du domaine public, bien sûr, mais d'autres pas. Comme le fait que Bushnell a obtenu un énorme prêt personnel, garanti sur le tableau en question, et qu'il n'a pas assez de liquidités pour le rembourser si l'argent de l'assurance ne lui est pas versé.

On sonne à la porte. Je me lève pour répondre, me frottant la nuque tout en marchant. Notre régime d'assurance nous offre dix massages par année, mais je ne réussis jamais à en profiter. Je devrais demander à Jenny de me prendre un rendez-vous demain. Je le mérite bien.

J'ouvre la porte au moment où Stéphanie appuie à nouveau sur la sonnette.

– Sommes-nous en retard pour quelque chose?

Elle me sourit de l'intérieur de son capuchon doublé de fourrure.

– On gèle dehors.

L'air qui pénètre dans l'entrée est *effectivement* glacé. La température a dû chuter d'au moins dix degrés depuis tout à l'heure. Je recule pour laisser entrer Stéphanie, puis referme rapidement la porte derrière elle.

Elle me regarde de la tête aux pieds.

– Quoi, tu n'es pas prête à partir?

Je porte un pantalon de survêtement tiré de la boîte de *Vieux vêtements* de Dominic, ainsi qu'un chandail de laine à col en V, de couleur crème, que j'ai réussi à maculer de taches de marqueur jaune.

– Tu crois que je devrais me changer?

– Si tu veux toujours aller au Studio.

– C'est vrai, j'ai oublié, tu voulais qu'on fasse chic ce soir.

– Ce que je veux, c'est déguster leur macaroni au fromage à l'ancienne.

– Et si je nous préparais plutôt un Kraft Diner, pour te faire économiser trente-six dollars?

Elle secoue sa tête recouverte de poils d'animal.

– Pas question. Tu as accepté de sortir et nous sortons. Tu te caches ici depuis trop longtemps.

– Je ne me cache pas.

– Peu importe. Va te changer.

Je la laisse dans l'entrée et farfouille dans mon placard, à la recherche d'une tenue qui soit à la fois assez chic et chaude pour le resto en vogue du mois, en cette nuit d'hiver glaciale.

– Qu'est-ce que tu portes sous ce manteau? crié-je à Stéphanie.

– Ma robe-chandail de laine.

Ce qui veut dire qu'il est hors de question que je porte la *mienne*. Je scrute mon placard à moitié vide. J'ai vraiment besoin de plus de vêtements. Maudit Pedro. Je n'arrive pas à croire que je ne peux pas le poursuivre. Peut-être devrais-je demander à quelqu'un de plus consciencieux que Monty de se pencher sur la question? Non, non. C'est stupide. Je dois accepter le fait que je n'ai aucun recours contre lui. Cela dit… il n'est pas au courant que… je pourrais l'amener devant le tribunal des petites créances. Cela le ferait peut-être réfléchir à deux fois avant de faire ce qu'il m'a fait à quelqu'un d'autre.

Mon Dieu, est-ce que tu t'entends parler? On dirait Sophie.

– Allez, dépêche-toi, Em! Tu n'as qu'à enfiler une belle paire de jeans et un de tes nouveaux chandails, qu'on en finisse!

Je suis ses instructions et me passe une brosse dans les cheveux, en regardant mon reflet dans le miroir. Mon bronzage est presque parti. Seules quelques taches de rousseur sur l'arête de mon nez, ainsi que le contour estompé de mes lunettes de soleil, trahissent un séjour au soleil.

Je marche dans le couloir. Stéphanie se tient devant la chambre de Dominic. Elle se tourne vers moi d'un air perplexe.

– Tu ne m'avais pas dit que Dominic n'habitait plus ici?

– Effectivement.

– Comment se fait-il, alors, que son lit soit défait?

Je savais que j'avais oublié de faire quelque chose ce matin. Je hausse les épaules.

– C'est un gars. C'est comme ça depuis qu'il est parti.

– Son lit était fait la dernière fois que je suis venue.

Ah ciel!

– Faut-il toujours que tu remarques tout?

– Vas-tu accoucher, oui ou non?

Y a-t-il une façon de lui dire ce que j'ai fait, sans passer pour un être faible et pathétique?

– J'ai eu des problèmes de sommeil.

– Ne me dis pas que tu as dormi dans sa chambre?

Je hoche la tête.

Elle se met à rire.

– Oh là là! Tu es mordue.

– Oui, oui, voilà, alors on y va ou quoi?

– Est-ce arrivé une fois seulement?

Je me dirige vers l'entrée et saisis mon manteau sur la patère.

– Deux fois? Je t'en prie, ne me dis pas que c'était plus de deux fois.

J'enfile mes bottes.

– Là, il va vraiment falloir que je voie cette liste d'arguments positifs.

J'ouvre la porte et fais un geste en direction de la noirceur.

– J'ai faim. Vas-tu continuer à te moquer de moi ou est-ce que tu es prête à partir?

– Oh, je suis prête.

Ses yeux pétillent alors qu'elle ajuste son capuchon autour de son visage. Elle saute du haut de l'escalier sur le trottoir enneigé.

Je commence à la suivre, puis me ravise.

– Attends-moi une seconde, d'accord?

– Mais qu'est-ce que…?

Je cours dans le couloir vers la chambre de Dominic, remonte les draps et tapote l'oreiller. Je replace l'édredon et passe ma main sur les plis pour le défroisser. Voilà qui est mieux. Maintenant... je jette un petit coup d'œil dans toute la chambre et découvre un verre d'eau à moitié vide, sur la table de chevet. Je le ramasse et le pose sur la table dans l'entrée. Je rejoins Stéphanie dehors et verrouille la porte derrière moi.

– Mais qu'est-ce que tu fabriquais?

– Je dissimulais mes traces.

– Dire que les gens te paient des centaines de dollars de l'heure pour résoudre leurs problèmes.

– Va te faire voir.

– En plus, elle n'a pas la langue dans sa poche.

Je souris de toutes mes dents.

– Ça non! Tu peux me croire.

Je reviens à la maison vers vingt-deux heures, le ventre plein et les oreilles bourdonnantes d'avoir écouté de la musique trop forte. Le restaurant où nous sommes allées est un de ces endroits mi-club mi-resto et le DJ jouait les disques à un volume plus adapté à un club. Cela rendait la conversation difficile, mais l'avantage, c'est que Stéphanie a dû renoncer à m'interroger sur mes nouvelles habitudes de sommeil lorsque j'ai feint de ne pas pouvoir l'entendre.

Comme j'accroche mon manteau et mon foulard, je sens venir une vague d'insomnie du genre mon-cerveau-ne-veut-pas-s'éteindre. Après avoir été découverte par Stéphanie, je me suis promis de ne plus dormir là où je ne le devrais pas. J'ai le pressentiment que je vais regarder des infopubs jusque tard dans la nuit.

Quand je quitte l'entrée, je remarque que la lumière du couloir est allumée. La porte de la chambre de Dominic est entrouverte, alors que je suis certaine de l'avoir refermée il y a deux heures.

Mon cœur fait un bond. Dominic est venu. Peut-être est-il encore là? Mais pourquoi? Qu'est-ce qu'il veut? Pourquoi m'a-t-il appelée toutes ces fois? Et qu'est-ce qu'Emily lui voulait au musée?

Comme d'habitude, je n'ai pas de réponses. Dieu soit loué, j'ai fait le lit.

J'entends le raclement d'une chaise sur le plancher de la cuisine. Soit c'est Dominic, soit c'est un voleur. Je vais prendre l'option A, s'il vous plaît.

J'avance prudemment dans le couloir, le cœur battant. Il est ici. Ça doit être qu'il m'attend, non?

Dominic est assis à la table de cuisine, portant des jeans et le chandail que je lui ai offert à Noël. Il feuillette le dossier que j'ai laissé traîner sur la table.

– Qu'est-ce que tu fais?

Il lève les yeux.

– C'est intéressant comme lecture, ce que tu as là.

Je me dirige vers la table et commence à rassembler les éléments de mon dossier.

– Tu ne devrais pas lire cela.

– Ça traînait sur la table.

– Je n'aurais pas dû le laisser ici. Je n'avais aucune idée que tu allais passer.

– Je suis désolé, dit-il d'un ton irrité. Je ne savais pas qu'il me fallait une permission pour entrer dans mon propre appartement.

– Pas du tout. Tu peux venir quand tu veux. Seulement…

– Seulement quoi ?

– Je suis juste un peu confuse, voilà tout. Tu reviens d'Irlande et m'annonces que tu vas demeurer ailleurs, mais ensuite tu passes à tout moment à l'appartement, sans même m'avertir...

– J'ai appelé un tas de fois. Tu ne m'as jamais rappelé, tu te souviens ?

– Je te l'ai déjà expliqué à la galerie. Je n'ai jamais reçu ces messages.

Il repousse sa chaise et se dirige vers l'évier, en s'agrippant au comptoir. Sur l'armoire, au-dessus de son épaule gauche, quelques petites égratignures témoignent du coup de poing qu'il lui a asséné. La nuit où Emily a appelé. La nuit où nous avons couché ensemble.

– Que voulait Emily l'autre soir, au juste ?

Il se tourne vers moi, ses yeux répandant une onde de froid dans la pièce chaude.

– Laisse-la en dehors de tout ça. Et ne lui dis rien de plus à notre sujet.

Ses mots me font l'effet d'une gifle. Il ne veut pas qu'Emily sache que nous avons couché ensemble. Ils se sont retrouvés. Il l'a reprise, après tout ce qu'elle lui a fait.

– Je ne lui ai absolument *rien* dit à propos de nous.

– Oh vraiment ?

– Je n'ai pas à me défendre devant toi, mais effectivement, vraiment rien.

– Bon, d'accord.

Mes mains se mettent à trembler. J'ai envie de prendre le dossier et de le lancer à travers la pièce, comme je l'ai fait avec le verre de scotch, mais le temps des gestes infantiles est révolu. De plus, ça ne produirait pas un bruit aussi satisfaisant.

Il commence à s'éloigner de moi, mais je l'attrape par le bras.

– Attends, Dominic. Ne pars pas, je t'en prie.

Il me repousse.

– Je dois y aller.

– Vas-tu au moins me dire pourquoi tu es venu ici, ce soir?

Il baisse les yeux vers moi, mais je ne suis pas certaine qu'il puisse me voir, pas vraiment.

– Je ne m'en souviens pas, dit-il en s'en allant.

CHAPITRE 24

IMAGE FLOUE

Stéphanie avait tort à propos de la liste des arguments positifs et négatifs. Bien que j'adore faire des listes, je n'en ai jamais fait au sujet de Dominic. Je ne voulais pas réduire ce qui s'était passé entre nous à deux colonnes. Mais cela, c'était avant ce soir. Parce que ce soir, je tiens vraiment à le réduire à pas grand-chose. À quelque chose qu'on appelle de la bouillie.

L'avantage de la colère que tout cela m'inspire, c'est que je n'ai aucune difficulté à éviter sa chambre à coucher et, finalement, aucun problème à dormir non plus. En fait, je m'endors en faisant le compte des façons dont je vais pouvoir lui empoisonner la vie. C'est stupide et infantile, je sais, mais les hommes qui se comportent mal provoquent ce genre de réaction en moi.

Ma punition pour avoir dormi si facilement est de me faire réveiller à nouveau très, très, très tôt par mon cerveau qui tourne à un million de kilomètres à la minute.

J'enfile ma robe de chambre et me dirige vers la cuisine. Je rince la cafetière, prépare le café et me plonge dans le dossier de Mutual Assurance. Au moment où l'odeur de café se répand, je suis déjà complètement immergée dans mes documents, tentant de trouver une piste parmi les fragments épars d'information.

Deux heures plus tard, je ne suis pas plus avancée, mais mes efforts m'ont valu un mal de crâne épouvantable.

Je repose ma tête sur la paume de mes mains, me frottant les yeux avec les doigts. J'ai des nausées, comme si j'avais trop bu hier soir, alors que j'ai à peine pris une goutte.

Est-ce que rien dans ma vie ne peut être simple et direct? Ne suis-je pas censée arriver à un tournant, quelque part ici? Je dois bien être dans le troisième acte de cette farce maintenant, non? Ce qui signifie qu'il ne devrait plus me rester qu'un petit détour à faire avant d'arriver à ma conclusion heureuse.

Mieux vaut que je m'y mette, alors.

En arrivant au bureau, je trouve Jenny entourée de plusieurs autres secrétaires. L'objet qui semble être à l'origine de leur joyeux bavardage est un simple vase de tulipes multicolores.

– Qu'est-ce que c'est que ça?

Les amies de Jenny me lancent des regards coupables et s'enfuient vers leurs postes de travail.

– Elles sont pour toi, dit Jenny avec enthousiasme.

– Ah... bien, alors je vais les emmener dans mon bureau.

Je tends les mains. Jenny soulève le vase vers moi. J'inspire une bouffée de leur parfum subtil, comme une douce caresse du printemps.

– Je crois qu'elles sont de *lui!*

Elle lève les sourcils de manière suggestive.

– Qu'est-ce qui te fait croire cela?

– Il les a apportées lui-même.

– Quoi? Dominic était là?

– Est-ce que Dominic a les cheveux foncés, les yeux verts et un joli postérieur?

– Hum, peut-être.

– Je lui ai dit qu'il pouvait t'attendre, mais il voulait simplement apporter les fleurs et repartir.

– A-t-il dit autre chose?

– Non, mais il a laissé une carte, tu vois?

Elle pointe les fleurs.

Il y a une petite carte blanche cachée entre les grandes feuilles plates.

– Qu'est-ce que tu crois qu'il a écrit?

– Je n'en ai aucune idée.

– Est-ce vous vous êtes querellés ou quelque chose du genre?

– Quelque chose du genre.

Je referme la porte de mon bureau et appuie sur le bouton qui rend la vitre opaque. Je m'assieds sur la chaise longue et place les fleurs doucement sur ma table basse. Je retire la carte de sa cachette. Mon nom est écrit en lettres majuscules, comme sur la note postcoïtale de Dominic.

Je repousse un soudain souvenir de ses lèvres embrassant l'intérieur de ma cuisse, et ouvre la carte.

JE SUIS DÉSOLÉ, dit le message. VRAIMENT DÉSOLÉ. PEUX-TU ME PARDONNER?

Sans prendre le temps de réfléchir, je saisis mon cellulaire dans mon sac et compose son numéro.

– Vous avez rejoint Dominic. Veuillez laisser un message.

– Hé, Dominic, c'est moi, Emma. J'ai reçu tes fleurs. Elles sont magnifiques. Merci. Je voulais te dire... tu n'as pas besoin de continuer à habiter ailleurs. Tu peux revenir... à la maison, si tu le souhaites.

Ma voix s'étrangle dans ma gorge.

– Je...

Bip!

Merde alors.

Eh bien, peut-être que j'en ai dit assez. Je l'espère, en tout cas.

Je reste assise là, un certain temps, à attendre que le téléphone sonne, patientant, espérant que Dominic me rappelle. Mais espérer que quelqu'un me rappelle ne m'a jamais réussi, et ça ne fonctionne pas plus maintenant, évidemment.

Lorsque j'ai terminé d'arranger les fleurs sur le rebord de la fenêtre et que je me suis calmée, je me rends à la salle de réunion pour voir ce que fait la Brigade des Initiales.

Un simple coup d'œil à l'intérieur suffit à me convaincre que j'ai eu tort de les laisser seuls en leur donnant pour instruction d'utiliser toutes les ressources nécessaires pour évaluer les bandes vidéo rapidement.

Les stores sont baissés et quelqu'un a fixé les bords de ceux-ci sur le mur pour empêcher toute lumière de pénétrer à l'intérieur. À l'avant de la pièce se trouvent trois télévisions à écran plat, installées sur des chariots de métal à roulettes. La dernière fois que j'ai vu quelqu'un utiliser ce genre d'engin, c'était un membre du club audiovisuel, dans le cadre d'une formation d'éducation à la santé. Les gars sont assis chacun en face d'un écran, confortablement installés dans un fauteuil club de cuir brun foncé. Leurs vestons quasi identiques sont posés sur les dossiers. Ils scrutent, d'un œil exercé, les images en noir et blanc qui dansent devant eux.

– E.W.! s'exclame I. William d'une voix traînante, en appuyant sur «Pause». Prends une chaise et joins-toi à la mêlée.

C'est bien d'une mêlée qu'il s'agit. La pièce est jonchée de cartons de nourriture à moitié vides et de cannettes de boissons gazeuses. J'aperçois l'extrémité verte d'une bouteille de bière qui dépasse derrière les déchets. Il règne une odeur de vestiaire.

– Je vous ai demandé de travailler fort, les gars, mais ça... ça, c'est...

– Surprenant, n'est-ce pas? dit Monty, ses yeux toujours rivés sur les images qui défilent sur l'écran. Qui aurait cru que le travail puisse être un tel plaisir?

– Regarder la télévision, c'est ce que vous appelez travailler? Vous devriez passer un peu de temps dans l'Éjecteur, les gars.

I. William prend un air indigné.

– Un peu de respect, s'il te plaît. Nous sommes en train de nous abîmer les yeux ici.

– Alors qu'avez-vous fait, précisément?

– Laisse-moi te montrer, dit J. P. en mettant, lui aussi, son écran sur «Pause».

Il s'avance vers l'énorme tableau blanc situé à l'avant de la pièce. Les portes-persiennes en bois qui le recouvrent habituellement sont repliées dans les coins. Sur le tableau figurent deux colonnes intitulées «Entrées» et «Sorties». Chacune d'elle comprend une liste de noms, dont certains que je reconnais pour les avoir vus sur la liste que m'a montrée la détective Kendle.

– I. William observe l'enregistrement de la caméra située à l'entrée. Quand il identifie quelqu'un de la liste, il écrit son nom ici et note son heure d'arrivée.

Je survole la liste de haut en bas.

– N'y avait-il pas beaucoup plus de gens que cela à la réception?

– C'est là que Monty prend la relève. Bien entendu, les célébrités et les personnalités mondaines étaient les plus faciles à identifier. Ça en a éliminé une cinquantaine. Mais pour ce qui est du reste de la liste, eh bien, je ne sais pas si c'est pareil pour toi, mais moi, je ne serais pas en mesure de reconnaître Bill Gates si je lui tombais dessus dans la rue, alors imagine si tu avais à l'identifier à distance sur des images de caméras de surveillance.

– As-tu une connaissance exceptionnelle des visages des gens très riches que j'ignorais? demandé-je à Monty.

– Non, j'ai fait une recherche de photos sur Internet à propos des invités. Lorsque j'en trouve une bonne, je l'imprime en couleurs et nous l'examinons tous méticuleusement pour la mémoriser. Puis nous recherchons cette personne jusqu'à ce que nous la trouvions. Une fois repérée, nous l'ajoutons à la liste.

Cela explique pourquoi le mur du fond est recouvert des visages (pour la plupart) souriants de plus d'une centaine d'hommes et de femmes, dont certains me sont vaguement familiers. Aucun d'entre eux ne ressemble à quelqu'un qui vole des tableaux de façon professionnelle. Mais à quoi ressemble un voleur d'œuvres d'art, au juste? Savoir se fondre dans une foule de gens riches est probablement une compétence essentielle.

– Ça va prendre plus de temps que je ne le croyais.

– À qui le dis-tu? dit I. William.

Il ramasse un verre par terre et le secoue. Les glaçons qu'il contient s'entrechoquent.

– Je crois qu'il va nous falloir d'autres provisions.

– J'enverrai Jenny en chercher. Comment puis-je vous être utile ?

Monty se gratte le menton.

– Eh bien, ça irait plus vite si nous avions deux personnes pour chercher les « inconnus ».

– D'accord. Je pourrais commencer par passer un peu de temps à connaître nos invités ?

Ils acquiescent tous de la tête et retournent à leurs télévisions. J'utilise le téléphone de la salle de réunion pour appeler Jenny et lui dire où je suis. Avec un éclat de rire, elle accepte d'aller chercher des provisions non réglementaires.

Je scrute les visages au mur, un par un, en essayant d'associer leur nom à certaines caractéristiques déterminantes. Oreilles en pointe = MacAfee. Naissance des cheveux en V = Grafton. Nez pointu = Hosseini. C'est comme ce jeu de mémoire auquel je jouais, enfant, dans lequel les visages apparaissent sur un rabat de plastique jaune. Je ne me souviens pas des règles, mais je suis pas mal sûre d'avoir donné du fil à retordre à quelques-uns de mes petits amis de maternelle.

– D'accord, je crois que je suis prête, dis-je environ vingt minutes plus tard.

I. William se retourne et s'appuie sur le dossier de son fauteuil club.

– Quelle enfant adorable. C'est impossible que tu aies mémorisé autant de visages en si peu de temps.

– Je crois pourtant que oui.

– Bien, alors va chercher une chaise.

Je traîne une des chaises de la salle de réunion à travers la pièce et m'assieds à côté de lui.

– Es-tu prête ?

– C'est parti.

Il pointe la télécommande vers l'écran et recule l'enregistre-ment plusieurs heures en arrière. Parvenu au début de celui-ci, il appuie sur «*Play*». La caméra est dirigée vers l'entrée. On peut voir deux détecteurs de métal rectangulaires contrôlés par une équipe de gardiens qui semblent s'ennuyer. L'horodateur, sur le côté droit de l'écran, affiche 19:04. Les images en noir et blanc rendent les caractéristiques de l'immeuble plus précises, mais embrouillent en quelque sorte les visages des gardiens.

Cela risque de se révéler plus difficile que je ne le pensais.

– C'est à ce moment que les premiers invités ont commencé à arriver. Et, au cas où tu te poserais la question, personne parmi ceux que tu pourrais reconnaître n'arrivera avant longtemps.

– Tous élégamment en retard, n'est-ce pas ?

– Tout à fait.

Un couple d'un certain âge apparaît à l'écran. Ils portent tous les deux des manteaux de fourrure sombres. Il est maigre et anguleux, avec des oreilles et un nez pointus. Elle est plus douce, un peu frêle, et la racine de ses cheveux pourrait être en forme de V.

I .William me lance un regard.

– Une idée ?

– Heu… Monsieur et madame Jenkins ?

– Non.

– Les Cliftons ?

– Pas du tout.

– Tu sais de qui il s'agit, n'est-ce pas ?

– Bien sûr. C'étaient les plus faciles.

– Comment ça ?

Il hoche la tête en direction de l'écran.

– Regarde.

Le couple âgé franchit le détecteur de métal. L'homme fait déclencher le système et est amené sur le côté par un gardien de sécurité bedonnant, dans la quarantaine avancée. Le mécontentement du vieil homme est évident et se manifeste dans l'expression de ses épaules, même sur des images floues en noir et blanc.

Alors que l'homme est en train de se faire fouiller, Victor Bushnell arrive à grands pas dans le champ de la caméra, l'air impeccable, vêtu d'un smoking parfaitement ajusté. Il dit quelque chose au gardien bedonnant. Celui-ci secoue la tête. Bushnell enfonce son doigt dans le revers du veston du gardien. Ce dernier se déplace nerveusement d'un pied sur l'autre. Un gardien plus jeune, avec des barrettes sur les épaules, s'avance vers eux et dit quelque chose. Monsieur Gros ventre hausse les épaules et retourne à son poste. Le vieil homme se redresse et va chercher sa femme. Bushnell gratifie le couple d'un large sourire qui découvre ses dents particulièrement blanches. La femme d'un certain âge l'embrasse doucement sur la joue.

I. William appuie sur «Pause».

– Alors, qui est-ce, à ton avis?

– Des personnes très importantes pour lui, en tout cas.

– Continue, tu y es presque.

Pourquoi Bushnell se mettrait-il en colère contre le gardien de sécurité, alors que celui-ci ne faisait que son travail? Qui pourrait-il vouloir protéger ainsi? Et pourquoi recevrait-il un baiser en récompense de ses efforts?

– Est-ce que ce sont ses parents?

– Exactement!

Monty me lance un sourire las.

– Et de deux, il n'en reste que quatre cent quatre-vingt-dix-sept à identifier !

Trois heures plus tard, j'ai identifié sept nouveaux visages. Ma vision est embrouillée et j'ai l'impression que j'aurais du mal à me reconnaître moi-même sur ces enregistrements.

Quelqu'un frappe à la porte.

– Quel est le mot de passe ? s'écrie J.P., les yeux toujours rivés sur l'écran.

– *The Daily Show*, répond une voix assourdie.

– Vous savez, la faire crier ainsi, de l'autre côté de la porte, va à l'encontre de l'utilité du mot de passe.

Je me dirige vers la porte et fais entrer Jenny. Ses bras sont remplis de sacs de «provisions».

Elle les dépose sur la table de conférences. La Brigade des Initiales appuie sur «Pause» à l'unisson et passe à côté d'elle pour aller chercher les friandises.

– Où est ma réglisse ? marmonne J.P. Il me faut ma réglisse.

– La voilà, la voilà. Bon sang. Qu'est-ce que vous faites, au juste, les gars ?

– Désolé, Jenny, mais c'est top secret.

– Oui, je sais, mais vous pouvez me faire confiance, je le jure.

J'hésite, puis décide de lui donner un indice.

– Nous travaillons sur un élément du dossier Mutual Assurance. C'est tout ce que je peux te dire.

– D'accord. J'ai compris. Dis donc, l'as-tu appelé, finalement ?

Le bout de mes oreilles rosit.

– Appelé qui ?

– Oh, tu sais bien, *Lui*.

I. William lève la tête.

– Il y a un Lui?

– Ce n'est personne.

– Oh si, il y a quelqu'un, dit Jenny.

– Ça suffit. Retourne à ton bureau, Jenny.

Je l'accompagne jusqu'à la porte pour la verrouiller derrière elle. Je ne sais pas exactement pourquoi je suis si vigilante à propos de la sécurité, mais je me sens en droit de le faire quand je vois Sophie traîner dans le couloir. Je sors de la salle en refermant la porte derrière moi.

– Qu'est-ce que tu veux?

Elle repousse d'un petit geste ses cheveux raides comme de la paille derrière son épaule.

– Qu'est-ce qui se passe là-dedans?

– Rien du tout.

– Tu veux me faire croire ça?

– Tu peux croire ce que tu voudras, ça m'est bien égal.

– Tout le monde parle du fait que tu as pris possession de la Brigade des Initiales et de tout l'équipement audiovisuel. Mais, c'est de l'alcool que je sens là?

– Laisse tomber, Sophie.

Elle croise les bras sur sa poitrine.

– Je sais que ç'a quelque chose à voir avec le dossier Mutual Assurance.

– Brillante déduction.

– Je veux savoir ce qui se passe.

– Eh bien, il va falloir que tu apprennes à vivre avec tes déceptions.

– Ce n'est pas terminé.

– Oh, mais si.

Je me glisse dans la salle de façon à ce qu'elle ne puisse en voir l'intérieur et verrouille la porte derrière moi. La Brigade des Initiales est de retour au poste, friandises sur les genoux, mains posées sur les télécommandes.

– Devrions-nous déclencher l'alerte orange ? demande I. William, comme je m'assieds à côté de lui.

– Si l'alerte orange est le signal qu'il ne faut rien dire à Sophie, alors oui !

– Allons-y pour l'orange !

Je fixe l'écran. Je ne suis pas sûre que je puisse en supporter bien davantage.

– Peut-être que nous sommes sur une mauvaise piste.

– Comment ? dit Monty.

– Arrêtez une seconde, les gars, s'il vous plaît.

Ils appuient sur leurs boutons «Pause» avec un synchronisme parfait. Je m'avance pour pouvoir leur faire face. Sur le mur derrière moi se trouve un plan agrandi du musée.

– Votre attention, s'il vous plaît. Notre théorie est la suivante : le voleur a trouvé un moyen de se cacher à l'intérieur du banc de la galerie Bushnell, probablement pendant que les gardiens recevaient le groupe suivant d'invités.

– Comment se fait-il que les gardiens de sécurité n'aient pas remarqué que quelqu'un était resté derrière ? demande J.P.

– Je n'en suis pas certaine, mais il a probablement fait diversion, pour les confondre, en quelque sorte.

Monty lève la main.

– Je t'ai déjà dit, Monty, que ce n'est pas nécessaire.

Il arbore un large sourire.

– D'accord. Eh bien, il aurait pu dire qu'il était malade? Puis il aurait pu faire semblant d'aller aux toilettes, alors qu'il allait en fait se cacher quelque part non loin de la galerie, pour pouvoir y revenir discrètement entre deux visites de groupes.

Je me retourne et examine le plan.

– Il aurait pu se cacher dans les toilettes, ici.

J'indique du doigt celles qui se trouvent au coin de la galerie Bushnell.

– Je vais demander à la détective Kendle si elles sont munies d'alarmes.

– Alors, le groupe part, le voleur se glisse à nouveau dans la galerie, en s'assurant de bien rester en dehors du champ de vision des caméras, et se cache dans le banc. Là, il attend toute la nuit, jusqu'à ce que les alarmes soient désactivées, au petit matin. Puis il sort du banc, enlève la toile de son cadre, la cache dans ses vêtements et repart, à l'ouverture du musée.

Les yeux de I. William s'illuminent.

– Ce qui veut dire... que nous devrions être en mesure de le voir partir sur la vidéo!

– Précisément. Si nous réussissons à identifier un de nos invités sur l'enregistrement du lendemain matin, alors nous tenons notre voleur.

J.P. soupire.

– Alors maintenant, nous allons devoir essayer d'identifier les gens de dos?

– De plus, le gars doit porter des vêtements différents de ceux de la veille, sinon c'est un parfait idiot, ajoute Monty. Cela pourrait prendre des jours.

– Est-ce que nous avons seulement ces images? demande I. William.

– Les enregistrements s'étendent sur vingt-quatre heures. À quelle heure commencent-ils ?

– À midi.

– À quelle heure est-ce que le musée ouvre ? demande J.P.

J'y repense.

– La réception a eu lieu un samedi. Je crois qu'il n'ouvre qu'à onze heures, le dimanche.

J.P. se dirige vers l'ordinateur et pianote sur les touches du clavier pendant quelques secondes.

– En effet. Elle a raison.

– Ce qui réduit notre fenêtre à une heure.

– C'est plutôt serré.

– Mais notre homme devait avoir hâte de sortir de là. Je ne peux pas croire qu'il ait voulu y traîner plus longtemps que nécessaire.

– Ça va de soi, admet I. William.

– Espérons-le, ajoute Monty de manière énergique.

– Bon, alors allons-y, dis-je.

I. William ramasse sa télécommande et commence à avancer la vidéo en accéléré jusqu'au lendemain de la réception. Les images floues montrent, pendant d'interminables heures, l'entrée vide visitée à quelques reprises seulement par les gardiens de nuit. Lorsqu'il est presque onze heures sur la vidéo, il ralentit la cadence pour la faire dérouler en temps réel. Nous scrutons l'écran intensément. L'horodateur affiche 10:52.

– Voilà le chef des gardiens de sécurité de la nuit précédente, dit I. William en pointant du doigt l'homme que je reconnais comme celui ayant eu une altercation avec les parents de Bushnell. Il est parti vers onze heures.

– Au fait, comment se fait-il que pendant la nuit ils n'aient pas découvert que la peinture avait disparu? demandé-je.

– Ils ne patrouillent pas dans tout le musée, dit J.P. Il y a des capteurs de chaleur et de mouvement dans toutes les galeries. Les gardiens n'effectuent leurs rondes que dans les couloirs.

– Les gardiens de jour prennent alors le relais. Doivent-ils désactiver l'alarme section par section, ou y a-t-il un interrupteur principal quelque part?

– Il y a un interrupteur principal, répond J.P., encore une fois. Ce détail était mentionné dans le manuel de sécurité que le musée nous a fait parvenir.

Monty roule des yeux.

– Vantard.

L'horodateur passe à 10:59. Le chef de la sécurité apparaît, suivi de trois autres gardiens. Il gesticule tout en leur donnant des instructions. Deux d'entre eux repartent à contrecœur, tandis que le troisième s'installe au poste du détecteur de métal. Le chef de la sécurité fait un signe de tête à quelqu'un qui se trouve en dehors du champ de la caméra et fait un geste horizontal avec la main à la hauteur de la gorge, comme pour la trancher. Il est 11:02.

– Il doit être en train de dire à quelqu'un de désactiver l'alarme, commente I. William.

– C'est vrai. Les yeux droit devant, les gars.

Nous regardons le film muet se dérouler. Le dimanche avant Noël est un jour tranquille. Le premier visiteur est un homme âgé, muni d'une canne, qui arrive à 11:08. Au cours des minutes suivantes, seules quelques rares personnes se présentent. Des mères aux traits tirés avec leurs jeunes enfants, un couple dans la vingtaine, main dans la main.

– Oh merde, s'exclame J.P.

Je saisis la télécommande des mains de I. William et appuie sur «Pause».

– Qu'est-ce qu'il y a?

– Je viens de me souvenir de quelque chose.

Il se lève brusquement et se dirige vers la table de conférences pour fouiller dans les tas de papiers, d'emballages de bonbons et de bouchons qui la recouvrent. Il repère une feuille de papier froissée et l'examine rapidement.

– Voilà, c'est bien ce que je pensais. Ils sont sur le point de découvrir que la peinture a disparu.

– Qu'arrive-t-il ensuite?

– Ils ferment complètement la boîte. Plus personne n'a le droit d'entrer ou de sortir.

– Combien de temps le musée est-il resté fermé?

Il vérifie ses notes.

– Deux jours. Notre voleur n'a pas pu rester là-dedans aussi longtemps.

Mon esprit est soudain envahi de doutes. Il faut que ce soit la réponse, n'est-ce pas?

– Continuons à regarder. Il a encore le temps.

J'appuie sur «*Play*».

11:12.

11:13.

L'air de I. William est si intense que je crois presque que ça va marcher. Que l'homme mystère, caché à l'intérieur d'un banc de marbre, tenant une œuvre valant des millions de dollars, va se révéler. Au lieu de cela, une famille arrive avec un petit garçon d'environ quatre ans qui s'amuse à entrer et à ressortir du détecteur de métal. Le gardien tend la main pour l'attraper par le collet et le rate de peu. Sa mère a l'air offensé. Elle articule assez pour qu'on puisse lire sur ses lèvres qu'elle exige de voir le superviseur. Le chef de la sécurité arrive pour la calmer.

Un homme apparaît derrière la famille. Il porte un pardessus beige uni qui lui arrive en bas des genoux. D'une main, il tient un cellulaire sur son oreille; l'autre est plongée dans sa poche. Ses cheveux sont cachés par une tuque de ski noire, semblable à celle que portait Dominic quand je l'ai rencontré la première fois. Alors qu'il passe au-delà de l'agitation provoquée par l'enfant de quatre ans et sa mère en colère, il leur lance un coup d'œil rapide, révélant ainsi son profil. Un éclair me transperce alors que je le reconnais.

– Impossible, souffle J.P.

– C'est Victor Bushnell, dis-je en même temps que I. William.

CHAPITRE 25

LA DEMI-VIE DU BONHEUR

– Merde ! s'exclame Monty.

– Mon gars, dit I. William, on vient de découvrir qu'un *milliardaire* a réussi à effectuer un impressionnant cambriolage d'œuvre d'art et tout ce que tu trouves à dire, c'est « merde » ?

Monty prend un air penaud.

– Ça m'a semblé approprié, sur le coup.

– Mais, attendez un instant, dit J.P. en fixant l'écran d'un air perplexe. Il n'est pas en train de *sortir* du musée, il cherche à y entrer. Ça n'a pas de sens.

La pièce semble soudain manquer d'oxygène.

– Tu as tout à fait raison, concède I. William. Alors qu'est-ce qu'on fait maintenant ?

Je regarde le film muet se dérouler à l'écran, l'estomac noué. Quelque chose, en dehors du champ de la caméra, attire l'attention du gardien installé au poste du détecteur de métal ainsi que celle de Victor Bushnell. De toute évidence, quelqu'un a découvert que la toile a disparu.

Bushnell tourne brusquement les talons et quitte le musée, alors que l'attention du gardien est concentrée ailleurs.

Quelques instants plus tard, plusieurs gardiens apparaissent, parlant et gesticulant, tous en proie à une vive agitation.

– Il est parti, dis-je doucement.

– Pardon? demande I. William.

– Victor Bushnell. Il est parti. Quand il a vu arriver les gardiens. Pourquoi aurait-il fait cela, s'il n'était pas au courant du cambriolage?

– Ce n'est tout de même pas lui qui l'a volée, n'est-ce pas? Du moins, pas personnellement. Il avait peut-être un complice?

Quelque chose me vient à l'esprit.

– Attendez une seconde. Ah! J'y suis... on s'est trompés de scénario.

– C'est-à-dire?

– C'est-à-dire... que nous avons tenu pour acquis que le voleur s'était caché à l'intérieur du musée pendant la nuit, pour pouvoir sortir avec la toile le lendemain. Et si ce n'était pas le cas? S'il n'avait pas emporté la toile du tout? Si elle était encore là, dissimulée quelque part?

– Cela expliquerait pourquoi Bushnell se trouvait là? demande J.P. Pour pouvoir la sortir?

– Oui.

– Mais il prenait un risque terrible. Et ça n'a pas fonctionné.

– Non, je sais. Mais ça pourrait encore marcher. Une fois le calme revenu, il pourrait y entrer, l'air de rien, et la prendre n'importe quand.

– Mais pourquoi voudrait-il voler sa propre toile?

– Il a contracté un énorme prêt personnel. La toile lui sert de caution.

J.P. secoue la tête.

– Mais pourquoi la voler? Pourquoi ne pas la vendre, tout simplement?

– Parce qu'alors il faudrait qu'il se départisse de sa toile. De cette façon, il résout ses problèmes financiers et peut, soit garder la toile, soit la vendre sur le marché noir dans quelques années.

I. William fourre un bretzel dans sa bouche.

– On devrait parler de cela à Matt.

– Non, dis-je. Pas encore.

– Pourquoi pas?

– Je veux être sûre d'abord.

– Être sûre de quoi?

– Que c'est bien lui le coupable.

I. William pointe l'index au-dessus de son épaule.

– N'est-ce pas son visage, là-haut, sur l'écran?

– Oui, mais nous devrions nous assurer qu'il n'y a aucune autre raison pouvant expliquer sa présence. Et vérifier que la toile est bien toujours dans le musée.

S'il vous plaît, faites que la toile soit toujours là, je vous en prie.

– N'ont-ils pas déjà fait des recherches pour la retrouver?

– Je n'en suis pas certaine, dis-je, alors que m'apparaît un flash des mots prononcés par ma mère pendant la nuit. Et je crois avoir une idée de l'endroit où elle pourrait être. Laissez-moi vérifier avant de dire quoi que ce soit à Matt, d'accord?

I. William hausse les épaules et place une cannette de fromage en aérosol au-dessus de sa bouche.

– C'est dégoûtant, s'insurge J.P.

– Comment le sais-tu, si tu n'as jamais essayé?

– Fais-moi confiance. Je le sais.

Je pousse un soupir.

– Est-ce qu'on pourrait se concentrer encore quelques instants, les gars ?

Ils poussent des grognements en guise de consentement.

– Merci. I. William, peut-être pourrais-tu trouver un spécialiste en reconnaissance faciale qui pourra confirmer que c'est réellement Bushnell ?

– Immédiatement.

– Et toi, J.P., tu pourrais recueillir toutes les preuves physiques et les vérifier, car nous en aurons besoin, si jamais il y a un procès.

– Aucun problème.

Monty lève la main.

– Sérieusement, Monty, encore à lever la main ?

– Et moi, qu'est-ce que tu veux que je fasse ?

– Que dirais-tu de faire un résumé de tout ce que nous avons découvert jusqu'à présent ?

– Devrais-je omettre de parler des friandises ?

– Ce serait une bonne idée. Envoie-moi ton texte par courriel quand tu l'auras terminé, pour que je puisse le réviser.

– Quand sablons-nous le champagne ? demande J.P.

– Bientôt, je vous le promets. Ne restez pas trop tard au bureau.

– Aucun danger.

Les heures suivantes s'écoulent dans une sorte de flou, alors que je convaincs la détective Kendle de m'accompagner au musée pour vérifier mon intuition, à savoir que Victor Bushnell a caché la toile dans la base du banc de sa galerie, et qu'elle est restée là, car qu'il n'a pas eu l'occasion de venir la reprendre.

Si j'ai raison, cela a dû le rendre fou de savoir qu'elle était là, pendant toute la durée de l'exposition de Dominic. Ou peut-être qu'il ne tient pas du tout à la toile et qu'il ne se soucie que de l'argent de l'assurance?

La détective Kendle brandit sa plaque aux yeux du gardien de sécurité et je passe derrière elle à travers le détecteur de métal. Elle dit quelque chose au chef de la sécurité et celui-ci pousse un gros juron, sa voix gutturale se répercutant sur les murs de marbre. Il pointe son doigt en direction des deux gardiens qui sont debout à l'autre extrémité de la pièce, dans un geste qui rappelle les films consacrés à la Seconde Guerre mondiale. Ils obéissent, et lorsque nous arrivons à la galerie, tout le monde semble retenir son souffle tandis que le plus jeune des gardiens force le couvercle du banc et jette un coup d'œil au fond de l'espace vide.

La détective Kendle prend le relais. Elle enfile des gants de latex avec l'expertise d'un chirurgien, puis de ses mains solides tâte le pourtour du socle, jusqu'à ce qu'elle attrape quelque chose – une poignée presque invisible qui donne accès à un compartiment caché. Et il est là! Un bout de toile enroulée, qui n'a l'air de rien, pour lequel les gens sont prêts à payer des millions. Le jeune gardien allonge le bras pour l'attraper, avant d'être arrêté dans son geste par les cris de la détective Kendle. Elle lui rappelle l'importance des empreintes digitales, alors qu'elle retire son cellulaire de sa poche. Elle me jette un coup d'œil rapide, avec une expression de vague surprise, comme si elle n'y croyait pas vraiment.

Je hausse simplement les épaules et détourne les yeux, tentant de déchiffrer mes propres sentiments. Ne devrais-je pas être au comble de la joie? Ou du moins, soulagée?

N'étais-je pas heureuse, aujourd'hui ? Ne serait-ce que quelques instants ? À la vérité, lorsque nous avons découvert le dernier morceau du casse-tête, j'ai ressenti un grand sentiment d'exaltation. Et maintenant, tout ce que je peux sentir n'en est que l'écho, un petit battement irrégulier en périphérie de mon cœur.

C'est donc ça, la demi-vie du bonheur, je suppose.

CHAPITRE 26

UN MORCEAU DU CASSE-TÊTE

– Mettons les choses au clair, dit Sunshine, le lendemain après-midi, alors que je me faufile dans le trafic, au volant de la Mini Cooper rouge vif qu'elle a louée, mais qu'elle trouve trop stressant de conduire.

– Victor Bushnell aurait volé sa propre peinture ?

– Apparemment, oui.

– Mais pourquoi ?

– C'est vraisemblablement lié au prêt qu'il a contracté pour terminer la construction de son siège social, lorsque la valeur de ses actions s'est écroulée, en même temps que celle du marché. C'était parfaitement évident dans le rapport de l'enquêteur. L'immeuble était censé être la Trump Tower de son entreprise, mais quand les règles de crédit ont été resserrées, les banques n'ont plus voulu prêter d'argent à sa compagnie, car celle-ci dépassait déjà ses possibilités financières. Elles étaient, cependant, tout à fait disposées à prêter la somme à Bushnell lui-même, pourvu qu'il leur donne le bon type de garantie, évidemment.

– Il s'est donné tout ce mal à cause d'un immeuble ?

Je change de vitesse avec maladresse, appuyant sur la pédale d'embrayage au mauvais moment.

– Ce n'est pas seulement pour l'immeuble. S'il n'effectue pas ses versements de prêt, la banque va exiger le remboursement complet de celui-ci, ce qui pourrait engendrer un effet de cascade. Son entreprise tout entière pourrait disparaître à jamais.

– Mais je croyais qu'il était milliardaire?

– Uniquement sur papier. Il a, pour ainsi dire, hypothéqué tout ce qu'il possède.

– Voilà notre sortie.

Elle pointe un panneau vert, suspendu au-dessus de l'autoroute.

– Où allons-nous, au juste?

– Tu verras bien. Allez, avance.

J'accélère pour dépasser un camion qui bloque mon accès à la bretelle de sortie.

– Il n'y a pas grand-chose d'autre à ajouter à cela, en fait.

– Comment a-t-il pu cacher sa toile sans être vu des gardiens?

– Il était parmi le dernier groupe d'invités à entrer dans la galerie. Il a dit au gardien qu'il avait oublié quelque chose dans la salle, juste avant que celui-ci ne la verrouille. Le gardien lui a alors permis de retourner là-bas tout seul.

– Eh bien, ce n'était pas très brillant de sa part. Regarde devant toi.

Je ramène mon attention sur la route qui présente une courbe prononcée vers la droite.

– Hé, ménage un peu l'embrayage!

– Ce n'était pas mon idée, cette petite sortie. Tu te souviens?

– Ce n'était pas une idée, ma chérie, mais une vision.

C'est ce qu'elle m'avait dit au téléphone plus tôt. Elle avait eu une «vision» à mon sujet et voulait venir me chercher pour m'emmener quelque part. Je lui ai demandé si nous pouvions faire cela une autre fois.

– Penses-tu que j'ai des visions de ce genre tous les jours, Emmaline?

– Je suis vraiment occupée.

– Le mémo va devoir attendre, je viens te chercher dans trente minutes.

– Comment sais-tu que je travaille sur un mémo?

– Je te l'ai déjà dit, j'ai...

– ... eu une vision. J'ai bien entendu.

J'ai baissé les yeux vers la lumière qui clignotait sur mon dictaphone. Ce ne pouvait être qu'un heureux hasard, n'est-ce pas?

– Je dois vraiment travailler sur ce dossier. Est-ce que ça peut attendre à demain?

– Impossible. C'est important. Je te le promets.

J'ai remarqué que Sunshine parlait sur un ton sérieux que je ne lui connaissais pas. Et j'ai alors compris que ce que je faisais pouvait bien attendre quelques heures. Que je lui devais bien ça, à Sunshine.

J'ai donc accepté d'y aller et j'ai passé les vingt minutes suivantes à dicter puis à brancher mon dictaphone à mon ordinateur, pour envoyer le dossier à Jenny.

– Pourrais-tu finaliser cela avant mon retour? lui ai-je demandé en boutonnant mon manteau. Et il faudra que tu donnes un nom de code pour le dossier.

Elle a à peine levé les yeux de sa page Facebook pour me regarder.

– Certainement, pas de problème.

– Je ne comprends toujours pas pourquoi il aurait volé la toile lui-même, dit maintenant Sunshine.

– Peut-être qu'il n'a pas pu trouver quelqu'un en qui il avait confiance. Ou peut-être l'a-t-il fait par goût de l'aventure ?

– C'est possible… Arrête la voiture !

Je freine, vérifiant une fraction de seconde trop tard dans le rétroviseur s'il n'y a personne derrière moi. Un homme au volant d'une Mercedes noire saute sur ses freins et donne un brusque coup de volant pour m'éviter, tout en klaxonnant généreusement. J'aperçois brièvement son doigt, alors qu'il passe à quelques centimètres de mon pare-chocs.

– Désolée. J'aurais dû faire plus attention.

– Pas de problème. Pourquoi voulais-tu que j'arrête ?

Elle arrange son chapeau de laine.

– Parce que nous sommes arrivées.

– Ah bon ?

Je réalise que nous sommes devant les grilles d'un cimetière. Celui dans lequel ma mère est enterrée.

J'ai un frisson dans le dos.

– Que faisons-nous ici ?

– Nous allons rendre visite à ta mère.

– Quoi ? Pour quelle raison ?

– Elle faisait partie de ma vision.

J'ai soudain mal au cœur.

– Je ne suis pas certaine que ce soit une bonne idée.

– Je sais, ma chérie. Bon ! Allons-y, il ne faut pas que nous soyons en retard.

– En retard pour quoi ?

– Tu verras.

Je pousse un soupir intérieur tout en mettant la voiture en marche arrière sans trop faire d'histoires. Je recule assez loin pour entrer. Les barrières principales sont imposantes.

– Es-tu bien certaine que ce soit ouvert ?

Elle hoche la tête.

– J'ai appelé pour vérifier.

Je passe la première vitesse. Les clôtures s'ouvrent comme les portes automatiques à l'épicerie. J'appuie avec prudence sur l'accélérateur, car la route ne semble pas avoir été dégagée depuis la dernière tempête de neige.

C'est peut-être dû au changement de saison, mais rien ne me semble familier. Je ne suis venue ici qu'une seule fois, le jour des funérailles de ma mère. Il faisait chaud et clair, cette journée-là. Par ailleurs, je ne faisais pas attention à l'endroit où nous allions, me contentant de suivre le corbillard parmi les rangées d'arbres et l'herbe ondulante.

– Je ne me rappelle pas où il faut aller.

– Tu n'as qu'à suivre le chemin.

Nous roulons en silence quelques instants, l'endroit ne portant pas au bavardage.

– Stationne-toi au sommet de la colline.

J'appuie sur la pédale. Les roues commencent à patiner à mi-hauteur de la pente et nous cessons d'avancer. Une odeur de caoutchouc brûlé se répand dans la voiture. J'essaie de freiner, mais cela n'a aucun effet. Nous glissons lentement jusqu'au bas de la colline et dérapons dans le fossé. J'ai les mains qui tremblent.

– J'aurais probablement dû écouter la compagnie de location de voitures et en prendre une avec les quatre roues motrices, n'est-ce pas ? dit Sunshine, avec un sourire hésitant.

– Ça ne faisait pas partie de ta «vision»?

– Je ne reçois pas d'information pratique de ce genre, malheureusement. Quoi qu'il en soit, allons-y.

– Ne devrions-nous pas faire quelque chose pour la voiture?

Elle repousse son foulard par-dessus son épaule.

– Elle attendra. Allez, viens maintenant.

Je serre les dents et la suis hors de la voiture, en laissant les feux de détresse allumés. J'escalade le bord du fossé glissant, en boutonnant mon manteau pour me protéger du froid. Nous avançons péniblement dans la neige, jusqu'à un endroit qui me paraît vaguement familier. Nous parvenons à un chemin déneigé et, soudain, je me repère. La tombe de ma mère se trouve droit devant, au-delà d'un grand bosquet d'arbres. Une petite couche de neige souligne leurs branches sombres.

– Sunshine, est-ce vraiment nécessaire?

– Chut. On y est presque.

Mes mains sont glacées et raidies à l'intérieur de mes gants. Je veux revenir en arrière, mais quelque chose me pousse à aller de l'avant.

Sunshine disparaît derrière les arbres noirs. Je la rejoins en quelques grandes enjambées. Elle est debout au pied de la tombe de ma mère, les yeux baissés vers un bouquet de roses jaunes fanées, à moitié enfoui dans la neige.

– Nous l'avons manqué, dit Sunshine sur un ton sombre qui ne lui ressemble pas.

– Qui?

– Ton père.

– C'est au sujet de mon père?

– Je l'ai vu si clairement.

– Sunshine, je t'en prie, dis-moi ce qui se passe.

Elle fait une grimace coupable.

– Pendant que je méditais, ce matin, j'ai eu une vision particulièrement claire de cet endroit.

– Et mon père était ici?

– Oui. Il tenait un bouquet de fleurs.

Je marche vers elle. Même fanées, les roses sont étrangement vivantes dans ce monde noir et blanc.

– Es-tu en train de me jouer un tour?

– Oh, Emmaline, comment peux-tu penser une chose pareille?

– Je suis désolée. Seulement... je ne comprends pas pourquoi tu m'as emmenée ici.

– J'ai pensé que cela t'apporterait un peu de paix, voilà tout.

Évidemment. Comment le fait de tomber sur mon père en train de laisser des fleurs à la femme qu'il a abandonnée il y a de nombreuses années, sans regrets, pourrait-il m'apporter autre chose que la paix? Est-il seulement vraiment venu ici?

Je réalise avec une affligeante certitude que je ne veux pas le savoir. Ce que je sais déjà me suffit. Il est temps de laisser aller cette douleur que je retiens depuis trop longtemps. Le moment est venu de dire au revoir, non seulement à ma mère, mais aussi à mon père absent.

– Ne te donne pas la peine de nous rapprocher l'un de l'autre, dis-je.

– Pourquoi pas, ma chérie?

– Parce que c'est à moi de choisir si je veux qu'il fasse partie de ma vie. Tu ne peux pas faire ce choix à ma place.

Elle lève sa main jusqu'à ma joue. Sa mitaine moelleuse me chatouille la peau.

– Comme j'aurais aimé pouvoir le faire pour toi.

– Je sais. Je te remercie d'avoir essayé. Mais je crois que… je vais le laisser là où il est, où qu'il soit.

– Tu en es bien certaine ?

– Oui, pour l'instant, en tout cas.

Elle pousse un soupir.

– Alors ? On retourne à l'auto ?

Je regarde la courbe de la pierre tombale de ma mère. Je me souviens de l'avoir choisie quelques jours après sa mort, mais ne l'avais jamais vue installée.

– Tu veux bien m'accorder quelques instants ?

– Certainement.

Sunshine s'en va, en suivant nos traces, faisant craquer la neige sous ses pas. Une fois qu'elle est hors de vue, je me retourne et m'accroupis. J'enlève mon gant et passe mes doigts sur le nom de ma mère, Elizabeth Kara Tupper. Elle a conservé le nom de mon père jusqu'à la fin.

Amie et mère bien-aimée, nous t'aimerons à jamais, peut-on lire.

Tu entends cela, maman ? Je t'aimerai à jamais. Et je te pardonne d'avoir insisté pour que je fasse ce voyage. Je ne suis pas certaine de comprendre pourquoi tu l'as fait, mais je crois que cela n'a plus aucune importance. Pas aujourd'hui, en tout cas.

Je suis sur le point de suivre Sunshine quand soudain je me souviens. Il y a quelque chose que je transporte depuis un certain temps avec moi, en attendant le moment propice pour m'en défaire. Je plonge la main au fond de mon sac. Mes doigts touchent sa surface froide et lisse. Je sors le morceau de cristal et répète les paroles de Sunshine en chuchotant :

– Vie, bonheur, cœur.

Je le serre fort dans ma main et le place doucement sur le dessus de la pierre tombale.

Je me lève et essuie les larmes froides qui ont coulé sur mon visage. Je rejoins Sunshine là où elle m'attend, au-delà des arbres. Elle me sourit comme si je venais de faire mes premiers pas maladroits.

– Prête?

– Oui.

– Penses-tu que Dominic pourrait nous aider à sortir d'ici?

– Et si on essayait plutôt le CAA?

CHAPITRE 27

UNE FEMME MÉPRISÉE EST UNE FEMME TRANSFORMÉE

Deux heures plus tard, la voiture de Sunshine est de retour au centre de location et je me dirige vers le bureau, le cœur léger, comme si on m'avait retiré un fardeau des épaules. Ce n'est que lorsque j'ouvre la lourde porte de verre qui mène à l'entrée de l'immeuble dans lequel est situé mon bureau, en sifflotant du bout des lèvres, que je m'en rends compte. Voilà comment j'avais l'habitude de toujours me sentir avant : compétente, enthousiaste, prête à affronter chaque nouvelle journée.

On pourrait donc s'attendre à ce que je sois moins naïve maintenant.

– Jenny, as-tu terminé le mémo ?

Elle lève les yeux de l'une de ses conversations électroniques, le visage confus.

– Sophie travaille là-dessus.

– Qu'est-ce que tu dis ?

– Sophie a dit que tu voulais qu'elle le révise avant que tu n'achèves sa rédaction.

Mon cœur commence à battre la chamade.

– Quand ça?

– Il y a environ une heure. Je suis désolée. Elle était si convaincante. Tu sais comment elle est…

Sa lèvre inférieure se met à trembler, mais je n'ai pas le temps de la réconforter. Je me précipite dans mon bureau et frappe sur ma souris pour raviver l'ordinateur. Un chuchotement de voix me parvient à travers le mur du bureau de Matt. Je tape mon mot de passe de mes doigts fébriles et me fraie un chemin à travers le réseau jusqu'au mémo. Je clique dessus et on me demande mon mot de passe. Je l'insère. *Merde!* On a changé le mot de passe. La petite salope. N'y a-t-il donc rien qui l'arrête?

Sur le point de faire une syncope, je quitte mon bureau et me précipite dans le couloir. Mon ancien bureau est vide, mais je sens le parfum de Sophie – un mélange de Chanel et de soufre.

Elle doit être dans les parages.

Mais où?

Mon Dieu, ce n'est pas possible! Elle n'a tout de même pas osé faire ça!

Je tourne les talons et cours presque jusqu'au bureau de Matt. La porte est fermée et la paroi vitrée, opaque, ce qui m'empêche de voir ce qui se passe à l'intérieur. Quelque chose me dit que les voix que j'entendais à travers le mur de mon bureau tout à l'heure contiennent la réponse à ma question, en ce qui concerne Sophie.

Une très, très mauvaise réponse.

Tandis que je m'approche de la porte, j'essaie de respirer normalement, pour ne pas avoir l'air de m'être échappée d'un asile psychiatrique. Bien que je pourrais devoir être internée après ce qui m'attend.

Nathalie est assise à son bureau et tape sur son clavier, des écouteurs sur les oreilles. Je lui tapote l'épaule pour attirer son attention. Elle retire ses écouteurs.

– Qu'est-ce qu'il y a?

– Qui est là avec lui?

– Sophie et Craig. Ils sont en conférence téléphonique.

Boum, boum, boum.

– Avec qui?

– Pourquoi cette question?

– Je vous en prie, Nathalie, je n'ai pas le temps de vous l'expliquer.

– Je l'ai mis en ligne avec Connor Perry.

Connor Perry est le VP en matière de droit à Mutual Assurance.

Je me dirige vers la porte de Matt.

– Vous ne pouvez pas entrer!

Je mets la main sur la poignée et la tourne. J'ouvre brusquement, de la manière la plus théâtrale possible. La porte heurte bruyamment le mur. Si c'est la fin, autant sortir avec fracas.

Mon geste ne passe pas inaperçu. Craig et Sophie sursautent tous les deux sur leur siège et je perçois le regard furieux de Matt, un regard que je ne lui ai pas vu depuis un moment.

Il lève sa main vers moi pour m'arrêter dans mon élan.

– C'est donc plus ou moins l'envergure de la chose, Connor.

Une voix indistincte émerge du téléphone posé sur le bureau de Matt.

– Beau boulot, les gars. Vous avez vraiment frappé un grand coup cette fois-ci.

Craig me jette un regard coupable, mais Sophie est toute à son affaire.

– Merci, Connor. Ravie de vous rendre service.

Ils se saluent et Matt raccroche.

– Que se passe-t-il ? demandé-je, la voix tremblante.

Matt se cale confortablement dans son fauteuil, les mains croisées au-dessus de sa ceinture.

– Sophie, Craig, pourriez-vous nous laisser seuls un instant ?

– Certainement, Matt, répond Sophie en ronronnant comme une chatte-qui-a-saisi-sa-proie.

– Je devrais peut-être rester, dit Craig.

– Non, Craig, merci. Ce sera tout.

Ils quittent la pièce – Craig un peu à contrecœur – et referment la porte derrière eux.

– Assieds-toi, m'ordonne Matt.

Je m'installe sur le bout de son fauteuil pour les visiteurs, celui qui est beaucoup, beaucoup trop bas.

– Quel était l'objet de cet appel ? demandé-je, même si j'ai une bonne idée de la réponse.

Matt me lance à nouveau un regard sombre et funeste.

– Pourquoi ne m'as-tu pas dit que Victor Bushnell avait volé la toile ?

Je me racle la gorge.

– Parce que la police n'a pas encore confirmé mes découvertes et que je voulais en être absolument certaine avant d'aller plus loin.

– C'est inacceptable, Emma. Je t'ai demandé de me tenir au courant, mais finalement, c'est grâce à Sophie que j'ai appris ce qui se passait dans ce dossier.

– Uniquement parce qu'elle est allée fouiner dans mes affaires, dis-je avant de pouvoir m'en empêcher.

– Tu sais bien que je n'ai aucune patience pour tes petits griefs mesquins avec Sophie.

– Je sais, Matt. Je suis désolée. Et je regrette de ne t'avoir pas immédiatement parlé de ma découverte, mais...

– Pas de mais. Il semble que j'ai eu tort de t'accorder autant de responsabilités aussi rapidement. Apparemment, tu n'es pas la personne que je croyais.

– Ne dis pas cela, je t'en prie. Tu peux me faire confiance. Je suis toujours la même Emma.

– L'Emma que je connaissais serait venue dans mon bureau, débordante d'enthousiasme, pour tout me raconter, à la minute même où elle l'aurait découvert.

En effet, cela aurait été mon genre. Pourquoi donc ne l'ai-je pas fait?

– D'accord, tu as peut-être raison, mais songe à ce qui m'est arrivé. Peux-tu vraiment m'en vouloir de prendre mes précautions?

– Alors là, je ne mords pas. Prendre tes précautions aurait dû signifier me tenir au courant de tes découvertes. Il y a autre chose. Voudrais-tu bien m'expliquer ce que c'est?

Il me dévisage fixement alors que mon cerveau vrombit. Puis-je vraiment lui dire que j'espérais, en résolvant ce cas, accéder à la voie rapide pour devenir associée? Que j'espérais aussi, une fois rendue là, retrouver mon ancienne vie, la personne que j'étais? Que j'obtiendrais alors enfin le dénouement heureux que j'attends depuis que ma vie s'est écroulée? Non. Je ne peux pas dire cela à voix haute.

Si je le dis tout haut, cela ne se réalisera jamais.

– J'essayais seulement de m'assurer que nous ayons vraiment la réponse avant d'en faire tout un plat.

Il fait une moue.

– Tu t'en tiens toujours à cette histoire?

– Oui.

– C'est bien dommage.

Mes tripes se serrent.

– C'est-à-dire?

– Je ne sais pas encore.

Je quitte le bureau de Matt, la confiance ébranlée, mais avec une ferme intention. Si c'est la fin de ma carrière, je n'abandonnerai pas sans livrer bataille. Ou du moins, sans une querelle de filles.

Je m'arrête brièvement à mon bureau pour prendre mon dictaphone. Quelques instants plus tard, je me glisse dans le bureau de Sophie et referme la porte derrière moi. J'appuie sur l'interrupteur qui permet de faire passer la vitre du mode transparent au mode opaque. Je meurs peut-être d'envie de me battre, mais je ne tiens pas pour autant à avoir un public.

Sophie tourne le dos à son écran d'ordinateur alors que la lumière change d'intensité dans la pièce. Ses yeux brillent avec une expression de triomphe.

– Qu'est-ce que tu fais ici?

– Tu le sais parfaitement.

– Si tu es venue pour des excuses, tu n'es pas à la bonne place.

– Ne me traite pas comme une idiote. Je sais très bien que tu ne t'excuseras jamais.

– Alors, qu'est-ce que tu veux?

Bonne question. Puis-je vraiment lui demander de m'accompagner dehors sans avoir l'air d'un personnage de mauvais film de série B ?

– Je crois que j'ai droit à une explication.

– Je croyais que c'était toi, le gros cerveau ici. Tu ne peux donc pas la trouver toute seule ?

– Penses-tu vraiment que je serais là à te la demander, si j'avais la moindre idée de la raison pour laquelle tu agis ainsi ?

Elle laisse échapper un rire sinistre.

– Eh bien, alors, pourquoi te le dirais-je ?

Je l'étudie un moment. Je vois que l'approche directe ne fonctionnera pas avec elle. Alors, je choisis de relâcher délibérément toute la tension de mon corps et m'assieds dans le fauteuil destiné à ses visiteurs. Il est exactement comme elle. Il a l'air sophistiqué et accueillant, même s'il ne l'est pas. Le bord du dossier me rentre dans les omoplates et le siège ne s'enfonce pas d'un centimètre.

– Tu devrais pourtant me le dire, parce que j'abandonne.

– Pardon ?

– J'abandonne. Tu as gagné. Quel que soit l'objet de notre dispute, tu peux l'avoir.

Elle me regarde d'un air méfiant.

– Je ne te crois pas.

– Pourquoi donc ?

– Tu sais très bien pourquoi nous nous bagarrons et ce pour quoi nous nous disputons.

– Craig ?

Un rictus contracte ses lèvres.

– Bien sûr que non.

– Ce bureau ?

– Ce n'est que la cerise sur le gâteau.

– Alors quoi?

Elle hésite.

– Je serais devenue associée depuis longtemps, si tu n'étais pas là.

– Comment donc?

– Cela aurait dû se produire il y a deux ans, mais non, le comité de gestion a préféré attendre jusqu'à ce qu'ils puissent te nommer, toi aussi, car ils nous percevaient comme égales.

– Je ne le savais pas.

– Bien sûr que si. Tu t'empares toujours de tout ce qui m'appartient. Steven. Craig. Matt.

Steven est son ex-copain avec lequel je suis sortie il y a plusieurs années, à la soirée de Noël du cabinet. Et c'est l'inverse qui s'est produit avec Craig, mais…

– Matt Stuart?

– Y a-t-il un autre Matt parmi nos connaissances?

– Non, mais je ne comprends toujours pas. En quoi cela le concerne-t-il?

– Ce n'est pas seulement lui, mais plutôt toi et lui.

– Lui et moi? Il n'y a rien du tout entre lui et moi.

– Oh mais si! Depuis que tu es apparue, toi, la petite stagiaire d'été aux yeux brillants et pleine d'enthousiasme…

Elle lève la main gauche pour essuyer les larmes qui sont soudain apparues au coin de ses yeux.

– Depuis ce temps-là, c'est toujours Emma ceci et Emma cela, et pourquoi tu ne lui demandes pas de travailler sur ce dossier avec toi, Sophie? Ce n'est pas juste. Je suis une avocate aussi compétente que toi, et même meilleure.

– Mais qu'est-ce que tu aurais voulu que je fasse? Que je dise: «Non, Matt, j'aimerais bien travailler sur ce dossier, mais je crois que tu devrais le donner à Sophie?»

– Non, bien sûr. Mais tu aurais pu m'épargner tes commentaires.

– Quand donc ai-je fait cela?

Elle me lance un regard très dur et je ressens un pincement de culpabilité. Elle a peut-être raison. Je savais que j'avais pris sa place en devenant la préférée de Matt. Et cela me procurait même un certain plaisir, que le passage des années et son animosité grandissante ne faisaient qu'accroître. Mais tout de même, est-ce une raison pour chercher activement à détruire ma carrière? Surtout quand on sait à quel point elle est précaire?

– D'accord, il y a peut-être du vrai dans ce que tu dis, mais cela ne justifie pas le tour que tu viens de me jouer.

– Je n'ai pas à me justifier devant toi.

– Honnêtement, tu ne crois tout de même pas que tu vas recevoir tout le crédit pour avoir résolu l'affaire Mutual Assurance, n'est-ce pas?

– Bien sûr que non. Mais en me débarrassant de toi, il n'y aura plus aucun obstacle sur *mon* chemin.

– Ce n'était qu'une stratégie pour que Matt cesse de me faire confiance et que tu puisses devenir associée?

– Oui

– Ah.

– C'est tout ce que tu as à dire?

– Oui, je crois bien.

Elle plisse les yeux.

– Alors, sors de mon bureau.

– Très bien.

Je me lève pour partir, laissant la méchanceté de Sophie rebondir sur moi. Elle ne peut plus me nuire maintenant.

– Je te remercie de m'avoir dit tout cela, Sophie. Crois-le ou pas, cela m'aide beaucoup.

Je me dirige vers la porte et appuie sur l'interrupteur qui contrôle l'opacité de la vitre avant de m'en aller. Le verre transparent révèle le regard curieux de son assistante qui se détourne rapidement pour s'affairer à trier une pile de dossiers.

Je me retourne. Sophie me paraît plus petite en quelque sorte, comme si elle avait rétréci à une taille normale. Des larmes coulent le long de ses joues. Et maintenant, pour la première fois, je ressens quelque chose qui s'apparente à de la peine pour elle. Ou peut-être est-ce tout simplement de l'empathie. Pas de pleurs au bureau. C'est le code de la femme professionnelle.

– Sors d'ici, répète-t-elle en essuyant ses yeux avec colère.

Je hoche la tête et glisse la main dans la poche de ma veste, le pouce posé sur le voyant rouge et chaud qui commande la fonction d'enregistrement du dictaphone.

CHAPITRE 28

DIRECT DANS LE PANIER

Je suis debout sur la ligne de lancer franc du terrain de basketball, au centre communautaire de Karen et de Peter, me préparant à tirer au panier. Le terrain est éclairé par deux projecteurs carrés fixés à l'extérieur du bâtiment. La journée froide a cédé la place à une soirée plus douce, donnant à la neige cette consistance de gros sucre, typique de la neige de printemps. Le *ploc, ploc* que fait la glace en fondant étouffe les bruits de la ville.

Je tiens le ballon entre mes mains gantées.

– Que faisons-nous ici, encore ? demandé-je.

Karen ajuste sa tuque en me bloquant le passage vers le panier.

– Tu voulais discuter.

– Je pensais que nous allions nous asseoir au salon et prendre un thé.

Elle hausse les épaules.

– Trop occupée. C'est bientôt le gala. Je t'accorde du temps sur mon entraînement.

Je fais quelques essais de rebonds avec le ballon, puis me projette vers le panier. Karen me bloque et intercepte.

Elle pivote et le lance en direction du panier. Il passe facilement à travers.

– Bravo.

– Merci. Alors, de quoi s'agit-il?

Elle fait rebondir le ballon fortement deux fois sur le sol, puis me le lance. Je l'attrape au dernier moment, évitant de justesse un bon coup dans l'estomac.

Je suppose que Karen n'a pas tout à fait surmonté la déception que je lui ai causée en n'acceptant pas le poste d'aide juridique qu'elle me proposait.

– Je me demandais… si ton offre de boulot tenait toujours?

Elle ne s'attendait pas du tout à ce que je dise cela. Je profite de son moment d'inattention pour dribler autour d'elle et tenter un tir en sautant de manière irréfléchie. Le ballon frôle le filet du panier et retombe à terre avec un triste *tounk*.

Karen le récupère.

– Je pensais que tu étais heureuse là où tu es.

– En effet, mais finalement, ça ne marche pas comme je l'espérais.

– Et nous sommes ton deuxième choix.

– Non, bien sûr que non.

– Voyons, Emma. Je savais bien que tu n'accepterais jamais le poste.

– Comment donc?

– Parce que tu ne parlais que de tes clients et de ton bureau, Matt ceci et Matt cela, pendant toute la période où nous construisions l'école. C'était plutôt ennuyeux, à vrai dire.

Je rougis.

– Je ne me souviens pas d'en avoir autant parlé.

– Ne t'inquiète pas. Ce n'était pas si grave que ça.

– Merci beaucoup.

Je lui prends le ballon des mains et le fais rebondir sur le béton dégagé. *Twap! Twap!* Il émet un son creux qui résonne autour de nous.

– Tu piques ma curiosité, par contre. Si tu savais que je n'allais pas accepter ton offre, pourquoi me l'as-tu faite?

– On peut toujours rêver, non?

Je lui lance le ballon aussi fort que je le peux. Elle l'attrape facilement.

– Pourquoi veux-tu ce boulot maintenant?

– Je travaillais sur un dossier important et j'ai fait une gaffe.

Je lui explique brièvement la situation.

– Alors maintenant, non seulement je ne deviendrai pas associée, mais il se pourrait bien que je perde mon emploi.

– Tu penses vraiment que Matt va te mettre à la porte?

– Non, non, il ne s'y prendra pas de façon aussi directe. Il va simplement cesser de me confier des dossiers. Je n'aurai alors rien à faire et ne pourrai pas remplir mon emploi du temps.

– Une mort à petit feu?

– Exactement.

Elle paraît songeuse.

– Mais c'est bien toi qui as résolu l'affaire, non?

– Oui, mais le client ne le sait pas. Ni même le comité de gestion.

– Eh bien, tu n'as qu'à trouver une façon de le leur dire.

– J'y ai pensé. Je ne suis pas encore complètement certaine de vouloir aller jusqu'au bout.

– Ça me paraît pourtant simple.

Karen me passe le ballon.

– À toi de jouer.

Je l'attrape distraitement, en me demandant si Karen a raison. J'amène le ballon au-dessus de ma tête avec les deux mains et le lance vers le panier. Il tombe dedans et le traverse. Le panier, et rien d'autre.

Je traîne les pieds en revenant chez moi, à la suite de ma rencontre avec Karen, redoutant mon appartement vide, regrettant de ne pas avoir planifié de voir Stéphanie, Sunshine ou quelqu'un d'autre. L'air est humide, comme s'il allait pleuvoir. J'aperçois une forme accroupie sur mon perron, et mon moral remonte.

– Steph !

Elle redresse brusquement la tête. Une grosse tresse de cheveux roux se balance contre son épaule. Je ressens un moment de confusion avant de réaliser de qui il s'agit.

– Emily. Qu'est-ce que tu fais ici ?

– J'attendais Tara.

Elle se lève et époussette la neige du dos de son manteau noir tout simple. Ses yeux bleu de Chine sont rouges et inquiets. La lumière du porche accentue la perfection de sa peau de porcelaine.

– Elle t'a laissée tomber ?

– Je n'en sais rien. Je me suis peut-être trompée de jour.

Elle semble perdue, un sentiment que je ne connais que trop bien.

Et c'est peut-être la raison pour laquelle je lui dis :

– Tu veux entrer un moment ? Tu dois être gelée jusqu'aux os.

Elle demeure silencieuse pendant si longtemps que je suis sur le point de répéter la question, mais alors que je m'apprête à le faire, elle hoche la tête et murmure un « merci ».

– Ce n'est rien.

Je déverrouille la porte. Ni l'une ni l'autre ne disons quoi que ce soit, alors que nous retirons nos vêtements d'hiver et que j'allume les lumières. Un coup d'œil dans le corridor me dit que la porte de Dominic est toujours telle que je l'avais laissée – bien fermée pour éviter toute tentation.

Emily me suit dans le salon. Ses yeux parcourent rapidement la pièce et s'arrêtent sur les boîtes posées dans le coin, sur lesquelles Dominic a pris la peine d'écrire le contenu.

– Il n'est pas ici, dis-je.

Ma voix résonne bruyamment dans le silence.

– Oui, je sais.

D'accord. Évidemment.

– Alors..., commencé-je avec, je crois, l'intention de lui offrir une boisson chaude, bien que mes pensées soient plutôt informes.

– Pourquoi ne reste-t-il plus ici ? me demande Emily.

J'hésite, me rappelant que Dominic m'a fait promettre de ne rien lui dire à notre sujet. Je m'assieds sur le tabouret, essayant de gagner du temps.

– Pourquoi me poses-tu cette question ?

Elle hausse les épaules et s'assied par terre à côté d'une boîte portant l'inscription *Équipement de photographie*. Le ruban adhésif qui la scellait est déchiré et je sais qu'elle est vide, car je l'ai inspectée moi-même, l'autre jour. Dominic s'est bien assuré de prendre tout ce qui est important pour lui. Elle tend la main vers les rebords et les écarte.

– Qu'est-ce que tu fais ?

Elle laisse tomber ses mains à ses côtés, ahurie.

– Je ne sais pas.

– Que se passe-t-il, Emily ?

Elle replie les genoux sous son menton, passant les mains autour de ses tibias. Son corps mince flotte dans son jeans.

– Je crois que c'est vraiment fini.

Mon cœur saute un battement.

– Tu veux dire, Dominic et toi ?

Elle hoche la tête.

– Qu'est-ce qui te fait croire cela ?

– Il me l'a fait comprendre sans détour.

Elle fait une grimace, serrant ses genoux plus étroitement encore.

– Il t'a parlé de Chris, n'est-ce pas ?

Je songe un instant à mentir, mais à quoi bon ?

– Oui.

– Je ne sais pas pourquoi j'ai fait ça.

– Là, je ne peux pas t'aider.

– Non, je sais. C'est drôle pourtant. J'ai l'impression que ça t'affecte, toi aussi.

– Pourquoi ?

– Parce que tu es avec Dominic maintenant.

– Ce n'est pas vrai. Je ne sais même pas où il est.

Elle lâche ses genoux et déplie ses pieds vers le plancher.

– Il va revenir.

– Comment le sais-tu ?

– J'ai vu cette photo qu'il a exposée à la galerie – c'était bien toi, n'est-ce pas, qui ouvrais le cadeau de Noël ?

– Oui.

– Dominic ne prend généralement pas de photo de personnes – pas comme ça, pas des gens qu'il connaît.

Elle baisse les yeux vers ses pieds et je comprends par là qu'il n'a jamais pris de photo d'elle comme celle-là.

Alors pourquoi ne m'a-t-il pas rappelée?

– Nous nous sommes un peu disputés depuis lors, dis-je.

Elle replie les rebords de la boîte.

– Vous allez vous réconcilier.

– Peut-être.

– Le souhaites-tu?

Mes yeux rencontrent son regard. Son visage est si différent du mien, mais son expression m'est familière. L'incertitude, le doute, une vie remplie de questions sans réponses.

– Nous ne devrions probablement pas en parler.

Elle hoche la tête et se met debout, puis se dirige vers le corridor. Je me lève pour la suivre. Elle saisit son manteau sur le crochet et enfile les manches. Je la regarde lacer ses bottes, me sentant déconcertée par l'ensemble de notre échange.

Elle se redresse.

– Si tu veux qu'il revienne, tu devrais lui faire part de tes sentiments.

– Pourquoi me dis-tu cela?

– Parce que je veux que Dominic soit heureux. Je lui dois au moins cela.

Elle tourne le verrou et ouvre la porte. La nuit humide l'attend dehors.

– Ça va aller? lui demandé-je.

– Je vais me débrouiller.

CHAPITRE 29

PROJECTEURS, CAMÉRA, ACTION

Après le départ d'Emily, je reste assise dans le salon un long moment, le téléphone à la main, me demandant si je devrais rappeler Dominic, ou si son silence radio est la réponse qu'il me faut. Peut-être voulait-il simplement s'excuser et son geste n'avait aucune autre signification. Il me vient à l'esprit, tout à coup, à quel point il est absurde que je n'aie qu'à appuyer sur quelques boutons pour pouvoir lui parler, ou au moins entendre sa voix sur sa boîte vocale. Après avoir été privée de cette option pendant tant de mois, comment puis-je être si incertaine maintenant ?

Mais peut-être étais-je indécise à ce moment-là aussi. Car après la journée où j'avais attendu Karen, prête à partir avec mon Schwinn, celle où elle n'avait pas voulu m'accompagner, ce que je n'ai dit à personne – ce que seuls Karen et Peter savent –, c'est que je ne suis jamais retournée au village-susceptible-d'avoir-un-téléphone-satellite-qui-fonctionne.

Au début, c'était parce que je ne voulais pas me faire de faux espoirs qui seraient encore une fois déçus ; j'avais connu assez de hauts et de bas et tout ce que je voulais, c'était l'équilibre. Et puis, alors que je devenais de plus en plus habile à manier le marteau, que je hissais des poutres et posais des lattes de plancher, tout en faisant de moins en moins de promenades hors du village, tout sembla s'estomper. Se dissiper. Je parlais peut-être de ma vie à Peter et à Karen, comme on en parle lorsqu'on travaille sur un projet ensemble – en partageant des anecdotes amusantes, sur un ton léger –, mais ce monde me semblait, et *était*, à mille lieues de moi, un monde hors d'atteinte, un monde dont j'avais besoin de m'éloigner.

Je ne le réalisais pas à l'époque, mais je suis prête à l'admettre maintenant : j'étais égoïste. Je ne pensais qu'à mon cœur, à ma tête et au répit dont ils avaient besoin pour surmonter ce que j'avais vécu, et au temps qu'il leur fallait pour se remettre. Je savais que je pouvais en faire davantage, plus d'efforts pour me remettre en contact avec mes proches, qu'ils devaient être inquiets. Mais Karen me disait de lâcher prise, et j'ai suivi son conseil. Plus complètement que je ne le croyais possible. Plus que je ne l'aurais dû.

Et puis, un jour, le monde réel est revenu en force et j'ai pensé que j'étais prête à y retourner. À bien des égards, j'avais même hâte. Mais je ne pensais toujours qu'à moi. Je croyais que, maintenant que mon cœur et ma tête étaient guéris, ou du moins suffisamment rétablis, je pouvais juste revenir en arrière et reprendre ma vie comme je l'entendais. Qu'il ne tenait qu'à moi seule de prendre cette décision.

Ce ne sont pas de belles pensées et elles me gardent éveillée jusque tard dans la nuit. Finalement, je décide qu'il y a une chose que je *peux* faire à ce sujet, au moins une petite chose; alors je range mon téléphone et laisse Dominic à lui-même.

Le lendemain, je suis assise avec le public de *En cours*, observant la maquilleuse appliquer de la poudre sur le visage de la détective Kendle. Cathy Keeler est assise à côté d'elle et parcourt ses notes en murmurant tout bas. Il fait chaud dans la salle et l'air est saturé de l'odeur de transpiration d'un auditoire excité et ravi de se trouver si proche de la reine du journalisme sensationnaliste.

Les projecteurs sont allumés et l'équipe de production quitte prestement la scène. Je ressens un picotement de nervosité dans mes pouces, comme si quelque chose de mal allait se produire.

Heureusement, Stéphanie m'accompagne.

– Comment as-tu convaincu Cathy Keeler de te remplacer par la dame-au-visage-en-lame-de-couteau? demande-t-elle en repoussant ses cheveux derrière ses oreilles.

Elle porte un jeans serré et un chandail noir, et elle a complété sa tenue d'un béret désinvolte. Son *look* d'*artiste*, comme elle l'appelle.

– Quand j'ai dit à Carrie que la détective qui avait résolu l'affaire Bushnell était disponible, elle a immédiatement oublié ma petite personne sans intérêt.

Victor Bushnell – dont les empreintes digitales *ont été* retrouvées sur la paroi du compartiment secret ainsi qu'au verso de la toile, sur la partie masquée par le cadre – a été arrêté hier et la nouvelle a été diffusée tard en soirée. C'est le gros titre de tous les journaux et chaînes d'informations aujourd'hui, mais très peu de détails ont été rendus publics. Il n'est donc pas étonnant que Carrie ait été *on ne peut plus* ravie de recevoir la détective Kendle à son émission, même en devant cacher à Cathy Keeler ma participation dans la résolution de l'énigme.

Stéphanie paraît impressionnée.

– Qui aurait pensé que tu étais aussi sournoise?

– J'apprends.

Le régisseur de plateau lève la main en montrant trois doigts.

– Ça tourne dans trois... deux... un.

Le pompeux indicatif musical de l'émission retentit dans le studio. Le visage de Cathy Keeler prend l'expression qu'on lui connaît à l'écran, un mélange de profonde intelligence et de légère mesquinerie.

– Bonsoir, ici Cathy Keeler. La plupart d'entre vous sont déjà au courant de l'arrestation de Victor Bushnell, relativement au vol d'une toile de Monet de grande valeur. Nous allons voir ce soir pour quelle raison il a commis ce geste aussi audacieux que malencontreux...

– On dirait qu'elle l'admire, murmure Stéphanie.

– C'est fort probable. Il appartient à son monde, après tout.

Alors que Cathy raconte l'histoire au public, j'observe la détective Kendle. Elle est assise dans le large fauteuil de cuir, l'air mal à l'aise, et tient ses mains masculines serrées fermement entre ses genoux. Son visage est recouvert d'un épais masque de maquillage. Ses cheveux pâles brillent sous les projecteurs.

– Nous avons une invitée très spéciale ce soir, la détective qui a résolu l'affaire. Mais, pour commencer, parlons un peu de Victor Bushnell.

L'éclairage diminue. L'énorme écran plat situé derrière Cathy Keeler présente le visage de Victor Bushnell en gros plan, dans une pose studio qui lui donne un air affable, confiant et compétent.

– Victor Bushnell, président et PDG de Bushnell Enterprises, est un homme aux multiples talents. Génie inventif, non conformiste, risque-tout et mécène des arts, il s'est fait connaître en...

– En parlant de mécène des arts, chuchote Stéphanie, as-tu reçu d'autres bouquets de tu sais qui?

– Non.

– Lui as-tu reparlé?

– Non, mais j'ai reçu la visite de son ex-copine.

– *Quoi*?

Plusieurs personnes se retournent. La tête de Cathy Keeler se redresse brusquement et ses yeux parcourent le public à la recherche de la source de distraction. Je m'enfonce plus profondément dans mon siège, espérant me dissimuler dans l'obscurité.

– Veux-tu bien parler moins fort? lui sifflé-je.

– Quand est-ce arrivé?

– Il y a quelques jours.

– Que voulait-elle?

– Elle cherchait Tara, en fait, mais elle a fini par me dire que c'était fini entre elle et Dominic et qu'il serait bientôt de retour.

Elle me lance un drôle de regard.

– C'est plutôt bizarre.

– Je sais. Je n'y crois pas vraiment moi-même.

– Et il ne t'a toujours pas appelée?

– Non, mais je crois que... ça me va comme ça.

Stéphanie me regarde d'un air incrédule, mais n'ajoute rien.

La projection se termine et les lumières se ravivent. Cathy Keeler regarde droit dans l'objectif.

– Ce soir, nous avons avec nous la détective Kendle, la détective qui a résolu cette affaire. Comment avez-vous fait?

La détective Kendle change de position dans son fauteuil, visiblement mal à l'aise.

– En fait, la clef du mystère a été découverte par une source extérieure.

– Un complice qui l'avait aidé à voler le Monet ?

– C'était un Manet.

– Pardon ?

– C'était une œuvre d'Édouard Manet et non de Claude Monet.

Cathy Keeler émet un petit rire faux.

– Eh bien, on ne s'arrêtera pas à des détails aussi mineurs.

La détective Kendle lui jette un regard méprisant.

– Il n'y a pas de détails mineurs dans ma profession, mademoiselle Keeler.

– Non, bien sûr. Vous parliez donc d'une source extérieure ?

– C'est exact. Nous avions déjà réalisé le travail de base, mais c'est une avocate de la compagnie d'assurance de Bushnell qui a résolu l'affaire.

– Pourquoi a-t-il commis ce vol ?

– Nous pensons que son geste est lié à un prêt, qu'il ne pouvait rembourser, et qui était garanti par la toile en question.

– Savez-vous pourquoi il l'a volée lui-même ?

– Je ne pourrais formuler que des hypothèses.

Cathy Keeler se penche en avant avec impatience.

– Allez-y, je vous en prie.

La détective Kendle lève le nez.

– Mademoiselle Keeler, je travaille à partir de faits et non d'hypothèses.

Un pli se forme entre les sourcils de Cathy Keeler. De quoi inquiéter son dermatologue s'il regarde l'émission.

– Ce doit être gratifiant, dit Stéphanie.

– Tu n'en as aucune idée.

– Allez-vous nous raconter comment Monsieur Bushnell s'y est pris pour réaliser ce vol, au moins ? Comment il a réussi à déjouer les mesures de sécurité du musée ?

– Nous n'avons pas encore défini tous les détails.

Cathy Keeler lui fait un sourire sirupeux.

– Oui, bien entendu. Eh bien, je suis certaine que vous allez recevoir bien des éloges pour votre excellent travail.

– C'est Emma Tupper qui mérite des éloges, mademoiselle Keeler, et non moi-même.

– Emma Tupper ? L'avocate portée disparue en Afrique ?

– Oui. C'est elle qui a résolu cctte affaire.

Cathy Keeler cligne des yeux rapidement plusieurs fois, alors que les choses se mettent en place dans sa tête.

– Et, bien sûr, elle a déjà été notre invitée. Peut-être avez-vous vu cet épisode ?

– Oui, répond la détective Kendle avec impatience.

– Oui. Tout à fait. Mademoiselle Tupper *semble* savoir comment s'y prendre pour attirer l'attention médiatiquc sur elle.

– Ce n'est pas du tout son genre.

– Ah non ?

– Non.

– Donc, vous l'admirez ?

– Oui, en effet.

Stéphanie glisse sa main dans la mienne.

– Au moins, tu as quelqu'un de ton côté.

Les larmes me montent aux yeux.

– Plus d'une personne, j'espère.

– Le comité de gestion voudrait te voir, me dit nerveusement Jenny, le lendemain.

– Merci, Jenny.

Elle entortille une mèche de cheveux autour de son index.

– Tu es très chic.

J'ai particulièrement soigné mon apparence ce matin, enfilant mon costume le plus classique et lissant mes cheveux en un chignon impeccable.

– Je voulais avoir l'air féroce.

– Que veux-tu dire par là?

– Rien. C'est une blague entre un ami et moi.

Me sentant en proie à un léger vertige, j'ajuste mon veston et glisse le dictaphone dans ma poche.

– Si je ne suis pas de retour dans quarante-cinq minutes, envoie la Brigade des Initiales à ma rescousse, d'accord?

– Tu es d'humeur bien drôle aujourd'hui.

Je lui souris plutôt que de me lancer dans des explications, puis fais un détour pour ne pas avoir à passer devant le bureau de Matt. Je ne l'ai pas revu depuis notre dispute, mais j'ai senti sa déception transpirer à travers le mur mitoyen.

Je traverse la réception et appuie sur le bouton de l'ascenseur pour monter. Le comité de gestion se réunit cinq étages plus haut, au penthouse. Je n'y suis allée qu'une fois auparavant, lorsque j'ai été embauchée, à la fin de mes études en droit. TPC a un rituel d'embauche qui date de l'époque où il fallait appartenir à la bonne maison pour obtenir un poste ici. Si vous étiez «prise», vous étiez appelée dans la véritable salle du conseil, une pièce remplie d'hommes dans la cinquantaine qui vous donnaient des claques dans le dos et vous serraient la main en vous traitant de «petite dame». Si vous n'étiez «pas prise», vous aboutissiez, dans une pièce à part, avec la très maternelle dame des ressources humaines.

Je me demande dans quel endroit je vais aboutir aujourd'hui.

L'ascenseur arrive et j'y entre. Les portes commencent à se refermer.

– Retenez la porte, s'écrie une voix familière.

Avant que je puisse atteindre le bouton «Fermer», une chaussure noire de grand prix apparaît, stoppant les portes dans leur élan. Elles s'ouvrent à nouveau sur Sophie, qui porte un costume presque identique au mien. Ses cheveux blonds et raides sont même coiffés de façon similaire.

Ses yeux troublés rencontrent les miens.

– Je vais prendre le prochain.

Je serre le dictaphone dans ma poche; ma main est moite contre le métal argenté.

– Non, ce n'est pas grave.

Elle entre et se tient à côté de moi. J'hésite un instant, puis appuie sur le bouton «Monter». Les portes se referment. Elle jette un regard à la rangée de boutons, son doigt se dirigeant vers celui sur lequel j'ai déjà appuyé. Elle retire sa main.

– On dirait qu'on va au même endroit, dit-elle, avec un sourire forcé.

– Apparemment.

En silence, nous regardons les chiffres s'allumer l'un après l'autre. Que peut bien signifier que nous soyons toutes les deux convoquées en même temps par le comité de gestion? Peut-être que le stratagème *En cours* n'était pas une si bonne idée, après tout? Et peut-être vais-je vraiment devoir dénoncer Sophie, alors qu'elle est assise juste à côté de moi?

– Belle couverture médiatique, à Cathy Keeler.

Je me tourne vers elle, cherchant un quelconque signe de sarcasme. Mais tout ce que je vois, c'est le reflet de mon propre visage inquiet.

– Merci.

– Ton travail, je présume?

Je hoche la tête.

– Impressionnant.

– Merci, dis-je en ressentant un pincement de surprise et peut-être aussi une légère culpabilité.

– À ton avis, que nous veulent-ils?

– Aucune idée.

Les portes s'ouvrent en émettant un *ding*. Nous sortons et longeons le corridor. L'ensemble de nos bureaux est somptueux, mais l'étage du penthouse est d'un luxe à faire rêver. La moquette est si épaisse que je n'entends pas mes propres pas et les murs sont recouverts d'une tapisserie richement colorée fabriquée à la main. D'imposantes peintures à l'huile, représentant d'anciens membres du cabinet, nous regardent de haut, d'un air désapprobateur.

– Est-ce que Matt t'a dit quelque chose? demande-t-elle.

– Je ne crois pas qu'il veuille m'adresser la parole en ce moment.

Elle baisse les yeux.

– Hmm. À moi non plus.

Nous arrivons aux grandes portes noires de la salle de réunion. Une rumeur veut que le comité de gestion se réunisse ici tous les matins pour étudier les créances et comploter sur la façon de voler des clients à d'autres grands cabinets. J'ai l'impression que ma poitrine est vide, comme si mon cœur en avait été retiré.

– Eh bien, bonne chance, dit Sophie.

Je ne peux m'empêcher de sourire.

– Toi aussi. Beau costume, en passant.

Elle me toise rapidement du regard.

– Tu le portes mieux que moi.

Encore une fois, elle a l'air vraiment sincère. Le dictaphone commence à peser lourd dans ma poche.

Une femme dans la mi-cinquantaine nous attend à la porte. Je la reconnais comme étant l'adjointe personnelle du président du conseil, qui est aussi, si l'on peut en croire les mêmes rumeurs, sa maîtresse depuis trente ans. Heureusement, elle porte le même prénom que sa femme.

– Mademoiselle Tupper, mademoiselle Vaughn, vous êtes parfaitement à l'heure.

– Oui, répondons-nous en chœur.

– Ils vous attendent.

Elle ouvre la porte. Je jette un coup d'œil nerveux à Sophie.

– Après toi.

– Non, non, j'insiste.

Je redresse les épaules et franchis la porte. La salle de réunion est longue, large et sans fenêtres. D'autres portraits d'associés aujourd'hui décédés ornent les murs lambrissés. Une immense table en chêne occupe le centre de la pièce, autour de laquelle sont assis une quinzaine de vieux messieurs vêtus de complets sombres. Je peux presque sentir la testostérone en déclin.

Je saisis le regard de l'avocat qui s'est occupé de la succession de ma mère. Celui qui m'a conseillé de ne pas aller en Afrique, qui m'a dit que cela nuirait à ma carrière. Quelle colère et quelle indignation j'ai ressenties ce jour-là !

Mais maintenant, avec le recul, je suis contente qu'il m'ait contrariée. Je n'y serais peut-être pas allée autrement. Et ç'aurait été une erreur, malgré tout ce qui s'est passé.

Matt nous adresse la parole depuis l'extrémité de la table.

– Bienvenue, Emma, Sophie. Veuillez vous asseoir.

Je ne le reconnais presque pas dans cet environnement austère. La veste de son complet est boutonnée et il dégage un air d'autorité que je ne lui ai vu qu'en salle d'audience.

– Savais-tu que Matt faisait partie du comité de gestion? murmuré-je à Sophie.

Elle secoue la tête tout en s'asseyant sur une des chaises de cuir rouge disposées à notre extrémité de la table. Je m'assieds à côté d'elle, les mains moites sur le cuir dur.

Matt croise ses mains devant lui.

– Nous vous avons convoquées ici aujourd'hui pour discuter de votre travail sur le dossier Mutual Assurance.

Je suis sur le point de protester contre le fait qu'il ait inclus Sophie, mais, à ma grande surprise, c'est elle qui le fait pour moi.

– C'est le travail d'Emma, pas le mien.

Le président du comité lève la main pour l'arrêter. Ses yeux bruns féroces ressortent au milieu de son visage rougeaud. De trop nombreux cocktails ont dessiné sur son nez ce qui ressemble à une toile d'araignée.

– C'est bien modeste de votre part, mademoiselle Vaughn, mais Connor Perry m'a téléphoné personnellement pour m'exprimer sa gratitude.

Elle me jette un regard.

– Je n'en doute pas, mais voyez-vous...

– Ce n'est vraiment *pas* nécessaire, Sophie, dit Matt, sur un ton d'avertissement.

Mes yeux passent de Matt à Sophie qui se démène. Elle semble incertaine, mais ne dit rien de plus.

– La couverture médiatique que vous avez reçue à l'émission *En cours* hier était un bon coup pour notre cabinet, mademoiselle Tupper, dit un homme âgé, assis à la droite de Matt. Comme l'a dit Price, Mutual Assurance est extrêmement satisfait du résultat, et nous aussi.

– Merci, murmuré-je, songeant brièvement à la dernière fois où le bureau a machiné un pareil coup publicitaire.

C'est assez triste, en réalité, de constater à quel point certaines personnes peuvent être prévisibles.

– Vous avez toutes les deux fait un excellent travail pour nous au fil des années, dit un homme dont les fins cheveux noirs retombent en travers de son front.

Il me faut quelques instants pour le replacer. Il s'agit de Kevin Wilson, le chef du service des fusions et acquisitions.

– Et nous sommes d'avis que le moment est venu de le souligner en faisant de vous deux des associées.

Mon cœur est de retour dans ma poitrine et fait sentir sa présence.

– En général, nous attendons la fin de l'année pour prendre ce genre de décision, dit Matt. Mais, étant donné les circonstances, nous avons pensé qu'il était préférable de rompre avec la tradition et de vous inviter immédiatement à devenir associées.

– Qu'entend-il par «étant donné les circonstances»? demandé-je à Sophie, du bout des lèvres.

– Mutual Assurance est à la recherche d'un nouveau juriste d'entreprise, répond-elle doucement. Ils m'ont offert le poste. Et depuis ce qui s'est passé hier, toutes les portes te sont ouvertes.

– As-tu dit quelque chose, Emma? demande Matt.

– Non.

– Très bien. Kevin vous donnera les détails plus tard, mais nous avons pensé annoncer la nouvelle dans le bulletin d'aujourd'hui et célébrer l'événement comme d'habitude par un cocktail, ce vendredi. Cela vous convient-il?

– C'est parfait, répond joyeusement Sophie. Merci.

– Emma?

Je sais que c'est le moment où je devrais sortir le dictaphone et dénoncer Sophie pour tout le mal qu'elle a fait, mais les mots ne me viennent pas. Je ne sais pas si c'est la nervosité ou l'atmosphère irréelle du moment, qui a pourtant bien lieu, mais je ne ressens ni la joie que je pensais ressentir ni la colère qu'il me faudrait pour la dénoncer dans ce forum public.

– Ce sera tout? m'entends-je dire.

Matt fronce les sourcils.

– Quoi donc, Emma?

Sophie me donne un brusque coup de pied sous la table. Je me mords la lèvre pour ne pas crier.

– Que se passe-t-il, mademoiselle? demande le président du comité.

– Qu'est-ce que tu fais? me siffle Sophie.

– Je n'en suis pas sûre, lui murmuré-je en retour.

– Qu'est-ce qu'il y a, ma chère? Je ne vous entends pas.

– Eh bien, je tenais simplement à dire que je vous suis très reconnaissante pour ce vote de confiance, mais... vous ne nous avez même pas demandé si nous *souhaitions* devenir associées.

– Nous n'avons pas l'habitude de voir nos propositions refusées, dit le président. Mais si vous préférez ne pas devenir associées...

– Pas du tout ! s'écrie Sophie.

– Ce que Sophie veut dire, c'est que, bien sûr, nous voulons être associées, mais avant d'accepter, nous aimerions proposer quelques changements ici.

Le président a l'air de souhaiter qu'il soit l'heure du cocktail.

– Je suppose que vous faites allusion à une politique en matière de congé de maternité ?

– Bien sûr, mais ce n'était pas tout à fait là où je voulais en venir.

– Que voulez-vous exactement ? demande Kevin.

Je prends le temps d'ordonner mes idées, puis leur explique ce que je veux.

Je peux voir une certaine réticence se marquer sur plusieurs de leurs visages ridés, mais le président semble intrigué et Matt arbore cet air sévère et fier qu'il avait l'habitude d'avoir lorsque je répondais à ses attentes.

– Et si nous accueillons favorablement votre demande, vous accepterez notre offre ? dit le président.

J'hésite à nouveau.

– Puis-je vous demander encore une chose ?

Matt secoue la tête. Sophie semble sur le point de s'évanouir.

– Quoi donc ? demande Kevin.

– Ne trouvez-vous pas qu'il serait bienvenu d'accrocher de nouvelles œuvres d'art aux murs ?

CHAPITRE 30

ESSAIE, ENCORE ET ENCORE

Ma première semaine en tant qu'associée de TPC se passe… eh bien, pas vraiment en douceur, mais tout de même de façon moins chaotique que les précédentes. Les dossiers ennuyants ont disparu, l'Éjecteur fait partie du passé et Sophie et moi sommes presque capables de nous parler. La cerise sur le gâteau – littéralement –, c'est la robe de bal que m'a trouvée Jenny. Je la porte ce soir, pour le gala en tenue de soirée, organisé par Karen et Peter en vue d'amasser des fonds pour le centre jeunesse. Elle est magnifique. Une robe de soie blanche, de style Regency, qui me donne l'impression d'être un personnage de conte de fées. Il ne me manque plus qu'un beau prince charmant pour retrouver ma pantoufle disparue, et tout sera parfait.

Mais il n'en est pas ainsi. Malgré les prédictions d'Emily, Dominic ne m'a toujours pas appelée et n'est pas passé à l'appartement non plus. Mais ce n'est pas grave. On ne peut pas tout avoir dans la vie. Par ailleurs, Stéphanie inaugure son club de rencontres de lecteurs, alors…

Le soleil suit sa trajectoire au-dessus de la ville, créant des ombres d'abord longues, puis courtes, puis qui se rallongent à nouveau. Je quitte le bureau de bonne heure pour passer chez Antoine. Il fait des merveilles avec mes cheveux, comme toujours, et accroche un sourire à mon visage. Un taxi me dépose au gala à dix-neuf heures dix, juste à temps pour le cocktail.

La soirée a lieu dans une ancienne gare reconvertie en salle d'exposition. Ce soir, les stands ont été vidés et remplacés par une cinquantaine de tables rondes recouvertes de nappes blanches amidonnées. Les aménagements floraux qui constituent les centres de table se composent de grandes tiges de canne à sucre ornées de roses grimpantes parfumées. Des bougies votives flottent dans de petits bols. D'énormes draperies de tissu blanc descendent du plafond. L'orchestre, installé sur une estrade à l'avant de la salle, joue une valse viennoise.

Un échantillon de célébrités de la ville bavardent entre les tables et glissent sur le plancher de danse. Le maire de l'an dernier discute avec la députée de l'année prochaine. La plus récente personnalité en vogue se fait draguer par le gars qui anime la rubrique des sports aux nouvelles du soir. Je repère Karen, vêtue d'une robe de dentelle blanche serrée à la taille par une ceinture rouge, qui se faufile dans la foule. Elle discute avec une femme à l'air stressé qui porte un casque d'écoute. Je ne vois pas Peter, mais je parierais qu'il n'est pas très loin du bar.

– E.W, vraiment ravissante ce soir, dit I. William en me regardant de la tête aux pieds.

Nous feignons de nous faire la bise et il cueille deux flûtes de champagne sur le plateau d'un serveur qui passait par là.

– Est-ce qu'il y en a une pour moi?

– Non, désolé. C'est pour ton amie, là-bas.

Il fait un mouvement de tête vers l'une des tables que j'ai réussi à faire parrainer par TPC dans le cadre de mon contrat d'associée. Stéphanie est assise là, l'air gênée et nerveuse, dans sa robe de satin moulant.

– Tu sais que c'est ma meilleure amie, n'est-ce pas?

Ses yeux brillent de malice.

– C'est ce qu'elle m'a dit.

– Si tu lui fais de la peine, tu auras affaire à moi.

– Est-ce censé me faire peur?

– D'accord, à Sophie, alors.

– Me voilà prévenu.

Il se dirige d'un pas tranquille vers Stéphanie. Il a belle allure dans son smoking. Elle rougit alors qu'il lui tend la flûte de champagne et me fait un geste de la main. Je prends note mentalement de lui parler plus tard, en privé, pour l'avertir des problèmes d'engagement de I. William.

– Hé, Emma, prête pour ton grand discours? me demande Karen en émergeant de la foule.

– Absolument.

– As-tu apporté tes notes?

– Je n'en ai pas besoin.

– Es-tu bien certaine que ce soit sage?

– C'est mon métier, tu te souviens? Ne t'inquiète pas pour ça.

– Eh bien, si ça ne te dérange pas de t'humilier devant mille personnes...

– Je te remercie de ta confiance.

Elle me fait un sourire.

– Non, merci à toi.

– Ce n'est rien.

– C'est plus que tu n'aurais dû.

Une des femmes portant un casque d'écoute apparaît à côté d'elle et lui murmure quelque chose à l'oreille. Ses yeux s'agrandissent et elle secoue vigoureusement la tête. La femme se retourne et crie dans son casque.

– Je dois aller m'occuper de quelque chose, dit Karen, l'air à nouveau stressée.

– Il y a un problème ?

– Peut-être.

Elle pivote sur elle-même et s'en va, dans un tourbillon de blanc et de rouge.

Je consacre la demi-heure suivante à de brèves conversations de cocktails avec plusieurs avocats de mon cabinet que j'ai réussi, au prix de grands efforts, à convaincre de venir. Craig et moi nous saluons d'un geste de la main à travers la salle, mais nous gardons nos distances. À un certain moment, je vois Sophie s'approcher de lui, son visage exprimant un mélange de confiance et de contrition. Je leur souhaite bonne chance intérieurement, avec à peine un petit pincement au cœur. Alors que mon verre de champagne est vide depuis quelques minutes de trop, les lumières se mettent à clignoter, un code universel pour inviter les gens à passer à table pour le repas.

Je reviens vers Stéphanie, qui est toujours rougissante aux côtés de I. William, bien que cela puisse être maintenant dû au champagne – il y a en effet plusieurs verres vides sur la table. Steph semble heureuse de me voir, mais je n'ai pas la chance de m'asseoir à côté d'elle. Au lieu de cela, je me fais entraîner par la dame au casque d'écoute qui a effrayé Karen un peu plus tôt. Apparemment, il serait temps que je fasse mon discours, avant que l'assistance ait trop bu.

Peter m'attend. Il pose sa main sur mon épaule, puis monte sur la scène sous une pluie d'applaudissements enthousiastes. Il a l'air pimpant et détendu dans son smoking. Il réchauffe le public avec quelques blagues bien placées au sujet du circuit de cocktails du monde de la philanthropie, puis se lance dans un discours beaucoup trop long… à mon sujet. Quand j'arrive au microphone, mon visage est brûlant et, finalement, je regrette de ne pas avoir pris quelques notes.

– Merci, Peter, dis-je, trop près du micro.

Ma voix résonne en écho dans toute la salle. J'observe la foule, à la recherche d'inspiration. Et c'est alors que je le vois : Dominic, appuyé contre le mur du côté gauche de la scène, me fixant intensément du regard.

Nos regards s'unissent et mon cœur se met à battre comme au premier élan amoureux, de cet émoi que l'on pense ne plus jamais ressentir après avoir connu une déception qui nous a mis sur nos gardes. Je ne comprends pas ce qu'il fait ici, mais pour une raison ou une autre, les mots que je comptais dire ne me semblent plus à la hauteur.

Le silence de la foule qui attend interrompt le fil de mes pensées et je commence à parler.

– Quelques-uns d'entre vous pensent peut-être que j'ai payé Peter pour qu'il vous raconte tout cela à mon sujet. Eh bien, vous avez raison. Ou, pour être plus précise, car tout le monde sait que les avocats aiment être précis, c'est vous que j'ai réussi à convaincre de payer Peter pour qu'il vous parle de moi ainsi.

J'avale un peu d'air pendant la pause provoquée par les modestes rires qui émergent ici et là, je rencontre à nouveau le regard de Dominic, sens mes genoux fléchir, mon courage m'abandonner, mais je dois dire quelque chose, et ça doit être approprié.

– On m'a demandé de vous parler ce soir d'une contribution très spéciale faite au centre communautaire par mon cabinet d'avocats, Thompson, Price & Clearwater. Mais avant de vous parler de cela, j'aimerais prendre une minute pour saluer les deux merveilleuses personnes qui sont les instigatrices de cette soirée, Karen et Peter Alberts. Comme beaucoup d'entre vous le savent sans doute, nous nous sommes rencontrés dans des circonstances inhabituelles; en fait, nous n'étions pas du tout censés nous rencontrer.

Je me racle la gorge.

– Certains d'entre vous ont-ils déjà joué au jeu de l'île déserte? Vous savez, ce jeu où l'on doit dire la chose qui nous manquerait le plus ou la personne que l'on souhaiterait avoir à nos côtés?

Je prends à nouveau une pause et quelques personnes hochent la tête.

– Eh bien, j'ai toujours été épouvantable à ce jeu. Surtout parce que je ne pouvais pas m'imaginer dans une pareille situation. Peut-être que personne n'en est capable, mais moi, je détestais même penser à cette éventualité. Être perdue sur une île déserte me semblait une chose terrible, et non une plaisanterie de cocktail. Et puis, soudain, je me suis réellement retrouvée dans cette situation d'île déserte. Je n'étais pas seule, mais je n'avais pas eu le loisir de choisir les gens qui étaient avec moi. Et, bien que ces personnes comptent parmi les meilleures personnes que j'aie jamais rencontrées, tout ce que je voulais, au début, c'était rentrer chez moi. Je voulais retrouver ma vie. Naïve comme je l'étais, je pensais qu'elle m'attendrait et que je pourrais y revenir, tout simplement, une fois le chaos apaisé. Mais je me trompais.

Je m'interromps à nouveau pour prendre une gorgée du verre d'eau qui est posé à côté de moi. Ma main tremble, mais j'ose espérer qu'il n'y a que moi qui le remarque. La salle est plongée dans un silence spectral. Dominic n'a pas bougé d'un millimètre.

– Mais la vie n'attend pas. Il faut la réaliser. Il faut la vivre pendant qu'elle se manifeste autour de nous. La vie est toujours en mouvement. Pourquoi est-ce que je vous parle d'un sujet aussi sérieux dans une soirée placée sous le signe de la fête? Alors que nous sommes tous réunis, bien vêtus et bien nourris, il me semble important de ne pas oublier la raison pour laquelle nous sommes ici, la raison pour laquelle ce centre jeunesse existe. Il y a tant de gens moins fortunés que nous. Je sais qu'on dit toujours cela, mais quand on l'a vécu, quand on a vu, entendu et respiré ce que cela représente vraiment, on ne peut plus ignorer à quel point on a réellement de la chance et combien on se doit de donner. Alors, Karen, Peter, j'aimerais vous dire merci. Merci pour ma vie et pour tout ce que vous faites. Et quant à vous tous réunis ici, je vous encourage à donner généreusement ce soir et à continuer à le faire, longtemps après que vos costumes seront revenus de chez le nettoyeur et que votre prochain gala ne sera qu'une date cochée sur votre calendrier. Finalement, j'aimerais rendre hommage à Thompson, Price & Clearwater, qui, à ma grande fierté, s'est engagée à offrir trente heures de clinique d'aide juridique gratuites par année, de la part de chacun des avocats du cabinet.

Je lève mon verre d'eau.

– À Karen et à Peter, et à l'avenir du Centre jeunesse de la Pointe.

Je m'éloigne du microphone, reprenant contact avec moi-même, alors que la foule éclate en applaudissements. Après avoir été gratifiée de l'un des câlins d'ours de Peter, je me permets de regarder vers la table d'honneur, où Matt est assis avec sa femme et le président de TPC. Il semble heureux et fier de lui, comme si tout cela était l'aboutissement d'une stratégie bien planifiée. Et peut-être est-ce le cas. Tout cela n'a-t-il pas commencé parce qu'il cherchait un peu de publicité pour le cabinet? Ou peut-être n'était-ce pas vraiment le début du stratagème, mais assez proche du commencement cependant pour donner cette impression.

Et pourquoi pas? Il mérite bien des applaudissements. Je tape des mains dans sa direction. Félicitations, Matt. Je te lève mon chapeau.

Je fais un pas de côté et suis remplacée par le maître de cérémonie. Son smoking est un brin trop serré et ses cheveux noirs, lissés vers l'arrière, dégagent son grand front. Il décroche le micro de son support.

– Êtes-vous prêts à vous amuser? tonne-t-il.

Je me dirige vers la sécurité que m'offre ma table, parcourant la salle des yeux, à la recherche de Dominic, qui semble avoir disparu. Ai-je imaginé sa présence? Et si ce n'est pas le cas, que vais-je lui dire?

Stéphanie me fait un câlin féroce, et je sais qu'elle veut me signifier par là qu'elle est fière de moi, même si je ne peux pas vraiment l'entendre. Je m'assieds à ma place et écoute d'une oreille distraite les mauvaises blagues grivoises du maître de cérémonie, alors que nous entamons le premier service composé de verdure et de petits fruits. Je cesse ensuite de l'écouter pour me concentrer sur les propos d'I. William qui tente d'impressionner Stéphanie, tout en m'efforçant de ne pas chercher le visage de Dominic dans chaque convive aux cheveux foncés.

Lorsque les serveurs ramassent les assiettes, le maître de cérémonie est heureusement remplacé par l'orchestre qui entame un pot-pourri de chansons d'ABBA et de Village People. Il connaît bien son public – la piste de danse se remplit rapidement.

I. William tire sur le coude de Stéphanie.

– Allons danser.

Elle me lance un regard.

– Oh, je ne sais pas.

– Voyons, Steph. Vas-y.

– Pourquoi ne viens-tu pas aussi?

– Oui, dit I. William. Allons nous éclater.

Nous trouvons une place sur la piste, entre les personnes plus âgées qui dansent le watusi et les quelques jeunes, entraînés ici par leurs parents et qui ont visiblement profité du bar ouvert.

Ce n'est pas facile de bouger dans cette tenue qui est presque une robe de mariée, mais j'y parviens. I. William se comporte comme un vrai gentleman et divise son attention entre nous deux, nous faisant pirouetter à tour de rôle, jusqu'à ce que nous soyons toutes les deux étourdies et souriantes.

Puis l'orchestre baisse d'un ton et poursuit avec la chanson *Falling Slowly*, du film *Once*. Nous restons tous les trois figés, alors que les couples se forment.

– Je retourne à notre table, dis-je.

– Je t'accompagne, répond Stéphanie.

– Ne sois pas ridicule.

Je m'éloigne, non sans avoir capté le regard reconnaissant de I. William. Je me souris à moi-même, en me faufilant à côté de Matt et de sa femme. Il la tient proche de lui, sa main placée sur le bas de son dos.

Quelqu'un me saisit la main au bord de la piste de danse. Je me retourne. C'est Dominic.

Le voilà. Mon grand dénouement romantique, debout face à moi, vêtu d'un smoking, pour l'amour du ciel ! Et moi, qu'est-ce que je porte, au juste ?

Y a-t-il un bouton de panique quelque part ? Ou mieux encore, un bouton «Pause» qui pourrait interrompre toute cette scène en attendant que je décide comment je veux la jouer ?

Mais non. Ce n'est pas ainsi que les choses fonctionnent dans la vraie vie. À la place, je dis :

– Oh non !

Son visage s'assombrit.

– Qu'est-ce qu'il y a ?

– Non, non, non, ça ne *peut pas* se passer ainsi.

– Comment donc ?

– Comme ça.

Je fais un geste vers ma robe.

– Moi portant ceci et toi cela.

– Quel est le problème avec ce que tu portes ? Tu es magnifique.

– C'est trop, trop…

J'aimerais dire *parfait*, mais je dis plutôt :

– Artificiel.

– Alors, si je comprends bien, tu ne veux pas me parler à cause de la façon dont nous sommes habillés?

– C'est plus que cela. C'est... qu'est-ce que tu fais ici, au juste?

– Tu m'as invité.

– Pas du tout.

Il glisse la main dans la poche intérieure de sa veste et en ressort un carton d'invitation.

– Comment ai-je obtenu cela, alors?

Je réfléchis.

– J'imagine que Stéphanie y est pour quelque chose.

Il hausse un sourcil.

– Tu ne vas tout de même pas blâmer ta meilleure amie?

– Eh bien...

– Veux-tu bien venir simplement danser avec moi?

– Non, Dominic. Je ne peux pas.

Je commence à le contourner, mais il me bloque le chemin, saisissant mes bras au-dessus des coudes.

– Emma, je t'en prie.

Quelque chose dans son ton m'arrête. Il a besoin de quelque chose de moi et je veux le lui donner. Peut-être dois-je même le faire.

Je hoche la tête et il m'attire vers lui, nouant ses mains derrière mon dos. Je respire l'odeur de sa chemise fraîchement repassée. Elle me donne une impression de sécurité et de chaleur. Mais je ne suis pas en sécurité. Pas du tout même.

Il se penche vers mon oreille.

– Est-ce que toutes ces protestations veulent dire que tu n'es pas heureuse de me voir?

– Ce n'est pas cela.

– Tu *es* donc heureuse de me voir?

– Bien sûr que oui.

Ses bras m'enserrent d'encore plus près.

– Je suis content.

Le tissu de son costume frôle mes lèvres.

– Mais, Dominic...

Il me fait un sourire ironique.

– Quoi? Les fleurs n'ont donc pas suffi?

– Ne peux-tu jamais rien prendre au sérieux?

– Quelques trucs, oui.

– Mais pas cette petite scène?

Un rictus déforme sa bouche.

– Ma chérie, si je prenais cette scène au sérieux, je nous ferais une peur bleue à tous les deux.

Mon cœur se met à battre si fort que je n'entends plus la musique.

– Je ne crois pas que j'aie envie d'avoir une peur bleue, dis-je finalement.

– Moi non plus.

Je penche la tête. Ma robe de bal m'empêche de voir mes pieds; un cocon de tissu qui ne me protège pas de la chaleur du toucher de Dominic.

– Est-ce pour cette raison que tu ne m'as jamais rappelée?

– En grande partie.

– Alors, pourquoi es-tu venu ce soir?

– J'ai pensé qu'il était temps.

– Temps pour quoi, au juste?

– Pour ceci.

Il tend ses doigts vers mon menton et soulève mon visage. Se yeux sont inondés de la nuit que nous avons passée ensemble.

– Dominic, je…

– Chut.

Il avance vers moi. Dans les films, ce moment se passe toujours lentement, mais ici, en temps réel, ses lèvres rencontrent les miennes en un instant.

L'instant d'après, quelque chose se met à vibrer entre nous. Nous nous séparons.

– Il me semble avoir déjà vécu cela, dit Dominic, ses lèvres à quelques centimètres des miennes.

– Je n'ai pas mon téléphone avec moi.

Sa veste se met à vibrer et il glisse la main dans sa poche avec un air penaud. Son expression change rapidement quand nous voyons tous les deux qui appelle. C'est Emily.

– Ce n'est pas ce que tu penses, dit-il rapidement.

– Tu ne sais pas ce que je pense.

Son téléphone vibre de nouveau dans sa main, insistant. C'est Emily qui appelle. Réponds, réponds, mais réponds donc. Et dire qu'elle semblait si sincère quand elle m'a dit «parce que je veux que Dominic soit heureux».

– Réponds à ton téléphone.

Il me lance un regard désespéré et tourne les talons, portant le téléphone à son oreille en quittant la piste de danse. Je crois l'entendre dire «Je ne t'entends pas», sans pouvoir en être certaine.

Je me sens envahie par une vague de rage puérile. Bon Dieu de putain de merde! Rien ne peut-il jamais se passer correctement pour moi, pour une fois? Rien ne peut-il être simple? Me voilà, au milieu de ce ridicule moment romantique, puis *pouf*, c'est fini. Mon jeune premier est parti parler avec son ex-fiancée et je me retrouve abandonnée, dans ma robe blanche (d'accord, couleur crème, mais quand même), entourée de couples qui pirouettent sur une jolie mélodie interprétée par l'orchestre. *Ain't No Love* de David Gray, pour être précise. J'*adore* cette satanée chanson. Ou du moins, je l'adorais. Dorénavant, ce sera seulement la chanson pendant laquelle j'aurai réalisé que rien ne fonctionnera jamais avec Dominic, même si je le désire ardemment.

Eh bien, à tout le moins, je n'ai pas besoin de l'attendre ici comme une idiote. En fait, je ne suis pas du tout obligée de rester. Mon discours est terminé, l'engagement de TPC en ce qui concerne la clinique d'aide juridique a été annoncé et Stéphanie et I. Williams dansent un peu plus collé-serré de seconde en seconde.

Je pense que ma mission est accomplie.

Je quitte la salle de bal et me dirige vers le vestiaire, retirant ma chaussure pour récupérer le billet caché sous mes orteils. Il n'y a personne au comptoir, mais une petite affiche annonce « De retour dans dix minutes ». Je n'ai aucun moyen de savoir si cette affiche a été placée il y a neuf minutes ou seulement une. Dix minutes me semblent être un temps d'attente beaucoup trop long, et qui va à l'encontre de mon désir de m'éclipser sans être vue.

Je tente d'ouvrir la porte à côté du comptoir. Elle est verrouillée. Évidemment. Je savais bien que j'aurais dû apprendre à crocheter une serrure à un moment donné dans ma vie. J'ai même quelques épingles à cheveux dans ma coiffure, mais je ne saurais pas m'en servir.

Eh bien, que diable ! Je jette un rapide coup d'œil par-dessus mon épaule et me hisse sur le comptoir. Ma robe de soie est glissante, et j'imagine que cela va laisser une trace. Je lève les jambes et pivote avec l'intention de me retourner pour poser les pieds de l'autre côté. Mais j'évalue mal la distance et la force de ma rotation, glisse et tombe durement, sur les fesses, les deux pieds en l'air.

– Ça doit faire mal, dit Dominic en se penchant par-dessus le comptoir.

Pourquoi n'a-t-on toujours pas inventé la téléportation ? La société devrait clairement consacrer beaucoup plus de ressources à cette recherche qu'elle ne l'a fait jusqu'à présent. Car si on l'avait fait, je pourrais tout simplement appuyer sur mon petit bouton de transport, que je porterais autour du cou en tout temps, pour être toujours prête à faire face à des urgences comme celle-ci. Une petite pression, et je disparaîtrais, comme par magie.

Je prends appui avec mes mains sur le sol et me redresse. Tout l'arrière de mon corps m'élance.

– Heureusement que j'ai un coussin d'alcool.

Il sourit.

– Tu veux un coup de main ?

– Je vais y arriver.

Cette fois-ci.

Je me lève d'un pas décidé et me dirige vers les rangées de manteaux. Si j'étais le manteau 8456, où me cacherais-je ?

– Où vas-tu ? s'écrie Dominic.

– Chercher mon manteau.

Ma voix est étouffée par les rangées de fourrures et de cachemire.

Je crois reconnaître mon manteau placé dans un coin. Les trois premiers numéros de l'étiquette correspondent à ceux du petit billet jaune que j'ai dans la main, mais le dernier chiffre a

été déchiré. Il ressemble au mien, mais qu'est-ce que j'en sais ?
J'ai trop bu, j'ai mal aux fesses et ce manteau est noir.

Il fera l'affaire.

Je l'arrache de son cintre et commence à l'enfiler.

– Laisse-moi t'aider, dit Dominic qui, placé derrière moi, tient
le manteau comme mon grand-père avait l'habitude de le faire.

Je glisse mes bras dans les manches. Le manteau me paraît
étranger et grand. Je me tourne vers Dominic.

– Merci.

Il semble amusé.

– Es-tu bien certaine que ce soit le tien ?

– Bien sûr que oui.

J'essaie de le boutonner, mais mes doigts ne fonctionnent
pas comme ils le devraient. Dominic repousse mes mains
et prend le relais. Il attache chaque bouton posément, en
remontant jusqu'à celui situé sous mon menton. Évidemment,
mon stupide cerveau me renvoie un autre souvenir de la nuit
que nous avons passée ensemble, et je me revois en train de
déboutonner sa chemise, tout aussi posément, en embrassant
la chair ainsi mise à nu.

– Et voilà, dit Dominic.

Je le regarde et ne peux m'empêcher de le questionner.

– Qu'es-tu venu faire ici, au juste, Dominic ? Pourquoi
réapparais-tu toujours ?

– Je... je veux revenir à l'appartement.

– Alors tout ce que tu cherches, c'est un endroit où habiter ?

– Voyons, Emma, tu sais bien que ce n'est pas ce que
j'entends par là.

– Non, je ne sais pas ce que tu entends par là, à moins que
tu ne me l'expliques. Alors, que veux-tu ?

Sa main caresse ma joue.

– Je voulais te dire que j'ai commis une erreur.

Je détourne les yeux.

– Tu me l'as déjà annoncé.

– Non, Emma. C'était une erreur de ma part de dire ce que j'ai dit, après la nuit que nous avons passée ensemble. J'ai agi comme un imbécile.

– Et?

Il émet un petit rire.

– Tu vas me rendre les choses aussi difficiles que possible, n'est-ce pas?

– Oh que oui.

– Pourquoi?

– Parce que je ne comprends pas pourquoi c'est la première vraie conversation que nous ayons depuis que nous avons couché ensemble.

Maintenant, c'est à lui de détourner les yeux.

– C'est Emily.

Mon cœur se serre.

– Vous êtes de nouveau ensemble.

– Non!

– Alors quoi?

– Tu ne te souviens pas de ce que je faisais lorsque nous nous sommes rencontrés?

– Tu emménageais dans mon appartement?

– C'est ce que tu t'évertuais à me prouver. Mais pourquoi, Emma?

– Parce que tu déménageais de l'endroit où tu vivais avec Emily.

– Exactement. Ma vie s'écroulait.

– Tout comme la mienne.

– Je sais. J'étais là avec toi.

– Effectivement.

– Tout était chaotique et je ne savais pas ce que je ressentais. Je savais seulement que le fait d'être en ta présence me faisait… du bien. Et puis, ça n'a plus été le cas.

– Ah, d'accord.

– Non, Emma, non.

Il pose ses mains sur mes épaules, me forçant à rester, à supporter et à accepter la situation, quelle qu'elle soit.

– Ce que je veux dire, c'est que tout ce que j'ai vécu, de même que toi, m'a rattrapé après la nuit que nous avons passée ensemble.

– Je vois.

– Est-ce que c'est ce que tu as ressenti ?

– Non.

Le coin gauche de sa bouche se tord.

– Pourrais-tu m'éclairer ?

Une partie de moi souhaite le faire et l'autre non. Mais que diable ! Je ne sais pas de quelle façon tout cela va se terminer. Je sais seulement ce que j'ai ressenti. Ce que je ressens.

– Je me suis sentie bouleversée aussi, mais surtout, comme si… j'avais enfin quelque chose qui m'appartenait. Quelque chose qui n'avait rien à voir avec qui j'étais avant de partir en voyage, ou ce que j'étais. Et cela n'avait rien à voir non plus avec les difficultés que je rencontrais, même si tu jouais un rôle important dans ce contexte-là. J'étais simplement… heureuse, nerveuse et pleine d'espoir. Voilà comment je me sentais. Et puis…

– J'ai tout foutu en l'air.

– Oui.

– Je suis désolé. J'imagine que ce serait trop demander...

– Demander quoi?

– Ce que je veux.

– Le sais-tu? Le sais-tu vraiment?

Il me sourit.

– Oui.

Je le regarde avec timidité.

– C'est moi, n'est-ce pas?

– Emma, penses-tu vraiment que je me serais donné toute cette peine pour te dire que j'ai choisi quelqu'un d'autre?

– Je voulais juste en être certaine.

Il m'attire vers lui.

– Je ne veux pas que tu doutes de moi.

Il commence à m'embrasser de la même façon douce et lente que durant la nuit que nous avons passée ensemble. Mon corps s'en souvient aussi, seulement il est couvert par cet énorme manteau, un vrai mur entre nous. Je ne veux plus jamais de mur entre nous.

Nous nous séparons.

– D'accord, je te crois, dis-je.

Il me tire vers lui, serrant fort mon corps contre le sien, en me balançant au son de la musique qui nous provient de loin.

– Merci d'avoir obtenu de ton cabinet qu'il achète mes photographies.

– Il n'y a pas de quoi.

Il sourit et nous nous rapprochons à nouveau l'un de l'autre, nous embrassant de façon plus urgente, nous embrassant devant toutes les possibilités, nous embrassant devant l'avenir.

Lorsque nous nous séparons, mon visage est tout chaud et le manteau me semble être une couverture.

– On devrait peut-être enlever ce manteau, peu importe à qui il appartient.

– Mais l'affiche dit qu'elle sera de retour dans dix minutes.

Il me lance un regard diabolique.

– Je suis prêt à prendre le risque si tu es avec moi.

Je m'approche de lui, la réponse sur les lèvres. Quelque chose se met à vibrer.

– As-tu l'intention de répondre ? demandé-je.

– Pas question.

REMERCIEMENTS

Comme toujours, j'aimerais remercier mes premiers lecteurs, en particulier Katie, Amy et ma mère, pour leurs importantes suggestions, quand je m'égarais du sujet.

Mes amis, pour leur soutien et leurs encouragements, en particulier Tasha, Phyllis, Janet et Tanya. Et les membres de la «Fiction Writers Co-Op», Nadia Lakhdari King, Martin Michaud et Shawn Klomparens, pour m'avoir donné conseils, soutien et inspiration.

Mon extraordinaire agente, Abigail Koons, et toute l'équipe de Park Literary. Je n'aurais pu souhaiter une meilleure représentation ou de meilleurs amis.

Mes éditrices chez HarperCollins Canada, Jennifer Lambert et Jane Warren, mes éditrices chez HarperCollins US, Stephanie Meyers et Emily Krump, et mes éditrices, correctrices et traductrice chez Goélette, Ingrid Remazeilles, Marilou Charpentier, Fleur Neesham, Corinne de Vailly, Élaine Parisien et Sabine Monnin, ainsi que toutes les personnes qui ont participé à la production, au design et au marketing en s'assurant que mes mots soient corrects, agréables à lire et bien présentés.

Ma famille, maman, papa, Cam, Mike et David, pour leur amour.

Et mes lecteurs, sans lesquels je n'aurais aucune raison de faire ce que je fais.

QUESTIONS DU CLUB DE LECTURE

1. Dans *Oubliée*, Emma Tupper doit faire face à de nombreux choix lorsqu'elle revient d'Afrique. Le plus important d'entre eux, cependant, est un choix que nombre d'entre nous doivent faire : choisir entre une brillante carrière et une vie pleinement satisfaisante et heureuse. Avez-vous déjà eu à choisir entre votre travail et votre bonheur ? Quelle a été votre priorité ?

2. À la fin, Emma arrive à un compromis entre la carrière et le bonheur. Êtes-vous d'accord avec sa décision de rester à l'emploi de son cabinet ? Quelle importance accordez-vous au fait de trouver une carrière qui vous rend heureux (heureuse) et reflète ce que vous êtes en tant que personne ?

3. Dans *Oubliée*, il est beaucoup question de relations entre femmes – entre meilleures amies, ennemies à vie, mères et filles. Pensez-vous que les femmes se lient différemment des hommes ? Stéphanie et Emma auraient-elles pu avoir la même relation si elles n'avaient pas été toutes les deux des femmes ? Sophie et Emma sont-elles rivales parce qu'elles sont toutes les deux des femmes de premier plan dans un cabinet d'avocats à prédominance masculine ?

4. Sophie et Emma sont des ennemies à vie depuis le début d'*Oubliée*. Toutefois, quand Emma se confronte à Sophie après que celle-ci a volé le dossier Mutual Assurance, elle commence à se rapprocher d'elle. Pensez-vous qu'en surmontant leur rivalité elles puissent établir une sorte de solidarité? Avez-vous déjà été en concurrence avec quelqu'un, puis découvert quelque chose chez cette personne qui vous a fait changer d'avis?

5. Dans *Oubliée*, Emma choisit le juste milieu entre demeurer coincée dans son ancienne vie et se réinventer complètement. Avez-vous déjà eu la chance de recommencer à zéro? Qu'avez-vous fait?

6. Tout au long du livre, Emma est coincée entre le passé et le futur. Quelles parties de son passé garde-t-elle et quelles parties oublie-t-elle? Avez-vous déjà été contraint d'oublier une partie de votre passé pour pouvoir évoluer et acquérir de la maturité?

7. Emma doit choisir entre son ancien conjoint, Craig, et le beau photographe torturé, Dominic. Croyez-vous qu'Emma a fait le bon choix à la fin? Quelle est l'importance du pardon dans la vie amoureuse? Avez-vous déjà eu à choisir de pardonner ou non à quelqu'un que vous aimiez?

8. C'était le rêve de la mère d'Emma d'aller en Afrique. Avez-vous déjà réalisé le rêve d'une personne que vous aimiez parce que vous saviez à quel point c'était important pour elle? Ce rêve est-il par la suite devenu le vôtre ou vous a-t-il transformée?

9. La mère d'Emma est un personnage absent dans ce livre. Comment continue-t-elle à exister dans la vie d'Emma, de Sunshine et de Stéphanie? Comment les gens que vous avez perdus continuent-ils à vivre dans votre propre vie?

DE LA MÊME AUTEURE :

IVRESSE

La seule chose que Katie Sandford doit faire pour obtenir le poste de ses rêves auprès de son magazine préféré est d'épier une célébrité dans un centre de désintox pendant 30 jours !
Voilà l'occasion du siècle !
Ou le début d'une véritable thérapie ?
Katie Sandford n'est pas au bout de ses peines !

Coup de cœur du magazine *Elle Canada*

« C'EST DRÔLE, LÉGER.
ET PARFOIS, ENIVRANT. »
– DANIELLE LAURIN,
ELLE QUÉBEC

« OPUS SAVOUREUX ET
RAFRAÎCHISSANT. »
– MARIE-FRANCE BORNAIS,
JOURNAL DE MONTRÉAL

« UNE PLUME SYMPATHIQUE
D'ICI QUI S'APPRÉCIE
FACILEMENT. »
– *COUP DE POUCE*

IVRESSE
CATHERINE McKENZIE

www.editionsgoelette.com www.catherinemckenzie.com

DE LA MÊME AUTEURE :
SUR MESURE

Anne Blythe a trente-trois ans et s'envole vers le Mexique pour rencontrer son futur mari, Jack, qu'elle épousera la journée suivante !
Un coup de foudre ?
Un mariage arrangé ?
Un amour sur mesure ?
À vous de lire !

« SUR UN FOND D'AMITIÉ, DE TROMPERIE, D'AMOUR ET POUR COURONNER LE TOUT, D'UN SOUPÇON DE LA BELLE CHALEUR DU MEXIQUE, CE ROMAN EST FAIT SUR MESURE POUR LE PUBLIC FÉMININ »
— *LE LIBRAIRE*

« LA ROUTE VERS LE "ILS-VÉCURENT-HEUREUX..." N'A JAMAIS ÉTÉ AUSSI DIVERTISSANTE. »
— *CHÂTELAINE*

CATHERINE McKENZIE

SUR MESURE

Les Éditions Goélette

Les Éditions Goélette
www.editionsgoelette.com   www.catherinemckenzie.com

MARQUIS

Québec, Canada

Achevé d'imprimer en décembre 2013
sur les presses de l'imprimerie Marquis Gagné